UNE PROIE SANS DÉFENSE

DU MÊME AUTEUR

Le Jeu du chien-loup, Belfond, 1993, et J'ai Lu, 1994
Froid aux yeux, Denoël, 1994, et Folio Policier/Gallimard, 1999
Froid dans le dos, Denoël, 1995, et Folio Policier/Gallimard, 1998
La Proie de l'ombre, Belfond, 1995, et Pocket, 1997
La Proie de la nuit, Belfond, 1996, et Pocket, 2001
La Proie de l'esprit, Belfond, 1998, et Pocket, 2002
La Proie de l'instant, Belfond, 1999, et Pocket, 2002
La Proie secrète, Belfond, 2000, et Pocket, 2003
Une proie certaine, Belfond, 2001, et Pocket, 2004
Nuits d'enfer, Belfond, 2002
Une proie rêvée, Belfond, 2003

JOHN SANDFORD

UNE PROIE SANS DÉFENSE

*Traduit de l'américain
par Hubert Tézenas*

belfond
12, avenue d'Italie
75013 Paris

Titre original :
CHOSEN PREY
publié par G.P. Putnam's Sons, New York.

Si vous souhaitez recevoir notre catalogue
et être tenu au courant de nos publications,
vous pouvez consulter notre site internet,
www.belfond.fr
ou envoyer vos nom et adresse, en citant ce livre,
aux Éditions Belfond,
12, avenue d'Italie, 75013 Paris.
Et, pour le Canada,
à Interforum Canada Inc.
1050, bd René-Lévesque-Est,
Bureau 100,
Montréal, Québec, H2L 2L6.

ISBN 2-7144-3833-4

Pour Beryl Weekley

1

James Qatar se redressa, posa les pieds au sol et se massa la nuque, comme pour chasser le voile de dépression qui commençait à le recouvrir. Il resta assis, nu, sur les draps froissés, où l'odeur de sexe s'attardait tel un parfum vulgaire. Il entendait Ellen Barstad s'affairer dans la kitchenette. Elle avait allumé le petit poste de radio au-dessus de l'évier, et la mélodie de « Cinnamon Girl » lui parvenait confusément à travers les minces cloisons, ponctuée de tintements de vaisselle et de métal entrechoqués.

Neil Young ne convenait pas à ce jour, ni à ce moment, ni à ce qui allait suivre. S'il avait fallu choisir un musicien, pensa-t-il, Chostakovitch eût été préférable – par exemple les premières mesures de la « Valse lyrique » de la *Suite n° 2 pour orchestre de jazz*. Une mélodie douce, mais subtile, avec un soupçon de tragédie. En bon intellectuel, Qatar connaissait la musique.

Il se leva, gagna le cabinet de toilette d'un pas hésitant, jeta le préservatif dans la cuvette des W.-C., tira la chasse, se lava sommairement, et s'étudia dans le miroir du lavabo. Des yeux magnifiques, songea-t-il, profondément enchâssés dans leurs orbites, comme il sied à un homme d'esprit. Un nez de bonne facture, élégant, sans graisse superflue. Un menton en pointe qui conférait à son visage une forme ovoïde – une marque de sensibilité. Il était en train d'admirer le tableau quand son regard dériva sur l'aile droite de son nez ; une série de minuscules poils noirs s'obstinaient à envahir le sillon marquant la jonction du nez et de la joue.

Affreux.

Il trouva une pince à épiler dans l'armoire à pharmacie et les arracha minutieusement, ainsi que deux autres poils à la naissance du nez, entre les sourcils. S'inspecta les oreilles. Rien à redire. Cette pince à épiler était excellente ; on n'en trouvait pas partout d'aussi bonnes. Il allait l'emporter – elle n'en aurait plus l'usage.

Bien. Où en était-il ?

Ah... Barstad. Il s'agissait de rester concentré. James Qatar revint dans la petite chambre, glissa la pince à épiler dans une poche de sa veste, enfila ses chaussures, et retourna au cabinet de toilette pour vérifier sa coiffure. Juste un petit coup de peigne à donner. Satisfait, il déroula six ou sept mètres de papier hygiénique et entreprit d'essuyer tout ce qu'il avait touché dans la chambre et dans la salle de bains. Tôt ou tard, la police viendrait.

Il fredonna en travaillant – oh ! rien d'extraordinairement compliqué : du Bach, peut-être. Ayant fini, il jeta le papier dans la cuvette, déclencha la chasse d'eau en enfonçant le bouton avec son poing fermé, et regarda le papier tourbillonner, puis disparaître.

Au second bruit de chasse d'eau, Ellen Barstad se demanda ce qu'il fabriquait. Ces écoulements n'étaient guère romantiques – et elle avait besoin de romantisme. De romantisme, se dit-elle, et d'un peu de sexe digne de ce nom. Ce James Qatar, comme les quelques autres amants qu'elle avait connus au cours de sa vie, lui avait valu une amère déception. Tous pressés de monter à bord et de prendre leur pied ; sans se soucier d'elle ou presque, quoi qu'ils en disent.

C'était vraiment extra, Ellen, tu es fantastique – si tu me passais une bière ? Au fait, tu as des seins superbes, on te l'a déjà dit ?

Sa vie amoureuse, à ce stade – trois hommes en six ans –, ne lui avait offert qu'un pâle reflet des extases évoquées dans les livres. Elle se sentait plus proche d'une machine à hot dogs que de l'amante du *Cantique des cantiques* : « Tes seins, deux faons, jumeaux d'une gazelle, qui paissent parmi les lis. Avant que souffle la brise du jour et que s'enfuient les ombres, j'irai à la montagne de myrrhe, à la colline d'encens. Tu es toute belle, ma bien-aimée, et sans tache aucune ! »

Où étaient les grandes envolées ? Où donc ? Voilà ce qu'elle attendait. Que quelqu'un daigne enfin escalader sa montagne de myrrhe.

James Qatar n'était peut-être pas l'homme de ses rêves, mais il y avait dans ses yeux une sensualité, assortie d'une touche de cruauté contenue, qui l'excitait. Ellen Barstad n'avait jamais été une fonceuse, dans quelque domaine de son existence que ce soit. Mais tout à coup, en lavant sa vaisselle, elle décida de se jeter à l'eau. Sinon, à quoi bon ?

Le temps passait – et sa jeunesse.

Ellen Barstad s'adonnait au tissage d'art : elle réalisait des tapisseries, mais surtout des courtepointes. Elle n'en vivait pas encore, mais ses courtepointes lui rapportaient un petit peu plus d'argent chaque mois, et, d'ici un an ou deux, elle envisageait de quitter son emploi salarié dans une librairie.

Elle avait élu illégalement domicile à l'intérieur d'un ancien établissement commercial, dans un quartier d'entrepôts de Minneapolis. L'entrée vitrée donnait sur une pièce spacieuse, son atelier, encombré de courtepointes en préparation montées sur châssis et de caisses de matériel. Quant aux pièces du fond, elle les avait créées elle-même, avec du placoplâtre et des planches de récupération : après avoir délimité un cabinet de toilette, elle avait réparti l'espace restant en une chambre, une petite pièce de séjour, et une minuscule cuisine. L'équipement de la cuisine se réduisait à un évier, une plaque chauffante électrique et un réfrigérateur des années cinquante, plus deux vieilles portes couchées sur des tréteaux en guise de plan de travail. Amplement suffisant pour une jeune artiste de vingt ans et quelques, à l'avenir prometteur...

Comme l'initiation aux délices du sexe, pensa-t-elle – si toutefois ce garçon se décidait à sortir de la salle de bains.

Le cordon était dans une poche de sa veste. Roulé en boule. Qatar le sortit, ferma la main dessus et le fit glisser sur toute sa longueur entre sa paume et ses doigts, comme pour le nettoyer de son histoire. Long de quarante-cinq centimètres, il avait entamé son existence en tant que cordon de démarrage d'un moteur de bateau Mercury – la poignée de caoutchouc ergonomique était d'ailleurs encore en place à une extrémité. Ce cordon avait accompagné Qatar près de la moitié de sa vie. Après avoir éliminé les nœuds, il l'enroula avec soin autour des doigts tendus de sa main gauche, le retira, et le glissa dans la poche arrière de son pantalon. Oui, un vieil ami, ce cordon.

Barstad l'avait cruellement déçu. Rien à voir avec ce qu'il s'était imaginé. La planche absolue, se contentant d'écarter les jambes et de fermer les yeux. Pas question de continuer avec une femme de ce genre.

La dépression postcoïtale s'estompa peu à peu, remplacée par une envie de tuer à demi oubliée – une sorte d'état de crise, associant une excitation maniaque à une désagréable sensation de peur. Il attrapa sa veste et la transporta dans le séjour, dont l'espace contenait à grand-peine une table basse et un canapé, la disposa avec soin sur le dossier de bois du vieux fauteuil à bascule, et se dirigea vers la kitchenette.

Il y flottait une vague odeur de soupe au poulet, d'épices et de céleri coupé, avec en fond sonore le murmure du réfrigérateur et les nasillements de la radio. Barstad était là, les mains dans l'eau de vaisselle. Fredonnant d'un air absent les paroles d'un morceau de rock lent que Qatar ne reconnut pas, et dandinant son corps en rythme avec ce manque d'aisance typique des gens du nord du Midwest.

Ses cheveux étaient blond miel, et ses yeux d'un bleu intense scintillaient sous des sourcils si pâles qu'ils en paraissaient presque blancs. Elle était vêtue à la mode du Minnesota : une longue robe-fourreau couleur de terre, un col roulé, un collant noir, de gros souliers. Cet accoutrement de grenouille de bénitier ne réussissait pas à camoufler un corps impeccable, le fruit de ses gènes scandinaves et d'une pratique compulsive de la bicyclette. Un pur gâchis. Qatar entra dans la kitchenette. Elle le vit, sourit timidement.

— Ça va ? demanda-t-elle.

— Superbement, répondit-il avec un clin d'œil, en palpant le cordon lové dans les profondeurs de sa poche.

Elle savait bien que leur partie de jambes en l'air n'avait pas été bonne – c'était même pour cela qu'elle s'était enfuie vers son évier. Il se posta derrière elle, se pencha en avant, posa les mains sur ses hanches et lui planta un baiser dans le cou. Elle fleurait bon le savon de supermarché.

— Je ne me suis jamais senti aussi bien, ajouta-t-il.

— J'espère que ça s'améliorera, fit-elle, rougissante, l'éponge toujours à la main. Je sais que je n'ai pas été tout à fait à la hauteur de vos espérances…

— Vous êtes ravissante, chuchota-t-il en lui flattant le cou. Ravissante.

Il lui baisa de nouveau la nuque, et elle se cambra un peu, juste de quoi nicher sa croupe au creux des reins de Qatar.

— Et vous un vilain menteur. (Elle n'était décidément pas douée pour le marivaudage.) Mais… continuez.

— Mmmm…

Le cordon était dans sa main.

Les doigts de Qatar se refermèrent sur le T de la poignée ; il passerait la boucle par-dessus le menton, de façon à éviter que le câble ne se referme sur le col roulé. Puis il la tirerait vers l'arrière ; vers l'arrière et vers le bas, d'un coup, en mettant un pied en opposition derrière ses talons ; et il la laisserait en suspens au-dessus du sol, afin qu'elle se retrouve étranglée par son propre poids. Il devrait se méfier de ses ongles, contrôler les mouvements de ses jambes avec les genoux. Les ongles des femmes étaient comme des lames de rasoir. Il orienta le pied gauche pour qu'elle trébuche dessus en basculant.

Attention, pensa-t-il. Ce n'est pas le moment de commettre une erreur.

— Je sais bien que ça n'a pas été extraordinaire, reprit Barstad sans se retourner. (Il vit sa nuque rosir, mais elle continua hardiment.) Je n'ai pas beaucoup d'expérience, et les hommes que j'ai connus n'étaient pas très... doués. (Elle se débattait avec chaque mot. Elle se donnait vraiment du mal.) Je crois que vous pourriez m'apprendre un tas de choses sur le plan sexuel. J'aimerais apprendre. J'ai envie de tout connaître. Si on pouvait trouver un moyen d'en discuter sans être trop, enfin, vous voyez, trop gênés...

Ce fut comme un déraillement.

Il n'était plus qu'à une fraction de seconde du passage à l'acte, et les mots de Barstad faillirent ne pas percer le brouillard meurtrier. Mais ils le percèrent.

Comment ? Que voulait-elle ? Être initiée au sexe ? Qu'il lui apprenne un tas de choses ? L'idée lui fit l'effet d'une gifle érotique en pleine figure – on l'aurait crue sortie d'un mauvais film X, comme quand la jolie ménagère demande au plombier de lui montrer...

Qatar resta un instant paralysé. Elle se tourna à demi et lui offrit de nouveau ce sourire à la fois timide et sensuel qui l'avait attiré au premier abord. Il se pressa contre elle et rempocha précipitamment son cordon.

— On devrait pouvoir s'entendre, souffla-t-il d'une voix rauque.

Et il ajouta en son for intérieur, secrètement amusé : *Sois cochonne – et tu sauveras peut-être ta peau.*

James Qatar était professeur d'histoire de l'art, auteur d'essais, coureur de jupons, pervers, fumeur de pipe, voleur, rieur, et tueur. Ayant de lui-même la vision d'un être sensible et extrêmement occupé, il s'efforçait de plier son comportement à cette image. Il embrassa une dernière fois Barstad dans

14

le cou, prit un de ses jolis seins au creux de sa paume, et murmura :

— Il faut que j'y aille. Nous pourrions nous revoir mercredi.

— Est-ce que vous, euh... (La voilà qui se remettait à rougir.) Est-ce que vous avez des films érotiques ?

— Des films ?

— Vous savez, des films pornos, dit-elle, en se retournant tout à fait, pour lui faire face. Peut-être qu'avec un film de ce genre, on pourrait, vous savez... parler ensemble de ce qui marche et de ce qui ne marche pas.

— Mon petit doigt me dit que vous apprendrez vite.

— J'essaierai.

Rouge comme une tomate, mais déterminée.

Qatar quitta l'atelier-appartement avec un vague sentiment de regret. Barstad lui avait expliqué qu'elle devait se rendre à la banque avant la fermeture. Elle donnait des cours de tissage d'art et avait deux cents dollars en chèques à déposer. Elle en avait aussi touché quatre cents en liquide qu'elle préférait ne pas déposer, à cause des impôts.

Cet argent aurait pu être à lui ; elle possédait aussi quelques jolis bijoux, cadeaux de ses parents, qui valaient peut-être mille dollars. Plus un certain nombre d'objets monnayables : un appareil photo, du matériel de dessin, un ordinateur portable IBM, et un Palm Pilot III qui, au total, auraient pu lui rapporter quelques centaines de dollars de plus.

Qatar aurait su comment dépenser cet argent. Il avait repéré chez Neiman Marcus un superbe modèle de veste légère en cuir de la nouvelle ligne printemps-été : environ six cent cinquante dollars, avec doublure en laine. Si on y ajoutait deux chandails en cachemire, deux pantalons, et les chaussures qui allaient avec, il lui en coûterait deux mille dollars. Dire qu'il n'était passé qu'à quelques secondes de ce bonheur...

Le sexe valait-il plus que le cachemire ? Qatar n'en était pas persuadé. Malgré tous les efforts que Barstad était prête à déployer au lit, il était douteux qu'elle arrive jamais à la hauteur d'Armani.

James Qatar, un mètre soixante-dix-sept, mince, le crâne dégarni, arborait une ombre de barbe blonde qu'il ne laissait pas se développer. Il aimait le look mal rasé, col ouvert, chemise rayée – son côté intellectuel et artiste. Teint blafard, pli léger à chaque coin de la bouche, plus quelques pattes-d'oie. Des mains délicates aux longs doigts. Il s'entraînait chaque jour sur son rameur, et l'été il faisait du roller ; jamais l'idée ne lui serait venue de se considérer comme un homme brave, mais il s'attribuait tout de même une forme de courage, fondée sur le pouvoir de sa volonté. Il n'échouait jamais quand il voulait quelque chose.

Les légères rides de son visage étaient dues à son rire ; sans être un personnage foncièrement joyeux, il avait mis au point un rire long et onduleux. Il riait des blagues, des mots d'esprit, du cynisme, de l'effort, de la cruauté, de la vie et de la mort. Des années auparavant, il avait coincé une élève dans son bureau, pensant qu'elle pourrait franchir le pas – et qu'il la tuerait probablement si elle le franchissait –, mais elle s'était dérobée en lui lançant :

— Vos rires ne me trompent pas, Jimbo. Vos petits yeux de goret pétillent de méchanceté.

Avant de quitter la pièce, elle s'était retournée – prenant la pose pour bien lui montrer le profil de ses seins parfaits :

— Au fait. Je ne reviendrai pas en cours, mais mieux vaudrait pour vous que j'aie un A à la fin du semestre. Si vous voyez ce que je veux dire…

Qatar avait alors libéré son rire onduleux, un peu à regret, en dardant sur elle ses yeux méchants.

— Je ne vous aimais pas jusqu'ici. Maintenant, vous me plaisez bien.

Il lui avait donné son A, l'estimant mérité.

16

Qatar, historien de l'art et professeur à l'université Saint Patrick, était l'auteur de *Ceci n'est pas une pipe : Surfaces picturales du Midwest, 1966-1990*, un essai salué par *Chicken Little*, revue trimestrielle qui faisait autorité en matière d'art postmoderne ; il avait par ailleurs signé *Des plans sur les plaines : les Cubistes indigènes de la Red River Valley, 1915-1930*, contribution qu'un critique du *Forum* de Fargo avait qualifiée de « séminale ». Au départ, il avait commencé des études pour devenir artiste, mais avait bifurqué vers l'histoire de l'art au terme d'une analyse froidement objective de son propre talent – honnête, mais insuffisant – et d'une évaluation non moins objective des perspectives financières qui s'offraient à un artiste moyen.

Il s'était plutôt bien débrouillé pour ce qui était de ses vrais centres d'intérêt : les blondes, l'histoire de l'art, les vins, le meurtre – et sa maison, meublée dans le style Art nouveau. Et aussi, depuis l'avènement de la photo numérique, il s'était remis à l'art.

Sous une certaine forme.

La faculté fournissait des ordinateurs, l'accès à Internet, des projecteurs vidéo, des scanners à plat – tous les outils nécessaires à un historien de l'art. Qatar finit par s'apercevoir qu'il pouvait facilement transférer une photographie dans son ordinateur par le biais du scanner et la retoucher avec Photoshop. Rien ne l'empêchait ensuite de l'imprimer sur une feuille de papier à dessin et de redessiner par-dessus.

Ce type de manipulation n'étant pas considéré comme esthétiquement correct par les traditionalistes, il garda ses expérimentations pour lui. Il se rêvait présentant un jour une œuvre complète de dessins hors du commun à un milieu artistique new-yorkais totalement époustouflé.

Tout commença donc par un jeu innocent. Un rêve. Son œil exercé d'historien lui permettait de savoir que ses dessins étaient médiocres ; mais à mesure qu'il s'améliorait dans le maniement des outils de Photoshop – et aussi du crayon –, ils gagnèrent en précision et en fermeté. Pour tout dire, ils devinrent même presque bons. Pas encore assez bons pour lui fournir un gagne-pain, mais suffisamment pour aiguillonner son enthousiasme...

Rien ne l'empêchait de télécharger une photo trouvée sur un site porno, de la retoucher, de l'imprimer, de la projeter, et de donner ainsi vie à un fantasme qui flattait autant son sens esthétique que son besoin de possession.

Le pas suivant était inéluctable. Après quelques semaines de travail sur ce type d'images, il s'aperçut qu'il pouvait facilement prélever un visage sur une photo pour l'adapter à une autre. Il s'acheta un petit appareil numérique Fuji et commença à photographier des femmes à leurs dépens, sur le campus et aux alentours.

Des femmes désirables. Il numérisait leur visage, utilisait Photoshop pour le traiter, puis pour le greffer sur un corps choisi dans un des innombrables sites pornos accessibles sur le Net. Le dessin demeurait indispensable pour camoufler les inévitables discordances d'arrière-plan et de résolution ; en outre, il produisait une impression de *tout*.

Il produisait un objet de désir.

Qatar avait toujours désiré un type de femmes précis. Des blondes, d'une certaine taille et d'un certain gabarit. Il fixait son attention sur l'une d'elles et bâtissait autour de sa personne des histoires imaginaires. Il en connaissait certaines, d'autres pas du tout. Il lui était même arrivé d'entretenir une relation érotique particulièrement intense avec une femme qu'il n'avait vue qu'une fois, au moment où elle remontait dans sa voiture sur le parking d'une sandwicherie – la vision furtive d'une longue jambe gainée de nylon, l'éclair d'un porte-jarretelles l'avaient hanté pendant des semaines.

La mise au point de son procédé de dessin assisté par ordinateur l'avait comblé, lui permettant de réaliser n'importe quoi. *N'importe quoi.* Il pouvait désormais mettre la femme de son choix, n'importe laquelle, dans n'importe quelle situation. Cette découverte lui procura une excitation presque semblable à celle du meurtre. Puis, de même qu'on peut exploiter un produit dérivé, il s'aperçut que son art pouvait devenir une arme.

Au sens propre.

La première fois qu'il en fit usage, ce fut presque sans réfléchir, contre une sociologue de l'université du Minnesota qui, des années auparavant, avait rejeté ses avances. Il la photographia pendant que, sans se douter de sa présence, elle empruntait la passerelle menant à l'amicale des étudiants. Une rencontre purement fortuite.

Au terme de maintes retouches et d'une douzaine d'esquisses, il réussit à fixer un visage ressemblant en tout point au sien sur une image crûment gynécologique glanée sur le Net. Le résultat final dégageait un étrange effet de perspective et de flou qu'il n'avait jamais réussi à bien rendre quand il dessinait en atelier.

Il le lui envoya par courrier.

À un moment de ses préparatifs, il s'était rendu compte qu'il était peut-être – et même sans doute – sur le point de commettre un acte délictueux. Mais Qatar en connaissait un rayon sur le sujet, par exemple le soin qui doit accompagner toute perpétration un tant soit peu sérieuse d'un crime. Il refit son dessin et le glissa dans une enveloppe neuve afin d'éliminer tout risque d'empreinte.

Après l'avoir posté, il ne fit plus rien. Son imagination lui fournit diverses versions de la réaction de sa destinataire, et il s'en contenta.

Enfin… Pas tout à fait. Sur les trois dernières années, il avait réitéré son agression graphique à dix-sept reprises. Le frisson n'était pas le même que dans le meurtre – il y manquait à la fois la brutalité et l'intensité –, mais n'en restait pas moins puissamment savoureux. Il s'asseyait dans son fauteuil à bascule à l'ancienne, les yeux clos, imaginait ses femmes au moment d'ouvrir l'enveloppe… et voyait les autres en train de se débattre, asphyxiées par la morsure du cordon.

Il avait approché Barstad pour la dessiner. Il l'avait repérée dans la librairie où elle travaillait le soir ; l'achat d'un livre sur l'impression numérique lui avait permis de capter son attention. Ils avaient discuté cinq minutes à la caisse, et de nouveau à quelques soirs de là, pendant qu'il passait en revue les livres d'art. Artiste elle-même, elle utilisait l'ordinateur pour créer ses motifs. Les jeux de lumières, disait-elle, tout était là. *Je veux que mes courtepointes puissent donner l'impression d'être inondées de soleil, même dans une pièce aveugle.* La discussion artistique s'était poursuivie autour d'un café, et Qatar avait fini par lui proposer de poser pour lui.

Oh, non ! s'était-elle défendue, pas question de poser nue. Et lui de répondre que ce ne serait pas nécessaire. Il était professeur d'art, il avait juste besoin de photos de son visage qu'il pourrait ensuite retravailler numériquement. Elle avait accepté – et même, en fin de compte, accepté de retirer quelques vêtements : le dos tourné et nu, assise sur un tabouret, sa petite croupe ronde posée sur un drap froissé. Les photos n'étaient pas mal, mais c'était chez lui, sur son ordinateur, que les dessins avaient vu le jour.

Il l'avait dessinée, soûlée, invitée à dîner, et enfin, en ce blême après-midi d'hiver, il l'avait baisée. Et il avait failli la tuer, parce qu'elle ne s'était pas montrée à la hauteur des dessins créés à partir de ses photos...

Le lendemain de son rendez-vous galant avec Barstad, les talons plats de Charlotte Neumann – prêtre de l'Église épiscopale, auteur de *Nouvelles modalités artistiques : la Femme et le péché, le péché et la femme* (qui, la semaine précédente, avait fait une entrée fracassante dans le Top 10 000 des best-sellers en ligne de la librairie Barnes & Noble), et surtout, hélas, directrice du département d'histoire de l'art – résonnèrent dans la galerie jusqu'à s'arrêter devant la porte du bureau de Qatar. C'était une grande femme sèche, toujours irritée, au nez proéminent et au front barré d'un sourcil unique, noir et long de dix centimètres. Elle entra sans frapper et lança :

— Il me faut votre budget. Pour cet après-midi.

— Je croyais que nous avions jusqu'à mercredi prochain.

Qatar prit la pose, une tasse de porcelaine tenue délicatement entre ses longs doigts, les sourcils légèrement haussés. Il portait son foulard de soie Hermès bleu acier qui mettait en valeur la finesse de ses traits et, avec les livres alignés derrière lui, il devait avoir de l'allure. Hélas ! avec quelqu'un comme Neumann, cela ne servait strictement à rien : il avait affaire à une puritaine-née.

— J'ai décidé d'éviter les problèmes de l'année passée en faisant en sorte que tous les budgets soient sur mon bureau avec une semaine d'avance, ce qui me laissera le temps d'éliminer les erreurs, déclara-t-elle, d'un ton qui suggérait sans l'ombre d'un doute qu'elle entendait le terme « erreur » comme aurait pu l'entendre un inquisiteur papal quelques siècles plus tôt.

« L'année passée », Qatar avait présenté son budget avec deux semaines de retard.

— C'est impossible ! rétorqua-t-il. Si au moins vous m'aviez prévenu...

— Apparemment, vous n'avez pas lu le bulletin du département de la semaine dernière, coupa-t-elle d'un ton cinglant.

Une petite flamme brillait dans ses yeux. Elle l'avait pris sur le fait, et il ne tarderait pas à recevoir une note de réprimande avec copie jointe pour son dossier personnel.

— *Personne* n'a lu le bulletin du département de la semaine dernière, Charlotte, riposta-t-il. (Ayant été publié à maintes reprises, lui aussi avait le droit d'adopter un ton cinglant.) Personne ne lit jamais le bulletin du département, parce que le bulletin du département, c'est – pour prendre les termes du vénéré Sartre – de la merde. En outre, il se trouve que j'ai pris mes journées de congé-formation jeudi et vendredi – comme vous l'auriez su si vous aviez lu la note que je vous ai envoyée. Je n'ai donc pas eu le bulletin entre les mains.

— Je suis pourtant sûre qu'il a été déposé dans votre casier.

— Elene serait infichue de localiser son arrière-train, alors, vous savez, mon casier... Elle n'arrive même pas à me faire parvenir mon chèque de fin de mois.

Elene était la secrétaire du département.

— Très bien, fit Neumann. Demain, alors. Avant midi.

Elle recula d'un pas et, une fois dans le couloir, claqua la porte.

L'impact fit sursauter Qatar. Le café gicla de sa tasse, lui aspergea les doigts, se répandit sur la vieille moquette. Il se leva, fit le tour du bureau, aveuglé par une rage noire qui le laissa pantelant. Il avait choisi la vie d'enseignant parce que c'était une haute vocation, bien plus élevée que le commerce. S'il avait opté pour le commerce, il serait certainement riche à ce jour ; mais il se refusait à être un marchand aux mains sales. Cela dit, dans certaines situations, comme celle-ci, l'idée de détenir un pouvoir exécutif – le pouvoir de détruire toutes les Charlotte Neumann du monde, par exemple – ne manquait pas d'attrait.

Il arpenta le bureau cinq bonnes minutes, échafaudant des scénarios de destruction, les peaufinant, maugréant les répliques de chaque personnage. Des visions si claires qu'elles étaient presque palpables.

Quand la rage eut reflué, il se sentit nettoyé. Purifié. Il se servit une autre tasse de café, la souleva d'une main ferme. But une gorgée, et soupira.

Il prendrait du plaisir à détruire Charlotte Neumann, mais pas pour assouvir sa perversion. Il l'apprécierait comme n'importe quel employé dont le supérieur hiérarchique se délecte de petites brimades.

Il allait donc s'emporter, et fantasmer, mais pour ce qui était de l'action, il se contenterait de rester en garde en s'efforçant de lui rendre quelques coups, comme n'importe quel autre professeur.

Charlotte Neumann ne l'excitait pas.

Le lendemain, en se promenant chez Saks, il constata que les pulls en cachemire étaient arrivés en rayon. Le froid allait bientôt cesser, mais le cachemire était intemporel. Ces pulls en particulier, avec leur col légèrement roulé, feraient ressortir son visage, et leur coupe près du corps lui ferait une jolie silhouette en V. Il en essaya un, le trouva parfait. Surtout avec un bon jean qui mettrait ses fesses en valeur – il n'aurait qu'à le déposer chez un couturier, et, pour neuf dollars, l'ourlet serait impeccable. Et, pour compléter la tenue, une veste en daim champagne et des bottes de cow-boy... mais tout cela coûtait cher, trop cher.

Il reposa le chandail sur son rayon et quitta le grand magasin en pensant à Barstad. *Elle* excitait sa perversion. Il pensa à elle, et au cordon, et sentit instantanément monter une érection presque douloureuse. Les blondes lui paraissaient plus nues que les autres femmes, et tellement plus vulnérables...

On était déjà mardi. Après tout, peut-être allait-il pouvoir s'acheter toutes ces choses dont il avait envie dès demain.

Il prendrait le cordon.

Mais le soir venu, alors qu'il pensait toujours à Barstad et au cordon, au cordon et à Barstad, sentant son appétit croître d'heure en heure, un nouveau déraillement se produisit. Qatar rentra chez lui de bonne heure, sortit une bouteille de lait du réfrigérateur et une boîte de céréales du placard, et s'assit à table pour manger. Le *Star-Tribune* était là depuis le matin. Qatar versa du lait sur les céréales, ouvrit le journal au hasard. Son œil tomba aussitôt sur un entrefilet en bas de page. Sur deux lignes, le titre annonçait : « Une femme étranglée / La police en quête d'indices ».

Le corps d'une femme non identifiée a été retrouvé dimanche dans la forêt d'État du Minnesota, au nord de Cannon Falls, par un habitant de la région qui chassait le dindon sauvage. Cette personne serait décédée depuis un an au moins, selon les premières observations du médecin légiste du comté de Goodhue, Carl Boone.

— Merde...

Il se leva, jeta le journal en direction de l'évier. S'engouffra dans le salon, les mains nouées.

— Merde, merde !

S'effondra dans un fauteuil, se couvrit la tête à deux mains, et pleura. Pleura une minute entière, en inspirant à longs hoquets, les joues baignées de larmes. N'importe quel historien de l'art sérieux aurait fait la même chose. Cela s'appelait la sensibilité.

Une fois la minute écoulée, il cessa de pleurer. Il s'aspergea le visage d'eau froide, le tamponna avec des serviettes en papier. Scruta le miroir et pensa : Barstad. Pas question d'y toucher pour le moment. Si une autre blonde venait à disparaître, la police verrait rouge. Il allait devoir attendre. Tant pis pour le cachemire. Tant pis pour les vêtements neufs. Mais après tout, peut-être cette fille allait-elle pouvoir lui donner un peu de bon, de vrai sexe. Pour changer.

Sauf qu'il était toujours sous l'emprise de ce charme particulier. De sa blondeur. Il le sentait au fourmillement de ses doigts, à la veine qui pulsait en ce moment même dans les profondeurs de sa gorge. Il avait violemment envie d'elle. Et il l'aurait.

Tôt ou tard.

2

L'hiver n'avait été ni particulièrement froid ni particulièrement neigeux, mais on avait l'impression que le soleil ne s'était pas montré depuis des mois. Les réverbères s'allumaient toujours à dix-sept heures et, conséquence de l'alternance quotidienne des gelées et du dégel, l'humidité revenait sans cesse à la charge.

Derrière la vitrine du café, Lucas Davenport regardait les gouttes d'eau s'écraser sur les planches de la terrasse déserte, au bord du fleuve.

— Je ne supporte plus cette maudite pluie, grogna-t-il. J'ai l'impression de l'entendre tambouriner en permanence depuis des mois.

La femme assise en face de lui ayant acquiescé, il continua.

— Hier, au tribunal, je me suis approché d'une fenêtre et j'ai jeté un coup d'œil dans la rue. Tous ces gens en train de courir, en imper ou en parka, on aurait dit des cafards qui s'agitent dans la pénombre !

— Encore deux semaines à tenir avant le printemps, Lucas.

Weather Karkinnen finit son bol de soupe au riz sauvage et se tamponna les lèvres du coin de sa serviette. C'était une femme de petite taille, dont les cheveux restaient vaguement aplatis bien qu'elle se fût ébrouée en retirant son bonnet tricoté main, à motifs de flocons de neige. Elle avait le nez légèrement de travers, des épaules larges, et un regard bleu inflexible.

— Je vais te dire, reprit Lucas. Il me suffit de regarder ce fleuve pour avoir froid. Tout en lui respire l'hiver.

Ses yeux errèrent un instant sur les flots du Mississippi, jusqu'aux lumières du Wisconsin qui scintillaient le long de la berge opposée.

— Et il ne sent pas la rose, ajouta-t-il. Plutôt la carpe crevée.

— Et la pourriture, aussi. Heureusement, regarde, les aigles sont de sortie. Ils jouent les charognards.

— Partons, proposa Lucas. Si on prenait ton voilier ? On n'a qu'à s'offrir quinze jours de…

— Impossible. Je suis bloquée pour les huit prochaines semaines. En plus, tu n'aimes pas la voile. La dernière fois que tu es monté sur un bateau, tu as dit que c'était comme rouler en camping-car.

— Tu n'as pas bien retenu, rectifia Lucas tout en levant son verre de martini vide à l'intention de la serveuse. J'ai dit que ça revenait à traverser le Dakota du Nord à douze à l'heure au volant d'un camping-car. En plus chiant.

Weather fit tournoyer son verre de vin blanc entre ses doigts. Elle était chirurgienne et avait des mains musculeuses.

— Et cette fille qu'on a retrouvée étranglée ? Si tu donnais un coup de main à tes collègues ?

— C'est leur problème. En plus, je…

— Ça traîne en longueur, l'interrompit Weather. Quand est-ce qu'ils l'ont retrouvée ? Le week-end dernier ?

— Dimanche. Il faut du temps.

— Déjà une semaine. Est-ce qu'ils savent quelque chose, au moins ? À part qu'elle est morte il y a dix-huit mois ?

— Je n'en sais trop rien. Je ne sais pas du tout où ils en sont. Je t'ai dit que je connaissais ses parents ?

— Non.

— À l'époque, ils sont venus me trouver. Après sa disparition. Pour me demander de l'aide. J'ai passé quelques coups de fil, parlé à deux ou trois personnes. Certaines pensaient qu'elle s'était barrée sur la côte, d'autres qu'elle était morte.

Mais personne n'avait la moindre idée quant à l'identité d'un éventuel meurtrier. Tout ce qu'ils savaient, c'est que cette fille n'était plus là – sans que rien dans son comportement leur ait laissé prévoir un possible départ. À part ça, je n'ai rien trouvé. Zéro.

— Si tu t'y collais ? D'habitude, c'est le genre d'affaire qui te plaît. Avec un vrai parfum de mystère. Le meurtrier n'est pas un de ces blaireaux qui attendent que la police vienne les chercher dans leur cuisine, une bouteille de bière à la main.

— Je ne tiens pas à marcher sur les plates-bandes de mes collègues. Ils essaient de faire leur boulot.

Lucas gratta la vieille cicatrice qui lui barrait le front et le sourcil avant de finir sa course au milieu de sa joue. C'était un homme de haute stature, aux épaules carrées, dont le teint sombre – presque un teint d'Indien – contrastait avec la couleur de ses yeux, bleu azur. Il changea prudemment de position sur sa chaise, comme s'il craignait de la voir céder sous son poids.

— En plus, dit-il, je connais ses parents. Je me sentirais mal.

— Tu parles… Je te connais, tu as le cafard et tu cherches une oreille compatissante. Si tu rappelais Machine ? Elle aurait sûrement de la compassion à t'offrir.

— Ou un peu d'herbe à fumer, ajouta Lucas, feignant de se méprendre sur l'identité de « Machine ». Je ne sais pas pour la compassion, mais elle me proposerait un peu d'herbe, c'est sûr.

— Ce n'est pas de *celle-là* que je te parle, lâcha Weather sur un ton dangereusement neutre.

Bien sûr que non. Mais lui aussi savait jouer à ce petit jeu-là.

— Ah bon ? fit-il avec une tentative de sourire charmeur.

Sauf que son sourire charmeur fonctionnait rarement : si ses yeux étaient capables de charmer, son sourire avait toujours eu quelque chose de dur.

Les relations sentimentales, se dit-il en dévisageant Weather, ressemblent aux petites roues crantées des vieilles montres de gousset. Elles tournaient en permanence ; certaines étaient légères et bougeaient vite, d'autres, plus importantes, beaucoup plus lentement. Le rouage essentiel de sa vie – sa relation avec Weather – avançait cran par cran vers la zone des relations durables.

Ils avaient déjà été une fois sur le point de se marier, mais tout s'était effondré après que Weather eut été prise en otage par un forcené, dans le cadre d'une enquête sur laquelle travaillait Lucas. Les policiers avaient tendu un piège à cet homme, qui s'était pris une balle dans la tête juste à côté de Weather. Elle avait fait ses valises en abandonnant sa robe de mariage sur un cintre de la penderie de Lucas. Après deux ans de séparation, ils avaient renoué. Ils couchaient de nouveau ensemble depuis deux mois – sans s'être risqués à mettre les choses au point. Pas d'engagement solennel, pas d'ultimatum ni d'il-faudrait-qu'on-en-parle. Si un autre incident survenait, tout serait fini, Lucas le savait. Il ne resterait plus rien à négocier.

Lucas aimait les femmes. La plupart d'entre elles, à un nombre raisonnable d'exceptions près, le lui rendaient bien. Certaines l'avaient aimé au point de mettre en mouvement plusieurs rouages en même temps. L'été précédent, par exemple, il avait eu une aventure fugace et délicieuse avec une jeune et jolie céramiste. À peu près au même moment, il avait renoué le contact avec Catrin, une ex-petite amie du temps de la fac, mariée de longue date et en proie à une sévère crise conjugale. Cette histoire-là n'était pas finie. Il n'y avait rien eu de physique entre eux, uniquement des paroles. Mais Catrin était certainement le rouage qui inquiétait le plus Weather.

Lucas se tuait à lui expliquer qu'elle n'avait pas besoin de s'inquiéter. Que Catrin n'était qu'une amie. Une vieille amie.

— Justement, objectait Weather, les vieilles amies m'inquiètent davantage que les jeunes céramistes. Jael n'est qu'une gamine. Et tu serais incapable de sortir longtemps avec une gamine.

Jael – la céramiste – avait huit ans de moins que Weather, dont l'horloge biologique, depuis quelque temps, carillonnait aussi bruyamment que Big Ben.

La serveuse apporta le martini – avec trois olives. Lucas se tourna encore une fois vers le fleuve.

— Hé, regarde-moi ça…

Weather regarda : un canot de pêche Lund de cinq ou six mètres longeait doucement la berge, avec à bord deux silhouettes voûtées sous la pluie.

— Ils tentent une sortie, dit-elle.

— Des pêcheurs aveugles. Ou cinglés. Ou les deux à la fois !

— Les deux, je crois. (Elle esquissa un vague sourire, mais son regard resta grave.) Alors, quand est-ce qu'on met le bébé en route ?

Lucas faillit avaler son noyau d'olive.

— Quoi ?

— Je vais avoir trente-neuf ans. Il n'est pas encore trop tard, mais le coup de gong approche.

— Ma foi, je…

— Réfléchis. Aucun engagement n'est exigé – du moment que tu m'insémines.

Les lèvres de Lucas s'agitèrent de façon spasmodique, sans réussir à former un mot, jusqu'au moment où il comprit qu'elle le taquinait.

— Tu es la seule personne capable de me faire marcher comme ça, lâcha-t-il en enfournant une autre olive.

— Lucas, toutes les femmes de ton entourage te font marcher. Titsy te fait marcher à peu près toutes les trois minutes.

Titsy était le surnom de Marcy Sherrill, une inspectrice de la Criminelle. Une jolie fille, qui aurait mérité un sobriquet un peu plus avantageux.

— Sauf qu'elle, je la vois venir. Je *sais* quand elle cherche à me faire marcher.

— Je te signale en passant que je ne t'ai fait marcher qu'en partie. Si tu n'as aucun projet d'avenir avec la reine de la photo, je crois qu'on devrait vraiment commencer à penser aux enfants.

La reine de la photo était Catrin.

— Catrin et moi ne sommes que des... amis. Devant Dieu. Tu pourrais lui laisser sa chance, je suis sûr qu'elle te plairait.

— Pas question de lui laisser la moindre chance. Sa chance, elle l'a déjà eue.

— Écoute, Weather, la question des enfants ne me pose aucun problème. Si tu veux te faire...

— Si tu dis « engrosser », ou quelque chose dans le même goût, je te jure sur la tête de ma mère que je te balance mon verre de vin à la figure.

— ... te retrouver enceinte, compléta prudemment Lucas, on devrait pouvoir trouver une solution.

— Donc, c'est réglé.

— Bien sûr. Comme tu voudras.

— Qu'est-ce que c'est que ce « comme tu voudras » à la con ? Qu'est-ce que... ?

Lucas gratta de nouveau sa cicatrice. Diable... Il avait failli se laisser aller à envisager un engagement.

Quand ils repartirent en voiture vers les Villes jumelles[1], la pluie s'était transformée en crachin. Ils atteignirent Saint Paul juste avant neuf heures du soir et virent de loin un véhicule inconnu stationné dans l'allée de Lucas – un cabriolet vieillot de couleur sombre, peut-être une Volkswagen. Non seulement Lucas ne connaissait aucun propriétaire de Volkswagen, mais il avait déjà eu de mauvaises expériences avec des gens qui l'attendaient à sa porte. Il ouvrit la boîte à gants. Son gros 45 était à l'intérieur.

— Il y a quelqu'un sur le perron, souffla Weather.

Lucas distingua deux silhouettes. La plus grande, et la plus massive, était en train d'appuyer sur le bouton de la sonnette. Lucas engagea lentement son Tahoe dans l'allée. Les deux

---

1. Surnom fréquemment donné à Minneapolis et Saint Paul, qui se font face de part et d'autre du Mississippi. (*N.d.T.*)

sihouettes se retournèrent, et la plus grande s'avança à grands pas jusque dans le faisceau des phares du 4 × 4.

— C'est Swanson, lâcha Lucas, rassuré.

Swanson était un vieux routier de la Criminelle, un adepte du service de nuit, même s'il était un peu trop vieux et un peu trop lourd pour ce genre d'activité. Pas brillant, mais compétent. La femme trapue, aux faux airs de garçon manqué, qui l'accompagnait était une inspectrice des Mœurs, Carolyn Rie : taches de rousseur, tresses et grandes dents. Une fille intéressante, mais qu'il valait mieux aborder avec le masque impassible d'un joueur de poker quand Weather était à proximité. Elle portait un blouson de cuir doublé de laine un peu trop grand et n'avait pas de gants.

— Hé, Swanson ! lança Lucas par la portière. Salut, Carolyn.

— On a quelque chose à te montrer, fit Swanson en agitant un rouleau de papier.

Une fois à l'intérieur, Weather alla préparer le café pendant que les trois policiers tombaient la veste.

— Envoyez la sauce, dit Lucas.

Rie prit le rouleau des mains de Swanson et l'étala sur la table de la salle à manger.

— Diantre ! lâcha Lucas.

C'était un dessin. Détaillé, et presque grandeur nature, d'une femme nue à la croupe tendue vers le spectateur, les cuisses entrouvertes, un doigt introduit à l'intérieur de la vulve. Elle faisait une fellation à un homme qui n'apparaissait que partiellement dans le cadre.

Intriguée, Weather s'approcha.

— Dégoûtant, dit-elle en regardant Rie. Vous avez trouvé ça où ?

— Sur le pont de Washington Avenue, dans la partie couverte. En novembre. Une certaine Emily Patton était en train de traverser à pied pour rejoindre la bibliothèque universitaire, sur la rive ouest. C'était vers six heures du matin, il faisait encore sombre, et il n'y avait pas grand monde dans le secteur. Tout à coup, elle voit ce dessin placardé sur un mur – dans un de ces renfoncements où les étudiants peignent des fresques et collent des affiches, vous voyez ce que je veux dire ?

— Ouaip, fit Lucas. Continuez.

— Bref, elle trouve ce dessin, et deux autres du même style. Ce qu'il y a d'étonnant, c'est que Patton reconnaît le modèle, ajouta Rie en tapotant du doigt le visage de la femme. L'idée lui vient que l'intéressée risque de ne pas apprécier, et elle les décroche. Il y a trois dessins, et je pense qu'ils ont été mis là très peu de temps avant son passage, vu que personne n'avait encore eu le réflexe de les faucher. Ils étaient juste fixés avec un peu de Scotch.

— Des empreintes sur le Scotch ? demanda Lucas.

— Non, mais j'y reviendrai. En tout cas, voilà Patton bien emmerdée. Elle ne sait pas si elle doit en parler à la fille – elles ont étudié ensemble, mais ne sont pas particulièrement proches.

— Comment s'appelle-t-elle ? intervint Weather. La fille du dessin ?

— Beverly Wood. Bref, Patton finit par aller trouver Wood, cela se passe quelques jours plus tard, et elle lui dit : « Hé, tu sais que quelqu'un a affiché des dessins pornos de toi sur le pont ? » Wood n'était au courant de rien, Patton lui montre les dessins, et Wood se met à flipper. Elle vient nous voir – avec Patton. Elle nous explique qu'elle n'a jamais posé pour aucune photo de ce genre. En fait, elle n'a connu que deux hommes dans sa vie, et aucune de ces liaisons n'a duré long-temps. Rien que de l'archiconventionnel sur le plan sexuel, d'après ce qu'elle dit. Pas de photos, pas de dessins, pas de défilé ou de pose à poil.

— Ça a l'air tristounet, remarqua Lucas.

— Tout le problème est là. Ce n'est pas le genre de personne qu'on retrouve d'habitude sur ce genre d'image.

— Vous vous êtes renseignés sur les types ? Les deux ex ?

— Oui. Tous les deux nient en bloc, et ils nous semblent

réglo – ce que Wood confirme. Et surtout, ni l'un ni l'autre n'a de formation artistique… parce que le type qui a pondu ce truc est assez bon en dessin. Je veux dire, il a forcément un certain niveau.

Tous les regards convergèrent sur le dessin : aucun doute, l'auteur avait du talent.

— Ce n'est peut-être pas Wood, observa Lucas. Ce dessin représente peut-être quelqu'un d'autre, ou personne en particulier.

— Non. Voyez cette petite bosse sur le nez… et ce grain de beauté à côté de l'œil… Je veux dire, vous vous en rendriez compte tout de suite si vous alliez lui parler. C'est elle.

— Soit, fit Lucas, en s'éloignant de la table et en se tournant vers Swanson. Quoi d'autre ? Cela remonte à novembre, vous dites ?

— Oui. On a fait une recherche d'empreintes qui n'a strictement rien donné, à part celles de Patton et de Wood. Donc, celui qui a affiché ce truc s'attendait à ce qu'on recherche des empreintes. Il est prudent.

— Vous vous êtes renseignés sur Patton ? Et sur Wood ? s'enquit Weather. Ça pourrait être une forme d'exhibitionnisme.

Rie balaya la question d'un revers de main.

— On y a pensé… Mais vous devez comprendre qu'à ce stade aucun crime véritable n'avait été commis. Enfin, on a vérifié quand même. Ou plutôt, le processus était en cours, sauf qu'entre-temps Patton et Wood ont toutes les deux parlé, le *Daily Minnesotan* a eu écho de l'affaire et a mis un jeune stagiaire dessus. Ils nous l'ont envoyé, et… avec l'autorisation de Wood, bien sûr, on lui a servi une petite histoire. On s'est dit qu'il y avait une probabilité pour que l'auteur du dessin évolue dans le milieu artistique, et donc qu'avec un peu de chance quelqu'un allait reconnaître son style. Et voici le résultat.

Rie étala deux autres dessins, plus petits que le premier et pliés en quatre – comme s'ils avaient séjourné dans une enveloppe. Le premier représentait une femme en train de se masturber avec un vibromasseur. Le second, une femme nue adossée contre une porte, la hanche tournée vers le spectateur.

— Ils ont été expédiés par courrier à deux étudiantes de la fac, l'un en juin de l'année dernière, l'autre fin août ou début septembre. Aucune des deux ne les a signalés à la police. L'une d'elles a cru à une plaisanterie de mauvais goût que lui faisait un camarade des beaux-arts. Elle a même trouvé le dessin plutôt réussi.

— Sûrement celui de la porte, dit Weather, en apportant sur un plateau quatre tasses de café soluble chauffé au micro-ondes.

— Exact, confirma Rie. Peu de femmes auraient apprécié de se voir représentées avec un vibromasseur. En tout cas, cette fille-là – elle toucha le dessin au vibromasseur – affirme non seulement qu'elle n'a jamais posé pour qui que ce soit, mais que personne ne l'a jamais vue nue, en tout cas plus depuis ses cours de gym au lycée. Personne, mâle ou femelle. Elle est vierge.

— Hmm... fit Lucas en observant tour à tour les trois dessins, qui étaient à l'évidence l'œuvre du même artiste. Donc, il s'agit d'un timbré. (Il regarda de nouveau Swanson.) Et ?

— Tu te souviens de cette fille étranglée qui a refait surface dimanche ? fit Swanson. Julie Aronson ? Regarde ce qu'il y avait dans son dossier. À l'époque, on avait trouvé ça dans un tiroir de son bureau. Pour être franc, je crois qu'à part Del tout le monde avait oublié ce détail.

Et Swanson déplia un quatrième dessin. Une femme assise à califourchon sur une chaise, les jambes largement écartées, les deux mains sous les seins. La pose avait beau être un peu moins pornographique que celles des autres dessins, il était évident que l'auteur était encore une fois le même.

— Ho, ho, fit Lucas.

— On n'était pas au courant pour les autres dessins, expliqua Swanson, puisque l'affaire relevait des Mœurs. Mais

Del les a vus en s'arrêtant pour discuter le bout de gras avec Carolyn, et c'est là qu'il s'est souvenu du dossier Aronson. On l'a ressorti cet après-midi, et on vient de les comparer.

— C'est un psychopathe, lâcha Rie.

— Ça m'en a tout l'air, opina Lucas. Alors ? Vous voulez quoi au juste ? Du renfort ?

— On s'est dit que tu pourrais peut-être te pencher là-dessus, répondit Swanson. Jeter un coup d'œil.

— C'est que... je suis assez embouteillé en ce moment, et...

— Foutaise ! s'exclama Weather en se tournant vers Swanson et Rie. Il s'ennuie tellement qu'il envisage même de partir en voilier !

Et, à Lucas :

— Au moins, ça te donnera quelque chose à faire en attendant que le soleil revienne !

3

Le chef du Service des enquêtes, Frank Lester, commandait toutes les unités d'investigation en civil du département de police de Minneapolis – à l'exception du Groupe d'études stratégiques et de planification, dirigé par Lucas. Malgré un embonpoint qui trahissait le bureaucrate au long cours, il avait conservé son petit sourire sceptique de flic rompu aux réalités du terrain. En voyant Lucas pousser la porte de son bureau le lendemain matin, il esquissa un geste dans sa direction avec sa tasse de café et lança :

— Tu as un suçon.

— Quel limier ! répondit Lucas, portant la main à son cou, où fleurissait effectivement un suçon qu'il avait découvert ce matin-là en se rasant. Tu as parlé à Swanson ?

— Il m'a téléphoné chez moi hier soir, avant de passer te voir. J'espérais que tu serais d'accord pour mettre le pied à l'étrier.

Lester était confortablement assis dans son fauteuil, les pieds sur le bureau métallique. Derrière lui, une lueur gris sale filtrait entre les lames du store, baignant un plant de tomate sénile qui se ratatinait sur le rebord de la fenêtre.

— Alors ? Tu me parles de ce suçon ?

— Tu m'as expliqué un jour que chaque fois que tu mettais les pieds sur le bureau, tu te coinçais un nerf.

— Merde... (Lester ramena les jambes au sol, se redressa dans son fauteuil et se frotta la nuque.) Chaque fois que je bois une tasse de café, il faut que je mette les pieds sur le bureau. Et si je les laisse trop longtemps, je me retrouve estropié pour une semaine.

— Tu devrais voir un toubib.

— Je l'ai fait. Il m'a dit de m'asseoir correctement. Putain de médecine du travail. (Il avait apparemment oublié le suçon.) En tout cas, ton équipe et toi êtes les bienvenus sur cette affaire. Je vais demander à Swanson de te mettre au parfum en ce qui concerne la scène du crime, le dossier, les photos, et tout ce qui a été retrouvé chez Aronson. Rie se charge de convoquer les autres femmes qui ont reçu un dessin. Plutôt bizarre, comme histoire, hein ?

— Plutôt, concéda Lucas.

Après avoir médité un instant en silence sur la bizarrerie des dessins, Lester reprit la parole :

— Je vais demander à la Crim de te prêter Swanson et Black, ce qui vous permettra de prendre l'affaire en charge de A à Z. On a trois homicides sur le dos, plus l'affaire Brown. En l'absence du corps de Lynette Brown, on n'a que des présomptions, et le proc est mort de trouille. On n'arrive toujours pas à mettre la main sur le dentiste qui lui a fait son bridge.

— J'ai entendu dire que Brown avait engagé Jim Langhorn.

Langhorn était avocat.

— Oui. D'après la rumeur, quand Brown lui a téléphoné, Langhorn a décroché en disant : « Un million », ce à quoi Brown aurait répondu : « Où est-ce que je signe ? »

— Si c'est vraiment Langhorn qui le défend...

— C'est lui.

— Alors vous êtes déjà à moitié foutus.

— Je le sais.

— À moins d'un coup de pot. Si quelqu'un retrouve une dent dans une boîte d'œufs, par exemple. Vous n'aurez plus qu'à commander un test ADN.

— Tout le monde a l'air de trouver cette histoire tordante,

bougonna Lester en pointant un doigt accusateur sur Lucas. Je ne vois pas ce qu'elle a de drôle.

— Elle l'est un petit peu. Je veux dire, quand même, Harold Brown !

Harold Brown était un milliardaire philanthrope qui avait créé, avec l'argent de son défunt père, une usine destinée à recycler les vieux journaux en boîtes à œufs. Il était soupçonné d'y avoir aussi recyclé sa femme, Lynette. À la brigade criminelle, on croyait dur comme fer qu'il avait jeté le corps dans une cuve d'acide – un bridge en or avait été retrouvé au fond de la cuve après qu'elle eut été vidée –, et que Lynette était maintenant en train de donner asile à quelques douzaines d'œufs de calibre A.

— Non. Ça ne me fait pas rire du tout, contra Lester. Et depuis que Channel 11 a eu vent de l'info en ce qui concerne le bridge, on a la télé sur le dos du matin au soir. (Son regard s'éclaira vaguement.) Voilà au moins un inconvénient que tu n'auras pas. À part Swanson, Rie, Del, toi et moi, personne n'est au courant de quoi que ce soit pour les dessins. Les pisse-copie ne se doutent pas qu'on a un détraqué sur les bras.

— Ça me désole de devoir te le dire, mais il se peut qu'on soit amenés à diffuser ces dessins à la télé. Si deux femmes ont réagi à un simple entrefilet dans le *Daily Minnesotan*, je me demande combien d'autres pourraient se faire connaître.

Lester se carra dans son fauteuil, remit inconsciemment les pieds sur son bureau, et croisa les chevilles.

— Bon, dit-il en se grattant le menton. S'il le faut... Peut-être que ça nous débarrassera d'un peu de pression. Sur l'affaire Lynette Brown, je veux dire.

— Peut-être. Tu veux que j'en parle à Rose Marie ?

— Ce serait bien.

En sortant, Lucas s'arrêta à la porte :

— Tes pieds, Frank.

— Ah... Quel con !

Rose Marie Roux, le chef de la police, était en rendez-vous avec le maire. Lucas laissa un message à sa secrétaire pour solliciter une minute de son précieux temps, puis descendit l'escalier menant à ses nouveaux locaux. Le placard à balais où il avait exercé ses fonctions jusque-là n'était plus qu'un souvenir. La nouvelle installation empestait encore la peinture et le ciment frais, mais avait l'avantage de comporter deux petits bureaux individuels clos et bien équipés, plus une salle collective pour les inspecteurs.

La question de savoir qui s'approprierait ce nouvel espace avait donné lieu à une bataille de chiffonniers. Lucas avait fait remarquer à Rose Marie qu'elle se trouvait en position de satisfaire deux équipes en lui donnant à lui un plus grand bureau, et en offrant l'ancien à quelqu'un qui n'avait encore jamais eu de bureau. Il avait réellement besoin de s'agrandir : ses agents ne pouvaient plus continuer à recevoir leurs contacts dans le couloir. Rose Marie s'était laissé convaincre – et avait calmé l'équipe concurrente en lui promettant de nouvelles chaises à roulettes et un ordinateur Macintosh capable de stocker les fichiers d'images.

En franchissant le seuil – même la porte était neuve, ce qui lui inspirait un curieux sentiment de fierté –, Lucas trouva Marcy Sherrill assise à *sa* place, les pieds sur la table. Elle était toujours en arrêt de travail, et il ne l'avait pas vue de la semaine.

— Tu vas te coincer un nerf, dit-il en refermant la porte.

— J'ai des nerfs d'acier. Aucun risque.

— Préviens-moi quand tu n'arriveras plus à te lever, grogna Lucas en contournant la table.

Marcy avait beau être séduisante – et célibataire –, elle n'inquiétait pas Weather : Lucas et elle avaient brièvement exploré ensemble le sentier de la liaison amoureuse, un sentier qu'ils avaient abandonné par consentement mutuel. Marcy était une dure à cuire, quelqu'un qui aimait la castagne. Ou l'avait aimée.

— Alors ? Tu te sens comment ?

— Pas trop mal, répondit-elle. Mais j'ai toujours ces maux de crâne la nuit.

Quelque temps auparavant, elle s'était pris une décharge de fusil de chasse en pleine poitrine.

— Encore combien de temps ? demanda Lucas.

— J'arrête les analgésiques la semaine prochaine, dit-elle en secouant la tête. D'après eux, ça devrait régler le problème des migraines, mais je risque d'avoir un peu plus mal à la poitrine. Dans les limites du supportable. Enfin, ils croient.

— Tu continues la rééducation ?

— Oui. Et ça me fait encore plus mal que les migraines et les douleurs thoraciques réunies. (Sentant l'insistance du regard de Lucas, elle se redressa sur le fauteuil.) Pourquoi ? Tu as quelque chose pour moi ?

— On va se charger du meurtre Aronson. Swanson doit nous briefer cet après-midi. Black nous rejoindra temporairement. Il va aussi falloir mettre Del et Lane dans le coup. Pour faire court, je dirai qu'il s'agit de serrer un détraqué sexuel.

— Et tu veux que je participe ?

Marcy eut beau tenter de rester calme, tout dans son attitude trahissait l'impatience.

— En service limité, si ça t'intéresse. On va avoir besoin de quelqu'un pour assurer la coordination.

— Je peux m'en occuper.

Elle se leva avec une ombre de douleur dans le regard et fit précautionneusement le tour du bureau.

— Bon Dieu ! et comment que je vais m'en occuper…

La secrétaire de Rose Marie rappela pendant que Lucas et Marcy tentaient de planifier leur approche de l'affaire Aronson.

— Rose Marie souhaiterait vous voir. Tout de suite.

— Deux minutes, fit Lucas, qui se tourna vers Marcy en raccrochant. Donc, les fédéraux vont peut-être pouvoir nous faire un profil psychologique de l'artiste. Il faudra emporter les dessins dans une de ces agences d'architecte où il y a des photocopieurs géants pour en tirer des copies grandeur nature. Essaie de les envoyer à Washington par courrier dès ce soir. Et préviens Machin-Truc... ah oui, Mallard. Tu trouveras ses coordonnées dans mon agenda. Vois s'il peut court-circuiter la bureaucratie du FBI.

— Entendu. Je dirai à Del et à Lane d'être ici à deux heures, et je demanderai à Swanson et à Rie d'apporter leurs dossiers pour nous faire un topo complet.

— Ça roule. Je vais parler à Rose Marie, et ensuite j'irai faire un tour en ville, histoire de prendre la température.

— Tu sais que tu as un suçon ? lâcha Marcy en se touchant le cou.

— Ouais, ouais. Vu la façon dont tout le monde m'en parle, il doit être de la taille d'une rose.

— À peu près. Au fait, tu es prêt pour le grand saut ? Avec Weather ?

— Peut-être. Peut-être pas.

— Nom d'un chien... Ce que tu es trouillard.

Elle sourit, mais ne put éviter de paraître un peu triste.

— Tu es sûre que ça va ? s'enquit Lucas.

— J'aimerais juste que cette merde me lâche, répondit-elle, nerveuse.

Marcy parlait de la douleur ; elle en parlait comme d'une personne, et Lucas comprit exactement ce qu'elle ressentait.

— Je ne suis plus qu'à deux doigts de revenir, ajouta-t-elle, mais je voudrais déjà y être. Me battre contre quelqu'un. Sortir avec quelqu'un. N'importe quoi.

— Hé ! C'est pratiquement fait. Tu t'es améliorée de deux cents pour cent par rapport au mois dernier. Même tes cheveux sont mieux. Encore un mois... encore un mois, et tu auras retrouvé ta vitesse de croisière.

Rose Marie Roux était une femme corpulente, proche de la soixantaine, une fumeuse de longue date qui vieillissait plutôt mal. Les murs de son antre étaient tapissés de photographies en noir et blanc de politiciens locaux, de quelques policiers, de

41

son mari, de ses parents ; plus la collection habituelle de plaques commémoratives. Son bureau était en ordre, mais des montagnes de dossiers s'empilaient sur une table installée le long d'un mur. Assise devant cette table, elle tripotait un chapelet d'ambre quand Lucas entra. Elle leva sur lui ses yeux de chien de chasse fourbu.

— Vous êtes passé tout à l'heure. Qu'est-ce qu'il y a ?

Après s'être installé dans le fauteuil face au bureau, Lucas lui parla des dessins et du meurtre Aronson.

— Je prends l'affaire, dit-il. Lester s'inquiète pour les médias. Mais je crois qu'on va peut-être devoir les utiliser, et je tenais à vous le faire savoir.

— Refilez le tuyau à Channel 3 – en faisant ce qu'il faut pour qu'ils comprennent qu'on leur fait une énorme fleur et qu'ils ont intérêt à nous rendre la monnaie de notre pièce... la monnaie de notre pièce, répéta-t-elle en hochant la tête, surtout pour elle-même.

— Entendu. Alors, quoi de neuf ? Vous avez l'air un peu stressée.

— Un peu, oui.

Elle se mit debout, s'approcha de la fenêtre, contempla la rue.

— Je viens de parler à Sa Majesté.

— On m'a dit qu'il était venu vous voir.

— Il ne se représente pas à l'automne. C'est décidé. (Elle se détourna de la fenêtre pour faire face à Lucas.) Ce qui veut dire que je fais partie de l'histoire ancienne. Mon mandat expire en septembre. Il ne pourra pas me reconfirmer dans mes fonctions, pas avec un nouveau maire qui débarque un mois plus tard. Le conseil refuserait d'entériner sa décision. Il pense que Figueroa est le mieux placé pour lui succéder, mais il se peut aussi que Carlson ou Rankin se mette sur les rangs et le coiffe au poteau. Et aucun de ces candidats-là ne me reconduira.

— Hmm. Pourquoi est-ce que vous ne vous présentez pas ?

Elle secoua la tête.

— À ce poste, on se fait trop d'ennemis dans son propre camp. Si je passais la primaire, j'arriverais probablement à remporter l'élection, mais je n'ai aucune chance de passer la primaire. Pas à Minneapolis.

— Vous pourriez changer de camp et devenir républicaine.

— La vie n'est pas assez longue, soupira-t-elle. J'ai essayé de le convaincre de rempiler pour un dernier mandat, mais il dit qu'il a besoin de gagner un peu d'argent pour assurer ses vieux jours.

— Vous comptez faire quoi ?

— Et vous ?

— Moi ?

Lucas haussa les épaules, Rose Marie soupira.

— Vous occupez un poste politique, Lucas, et laissez-moi vous dire une chose : en interne, le seul candidat possible à ma succession est Randy Thorn – et Thorn ne vous maintiendra pas. C'est un maniaque du contrôle. Il n'aime pas la façon dont je vous laisse opérer.

— Vous croyez qu'il gagnera ?

— Il peut gagner. Il s'est sacrément bien débrouillé à la tête de la police en uniforme. En roulant des mécaniques, en faisant valoir ses relations au sein de la profession, en distribuant de grandes claques dans le dos de ses frères flics. Pas plus tard que la semaine dernière, il a enfilé une tenue de combat pour participer à un raid du groupe d'intervention d'urgence. Au conseil, il y a quelques machos qui adorent ce genre de cirque.

— Oui. Mais je ne suis pas sûr qu'il soit assez futé.

— Moi non plus. C'est pourquoi il me paraît plus vraisemblable que le nouveau maire fasse appel à quelqu'un de l'extérieur. Quelqu'un qui, sur le plan local, n'ait d'autre attache que lui. Quelqu'un d'assez costaud pour jouer dans le style zéro tolérance, comme à New York. Je vois mal un personnage de ce genre confirmer mes adjoints dans leurs fonctions. Il voudra forcément imposer des gens à lui. Lester et Thorn sont des fonctionnaires, avec le grade de capitaine. Même s'ils perdent leur casquette de chef adjoint, on leur trouvera un poste de haut niveau. Vous, en revanche, vous n'êtes pas fonctionnaire.

— Bref, nous voilà tous les deux sur la touche.

Lucas se laissa aller en arrière, entrelaça les doigts derrière sa nuque, et soupira.

— Peut-être bien, répondit Rose Marie. Mais j'ai quand même envie d'essayer un petit quelque chose.

— Quoi donc ?

Rose Marie balaya la question d'un revers de main.

— Il est trop tôt pour en parler. Je vais peut-être devoir poignarder deux ou trois personnes dans le dos. Et aussi sucer quelques bites.

— Pas en même temps. Vous risqueriez un tour de reins.

Elle sourit.

— Vous encaissez bien le choc. Ce qui vaut mieux, parce que ce n'est pas mon cas. Bordel... Je comptais vraiment sur un mandat de plus. Enfin, je tenais à vous le dire : vous et moi, on est sans doute sur le chemin de la sortie.

— Moi qui recommençais tout juste à m'amuser...

— Et comment ça va avec Weather ? Elle est enceinte ?

— Je ne sais pas. Ça pourrait venir.

Rose Marie s'esclaffa – un rire sincère, la tête renversée, la poitrine soulevée.

— Excellent, dit-elle. Parfait.

— Et au cas où elle le serait déjà... commença Lucas, en se livrant à un rapide exercice de calcul mental, les yeux levés vers le plafond. Vous et moi, on sera virés pile-poil au moment d'envoyer les faire-part.

— Comme si vous aviez besoin de votre boulot. Vous êtes plein aux as.

— J'ai besoin de ce boulot. Il faut bien que je fasse quelque chose.

— Alors, accrochez-vous. Ça risque de secouer.

Après avoir quitté le bureau du chef Roux, Lucas revint à la Criminelle, se fit expliquer l'endroit où le corps d'Aronson avait été découvert, le marqua sur une carte, et fit une photo-copie de la carte. Ensuite, il rejoignit le parking souterrain de la 4ᵉ Rue et monta dans son Tahoe. En roulant vers la sortie sud de la ville, il passa tout près de l'adresse d'Aronson et se souvint de la conversation qu'il avait eue avec ses parents peu de temps après sa disparition : il s'était efforcé de les rassurer, alors qu'il sentait bien, au fond de son cœur de flic, que leur fille était morte. Ils s'étaient retrouvés à l'appartement de celle-ci. Les parents attendaient désespérément un coup de fil d'elle – ou de n'importe qui. Il se souvenait d'avoir arpenté les lieux…

C'était un immeuble d'avant-guerre, de cinq étages. La mère faisait le guet à la porte quand Lucas avait émergé au coin de la cage d'escalier.

— Je suis contente que vous ayez pu venir, avait-elle dit.

Il se rappelait encore que les parties communes sentaient la peinture, le désinfectant et l'insecticide, mais qu'il flottait dans l'appartement d'Aronson une discrète odeur de lavande.

L'endroit respirait le meurtre à plein nez. Une équipe de techniciens était déjà passée, laissant un désordre familier aux yeux de Lucas. Les portes des placards béaient ; les coffres, les armoires, les boîtes, les dossiers, les valises – tout était grand ouvert. L'impression générale d'effraction et de désolation était exacerbée par la lumière qui baignait toutes les pièces : l'équipe de la police scientifique avait scotché les rideaux en position ouverte pour bénéficier d'une clarté maximale et, le jour de la visite de Lucas, la lumière du jour était glaciale.

Quatre pièces : un séjour, une petite cuisine, une chambre, une salle de bains. Lucas avait tout visité, les mains au fond des poches, en contemplant les vestiges d'une trop courte vie d'autonomie : les animaux en peluche sur le lit ; le poster au logo d'une émission animalière – un jaguar tapi dans les feuil-lages d'une jungle quelconque –, fixé avec des punaises sur un mur de plâtre vert ; une statue gonflable en plastique imitant le personnage du tableau de Munch *le Cri* ; un tas de colifichets sur les étagères, et bien sûr des photos. Surtout de gens qui ressemblaient à ses parents, à une sœur...

— Des babioles, marmonna-t-il à mi-voix, la tête tournée vers la portière du Tahoe.

Il émanait de cet appartement une impression de modestie, voire de solitude. Une femme qui s'entourait de tels objets devait chercher à recréer un climat d'affection. Lucas se souvenait aussi d'avoir cherché en vain des pilules contraceptives dans son armoire à pharmacie.

Le corps avait été découvert sur le flanc d'une colline, au sud de Hastings ; sur la carte photocopiée par Lucas, les routes étaient clairement indiquées. Il se perdit tout de même après avoir loupé une bifurcation, tenta de rattraper sa bourde en coupant à travers la campagne, et fut contraint de faire demi-tour à cause d'une route barrée. Pour finir, il déboucha sur une aire de stationnement aménagée par le ministère de l'Environnement pour permettre l'accès à un torrent riche en truites. De là, il fallait gravir la colline, d'après les policiers de la Crim. À mi-hauteur, et à cinquante mètres plus au sud, il trouverait un triangle de vieux arbres abattus. Les policiers s'étaient assis sur les troncs. La fosse était juste au-dessus.

Le bois ruisselait de pluie, et le sol de la colline, jonché de feuilles pourries, était extrêmement glissant. Lucas se faufila entre les jeunes chênes dénudés, repéra le triangle d'arbres morts, puis le trou creusé dans le sol de la colline et les traces de piétinement. La pluie avait rendu boueuse la terre sur les bords de la fosse, qui commençait à disparaître sous les feuilles mortes. Deux semaines plus tard, il n'aurait pas pu la retrouver.

Il redescendit la pente sur quelques mètres, puis monta jusqu'au sommet de la colline ; on lui avait dit que des gens vivaient à peu de distance, mais il ne repéra aucune habitation. Celui qui avait caché le corps à cet endroit savait ce qu'il faisait. Seule erreur, il n'avait pas creusé assez profondément, et un chien avait déterré le corps – ou des coyotes. Après quoi, un chasseur était passé par là.

Lucas ne trouva rien d'autre, hormis le murmure du vent dans les ramures.

Sur le chemin du retour, il téléphona à Marcy pour prévenir qu'il allait consacrer les heures suivantes à faire la tournée de ses contacts en ville, au cas où ils auraient entendu parler de quelque chose.

— Tu as peur qu'ils soient malheureux sans toi ?

— J'ai aussi besoin de temps pour réfléchir. Ça m'inquiète un peu de devoir refiler les dessins aux médias, mais pour l'instant je ne vois pas d'autre solution.

— C'est sans doute notre meilleure carte, approuva Marcy.

Lucas passa le reste de la matinée et le début de l'après-midi à sillonner la ville. Il consulta ses informateurs personnels les uns après les autres et, entre chaque visite, il médita sur le meurtre d'Aronson, la perte probable de son emploi, et l'éventuelle naissance d'un enfant. Il porta plusieurs fois la main à son suçon.

Il ne trouva pas la mignonne Susan Kelly au Hot Feet Jazz Dance. Sa chienne devait être opérée ce jour-là d'un cancer du sein, et elle avait tenu à être près d'elle à son réveil, selon son assistante. Lori – l'assistante – était elle aussi très mignonne, mais elle forçait un peu sur la danse. Accrochée à la barre d'exercice qui longeait le miroir de la salle à parquet d'érable verni, elle renversa la tête en arrière jusqu'à toucher le sol, et expliqua à Lucas, le visage à l'envers, qu'un pervers notoire répondant au nom de Morris Ware avait repris du service, et qu'il cherchait des petites filles à faire poser devant son appareil.

— Génial, fit Lucas. Ravi de l'apprendre.

— Si j'étais vous, je le fouetterais à coups de chaîne.

Ben Lincoln, dans sa boutique de matériel de billard et de fléchettes, informa Lucas que deux clubs de motards, les Asia

47

Vets et les Leather Fags, préparaient un match de paint-ball[1] dans un champ au sud de Shakopee, et que la confrontation risquait de dégénérer ; certains membres des Fags, à en croire la rumeur, envisageaient de remplacer la peinture par des billes d'acier. Larry Hammett, des Transports Trax, lui apprit que quelqu'un avait vendu pour trois fois rien une tonne d'amphètes à des chauffeurs routiers : « La moitié des mecs qui circulent sur nos routes ces jours-ci sont défoncés à mort ; plus question de laisser ma fille sortir la bagnole du garage ! »

Lannie Harrison, des Tuyaux, Raccords et Embouts Tulip, lui raconta une blague :

— Un mec entre dans un bar et commande un whisky-soda. Le barman apporte le verre, le pose sur le bar, et s'en va. Au moment où le mec tend la main vers son verre, un petit singe grimpe sur le bar, soulève sa bite, trempe ses couilles dans le whisky-soda, et retourne se planquer sous le comptoir. Le mec est ébahi. Il appelle le barman, et fait : « Hé, dites donc, y a un petit singe qui vient de grimper sur le bar... » Et le barman fait : « Ouais, je sais. Désolé. Je vous sers un autre verre. » Il lui apporte un nouveau whisky-soda et s'en va avec l'ancien. Au moment où le mec va attraper son nouveau verre, le petit singe regrimpe sur le bar...

— ... soulève sa bite et trempe ses couilles dans le whisky-soda.

— Ouais. Tu la connais ?

— Non, mais la structure m'est familière.

— D'accord. Bref, le mec rappelle le barman et lui dit : « Y a le petit singe qui... » Et le barman répond : « Écoutez l'ami, faudra voir à surveiller votre verre. Bon, je vous en sers un dernier. » Et le mec dit : « Hé, c'est quoi l'histoire de ce singe à la noix ? » Le barman fait : « Je ne bosse ici que depuis deux semaines. Mais vous voyez le pianiste, là-bas ? » Il montre un

---

1. « Sport » dans lequel deux équipes se livrent à un affrontement de type militaire, armés de fusils appelés « marqueurs » qui projettent des billes de peinture. (N.d.T.)

mec en train de jouer du piano. « Lui, il est là depuis vingt ans. Il pourra sûrement vous expliquer. » Le mec prend son verre, s'approche du pianiste et lance : « Hé, vous connaissez le petit singe qui grimpe sur le bar, soulève sa bite et trempe ses couilles dans le whisky-soda ? » « Non, répond le pianiste, mais si vous me fredonnez les premières mesures, je devrais pouvoir vous le jouer. »

Dans un atelier du Southside, où des Latinos en situation irrégulière passaient leurs journées à coudre des écussons de clubs sur des maillots de sport en nylon, Jan Murphy lui raconta qu'un hockeyeur en vue de l'université du Minnesota avait trouvé un boulot de coursier. Mais à la différence des autres livreurs, qui se déplaçaient en camionnette Ford, lui roulait en Porsche 911.

— Que voulez-vous, répondit Lucas, à notre époque, il faut bien que les gosses soient motorisés. Et puis, si ça se trouve, il ne fait que les livraisons spéciales.

— Ben voyons, fit Murphy, mettant Lucas en joue avec sa main en forme de pistolet. J'oubliais que vous avez été champion de hockey...

Au Comptoir des diamantaires, Sandy Hu lui expliqua que rien n'irait mieux avec une petite robe noire qu'un collier de perles noires avec boucles d'oreilles assorties – un ensemble sur lequel elle se disait prête à lui consentir une remise spéciale police, quatre versements de seulement 3 499,99 dollars chacun.

— Pourquoi pas 3 500 ?

— Pour maintenir le prix sous la barre magique des 14 000 dollars, pardi.

— Ah bon. Et à qui j'offrirais ça ?

Elle haussa les épaules.

— Je n'en sais rien. Mais quand on voit un type avec un suçon pareil, on essaie automatiquement de lui fourguer quelque chose de cher.

À part ça, elle n'avait rien entendu de particulier – et elle connaissait la blague du petit singe.

Svege Tanner, du club Force et Beauté, lui apprit que pendant le week-end quelqu'un avait volé vingt-cinq mille dollars en liquide dans un appartement dont le locataire était un certain Alex Truant, député dans un autre État.

— Il se trouve que ce Truant a une poule ici, dans les Villes jumelles, et qu'ensemble, ces derniers temps, ils ont flambé des sommes incroyables au casino. De fil en aiguille, il s'est retrouvé complètement lessivé, et du coup il a accepté de jouer les porteurs de valises pour un cabinet d'avocats marrons. D'où les vingt-cinq plaques.

— Tu tiens ça de qui ? demanda Lucas.

— La poule. Elle fait sa gym chez nous. Un abonnement à l'année.

— Tu crois qu'elle m'en parlerait ?

— Si tu vas la voir tout de suite. Truant l'a jetée après la disparition du fric. Il croit que c'est elle. Elle n'est plus tout à fait aussi mignonne avec son œil au beurre noir.

— C'est elle ? Qui a pris l'argent ?

Tanner haussa les épaules.

— Je lui ai posé la question, et elle dit que non. C'est le genre de fille qui, si elle volait vingt-cinq plaques le lundi, se pointerait dès le mardi avec un manteau d'hermine au volant d'une Mustang rouge bardée de chromes. Si tu vois ce que je veux dire.

— Je vois. Elle n'a pas inventé l'eau chaude.

— Ni même l'eau tiède.

— Tu as un numéro de téléphone ?

— Oui.

L'usurier Cole avait raccroché et pris sa retraite en Arizona. Un vieux toxicomane nommé Coin avait été écrasé par une voiture alors qu'il gisait inconscient en pleine rue. Il se trouvait actuellement à l'hôpital général de Hennepin, sobre pour la première fois sans doute depuis les manifestations pacifistes des années soixante ; et ça n'avait pas l'air de lui plaire. Un certain Elliot, un type énorme qui dirigeait un atelier de fabrication de pièces métalliques mais qui était surtout connu pour son invraisemblable corpulence, avait appris qu'il souffrait d'un cancer de la prostate et qu'il allait en mourir. La société de remorquage Half-Moon avait fait faillite, et son irascible propriétaire, accessoirement collectionneur d'armes à feu, reprochait au conseil municipal de l'avoir privé de la manne des contrats de remorquage municipaux.

Essentiellement de la routine. Quelques notes, quelques pensées mélancoliques sur la nécessité de se chercher bientôt un boulot. Quel autre employeur le paierait pour s'amuser ainsi ?

À son retour au bureau, Lucas trouva Marcy, Del et Lane en train de l'attendre en compagnie de Rie – l'inspectrice des Mœurs –, ainsi que de Swanson et Tom Black, de la Criminelle. Presque toutes les enquêtes d'homicide volontaire – excepté le tout-venant, quand on savait déjà qui était le meurtrier – commençaient par de la paperasse : la liste des indices matériels retrouvés sur la scène du crime, la transcription des interrogatoires, et les rapports établis par les divers laboratoires. Swanson et Black avaient respecté la routine.

— Le hic, expliqua Swanson, c'est qu'Aronson n'avait ni jules ni colocataire. Les deux ex qu'on a retrouvés n'ont pas le profil du bon client. L'un d'eux finit ses études, il est marié et a un gosse ; l'autre est installé dans le Wyoming et semble à peine se souvenir d'elle.

— Elle avait un carnet d'adresses ? demanda Marcy.

Black secoua la tête.

— Juste une collection de petits bouts de papier avec des numéros griffonnés dessus. On les a tous vérifiés, et ça n'a rien donné. La voisine dit avoir entendu deux ou trois fois une voix masculine le dernier mois. Mais jamais aucun tapage d'aucune sorte.

51

— Vous avez noté les numéros en mémoire de son portable ? demanda Lucas. Regardé ce qu'il y avait dans son ordinateur ? Elle avait un agenda électronique, ce genre de gadget ?

— Elle avait un portable, mais pas la queue d'un numéro en mémoire. Elle échangeait surtout des mails avec ses parents et son frère. Pas d'agenda électronique. On a le détail de ses appels locaux : un tas de coups de fil à des agences de publicité et à des copines – rien que des femmes, et personnellement je ne sens pas une femme sur ce coup-là –, plus quelques appels isolés, une pizza commandée à droite à gauche, ce genre de truc. À l'époque, on n'a pas cherché à retrouver les livreurs de pizza, et maintenant... bon sang, je ne sais pas si on y arriverait. Ça fait un bail.

— Bref, intervint Del, vous êtes en train de nous dire que vous avez que dalle.

— Exact, répondit Black. Et c'est aussi une des raisons pour lesquelles on a toujours cru possible qu'elle soit encore en vie – tellement on n'avait rien. Cette fille ne traînait pas dans les bars. Ce n'était pas une fêtarde. Pas de drogue, peu d'alcool. Pas une seule bouteille chez elle. Elle bossait dans un restaurant, le Cheese-It, près de Saint Patrick. Je suppose qu'elle aurait pu faire une mauvaise rencontre là-bas, mais ce n'est pas un resto de carnassiers, plutôt un truc d'étudiants, où on sert des soupes et des sandwichs. Elle travaillait dans la pub en free-lance, de la conception d'annonces, et aussi un peu sur le Web, mais on n'a trouvé aucune piste.

— On n'a pas été hyperbrillants sur ce coup-là, conclut Swanson, penaud.

Lucas se chargea de répartir les tâches.

— Swanson et Lane : vous vous occupez de toutes ces agences de pub et du restaurant. Voyez à qui elle parlait. Dressez la liste de tous les noms cités.

Il se tourna ensuite vers Black, qui naguère avait fait équipe avec Marcy :

— Vu que Marcy ne peut pas encore trop cavaler, je veux que vous travailliez tous les deux ici, au bureau. Convoquez les trois femmes, celles qui ont reçu les dessins, et dressez la liste de toutes les personnes qu'elles connaissaient – et de toutes celles avec qui elles ont été en rapport avant de les recevoir. Et tant pis si le lien semble ténu. Si elles n'arrivent pas à se souvenir d'un nom, mais qu'elles se souviennent d'un visage, demandez-leur de contacter des gens susceptibles de le connaître. Je veux des listes longues comme le bras.

À Rie :

— Je veux que Del et vous vous procuriez des copies des dessins et que vous les fassiez circuler dans le milieu des pervers. Ce mec a quelques boulons en moins, et je ne serais pas surpris qu'il ait montré certaines de ses œuvres. C'est un artiste, peut-être qu'il a eu besoin de reconnaissance à un moment donné. Il nous faut les noms de tous ceux auxquels vos contacts pourront penser. (Il fit claquer ses doigts.) Au fait, Morris Ware, ça vous dit quelque chose ?

— Non.

— Si, rectifia Del en regardant Rie. Ça devait être avant ton arrivée. Un vicelard qui photographiait des enfants.

— Il se peut qu'il ait recommencé, dit Lucas. Si tu m'accompagnais demain ? demanda-t-il à Del. Si on trouve le temps, on ira lui faire une petite visite.

— D'accord.

— En gros, j'entrevois deux possibilités d'élucidation express. La première : quelqu'un reconnaît la patte du dessinateur et le balance d'entrée de jeu. La seconde : on va partir du principe qu'à un moment ou à un autre il a forcément été en contact avec ces femmes. Si on dispose de listes assez fournies, on devrait pouvoir faire des recoupements.

— D'où l'intérêt des listes longues comme le bras, dit Black.

— Exact. Plus on aura de noms, plus grandes seront nos chances d'obtenir un recoupement. Ah, dernière chose : plus on aura de femmes ayant reçu ces dessins, plus nos listes seront nombreuses.

— Comment fait-on ? s'enquit Marcy.

— Les médias, répondit Lucas. Je veux que ces dessins inondent la ville.

4

Le siège de Channel 3 était une sorte de longue structure de pierre biscornue sur deux niveaux – tentative ratée d'un architecte en vogue de créer un îlot de beauté dans un coin pouilleux. Lucas ne l'avait jamais aimé, ce quartier. Venu à pied du City Hall, il avait cru, pendant sa marche, apercevoir un petit pan de bleu dans le ciel, mais avait décidé ensuite qu'il s'était trompé. Il n'y avait pas de bleu ; il n'y en aurait plus jamais. Son pessimisme le fit sourire, et une passante lui adressa un petit signe de tête.

Il avait dans sa serviette une reproduction grandeur réelle du portrait d'Aronson, ainsi que des copies partielles des trois autres dessins ; les visages, pour ce qui concernait ces derniers, avaient été méticuleusement découpés d'un coup de ciseaux. Il retrouva Jennifer Carey, qui l'attendait en fumant une cigarette sur le parking de la chaîne. Une grande blonde, qui était aussi la mère du seul enfant de Lucas – Sarah. Sarah vivait avec Carey et son mari actuel.

— Salut, Lucas, dit Jennifer en jetant sa cigarette.

Une gerbe d'étincelles mourut au contact du bitume trempé.

— Tu sais que ces saloperies provoquent le cancer, lâcha-t-il.

— Vraiment ? Alors, il faudra que je fasse une émission là-dessus. (Elle se hissa sur la pointe des pieds pour l'embrasser sur la joue.) Qu'est-ce qui t'arrive ? D'où vient ce suçon ?

— C'est décidé, je m'achète un col roulé.

— Ça te donnerait l'air d'un garde du corps français. Je pourrais me laisser tenter... Alors, c'est reparti pour un tour avec Weather ?

— Oui. On dirait.

— Vous allez faire le saut ?

— Probablement.

— Je suis contente pour toi, dit-elle, en lui prenant le bras et en l'entraînant vers la porte de l'immeuble. J'ai toujours bien aimé cette femme. Je n'arrive pas à comprendre qu'un truc aussi con qu'une fusillade ait pu vous séparer.

— Elle a reçu la cervelle du type en pleine poire. Ça l'a marquée.

— Quoi, la cervelle ? Tu dois utiliser le mot « marquée » au sens figuré ? Parce que je ne vois pas comment un bout de cervelle pourrait...

— Ferme-la.

— Dieu, ce que j'aime ce ton... Viens, grand fou, sors tes menottes, on va se trouver une camionnette vide.

— J'ai une info pour toi.

— Vraiment ? (Fin du badinage.) De la bonne ? Ou tu comptes sur moi pour jouer l'attachée de presse ?

— C'est du solide.

— Alors, par ici.

Il suivit son ex-femme dans l'immeuble, à travers un dédale de couloirs, jusqu'à son bureau personnel. Une pile de transcriptions judiciaires encombrait le fauteuil réservé aux visiteurs. Elle la transféra sur la table.

— Assieds-toi.

— Il s'agit d'une visite purement officieuse, précisa Lucas en sortant de sa serviette la photocopie du dessin d'Aronson.

— Ce sont les meilleures, sourit Jennifer. C'est quoi, ce machin ?

— Il y a deux conditions.

— Tu sais déjà celles qu'on peut accepter et celles qu'on ne peut pas accepter. On peut ?

— Ouaip.

— Alors... envoie.

Lucas fit glisser la feuille pliée sur le bureau. Jennifer l'ouvrit, la contempla, et dit :

— Elle pourrait perdre quelques kilos.

— C'est fait. La mort provoque ce genre de phénomène.

— Elle est morte ? demanda Jennifer, levant les yeux sur lui.

— C'est Julie Aronson. Son corps...

— ... a été retrouvé dans le Sud, je suis au courant, compléta Jennifer avec une petite moue. Disons qu'on est un peu passés au travers dans cette histoire. Mais on avait des raisons.

— Attends un peu, bon sang ! Le truc, c'est que plusieurs autres femmes ont reçu des dessins du même type – on en connaît au moins trois. Deux par la poste. Le troisième était placardé sur un panneau d'affichage de la fac. On a affaire à un timbré.

Le regard de Jennifer s'éclaira.

— Tu as d'autres dessins ?

Lucas lui remit les trois autres. Elle les observa un par un.

— Dis donc... Ça pourrait faire un bon titre, ça. Mais ce serait beaucoup mieux si on pouvait interviewer les victimes.

— Il va falloir que je me renseigne. Mais n'y compte pas pour aujourd'hui.

— Si on attendait de les avoir entendues pour sortir l'info ? Disons jusqu'à demain ? Ça mettrait vraiment un coup de turbo.

— Pas question. Si tu ne sors pas l'info dès aujourd'hui, je donne le tout à Channel 8.

— Non, non... on va se débrouiller comme ça. On n'a pas grand-chose de chaud pour ce soir, à part la promo de notre nouveau feuilleton. On balancera les dessins tout à l'heure, et si on pouvait avoir les interviews demain... ce serait le pied. Une relance de rêve.

— D'accord. Passez-les à cinq heures et à six heures. On veut que les autres chaînes se les arrachent, qu'elles se

57

marchent dessus pour entrer dans la course. Qu'on ne parle plus que de ça dans les journaux de dix heures. Ces dessins doivent être partout.

Carey n'était pas tombée de la dernière pluie.

— Tu aurais pu obtenir le même résultat en organisant une conférence de presse, constata-t-elle en le dévisageant avec une extrême attention. Pourquoi nous réserver l'exclu ?

— Parce qu'on s'est aimés ?

— Mon cul.

— Parce qu'on espère un renvoi d'ascenseur ?

— Nous y voilà. Pourquoi ?

— Une autre bombe est sur le point d'éclater au City Hall, et elle aura des conséquences que j'aimerais... manipuler. (Il hésita une seconde.) Oups. Je n'aurais pas dû dire ça.

— C'est probablement le fond de ta pensée. Qu'est-ce que c'est que cette bombe ?

— Je veux bien t'en parler, mais il ne faut pas que les dessins passent à la trappe. Ils doivent faire la une.

— Promis, dit-elle, avec un coup d'œil à sa montre. On n'a pas beaucoup de temps, Lucas. De quoi s'agit-il ?

— Le maire ne se représentera pas à l'automne. Entre autres conséquences, Rose Marie va se retrouver sur la touche – il ne pourra pas se permettre de la reconduire juste avant l'élection. Et si tu veux mon avis, plusieurs autres têtes vont tomber.

Carey se leva, tendit la main vers son téléphone, se ravisa.

— Qui est au courant ?

— Le maire est en train d'annoncer sa décision à ses proches collaborateurs du City Hall. Il en a peut-être aussi parlé à deux ou trois membres du conseil municipal. Les premières fuites sont pour ce soir.

— D'accord. (Elle reprit le dessin d'Aronson, le tint un instant devant elle à la verticale, comme une affiche.) C'est vraiment pas mal, tu sais. (Elle le replia, reprit son masque professionnel.) Allez, file. Je vous envoie notre spécialiste des faits divers dans vingt minutes. Je lui dirai que je tiens ces dessins d'une source interne, sans te citer. Tu auras tout le loisir de constater qu'il ne sait pas du tout d'où ils viennent. Je m'occupe personnellement du maire.

— Le dessin d'Aronson… je veux dire, elle est à poil. Je ne sais pas si vous avez l'habitude d'exhiber des filles nues à cinq heures du soir, mais en tout cas il va falloir en montrer assez pour que le public se fasse une idée du style de ce mec. Même chose pour les autres… Il faut absolument qu'on remette la main sur le cinglé qui a pondu tout ça.

— On doit pouvoir montrer un cul.

— Plus vous en montrerez, mieux ça vaudra. On a besoin d'une secousse. D'un petit électrochoc. Il faut qu'on parle de cette histoire.

— On en parlera. Tu peux miser ton slip là-dessus.

De retour au bureau, Lucas eut à peine le temps d'ôter son manteau que l'agent préposé aux relations publiques le demanda au téléphone. Un journaliste de Channel 3 souhaitait lui causer.

— Il dit que c'est urgent. Il a un caméraman avec lui. Vous savez ce dont il s'agit ?

— J'ai ma petite idée. Faites-le descendre.

— Le showbiz ? demanda Marcy quand Lucas eut raccroché.

— Exact. Tu peux t'en charger ? J'ai ce fichu suçon.

— Vraiment ?

— Oui. Je ferai juste les présentations.

— Bon sang, il faut… il faut que je… c'est comme si on m'avait vidé un pot de chambre sur la tête, je vais…

Et elle quitta le bureau en trombe.

Del entra, talonné par le caméraman. Lucas feignit d'être surpris quand le journaliste l'interrogea sur les dessins.

— D'où tenez-vous ces dessins ? demanda-t-il.

Il décocha un regard oblique à Del.

— Hé ! protesta celui-ci. J'ai rencontré ces deux types dans le couloir. Je n'ai pas moufté !

59

— J'ai mes sources, répondit le journaliste avec un sourire entendu. Alors, vous nous donnez quelque chose ? De toute façon, on a déjà presque tout.

— Le sergent Sherrill va s'occuper de vous. On avait décidé de garder la nouvelle pour demain, mais bon... Un jour de plus ou de moins n'y changera pas grand-chose, sauf que les autres chaînes...

— Oubliez les autres chaînes, coupa le journaliste.

Le cadreur, adossé au mur, paraissait somnoler. Marcy revint dix secondes plus tard. Ses cheveux étaient beaucoup mieux coiffés et ses joues avaient retrouvé des couleurs, soit au contact de l'eau froide, soit à coups de gifles. Marcy avait aussi dégrafé un bouton de son corsage, et Lucas la trouva superbe. Le cadreur, dont l'instinct avait détecté la présence d'un corsage dégrafé, rouvrit les yeux.

— Qu'est-ce qu'on fait ? s'enquit-elle.

— À toi de voir, répondit Lucas. Tu veux bien t'en occuper ?

— Dites oui, plaida le reporter, et on vous revaudra ça.

— Je ne vois pas où serait le mal, lâcha Marcy en haussant les épaules. D'accord, je vais tout vous expliquer.

— On a fait d'une pierre deux coups, constata Marcy une quarantaine de minutes plus tard, tandis que les policiers faisaient cercle autour d'un téléviseur portatif dans la salle collective.

À l'image, sur le perron du City Hall, Jennifer Carey était en train d'annoncer que le maire avait confirmé sa décision de ne pas se représenter à l'automne pour la prochaine municipale. Channel 3 avait ouvert son flash d'actualités par quelques plans courts des dessins en guise de mise en bouche – « La police en état d'alerte – Un artiste tueur menacerait les femmes de Minneapolis » – avant de basculer sur Carey et son exclusivité politique en direct. La journaliste ne tarda pas à embrayer sur l'affaire des dessins :

— *La décision du maire a été révélée en exclusivité sur*

Channel 3 au moment où notre police se prépare à affronter un cauchemar de plus. Un dessinateur fou menacerait les femmes des Villes jumelles, qu'il convainc apparemment de poser nues avant de les assassiner.

Lucas se leva.

— Ce n'est pas ça du tout ! protesta-t-il en direction de l'écran.

— Pour un reportage télé, dit Del, c'est raisonnablement proche de la vérité.

Le dessin d'Aronson apparut à l'écran – cul compris.

— *Julie Aronson a été étranglée il y a dix-huit mois par quelqu'un qui, si l'on en juge par ce dessin, semble avoir eu d'elle une connaissance assez intime.*

— Voilà qui va foutre une trouille bleue aux trois autres, commenta Marcy. Je veux dire, tous les projecteurs vont converger sur elles. Je ferais mieux de les prévenir.

— C'était le but, rappela Lucas. Attirer l'attention.

Les policiers virent ensuite arriver à l'écran le journaliste de Channel 3 – un reportage enregistré. Marcy, plein cadre, donna quelques explications.

— Bien, le décolleté, lâcha Del, avec une œillade égrillarde en direction de Marcy.

— Va te faire voir ! protesta Marcy, le feu aux joues. Ce bouton s'est ouvert tout seul.

— Non, ne dis pas ça, intervint Lucas. C'est du grand art. Si tu ne l'avais pas fait, je te l'aurais suggéré, mais encore aurait-il fallu que j'y pense. Tu sais, il n'y a pas de mal à avoir une fliquette sexy à l'antenne. Ça donne du poids à nos messages.

— Regarde comme ce mec t'a cadrée, reprit Del. Jusqu'au tréfonds du décolleté. C'est vraiment génial !

— Je constate que tu as couché avec les deux seules femmes qu'on ait vues pendant le flash, Lucas, fit Marcy. Au fait, qui est la meilleure ? Carey ou moi ?

— Barre-toi, lança Del en regardant Lucas.

Le double scoop de Channel 3 ne manqua pas de rameuter toutes les chaînes de télévision et les deux quotidiens de la ville au City Hall. Le maire confirma qu'il ne se représenterait pas, et Rose Marie traça les grandes lignes de ce qu'on appelait déjà l'affaire Aronson, en précisant qu'une seule femme avait été agressée.

Elle appela Lucas dès qu'elle eut quitté l'antenne.

— Je suppose que c'est vous qui avez contacté Jennifer Carey.

— Oui. Ils nous revaudront ça.

— Bien. On en reparle demain. En attendant, je vais rentrer chez moi et pleurer un bon coup.

Lucas raccrocha, consulta sa montre, téléphona à Weather et proposa qu'ils se retrouvent pour un dîner sur le pouce.

— J'apporte mon pyjama, dit-elle.

— Ah oui ? Tu as une idée de l'âge que j'ai ?

— Tu seras encore plus vieux à minuit.

Il était en train d'enfiler sa veste quand le téléphone sonna de nouveau. Il crut que Weather le rappelait.

— Oui ?

— Lucas ?

Une voix d'homme.

— Oui.

— Gerry Haack. Vous vous souvenez de moi ?

— Oui, Gerry. Qu'est-ce qui se passe ?

Lucas regarda encore sa montre.

— Je bossais dans les pelouses. C'est moi qui ai eu ce truc.

Le « truc » en question était un pétage de plombs tonitruant pour cause d'abus d'amphés au rayon accessoires de luxe du magasin Dayton.

— Oui, qu'est-ce que je peux faire pour vous ?

— Vous m'avez dit un jour que je vous devais un service, et qu'il fallait que je vous rappelle si j'entendais parler de quoi que ce soit. J'ai quelque chose pour vous.

— Oui ? (Weather devait être déjà en route.) C'est quoi ?

— Je suis plus dans les pelouses. Je bosse au Cobra Lounge,

un bar de Saint Paul. C'est pas le top du top, mais j'essaie de me relancer, vous savez...

— C'est super, Gerry. Alors, vous avez quoi ?

— Vous savez, cette fille qui s'est fait étrangler ? Aronson ?

— Oui.

— Je viens de voir le dessin d'elle à la télé, sauf qu'ils ont pas dit qu'elle se vendait.

— Quoi ?

— Elle faisait le tapin, mec.

La voix de Haack était descendue d'une octave pour devenir veloutée. D'homme à homme.

— Quoi ? Qu'est-ce que vous racontez ?

— Elle baisait pour du fric.

— Vous en êtes sûr ?

— Ouais. Je connais même un type qui est sorti deux fois avec elle. Ça lui a coûté cent dollars à chaque fois, juste pour une pipe et un coup classique. Rien de spécial. Je les ai entendus parler de ça un soir.

— Et vous dites que vous le connaissez ?

— Ouais. Mais racontez surtout pas que ça vient de moi. Ils me feraient la peau.

La voix était maintenant nerveuse, comme si Haack regrettait d'avoir balancé le tuyau.

— Personne n'en saura rien, fit Lucas. Son nom ?

Après avoir parlé à Haack, Lucas grappilla encore dix minutes pour se replonger dans le dossier Aronson. Swanson avait fouillé les archives fédérales et celles de l'État, et transmis les empreintes de Julie Aronson au FBI. Elle semblait blanche comme neige. Si elle avait fait le trottoir, quelqu'un aurait dû en avoir la trace quelque part.

Il arriva au restaurant dans un état de rage avancée.

— Bon sang, comment peut-on avoir une enquête criminelle en cours depuis un an et ne même pas savoir que la victime tapinait ?

— L'enquête n'a pas duré un an, répondit Weather. Elle

s'est résumée à quelques vagues interrogatoires dans les deux semaines qui ont suivi la disparition d'Aronson, et ensuite plus rien. C'était peut-être une occasionnelle. Tu dis qu'elle n'a jamais été interpellée.

— Même. Ce genre de truc devrait se savoir. Les flics sont censés interroger suffisamment de gens pour le découvrir. Du coup, la question se pose pour les autres. Des putes aussi ? Il y en a une qui affirme être vierge – mais bon, personne n'est allé vérifier avec une lampe. Si ce sont aussi des putes, on se retrouve avec un tout autre problème sur les bras.

— C'est mieux, ou c'est pire ?

Après un instant de réflexion, Lucas répondit :

— Trop tôt pour le dire. Ça pourrait être mieux. Si ce taré ne s'attaque qu'aux prostituées, ça limite le nombre de personnes à surveiller, et j'ai d'excellents contacts dans le milieu.

— Donc, douze heures à peine après le début de l'enquête, le cerveau du génie se met en branle. Et à voir ton état d'énervement, on dirait que ça te plaît.

— Hmmph... (Lucas repensait à l'annonce du maire.) Tu as regardé la télé ce soir ?

— Non. Pourquoi ? Tu es passé ?

— Non, mais ils ont donné deux infos... Tu sais, il se peut que je perde mon poste dans quelques mois.

Il expliqua qu'il avait très peu de chances d'être reconduit par le futur chef de la police.

— Parfait, dit Weather. Si on fait ce bébé, on n'aura pas besoin de chercher une nounou.

— Ce n'est pas exactement ce que... Tu me fais marcher. C'est sérieux, Weather.

— Si tu tiens à garder ton poste, tu trouveras un moyen de le faire. Mais peut-être est-il temps de passer à autre chose.

— Genre ?

— Je ne sais pas. Autre chose. Tu as fait ce métier toute ta vie. Peut-être que tu pourrais essayer un truc moins...

Lucas crut saisir la direction prise par Weather.

— Moins brutal ? Plus doux ?

— Peut-être. Tu es bon en affaires.

Lucas avait brièvement dirigé une société d'informatique qui produisait des simulateurs destinés à la formation des policiers en matière d'intervention d'urgence. Devenu riche, il s'était hâté d'embaucher quelqu'un pour le remplacer à la tête de l'entreprise, et était revenu au département de police de Minneapolis.

— Tu sais, rien de ce que j'ai fait jusqu'à présent n'est aussi brutal que ce que les patrons commettent tous les jours. Je n'ai jamais viré personne. Je n'ai jamais sabordé la vie d'un brave type innocent et dur à la peine – sans parler de sa famille, de ses gosses et de son chien –, dans le seul but d'ajouter quelques cents au montant des dividendes.

— Communiste, lâcha-t-elle.

Tard dans la soirée, Lucas se redressa sur son lit et soupira bruyamment.

— Vas-y donc, souffla Weather, tirant la couverture à elle.

— Quoi ?

Mais il savait de quoi elle parlait.

— Vas-y. Essaie de trouver ce type. Celui qui s'est fait faire la pipe.

— Ce n'est peut-être pas le meilleur moment pour rechercher quelqu'un, fit Lucas en laissant son regard dériver vers le réveil.

— Lucas, tu n'arrêtes pas de gigoter depuis qu'on est au lit.

— Del doit être encore debout.

— Appelle-le. Moi, je travaille demain, et il faut que je dorme. Je n'ai aucune chance si tu continues à gigoter. Vas-y.

Lucas feignit de réfléchir un instant à la suggestion, écarta les draps, passa à quatre pattes au-dessus de Weather pour saisir le téléphone sur la table de chevet, et composa le numéro du portable de Del, qui répondit à la première sonnerie.

— Qu'est-ce qu'il y a, Lucas ?

— Tu es réveillé ?

— J'espère. Ou alors, je suis en train de rêver que je poireaute dans une flaque de neige fondue à l'intersection de la 29ᵉ et de Hennepin. Avec des flocons qui me dégoulinent dans le cou.

— Il neige ?

— Eh oui… La neige a chassé la pluie.

— Moi, je suis au lit avec Weather. Nous sommes tout nus, il fait chaud, et c'est extrêmement agréable. (La main de Weather glissa sous le drap et lui pinça un mamelon. Il fit un bond en arrière.) Ouille ! Nom d'un…

— Qu'est-ce qu'il y a ? demanda Del.

— T'occupe, dit Lucas en se massant la poitrine. Tu connais le Cobra Lounge, à Saint Paul ?

— C'est mon deuxième chez-moi.

— Il y a un mec qui traîne souvent là-bas – un certain Larry Lapp. Julie Aronson lui pompait le biniou. Cent dollars la pipe. C'est ce qu'on m'a dit.

— Continue. Tu veux aller le chercher ?

— Ouais. Retrouve-moi sur place dans une demi-heure.

— Si je te retrouve là-bas dans une demi-heure, alors que t'es en ce moment nu et bien au chaud dans ton lit, c'est que t'es encore plus barge que je ne le croyais. Ça craint vraiment, dehors.

— À tout de suite.

— Pomper le biniou ? fit Weather dès qu'il eut raccroché. Où allez-vous chercher ce genre d'idioties, les mecs ?

— C'était très, très méchant. De me pincer. J'ai encore mal.

— Oh… Qu'est-ce que tu comptes faire ?

Un coup d'œil au réveil. Il n'était qu'à dix minutes du Cobra Lounge.

— Te le faire payer.

— Tu n'as aucune chance.

Le temps était aussi mauvais que Del l'avait décrit. Poussée par une bise mordante, la neige s'écrasait frontalement sur le pare-brise tandis que Lucas roulait vers le nord en longeant la rivière ; on se serait cru pris dans un entonnoir. Dix minutes plus tard, il repéra Del sous un réverbère et se gara à sa hauteur.

— Cet endroit est maudit, grommela Del au moment où Lucas émergeait du Tahoe.

Del portait sa tenue d'hiver : un manteau long de l'armée est-allemande, des moufles tricotées main, et une toque assortie. Il surveillait l'entrée du Cobra Lounge, de l'autre côté de la rue. C'était une ancienne boutique dont la vitrine, masquée par des stores, s'ornait de néons vantant des marques de bière. Au-dessus, l'enseigne lumineuse – « COBRA » doré sur fond noir – clignotait à cause d'un faux contact.

— Maudit ? Tu parles du Minnesota ?

— Je parle du Cobra Lounge. Une bonne quinzaine de commerces se sont succédé ici en dix ans. Personne n'y arrive.

— J'ai vaguement le souvenir d'un vivarium. C'est de là que vient le nom Cobra ?

— Oui, je crois. Je connaissais le propriétaire. Sa boîte s'appelait Ophidium. À l'en croire, le serpent était l'animal de compagnie de l'avenir – la déferlante était imminente. Beau, propre, silencieux, ne mangeant qu'une fois par semaine. Et surtout une énorme valeur ajoutée. Il voulait que j'investisse dans son affaire ; il se préparait à monter une chaîne de vivariums.

— Où est-ce que ça a foiré ? s'enquit Lucas tandis qu'ils traversaient la rue.

— Ils mangent des souris vivantes. Apparemment, les yuppies – surtout les filles – n'ont pas bien accepté l'idée d'avoir à donner des souris vivantes à bouffer à leurs serpents. Et de remettre ça chaque semaine.

Le Cobra Lounge était aussi sombre à l'intérieur qu'à l'extérieur – un passage étroit longeait un bar flanqué de tabourets garnis de skaï, et en fond de salle, quelques tables, un téléviseur en couleurs, et une cible de jeu de fléchettes – à l'évidence peu utilisé. Une odeur de bière, de cacahuètes et de fumée. Des toilettes mixtes au fond d'un couloir surmonté d'un panneau

« Attention – Alarme – Sortie de secours uniquement ». Deux clients assis à une table regardaient une rencontre des Lakers à la télé. Un troisième était penché sur le bar. Lucas posa la main sur un tabouret et dit :

— Deux bières !

— C'est ta tournée, fit Del.

Le barman leur servit les bières, et rendit à Lucas la monnaie de son billet de cinq. Lucas ouvrit son porte-insigne et le posa sur le comptoir.

— On est de la police. On cherche un de vos clients réguliers.

— Ah ouais ? fit le barman, raisonnablement amical. Dites donc, je crois vous avoir vu une fois ou deux à la télé. Vous êtes ce flic de Minneapolis ?

— Oui. On cherche Larry Lapp. Vous connaissez ?

— Larry ? répéta le barman, surpris. Qu'est-ce qu'il a fait ?

— Rien. On aimerait lui parler d'une de ses amies.

— Ça m'étonnait, aussi. C'est un brave type... Il est passé dans la soirée, il a dû repartir il y a deux heures. Il habite à deux ou trois blocs d'ici, je crois, mais je ne sais pas où exactement.

— Je ne l'ai pas trouvé dans l'annuaire.

— Il a une femme, je crois qu'il crèche chez elle. (Il étendit les mains, un geste d'excuse.) Tout ce que je peux vous dire, c'est qu'elle s'appelle Marcella.

Del indiqua les tables du menton.

— Et ces types ? Ils le connaissent ?

— Ceux-là ? (Le barman suivit le regard de Del, réfléchit un instant.) Ouais, peut-être.

Lucas et Del prirent leur bière et se dirigèrent vers le fond de la salle, où les deux hommes regardaient toujours leur match de basket ; des peintres, se dit Lucas en remarquant leurs jeans maculés de projections blanches. Dans les vingt et quelques années ; l'un d'eux portait une casquette des Twins, l'autre un sweat-shirt des Vikings, avec un ballon ovale en léger relief sur le torse. Lucas et Del suivirent le match une minute, puis Lucas lança au type à la casquette :

— Police. On cherche un de vos amis.

Les deux hommes se consultèrent du regard. Celui à la casquette haussa les épaules.

— Qui ça ? demanda-t-il. Qu'est-ce qu'il a fait ?

— Larry Lapp. Il n'a rien fait. On voudrait juste lui parler d'une fille qu'il connaissait.

— Hé... vous voulez parler de la fille qui s'est fait tuer ? lâcha le supporter des Vikings.

Les policiers hochèrent la tête.

— Vous la connaissiez ? demanda Del.

— Je sais qui c'était. Elle a grandi dans le quartier, jusqu'à ce que ses vieux déménagent dans un autre État. Elle connaissait pas mal de gens du coin.

— J'ai cru comprendre qu'elle... fréquentait ce Lapp, dit Lucas, en appuyant sur le sous-entendu.

— Ah ça, je crois pas – et vous pourriez attirer à Larry de grosses emmerdes avec sa bonne femme en causant comme ça. Cette fille et lui, c'est de la vieille histoire, vous savez, ça remonte au temps du lycée, par là. Ils faisaient rien de mal ensemble, mais Marcella aura du mal à l'admettre si vous allez frapper à sa porte.

— Ça vous dérange si on s'assoit une minute ? demanda Del.

Il tira une chaise et s'installa sans attendre la réponse.

Lucas fit de même, se pencha au-dessus de la table, et, en sourdine :

— On nous a raconté que cette fille... n'était pas gratuite. Cent dollars la passe. Personne n'aura d'ennuis pour en avoir parlé, ni pour être sorti avec elle – on essaie simplement d'en savoir plus sur le meurtre. Est-ce que l'un d'entre vous a déjà entendu dire quelque chose de ce genre ?

— C'est n'importe quoi, répondit le type à la casquette en se laissant aller en arrière sur sa chaise. Je sais pas qui vous a raconté ça, mais c'est un connard.

— Jamais entendu parler d'un truc pareil, renchérit le supporter des Vikings en secouant la tête. C'était une fille sympa. Timide. Je veux dire, si elle avait été dans ce genre de bizness, elle m'aurait branché aussi, et elle m'a jamais branché sur quoi que ce soit.

— Idem pour moi, fit le type à la casquette. Il y a des putes qui se pointent ici de temps en temps, et, croyez-moi, on les sent venir à trois kilomètres.

— Vous avez qu'à regarder autour de vous, ajouta l'autre.

Les policiers observèrent le bar, les tabourets minables, les banquettes déformées, les détritus qui jonchaient le sol.

— Vous croyez que c'est le genre de rade où on lève une pute à cent dollars ? Ça serait plutôt du vingt-neuf quatre-vingt-quinze, si vous voulez mon avis.

— Lapp, lança Del.

— Vous allez le foutre dans une sacrée merde si vous allez le trouver et que sa femme est dans le coin, dit le type à la casquette. Il a des problèmes de couple.

— Si vous voulez, on peut aller vous le chercher, proposa le fan des Vikings. Il crèche à deux blocs d'ici.

— Ce serait chouette, dit Lucas. J'aimerais juste prendre votre nom avant... pour mes notes.

— Vous avez peur qu'on zappe ? demanda le type à la casquette en souriant largement à Lucas.

— C'est juste pour mes notes. Vous savez bien.

Larry Lapp, petit, trapu, portait un manteau sombre épais et court, et une casquette bleu marine enfoncée jusqu'aux sourcils. Il pénétra dans le bar dans le sillage des deux peintres, salua le barman d'un coup de tête, et continua son chemin jusqu'à la table où l'attendaient Lucas et Del. Il hocha de nouveau la tête, puis s'assit, gardant les mains dans les poches de son manteau. La moitié inférieure de son visage lunaire, aux reliefs aplatis, était assaillie par une barbe de la veille.

— C'est quoi ces conneries sur Julie ? lança-t-il.

— On essaie juste de vérifier une information qui nous a été donnée dans le cadre de l'enquête.

— Si quelqu'un vous a dit qu'elle tapinait, c'est sur lui que

70

vous devriez enquêter, parce que c'est un enfoiré de barati-
neur, grommela Lapp, les traits tirés et blêmes. Julie était une
des filles les plus chouettes que je connaisse.

— Je suis navré, s'excusa Lucas. Mais nous avons entendu
dire... en fait, nous avons entendu dire que vous aviez profité
de ses faveurs, mais que vous aviez dû passer à la caisse.

— Vous avez entendu dire ça ? fit Lapp, haussant le ton.
Sur moi ? Comment ça se fait ? Qu'est-ce que vous avez
entendu au juste ? Qui vous a dit ça ?

— Je ne peux pas vous révéler d'où vient le tuyau, si ce n'est
que nous le tenons d'une de nos informatrices... Selon elle,
Julie proposait à ses clients, hmmm, un rapport sexuel oral à
cent dollars.

— Vous voulez dire des pipes ? croassa Larry.

Incrédule, il observa tour à tour Del et Lucas, puis se tourna
vers les peintres et lança :

— Hé, les mecs, vous savez qui leur a dit ça ? C'est cet
enfoiré de Haack !

— Ouais, opina le type à la casquette. À tous les coups.

— Haack ? demanda Del en regardant Lucas, puis Lapp.
Qui c'est ?

— Gerry Haack, maugréa Lapp. Il m'a vu deux ou trois fois
avec Julie – ça devait être l'année dernière, juste après sa sortie
de taule. Et la dernière fois, il m'a balancé une allusion à la
con, du genre qu'il la verrait bien me tailler une pipe. Je lui ai
ordonné de fermer sa putain de gueule s'il voulait pas que je le
démolisse.

— Ce mec fait une fixette sur les pipes, fit le type au maillot
des Vikings. Toujours en train de raconter que telle fille a sucé
ou que tel mec s'est fait sucer.

— Et merde, souffla Lucas en se grattant le front.

— Vous appréciez les dessins d'art ? demanda Del à Lapp.

— Art comment ? fit Lapp avec un froncement de sourcils.
Quoi, j'ai dit une connerie ? ajouta-t-il en voyant Del sourire.

— Vous êtes vraiment sorti avec Aronson ? demanda Lucas.

— Putain, non. Je l'ai connue dans le temps.

Il sortit un petit cigarillo d'un paquet en le secouant et l'alluma avec un briquet Zippo.

— On était au jardin d'enfants ensemble, dit-il en exhalant un panache de fumée. On a été dans la même classe jusqu'en quatrième, et après ses parents ont déménagé. Elle est revenue ici un soir, avec deux anciennes copines du quartier, et c'est comme ça qu'on s'est revus. Mais on faisait rien de mal. Rien du tout. Je suis marié. Heureux en ménage. (Le type à la casquette ricana. Lapp se tourna vivement vers lui.) Va te faire foutre, Dick, c'est sérieux, merde !

— Elle avait un petit ami ? Vous savez qui ? demanda Lucas.

— C'est la première fois que vous... je veux dire, comment ça se fait que vous sachiez pas déjà tout ça, bordel ? Elle a disparu il y a plus d'un an !

— À l'époque, on ne savait pas qu'elle avait des attaches à Saint Paul, répondit Lucas. Disons que je viens d'avoir un tuyau, et que je cherche à vérifier mes informations.

— D'accord. Elle m'a raconté qu'elle sortait avec un artiste – ah, c'est ça, alors, l'art dont vous parliez ? Peut-être qu'elle le retrouvait à son travail, quelque chose comme ça. Je crois qu'ils... couchaient ensemble.

— Qu'est-ce qui vous fait croire ça ?

— Ces médocs que prenait le mec. Elle m'en a parlé, on a bien rigolé. (Il se tourna de nouveau vers le type à la casquette.) Comment ça s'appelait, déjà ? Ce truc contre le cholestérol ? La lapovorine ? C'est ça ? Bref, son mec lui a expliqué que ces pilules avaient un drôle d'effet secondaire au niveau de la bite. Paraît qu'elles font jouir à l'envers.

— À l'envers ? répéta Del, visiblement fasciné. Comment est-ce qu'on peut jouir à l'envers ?

— Ça me dépasse, fit Lapp, produisant un filet de fumée. Mais c'est ce qu'elle m'a raconté. Son mec voulait arrêter ces médocs, parce que, au lieu de gicler normalement, ça partait vers l'intérieur.

Cette fois, personne ne rit ; le problème semblait sérieux.

— Qu'est-ce qu'elle vous a dit d'autre à son sujet ? demanda Lucas. Son nom, l'endroit où il habitait...

— Rien. Ah si. Qu'il était plus vieux qu'elle. C'était genre deux semaines avant sa disparition.

— C'est tout ? Elle vous a juste dit qu'elle sortait avec un artiste, et que cet artiste était plus vieux qu'elle.

— En fait, ça se pourrait que j'aie vu ce mec...

Après avoir échangé un regard avec Del, Lucas reprit :

— Où ça ?

— Je ressortais du Spalonini, à Minneapolis. Je venais d'y déjeuner. Il y a un bistrot juste en face.

— Le Cheese-It, précisa Del. C'est là qu'elle travaillait à temps partiel.

— Ouais. Je la vois sortir de là avec un mec, bras dessus bras dessous. Un mec à gueule de dur, mais dans le genre artiste. Vous voyez ce que je veux dire, les cheveux coupés ras, la barbe de trois jours, et un grand manteau noir qui tombe aux chevilles. Peut-être une boucle d'oreille, aussi. Ils sont repartis à pied.

— Vous le reconnaîtriez ? demanda Lucas.

Lapp réfléchit quelques secondes, puis :

— Non. Je l'ai juste vu une seconde de profil, et après il m'a tourné le dos. Je me rappelle avoir eu l'impression qu'il roulait un peu des mécaniques. Tiens, vous savez à qui il m'a fait penser ? Ça m'a frappé. À Bruce Willis dans ce film où il joue un boxeur. *Quelque chose Fiction*, un truc comme ça.

— *Pulp Fiction*, compléta Del.

— Ouais. C'est ça. Bref, il ressemblait à Willis dans ce film, le genre costaud un peu déjanté. Le teint sombre, les cheveux tondus.

— Mais vous ne pourriez pas le reconnaître ?

— Si vous me l'alignez entre Dick et George, aucun problème, répondit Lapp avec un geste en direction du type à la casquette et du supporter des Vikings. Mais si vous le mettez au milieu d'une demi-douzaine de mecs aux cheveux tondus qui ressemblent à Bruce Willis, j'ai pas l'ombre d'une chance.

— Sacrée mémoire tout de même, lâcha Del – d'un ton qui recelait peut-être une touche de scepticisme.

— Entre vous et moi... fit Lapp avec un haussement d'épaules, peut-être qu'il s'est passé un tout petit quelque chose entre Julie et moi. Mais rien de sérieux. Ensuite, elle a disparu de la circulation... Ça vient de me revenir. Ça vient de me revenir que je me souvenais d'un petit quelque chose, si vous voyez ce que je veux dire.

— Comment se fait-il que vous n'ayez rien signalé ? demanda Del. Ça aurait pu nous aiguiller, à l'époque.

Lapp secoua la tête.

— Je voyais pas l'importance du truc. Je veux dire, j'ai entendu parler de l'histoire quand vos collègues sont venus se rencarder sur elle, mais je pensais qu'elle avait juste, disons, coupé les ponts.

— N'oubliez pas sa légitime, intervint le type à la casquette. S'il vous en avait parlé, il aurait dû lui en parler à elle aussi.

Après quelques minutes de discussion supplémentaires, Lucas nota les coordonnées de Lapp et ressortit avec Del.

— Lapp a raison, lança Del, arrivé sur le trottoir. À moins d'un coup de bol avec nos listes, on n'a rien de rien.

— C'est un artiste. Ses cheveux sont coupés ras, et il prend de la lapovorine. On va pouvoir vérifier les pharmacies et faire d'autres listes.

— Les cheveux ras sont à la mode. À Minneapolis, il y a plus d'artistes que de cafards, et un mec sur deux environ a du cholestérol.

— C'est déjà ça. J'ai son portrait en tête.

— Alors, tu devrais t'arrêter vite fait dans un Photomaton pour le mettre sur papier avant d'avoir oublié.

Del bâilla, considéra les flocons qui hachuraient le halo des réverbères comme des ombres de bande dessinée, administra à Lucas une solide claque dans le dos.

— À demain matin, chef. On ira fouiner chez les artistes et le reste.

5

Elle leur avait préparé un plat au fromage et à l'ail. Qatar aimait le goût de l'ail, mais une heure plus tard, après un nouvel effort sexuel, l'odeur imprégnait sa sueur, et celle de Barstad, qui s'y était mélangée ; il se toucha l'estomac, le trouva chaud et mouillé.

L'éducation érotique d'Ellen Barstad risquait de ne pas être la partie de plaisir qu'il s'était imaginée. Il était de nouveau en train de se laver dans la minuscule salle de bains. Son pénis avait largement dépassé le stade des picotements du désir : il lui faisait mal. C'était leur quatrième rencontre, en comptant l'échec de leur étreinte initiale. Et la pression recommençait à monter.

La deuxième fois, ils avaient regardé ensemble un film pornographique et essayé de reproduire quelques pratiques gentiment déviantes. La troisième fois, ils avaient poussé au-delà. Mais bien que n'étant jamais allé aussi loin lui-même, Qatar avait le sentiment que les choses n'avançaient pas.

Cette fois, il avait attaché Barstad par les poignets aux montants du lit avec deux vieilles cravates en soie trop larges.

— James ?

Elle l'attendait.

— Bon Dieu... marmonna-t-il dans sa barbe.

Il connaissait ce ton languide. Son visage lui parut hâve dans le miroir de la salle de bains. Il n'en avait pas de rechange. Il ferma le robinet, revint dans la chambre. Barstad était allongée sur le matelas, les jambes entrouvertes, les bras étirés au-dessus de la tête ; ses paupières étaient mi-closes, ses traits relâchés. Cette femme n'avait apparemment aucune limite.

— Vous pourriez m'apporter un verre d'eau avant qu'on recommence ? demanda-t-elle.

— Ma chère, je crois qu'on va s'en tenir là pour aujourd'hui. J'ai l'impression de sortir d'une essoreuse.

Un pli creusa le front de Barstad.

— Une essoreuse ? Qu'est-ce que c'est ?

— Vous savez bien. Pour les vêtements mouillés.

— Quoi ?

Elle n'avait jamais entendu parler d'une essoreuse. Trop jeune ? Le regard de Qatar tomba sur son corps. Parfait. Tout ce qu'il avait toujours cru désirer.

Sauf que.

Sauf qu'il commençait à soupçonner que ce qu'il désirait depuis toujours chez elle n'était pas purement sexuel ; que sa petite touche de perversité personnelle – il préférait l'appeler ainsi, car cette expression le mettait à l'aise – avait besoin de sentir une résistance, peut-être même un peu de *dégoût*. Une heure plus tôt, alors qu'il contemplait le délicat pointillé de ses vertèbres à la naissance de sa nuque, ses mains avaient été saisies d'une folle envie de l'étrangler. Il avait failli lui faire son affaire – il l'aurait fait, c'est sûr, s'il avait eu le cordon. Il l'apporterait la prochaine fois.

Dans les deux jours à venir, en attendant leurs retrouvailles, il réfléchirait. Il verrait bien si la passion de tuer le reprenait. La découverte du corps d'Aronson ne déclencherait probablement pas grand-chose. Elle était morte depuis longtemps. Il n'y avait plus d'indices matériels à recueillir. La police n'avait rien.

Pendant qu'il pensait à elle, Barstad le regardait. Peut-être poussait-elle le jeu un peu trop loin – mais après s'être lancée, elle avait du mal à s'arrêter. Il existait tant de... une de ses amies parlait de « petits zakouskis ». Une infinité de menues variations follement intéressantes, comme dans la confection de courtepointes. Qatar, en revanche, ressemblait fondamentalement à tous les hommes qu'elle avait connus : il ne pensait qu'à jouir, puis à somnoler jusqu'au moment où il se sentait de nouveau capable d'action, puis à la sauter encore. Elle mourait d'envie d'essayer ceci, et cela, et encore telle autre chose, pour le seul plaisir des sensations. Qu'y avait-il de mal à cela ? Rien.

Qatar n'était qu'un poseur. Peut-être était-il temps pour elle de trouver quelqu'un de plus jeune. Si elle réussissait à dénicher un garçon inexpérimenté, disons dix-sept ans, quelqu'un qui lui serait sincèrement reconnaissant et mettrait du cœur à l'ouvrage... Après tout, ce n'était pas si difficile. Elle trouverait tout dans les livres.

— Alors, vous partez ? demanda-t-elle.

— Oui. J'ai beaucoup à faire. Je suis ici depuis deux heures.

— Je croyais que nous allions réessayer la raquette de ping-pong.

Il ne put s'empêcher de rire.

— J'oubliais, dit-il. Mais ça ne fait pas de mal de lever le pied, Ellen. Ce n'est pas un contre-la-montre.

— Certes, répondit-elle, une pointe de déception dans la voix, en se frottant les pieds l'un contre l'autre. Mais... vous êtes sûr de ne pas avoir envie d'une petite pipe ?

— Ellen...

Il avait vraiment mal ; mais pouvait-on refuser ce genre de proposition ? Quelquefois, mieux vaut se fier au sens commun.

— D'accord. Mais je vous en prie, allez-y doucement.

Quand il rentra chez lui deux heures plus tard, totalement vidé, il alluma la télé avant de passer dans la cuisine pour se préparer un bol de céréales. Il était en train de les manger tout en feuilletant un numéro du *New Yorker* vieux de deux semaines quand la voix de la présentatrice du journal télévisé lui parvint depuis la pièce voisine, parlant de dessins, de meurtre et d'images à ne surtout pas montrer aux enfants.

Il comprit sans avoir besoin de regarder l'écran ou d'écouter la suite. D'abord, il ne voulut pas y croire. Il bondit de sa

77

chaise si brutalement que son bol se renversa et que le lait détrempa le magazine.

Arrivé dans le séjour, il eut le temps d'entrevoir un de ses dessins une fraction de seconde avant que l'image disparaisse – un peu comme l'apparition furtive de la dame de cœur dans un jeu de cartes qu'on est en train de battre. La journaliste disait quelque chose, mais il ne comprit pas le sens de ses paroles. Puis le plan changea de nouveau, et, l'un après l'autre, plusieurs de ses dessins défilèrent à l'écran, pour finir par celui d'Aronson.

— … La police recherche activement l'auteur de ces images à forte charge sexuelle…

Qatar resta planté là, incrédule. Bouche bée. Jamais il n'avait permis à Aronson d'emporter un seul de ses dessins. Il lui avait juste montré celui-ci – érotique, mais pas pornographique – pour l'impressionner en lui donnant un aperçu de son talent. Il se rappelait l'avoir rangé ensuite quelque part dans son bureau. Il se rappelait aussi ne pas l'avoir revu.

— Elle l'a pris, lança-t-il à haute voix, en s'adressant au poste. Elle me l'a volé. Ce dessin est à moi ! Elle n'avait pas le droit !

Il irait en prison. Personne ne le comprendrait. Il fixa l'écran jusqu'à ce que les dessins aient disparu et que la présentatrice – une blonde aux traits fins, un bon modèle potentiel – soit passée à la page politique.

— En prison…

Une sentence. Sa carrière ruinée. Il sortirait de la fac avec les menottes aux poignets. Une image parfaitement nette : ses collègues sur deux rangs, flanqués de leurs rombières, et lui marchant entre eux, la tête basse, subissant leurs sourires affectés et leurs airs supérieurs. Ils l'attiferaient d'un jean et d'une chemise en toile, avec un numéro sur la chemise, et il se retrouverait enfermé dans une cellule avec un rustre quelconque qui le violerait.

Il pensa au suicide, la seule issue. Sauter par la fenêtre. La sensation de voler, et ensuite, terminé. Mais il avait le vertige. N'osait même pas s'approcher des fenêtres.

Un revolver. Une simple pression de l'index, et plus rien... Mais son visage serait détruit. Impensable. La pendaison ? hors de question. Il souffrirait. Il sentait déjà la douleur, ses mains se démenant pour arracher la corde pendant l'ultime minute... Non.

Les médicaments. Les médicaments étaient une possibilité, mais encore fallait-il en accumuler en quantité suffisante. Il irait trouver Randy. Randy lui en fournirait autant qu'il en voudrait. Des barbituriques. Voilà la solution. S'endormir, tout simplement, et ne jamais se réveiller.

Une larme roula sur sa joue lorsqu'il pensa à la détresse de sa mère au moment où son corps serait découvert. Il s'effondra dans le fauteuil face au téléviseur, ferma les paupières en se représentant la scène. Et se sentit soudain submergé de colère : cette garce ne le regretterait pas une seconde. Elle se dépêcherait de vendre ses meubles, et son vin, et ses tapis. Elle toucherait son assurance-vie, si minable soit-elle, et garderait l'argent pour elle. Il vit tout cela dans les moindres détails – une illumination : l'inventaire de ses biens, ses vêtements jetés à la poubelle – à la poubelle ! –, ses jolis meubles chargés dans un camion, peut-être même dans une camionnette.

La colère enfla dans son cœur, il s'extirpa du fauteuil et, en larmes, repartit à grands pas vers la cuisine. Se frappa la paume du poing, enfonça le poing dans sa bouche et mordit dedans jusqu'à sentir la peau céder. Elle considérerait sa mort comme une victoire : elle jouirait de lui avoir survécu.

Qu'elle aille se faire foutre. Se faire foutre !

— Va te faire foutre ! cria-t-il aux murs.

Alors ? Quoi ? Il se rassit à la table de la cuisine, les yeux fixés sur son paquet de céréales. Il avait pris du plaisir à exécuter ces dessins, et il avait senti dès le départ qu'il aurait des ennuis si quelqu'un les découvrait. Il avait donc gardé le secret. Quelques images étaient encore enregistrées dans son ordinateur de la fac, mais il pouvait s'en débarrasser.

Il soupira, tâcha de retrouver son calme. La situation n'était pas totalement désespérée. Pas encore. Il allait devoir s'activer. Faire le ménage, au cas où.

Ses pensées revinrent à sa mère. La chienne. Son suicide allait lui faire plaisir, et il n'arrivait pas à y croire. Il n'arrivait pas à l'avaler. Et pourtant, aucun doute n'était permis : la netteté de sa vision portait incontestablement le sceau de la vérité. Même s'ils ne se disaient pas grand-chose depuis cinq ans, elle aurait tout de même pu avoir la décence de regretter sa disparition.

D'autres larmes s'amoncelèrent sous ses paupières. Personne ne l'aimait. Même pas Barstad – elle ne s'intéressait qu'au sexe.

— Je suis seul, bégaya-t-il.

Ses mains lui faisaient mal. Il baissa les yeux sur ses phalanges. Elles saignaient abondamment. Comment cela avait-il pu se produire ? Le sang, la douleur l'aveuglaient, mais pas au point de ne pas sentir la rage s'accumuler.

— Je suis tout seul !

6

Le ciel était toujours chargé et menaçant, mais il ne tombait ni neige ni pluie quand Lucas arriva au City Hall. Ayant bu un peu trop de café, il dut faire étape aux toilettes. Lester, le chef en charge des enquêtes, était planté face à un des urinoirs. Lucas se déboutonna à côté de lui.

— Qu'est-ce que tu en penses, pour le maire ? demanda Lester.

— Il va y avoir du changement.

— Rose Marie n'a aucune chance d'être reconduite, dit Lester d'un ton lugubre. Je vais sans doute me retrouver dans un placard quelconque.

— Tu n'as qu'à démissionner et te dégoter un bon poste dans l'administration de l'État. Ça te fera une double retraite.

— Je me plaisais bien ici. (Lester secoua son pénis, remonta sa braguette, s'éloigna vers le lavabo, ouvrit le robinet.) Et toi, qu'est-ce que tu comptes faire ? Rester ?

— C'est pas gagné. Tout dépendra du prochain chef.

— Si tu veux mon avis, en ce moment, tout le monde spécule à tort et à travers. Ça jase dans les couloirs. La machine à débiter des conneries tourne à plein régime.

— C'est toujours la même rengaine, fit Lucas, s'approchant à son tour des lavabos. Tu as vu défiler combien de chefs ?

— Neuf. En comptant Rose Marie. Mais je n'ai pratiquement pas vu passer les quatre ou cinq premiers changements, vu que j'étais le cul dans une voiture de patrouille, en train de bouffer des beignets à la lumière de ma lampe-torche.

Del et Marcy l'attendaient dans les bureaux flambant neufs.

— Swanson et Lane sont partis au Cheese-It, déclara Marcy. Ils vont essayer d'y trouver quelqu'un qui pourrait avoir vu Julie Aronson avec Bruce Willis. (Elle tendit à Lucas une photographie de l'acteur.) On a téléchargé ça sur le Net. On va demander à un dessinateur professionnel de dépersonnaliser un peu Willis et de lui coller un grand manteau noir sur le dos. Pour la distribuer à la presse.

— Pas mal, acquiesça Lucas en gratifiant la photo d'une petite pichenette. Continue comme ça. Et les listes ?

— On a demandé à Anderson de nous mitonner un programme informatique. On rentre les listes de noms données par chaque femme dans l'ordi, on appuie sur un bouton, et la machine se charge de détecter les recoupements éventuels. Jusqu'ici, ça n'a rien donné. Mais on a autre chose.

— Quoi ?

— On a reçu neuf appels – j'ai bien dit neuf – de femmes qui ont reçu ce genre de dessin par courrier.

— *Neuf ?*

— En trois ans, précisa Marcy. Dont cinq qui l'ont gardé. Plusieurs patrouilles s'occupent en ce moment même de les récupérer, et quatre de ces femmes doivent venir nous voir cet après-midi, Black et moi. Pour les autres, il faudra sans doute qu'on se déplace. Du fait de leur boulot, elles ne peuvent pas se libérer aussi facilement.

— Si on en a déjà neuf, il doit y en avoir une bonne tren-taine dans la nature, supputa Lucas.

— On a aussi un peu plus d'espace que prévu dans les médias. Les bonnes affaires criminelles sont rares ces derniers temps. Du coup, CNN et Fox ont diffusé les dessins dès hier soir. Ils repassent à l'antenne tous les quarts d'heure.

— Je peux donc rentrer chez moi faire un somme ?

— Sûrement pas. Del et toi, vous avez six agences de pub à

visiter. Pour voir s'il n'y aurait pas parmi leurs créatifs un type aux cheveux ras qui porterait un long manteau sombre. Ah, tu as aussi reçu un coup de fil d'un certain Terry Marshall – un shérif adjoint du comté de Dunn, dans le Wisconsin. Le bled s'appelle Menomonie. Il meurt d'envie de te parler. Et il y a aussi ce type, Haack. Il veut que tu le rappelles séance tenante.

— J'ai la liste des agences, déclara Del. On peut toutes les faire à pied.

— Le temps de passer mes coups de téléphone, et on y va.

Il commença par Haack.

— Qu'est-ce qu'il y a, Gerry ?

— Vous leur avez dit que c'était moi ! glapit Haack. (Son entrée en matière fut suivie de deux chocs sourds, comme s'il venait de cogner le combiné contre un panneau de bois.) Ils vont me faire la peau ! Je vais perdre mon taf !

— Je n'ai rien dit du tout. Je leur ai juste demandé si Aronson faisait le tapin, et ils m'ont répondu que non. Ensuite, ils m'ont demandé d'où je tenais l'information, et comme je ne répondais rien, ils ont cherché à deviner. Et à votre avis, quel est le premier nom qui leur est venu à l'esprit ?

— Putain, Davenport, faut leur dire que c'est pas moi ! Sinon, ils vont m'arracher les couilles !

— Vous ne fréquentez pas les gens qu'il faudrait, Gerry. Vos amis vont peut-être vous arracher les couilles, mais ce ne sont pas de mauvais bougres. Vous allez passer un sale quart d'heure, mais c'est tout.

— Bon Dieu, Davenport !

— Ah, encore une chose, Gerry… Si vous me rappelez, vérifiez d'abord que votre info tient la route, d'accord ? Ce coup-ci, je m'en suis tiré sans problème. Vos copains m'ont même donné un petit coup de main. Mais sachez qu'une absence de tuyau vaut généralement mieux qu'un mauvais tuyau, parce que les mauvais tuyaux nous font perdre notre temps. Vous croyez que vous allez pouvoir vous en souvenir ?

— Putain, Davenport…

Lucas raccrocha, jeta un coup d'œil à la fiche d'appel du shérif adjoint, et composa le numéro. Une femme répondit dès la première sonnerie.

— J'aimerais parler à Terry Marshall, dit Lucas. Il m'a appelé.

— Je crains qu'il ne revienne pas aujourd'hui. De la part ?

— Lucas Davenport. Chef adjoint de la police de Minneapolis.

— Oh... Je vois. Terry est en route. Je crois qu'il vous cherche.

— Vous savez de quoi il s'agit ?

— Non. Il m'a juste laissé un mot. Disant d'appeler votre bureau si j'avais besoin de lui. Il pense arriver vers midi, à moins d'être retardé par la neige. Il a pris sa voiture.

— Il y a de la neige ?

— Ici, oui. Limite blizzard. On le voit sur les photos-satellites, jusqu'à Hudson... Vous avez dû y échapper de peu.

— Oui, on y a échappé. Je tâcherai de trouver un moment pour recevoir votre collègue.

Il reposa le combiné et alla chercher Del. Au moment où ils ressortaient, Marcy raccrocha son téléphone et lança :

— Je viens d'avoir Mallard, de Washington. Il dit que les psys sont en train d'examiner les dessins et de cogiter dru, mais qu'il ne faut rien attendre avant demain.

Ils partirent à pied sous un ciel frais et humide. Les rues de la ville étaient envahies par des flots de véhicules éclaboussés de boue, et les trottoirs par des femmes au nez et aux joues rouges, chaussées de bottes en plastique.

— C'est une bonne idée d'avoir mis Marcy à la coordination, déclara Del en enjambant une flaque gelée de gadoue.

— Elle pourrait devenir chef un jour si elle sait s'y prendre, répondit Lucas. Si elle est prête à mettre un peu d'eau dans son vin.

— Franchement, ça me tannerait de la voir devenir lieutenant. Elle se retrouverait coincée sur des dossiers de

84

délinquance en col blanc, ce genre de truc. Elle se mettrait à faire de la stratégie.

— Il faut en passer par là. Si on veut grimper.

— Tu ne l'as pas fait.

— Je ne sais pas si tu as remarqué, mais je n'ai pas gravi un seul échelon jusqu'au jour où un poste politique m'est tombé dessus.

La tournée des six agences leur prit le reste de la matinée ; ils furent reçus par des esprits brillants – des gens dans le vent, bien habillés, toujours avec une touche de couleur, qui avaient tendance à les considérer comme des bêtes curieuses. Avec son costume anthracite, Lucas se sentait autant à sa place qu'un membre du Politburo dans un parc floral. Ils montrèrent des photos de Willis dans *Pulp Fiction*. On leur répondit en secouant négativement la tête dans quatre agences, et avec un vague frémissement d'intérêt dans les deux autres. Après s'être intéressés aux deux cas possibles – mais sans prise de contact avec les intéressés –, ils tombèrent d'accord sur le fait qu'ils constituaient des suspects plutôt improbables.

L'un d'eux avait le bon gabarit, mais paraissait beaucoup trop jeune – son CV lui donnait vingt-deux ans et faisait état d'un diplôme de l'université de Minnesota obtenu par correspondance depuis la bourgade de Morris. En hiver, sa directrice ne l'avait jamais vu habillé autrement que d'une parka bleu nuit tombant aux hanches.

— Jamais de manteau, assura-t-elle. Il est un peu trop *rural* pour mettre un manteau.

— Merci, fit Lucas en hochant la tête.

— Que dois-je faire ? S'il est l'objet d'une enquête...

— Ne faites rien. Ce serait excessif. Il y a très peu de risques qu'il soit impliqué.

Une fois dehors, Del demanda :

— Aronson ne venait pas d'un trou paumé, elle aussi ? Un bled genre Morris ?

— Non. Elle venait de Thief River.

— C'est un trou paumé.

— Del, bon Dieu ! Thief River est à peu près aussi proche de Morris que Minneapolis de Des Moines.

— Excusez mon abyssale ignorance, chef.

Le second suspect possible avait le bon âge et portait un manteau sombre, mais les cheveux et la stature ne collaient pas. Le directeur de l'agence leur garantit qu'il n'avait jamais eu les cheveux courts : c'était un inconditionnel du catogan. Ils le remercièrent et s'en furent.

— Ça craint, soupira Lucas.

— Ce serait plus facile en été. Je vais me renseigner sur ces deux types, mais ils ne m'inspirent pas grand-chose. Si seulement le soleil pouvait se pointer…, ajouta-t-il en levant les yeux sur le ciel désespérément gris.

— En avril. Peut-être.

Ils revinrent au City Hall par les passerelles, fendant les flots humains de la pause-déjeuner, surtout agglutinés autour des sandwicheries. À la cafétéria du tribunal, Lucas prit une pomme, Del un sandwich au thon et un soda. Quand ils pénétrèrent dans le bureau, Marcy, qui était en train de parler à une jeune femme à l'air sévère, leva les yeux.

— L'adjoint du comté de Dunn est arrivé, annonça-t-elle. Je l'ai fait installer chez toi, Lucas. Ah ! et on a les photos retouchées de Willis. Je n'attends plus que ton feu vert pour les diffuser.

Lucas lui prit une image des mains. Le dessinateur avait atténué les traits distinctifs de Bruce Willis, mis en valeur sa coupe de cheveux, et ajouté le manteau long.

— C'est bien, approuva-t-il. Tu peux envoyer.

Terry Marshall devait avoir dix ou quinze ans de plus que Lucas, dans cette tranche un peu indistincte entre mi-cinquantaine et début de la soixantaine. Son visage était buriné, taillé à la serpe, avec des cheveux bruns striés de gris et une moustache en brosse courte. Il portait des petites lunettes rondes à montures d'acier qui, sur un autre, auraient fait penser à John

Lennon. Sauf que Marshall ne ressemblait absolument pas à Lennon : plutôt à un type capable de bouffer du Lennon. Assis dans le fauteuil qui faisait face au bureau, il lisait le journal. Quand Lucas franchit le seuil, il se leva.

— La fille, là... elle m'a dit d'attendre ici.

Malgré son profil de loup, il semblait mal à l'aise.

— Du moment que vous n'avez pas fouillé dans mes tiroirs, lâcha Lucas.

Marshall sourit.

— Qu'on ne vienne pas dire que j'ai ouvert vos tiroirs. Cette fille est secrétaire, ou quoi ? Je l'ai trouvée plutôt carrée.

— Inspectrice. Effectivement, elle ne fait pas dans la dentelle.

— Ah... (Marshall se rassit pendant que Lucas prenait place derrière son bureau.) Je me suis dit qu'elle avait l'air, enfin...

Il s'interrompit, embarrassé.

— Quoi ? relança Lucas.

— Je me suis dit qu'elle était peut-être... enfin, je ne sais pas. Handicapée, quelque chose de ce genre.

— L'automne dernier, on a eu affaire à un fou furieux qu'on a fini par coincer dans une station-service. C'est passé en direct à la télé.

— Je m'en souviens, dit Marshall.

— Avant qu'on le serre, cet homme a tiré sur Marcy avec un fusil de chasse. Il l'a touchée en pleine cage thoracique, à quinze mètres. Une fois à terre, elle a réussi à loger quelques bastos dans sa voiture – ce qui nous a aidés à l'identifier et à le coincer. Mais elle était dans un sale état.

— Bon Dieu. (Marshall se pencha en avant pour jeter un coup d'œil à Marcy par-delà la porte vitrée.) Vous croyez qu'elle va récupérer à cent pour cent ?

Il y avait de la sollicitude dans sa voix, et cela plut à Lucas.

— Bien sûr. Elle commence à ronger son frein, c'est pour ça qu'elle est déjà ici.

— Personnellement, je ne me suis jamais fait plomber.

87

Marshall parut se replonger dans ses pensées.

— Alors ? fit Lucas, avec un brin d'impatience. Qu'est-ce que je peux faire pour vous ?

— Ah, oui... (Marshall ramassa la serviette de cuir usé qui reposait à ses pieds, plongea la main dedans, et en ressortit une chemise cartonnée.) Ce dossier est pour vous. Il y a neuf ans, une fille de Menomonie a disparu. Laura Winton. Elle avait dix-neuf ans. On n'a jamais su ce qui lui était arrivé, mais on pense qu'elle a été étranglée ou étouffée, puis enterrée quelque part dans la nature. On n'a jamais retrouvé le coupable.

— Vous pensez...

— Un type très malin. Apparemment, il lui a tourné autour pendant une bonne semaine avant de la tuer. Elle est morte le jour de Noël, pendant les vacances scolaires. Elle habitait une rue pleine de vieilles baraques reconverties en appartements pour étudiants, vous voyez le topo.

— Je connais. J'ai moi-même vécu dans ce genre d'endroit quand j'étais jeune.

— Bref, il l'a fréquentée environ une semaine, sans être vu par une seule de ses colocataires. Il l'a tuée en leur absence – la petite avait trois colocataires, qui étaient toutes reparties dans leur famille pour Noël.

— Et pas elle ?

— C'était une fille du coin. Elle avait deux frères et deux sœurs, tous plus jeunes, et quand elle a quitté la maison familiale pour aller étudier à la fac, une de ses petites sœurs a récupéré sa chambre. Cela faisait trop de dérangement de rester dormir chez ses parents alors qu'elle n'habitait qu'à quelques kilomètres. Elle y est donc retournée le matin de Noël, pour l'ouverture des cadeaux et le déjeuner de famille, et ensuite, elle est rentrée chez elle. Depuis, personne ne l'a jamais revue – sauf son meurtrier.

Lucas se renversa en arrière dans son fauteuil.

— Et qu'est-ce qui vous fait croire qu'elle a été étranglée ?

La pomme d'Adam de Marshall tressauta, et il baissa les yeux pour regarder ses mains. Quand il releva la tête, son regard n'était plus le même. Terry Marshall doit être capable de dureté, peut-être même de férocité, songea Lucas – un trait qu'on retrouvait encore plus fréquemment chez les shérifs vétérans que chez les policiers urbains.

— Elle a disparu... sans aucun motif. Pas de mot d'adieu. Elle devait retourner dans sa famille dès le lendemain. Elle était semble-t-il en train de trier le linge pour la laverie quand le meurtrier est arrivé.

— Si tant est qu'il y ait un meurtrier.

— Il y en a un, rétorqua Marshall en s'empourprant. On a fait déplacer une équipe de la police scientifique. Il n'y avait rien de visible, pas de flaque de sang, aucun signe de violence, sauf... Elle avait un vieux tapis, une imitation de persan. Ils ont retrouvé ses ongles dedans.

— Ses ongles ?

— Trois. Elle a dû essayer de lui résister, de se débattre, et elle a griffé le tapis. Au point de s'arracher les ongles. Il restait un peu de sang frais sur l'un d'eux, et on l'a analysé. C'était le sien.

Lucas médita un instant sur ce qu'il venait d'entendre.

— Je vois. Une strangulation.

Marshall hocha la tête.

— Si vous y réfléchissez, tout colle... Elle voyait un type que ses colocataires appelaient « l'artiste ».

— L'artiste ?

— Oui. Elle a fait sa connaissance à l'amicale des étudiants – c'est là qu'il l'a draguée. Il lui aurait raconté qu'il étudiait les beaux-arts et qu'il s'appelait Tom Lang, ou Tom Lane. Elle est sortie avec lui deux fois, et ses copines l'ont évidemment asticotée à son propos – à quoi est-ce qu'il ressemble, est-ce qu'il est très moche, etc. Elle a répondu qu'il était mignon, blond, plutôt mince, et pas très grand. Elle a aussi dit à l'une d'elles qu'il ressemblait à une star de cinéma.

— Bruce Willis ?

Surpris, Marshall secoua la tête.

— Non, non. Edward Fox. Il jouait le méchant dans un vieux film, *Chacal*.

— L'assassin ? L'Anglais qui essaie de tuer de Gaulle ?

— Exact. J'ai visionné ce film une bonne centaine de fois. Et elle a ajouté qu'il avait une moto.

— Une moto ?

— Une moto. Voilà ce qu'on a sur lui. C'est tout.

— Il ne l'a jamais dessinée, ce genre de chose ?

— Pas à notre connaissance.

— Aucun indice matériel ?

— Non. À part les ongles.

Marshall semblait ému, et Lucas le dévisagea avec curiosité.

— Vous connaissiez cette fille ?

— Oui. Ma nièce. La fille de ma sœur. Je la considérais comme ma fille – je n'ai jamais eu de gosse, et je...

Il secoua la tête, cessa de parler. Visiblement, une image dansait devant ses yeux.

— Je suis navré, fit Lucas.

— Ça ira, lâcha Marshall en faisant un effort pour se ressaisir. J'espère n'avoir pas été trop ridicule. Mais honnête-ment, en regardant ce reportage d'hier soir à la télé, je n'ai pas trouvé un seul élément qui ne cadre pas avec mon assassin.

Lucas se redressa dans son fauteuil avant de répondre.

— Ça me désole de devoir vous le dire, mais nous avons retrouvé hier soir quelqu'un qui a peut-être vu le coupable. Il paraît qu'il ressemble à Bruce Willis. Le genre trapu, les cheveux ras, le teint mat. On pense qu'il pourrait avoir rencontré Aronson dans un restaurant, un peu comme celui qui a branché votre nièce à l'amicale. Attendez une seconde.

Il sortit du bureau, emprunta à Marcy le portrait retouché de Willis, revint, et le montra à Marshall.

— On a retrouvé un vieil ami d'Aronson qui pourrait l'avoir aperçu par hasard. Il se peut que le meurtrier ressemble à ça.

Marshall examina le dessin, leva les yeux sur Lucas, secoua la tête.

— Rien à voir avec la description faite par Laura à ses colocataires. C'est même l'opposé parfait.

— À peu de chose près.

Marshall étudia de nouveau le dessin.

— Je suis peut-être sur une fausse piste, soupira-t-il. Mais il y a deux ou trois autres choses intéressantes dans ce dossier. J'ai enquêté sur d'autres femmes disparues qui pourraient avoir été ses victimes. Je n'avais pas beaucoup d'éléments à me mettre sous la dent, et ce ne sont pas les candidates qui manquent – des gens qui se volatilisent, il y en a tout le temps. Mais ce qui est sûr, c'est qu'une jeune fille a disparu ici, dans le Minnesota, environ deux ans après la mort de Laura. Elle s'appelait Linda Kyle. Elle venait d'Albert Lea et s'apprêtait à commencer ses études de fac au Carlton College de Northfield. Elle a disparu un beau jour et n'a jamais été retrouvée. Elle voulait faire les Beaux-Arts et avait pas mal traîné dans les galeries de Minneapolis. Elle était sortie deux ou trois fois avec un garçon qu'aucun de ses amis n'a jamais vu. Pas de suspect.

— Hum. Aucun de ses amis ne l'a jamais vu. Ça ressemble à une technique d'approche… Je ne vois pas, non. Je n'ai aucun souvenir de cette affaire.

— Pas étonnant – ça s'est passé il y a sept ans, on n'a jamais rien trouvé, et la fille n'était pas d'ici. Il y en a eu une autre quatre ans plus tard. De New Richmond, dans le Wisconsin. Sur l'autre rive de la St. Croix River.

— Je connais cette ville.

Lucas la traversait quand il partait rejoindre son chalet.

— Nancy Vanderpost, mariée – séparée –, vingt-deux ans. Un beau jour, elle disparaît. Définitivement. Elle parlait de Los Angeles, de ses contacts dans le milieu de la performance artistique. Elle avait apparemment une liaison avec un type d'ici, des Villes jumelles, qui n'a jamais pu être identifié. Elle vivait dans un mobile home, et quand les flics se sont rendus sur place, ils n'ont trouvé aucune trace de lutte, sauf… des ongles. Deux ongles cassés. Encore une chose : son sac à main était là, à côté du canapé, et surtout son insuline. Elle ne l'aurait pas laissée.

— Ça fait effectivement quelques points communs. Les ongles, les études artistiques, les Villes jumelles. Et surtout l'étrange discrétion du type avec qui sortait la fille.

Marshall acquiesça, le regard masqué par la lumière que renvoyaient ses lunettes à la Lennon.

— Encore une chose. Les mobile homes de ce camping sont presque à touche-touche. À moins de trois mètres les uns des autres. La présence du sac à main me pousse à croire que c'est là que l'assassin l'a tuée.

— Si quelqu'un l'a tuée.

— Oui, si. Et si quelqu'un l'a tuée, il ne lui a pas tiré dessus, ne l'a pas cognée, n'a rien fait qui puisse l'inciter à hurler, ne s'est pas laissé entraîner dans une engueulade, ne s'est pas soûlé, et ne l'a pas non plus poignardée. Les techniciens de la police d'État sont venus sur place, et ils n'ont pas trouvé la moindre trace de sang. Je crois qu'il l'a étranglée. Ce qui expliquerait la présence des ongles : ces femmes ont désespérément griffé le sol.

— Pas de dessins ?

— Si, les siens. Elle dessinait, elle faisait de la musique et de la danse, elle était aussi un peu actrice, journaliste, photographe et j'en passe, mais, d'après ce qu'on m'en a dit, elle n'était vraiment douée dans aucun de ces domaines. C'était une sorte de... paumée, cherchant sa voie dans quelque chose d'un peu trop compliqué pour elle.

— Et elle se serait entichée d'un type qui jouait l'artiste.

— C'est mon avis. J'ai fait toutes les recherches que je pouvais à partir de chez moi, mais aucun élément ne m'a permis d'aller plus loin – et il restait toujours la possibilité qu'elle soit partie à Los Angeles, ou qu'elle ait eu une crise d'hypoglycémie et qu'elle soit morte toute seule dans un coin perdu. Dieu sait que ce ne sont pas les coins perdus qui manquent autour de New Richmond.

— Sa voiture ?

— Garée en ville. Elle a été retrouvée le lendemain de la perquisition.

— Je vois tout de même une différence entre vos affaires et la mienne. Vos victimes sont toutes originaires de petits bleds, ce qui n'est pas le cas d'Aronson. Comme si votre client choisissait des filles un peu naïves. Aronson était née ici, et...

— Sauf que, d'après la presse, elle a passé une partie de sa jeunesse dans un petit bourg. C'est peut-être un profil qui l'attire.

— Peut-être... Vous rentrez dans le Wisconsin ?

— J'aimerais rester ici encore cet après-midi. Il tombait des tonnes de neige quand j'ai traversé Hudson. J'ai bien peur que l'autoroute ne soit fermée de l'autre côté du fleuve. Et franchement, j'aimerais voir ce que vous avez sur le feu. Je connais mon dossier sur le bout des doigts, et il me reviendra peut-être quelque chose en vous regardant faire.

— Vous êtes le bienvenu aussi longtemps que vous voudrez. Demandez donc à Marcy de confronter ce nom – Tom Lang, c'est bien ça ? – aux listes qu'on est en train de dresser. Vous pourriez aussi aller voir les gens de la morgue – leur demander s'il manquait des ongles à Aronson, ou si ses mains portaient des éraflures.

— Qu'est-ce que vous pensez de mon dossier ?

— Très intéressant. On a probablement un salopard en vadrouille quelque part dans le coin.

— Il y en a toujours.

Del revint quelques minutes après le départ de Marshall et trouva Lucas en train de fixer le plafond.

— Je me suis renseigné sur les deux types, ceux des agences de pub. L'un d'eux ne paie pas ses contredanses. Quant à l'autre, aussi loin que remontent nos fichiers informatiques, on dirait qu'il n'a jamais eu affaire à un flic.

— Tu les as confrontés aux listes ?

— Pas encore. Marcy n'avait pas fini d'entrer les noms dans l'ordi...

Lucas tournait lentement sur son fauteuil, le regard absent.

— Hé, qu'est-ce qu'il y a ? demanda Del.

— Pardon ?

— On dirait que tu viens de voir un revenant.

Lucas lui résuma la visite de Marshall.

— Je viens de parcourir son dossier, ajouta-t-il. Et j'ai un mauvais pressentiment, Del.

— Tu crois qu'il tient quelque chose ?

— J'en ai peur.

— Il a mis en évidence une piste qui pourrait nous servir ?

— Pas dans l'immédiat, répondit Lucas en se levant. Allons donc faire un tour chez Morris Ware.

— Cette ordure ! lâcha Del. J'espérais qu'il aurait déménagé sur la côte, comme la plupart des pervers dans son genre. Où est-ce que tu as entendu parler de lui ?

— Lori. Tu sais, la fille du Hot Feet Jazz Dance, sur...

— Sur Lyndale. Oui. Drôle de fille.

— Je suis passé là-bas il y a deux jours. Elle m'a fait un de ces trucs de danse où tu passes une jambe par-dessus la tête en te tenant à la barre. J'ai passé cinq bonnes minutes à discuter avec son entrejambe.

— Et son entrejambe t'a raconté que Morris Ware...

— ... a ressorti son appareil. Il cherche de la chair fraîche.

— Pas étonnant. On ne se refait pas.

— Ware traînait vaguement dans le milieu des artistes, non ? On le voyait au Walker, par exemple.

— Oui, il l'a fait un temps, je crois. Il a aussi pondu un bouquin, *Jeunes filles sur le fil*, ou quelque chose comme ça. Sur le fil de quoi ? Ça se voulait artistique, mais, si tu veux mon avis, toutes ces filles à peine pubères, nues, ça puait grave. C'était même à gerber.

7

Morris Ware vivait dans une maison de stuc proprette sur deux niveaux, à la verticale d'un des couloirs d'approche de l'aéroport international de Saint Paul-Minneapolis. Une camionnette de l'entreprise de nettoyage Miracle Maid était stationnée à hauteur de la maison, et il y avait une poubelle en plastique rose Miracle Maid sur la véranda, à côté de la porte d'entrée. La véranda devait avoir abrité un banc suspendu – Lucas avait remarqué des crochets au plafond et des traces d'usure sur le plancher –, mais il n'était plus là. Le jardin, à l'avant comme à l'arrière, était ceint d'une clôture à mailles métalliques. Un garage en bois avait été construit au bout de l'allée, et sur la pelouse, à côté de l'allée, un écriteau de la société de gardiennage Macon mettait clairement les cambrioleurs en garde : « Riposte armée autorisée ».

— Il y a de la lumière, dit Lucas.

— Normal, il est presque deux heures de l'après-midi. Quel climat de merde !

— En tout cas, il ne fait pas trop froid.

Ils franchirent le portail et se dirigèrent vers l'entrée.

— Pour un Moscovite, grommela Del. Mais n'importe qui d'autre trouverait qu'on se les caille.

Un moteur ronronnait à l'intérieur de la maison. Lucas sonna, et les deux policiers entendirent un choc sourd. Un regard masculin apparut derrière la petite trappe coulissante aménagée à hauteur d'yeux dans la porte d'entrée, qui pivota une seconde plus tard.

— Oui ?

L'homme immobile sur le seuil portait une combinaison blanche Miracle Maid et un bonnet de papier blanc destiné à lui protéger les cheveux. Un visage en lame de couteau, une barbe de deux jours. Mince.

— Police, déclara Lucas. On cherche Morris Ware.

— Euh, M. Ware n'est pas là. On fait le ménage.

— Vous êtes homme de ménage ? s'enquit Lucas.

— Oui. Effectivement.

Sans avoir l'air de trop y croire lui-même.

— Vous avez une idée de l'endroit où on pourrait trouver Ware ? interrogea Del.

L'homme arrêta son regard sur lui, le fixa un moment, et une touche de scepticisme apparut sur ses traits.

— Vous avez une carte ?

Par réflexe, Lucas et Del acquiescèrent et ouvrirent leur porte-insigne.

— Alors ? demanda Del.

— J'ai juste un numéro de contact. Je crois que c'est celui de son bureau.

Lucas et Del attendirent sur la véranda pendant que l'homme de ménage allait chercher le numéro en question.

— Je ne suis pas sûr qu'il me croie flic, observa Del.

— Tu es trop dur avec toi-même.

L'homme de ménage revint avec le numéro, que Lucas nota.

— Pas besoin de le prévenir de notre passage, dit-il en faisant demi-tour.

— Je ferais peut-être bien de l'oublier complètement.

— Excellente politique.

Lucas communiqua le numéro de téléphone au central et, quelques secondes plus tard, obtint l'adresse correspondante.

— Il faudra prendre la 280, expliqua l'opérateur. C'est du

côté de Broadway. Dans la zone commerciale. Vous voyez le magasin de mobilier de bureau Dayton ? C'est dans ce coin-là.

Ils prirent l'I-35 vers le nord, puis la 280, où ils se calèrent dans le sillage d'une voiture de la police routière. La voiture de patrouille passa un feu à l'orange sur Broadway, mais Lucas s'arrêta après s'être engagé sur la voie de gauche pour bifurquer. Pendant qu'ils attendaient, Lucas vit sur le parcours de golf qu'on apercevait de l'autre côté de la route une demi-douzaine d'adolescents en survêtement de nylon dévaler une butte gazonnée au pas de gymnastique.

— Voilà ce que tu devrais faire, fit-il remarquer. Te maintenir en forme.

— La vie est trop courte pour qu'on perde son temps à se maintenir en forme, soupira Del. Sans compter que ça m'ôterait toute crédibilité dans la rue.

Morris Ware avait son local professionnel au milieu d'une longue rangée d'entrepôts en parpaings jaunes qui, pour la plupart, hébergeaient des grossistes en tout genre. L'adresse n'était pas claire et ils eurent du mal à repérer l'entrée, car elle se présentait sous la forme d'une porte vitrée dépourvue d'enseigne, coincée entre un distributeur de tuyaux et une société du nom de Christmas Ink.

Lucas se gara quinze mètres plus loin et descendit de voiture en même temps que Del. Au même moment, un minibus s'immobilisait devant l'entrée de Christmas Ink. Une femme en descendit, se rendit à l'arrière du minibus, souleva le hayon. Elle était aux prises avec une caisse en carton quand Lucas et Del passèrent à sa hauteur.

— Laissez-moi vous aider, proposa Lucas.

Elle recula pour mieux les regarder.

— Merci.

C'était une femme d'une cinquantaine d'années, aux lèvres écarlates, à la coiffure en vagues dorées. Elle portait une parka en nylon et des après-ski de caoutchouc. Elle attendit que

Lucas ait sorti le carton, referma son minibus, et les précéda jusqu'à la porte de Christmas Ink.

À l'intérieur, un comptoir courant d'un mur à l'autre divisait la salle en deux parties. Dans le fond, une femme et deux hommes étaient assis derrière des bureaux de métal, chacun face à un écran d'ordinateur. Un rayonnage croulait sous les livres, les catalogues et les annuaires. Une des cloisons était tapissée de cartes de vœux diverses, des « Tendres Baisers », des « Bonne Fête Maman », des « Bonne Fête Papa ». La dame à la parka souleva la partie mobile du comptoir, passa de l'autre côté, et dit à Lucas :

— Vous n'avez qu'à le déposer sur le comptoir. Merci encore.

Lucas déposa le carton sur le comptoir.

— Nous sommes de la police de Minneapolis.

— Ah oui ?

Au fond de la salle, les trois autres levèrent la tête.

— Nous cherchons un certain Morris Ware. Nous voudrions lui parler.

— Tu vois, je te l'avais dit, lâcha un des hommes en regardant la femme assise devant un ordinateur.

— Vous lui aviez dit quoi ? demanda Del.

— On ne veut pas d'ennuis avec nos voisins.

Lucas haussa les épaules.

— M. Ware n'aura pas besoin de savoir que nous sommes passés.

— On a remarqué des allées et venues bizarres, dit la dame blonde en ouvrant sa parka.

— Quel genre ? demanda Del.

— L'autre jour, je suis sorti par-derrière porter un truc à la poubelle, répondit l'homme. Un type qui travaille à côté était lui aussi en train de sortir ses poubelles. Au moment où il est rentré, j'ai eu le temps de voir qu'il y avait une lumière crue à l'intérieur, et j'ai entraperçu cette fille. Nue.

— Quel âge ? demanda Lucas.

L'homme haussa les épaules.

— Pas bien vieille. Mais peut-être assez pour faire ce genre de chose. Je veux dire, elle avait des nichons et tout le reste.

— Mais moi, j'ai déjà vu entrer des gens trop jeunes pour ça, intervint la dame blonde, en retirant sa parka et en la plaçant sur le dossier d'une chaise. On ne sait pas trop ce qu'ils font là, mais plusieurs fois, en arrivant le matin, j'ai vu des gosses qui traînaient dehors, comme s'ils attendaient quelqu'un. On aurait dit des orphelins, ce genre-là.

— Des gamins des rues, vous voulez dire ? fit Lucas.

— Oui. Ils font toujours plus vieux que leur âge.

— Moins de dix-huit ans ?

— On ne veut pas d'emmerdements, lança le deuxième homme, qui s'était tu jusque-là.

— Tu ne veux jamais d'emmerdements, George, intervint la deuxième femme. On aurait dû signaler ça.

— J'essaie seulement de nous maintenir la tête hors de l'eau, répondit-il d'un air sombre.

— Quand même, on aurait dû appeler.

— Moins de dix-huit ans ? insista Lucas.

— Il y en a au moins deux à qui je n'aurais pas donné plus de quinze ans, répondit la dame blonde.

— Ne parlez de ça à personne, s'il vous plaît. D'accord ? Et merci. Viens, Del, on s'en va.

Une fois dehors, ils tournèrent résolument le dos à la porte vitrée de Ware et repartirent vers la voiture de Lucas.

— On pourrait appeler Benton, dit Lucas. Il nous préparerait un mandat.

— Ça prendra une heure.

— Pendant ce temps, on pourrait aller manger du riz et des haricots noirs...

— Il ne lâchera rien. Ware, je veux dire. Si on trouve quelque chose chez lui. Il appellera son avocat, qui lui conseillera de la boucler.

Lucas réfléchit une minute.

— Ça ne ressuscitera pas Aronson, mais si Ware s'est remis à faire des dégueulasseries avec des enfants... il faut qu'on l'expédie à Stillwater. On pourrait demander aux Mœurs de venir avec du renfort.

— Entendu, opina Del. Va pour le mandat. Je traîne dans la rue depuis si longtemps que j'en ai presque oublié qu'il y avait d'autres moyens que la négociation. Tu vois ce que je veux dire ?

— Absolument.

Ils tuèrent l'heure suivante dans un restaurant bio de Roseville, où ils mangèrent des haricots noirs au fromage, le tout arrosé d'eau citronnée. Finalement, une assistante du procureur dénommée Larsen les rappela.

— J'aimerais vous accompagner, dit-elle, mais je suis coincée à l'audience.

— La prochaine fois, fit Lucas.

En revenant vers l'entrepôt de Ware, il raconta à Del que Larsen aurait voulu en être.

— Je me demande pourquoi, grogna Del. Elle est candidate à quelque chose ? Elle veut être sur la photo ?

— Je crois simplement qu'elle apprécie la décharge d'adrénaline. Elle nous a déjà suivis sur plusieurs descentes.

Juste avant quatre heures, une camionnette Chevy banalisée transportant l'équipe d'intervention se gara en marche arrière entre Christmas Ink et l'entrepôt de Ware, pendant que deux voitures de patrouille prenaient position derrière, en travers de l'allée de service, pour bloquer la sortie de secours. Lucas et Del se garèrent de nouveau au bout du bloc, revinrent à pied jusqu'à la vitrine de Christmas Ink, et entrèrent. La dame blonde était au téléphone. Un des hommes avait disparu, mais l'autre et la deuxième femme étaient toujours à leur place.

— Vous revoilà, lâcha l'homme.

Sans avoir l'air particulièrement heureux.

— Vous auriez un moyen de savoir si votre voisin est là ? demanda Lucas. Sans lui passer un coup de fil, évidemment ?

— Il faut que je te laisse, dit la dame blonde au téléphone.

Elle raccrocha et se tourna vers Lucas.

— La poste a livré un paquet il y a dix minutes. Il y avait du monde, dit-elle. Je regardais.

— D'accord.

Lucas sortit son portable, appela la camionnette.

— Quand vous voulez.

Lucas et Del s'approchèrent de la vitrine de Christmas Ink avec les employés et virent s'ouvrir la portière arrière de la Chevy. Carolyn Rie en sortit la première, vêtue de son blouson de cuir, suivie d'un agent en uniforme portant une masse. Puis apparurent un deuxième agent en uniforme et un spécialiste de l'informatique.

Rie tenta d'actionner la poignée de porte, fit non de la tête, s'écarta d'un pas, et le flic qui était derrière elle souleva sa masse. Pendant qu'il prenait son élan, Lucas et Del ressortirent de chez Christmas Ink et, au moment où la porte de l'entrepôt de Ware cédait, se joignirent aux assaillants.

Il n'y avait presque rien dans la première salle – la façade dans toute sa splendeur. Profonde de deux mètres cinquante à peine, elle recelait quatre chaises, alignées le long d'un mur, et un bureau métallique sur lequel était posé un téléphone rouge. Dans le fond, une deuxième porte, fermée. L'agent en uniforme ne se donna pas la peine d'essayer la poignée, il se contenta de balancer un grand coup de pied dans la porte, qui pivota bruyamment.

La salle suivante était immense : une vraie salle d'entrepôt, dont certaines cloisons étaient recouvertes de rouleaux de papier faisant office de décor. Un canapé rouge pelucheux était installé devant une de ces tentures improvisées, et un peu plus loin, dans un coin, il y avait un grand lit à montants de cuivre. Sur une table, une rampe de projecteurs, avec deux lampadaires juste derrière. Lucas recensa par ailleurs cinq projecteurs sur pied, dont deux munis d'un réflecteur, et, sur une autre table, encore du matériel d'éclairage.

Sur le canapé, tenant un appareil photo de la taille d'une

boîte à chaussures, un homme petit au crâne dégarni était assis, immobile, visiblement tétanisé. Un autre, plus grand, plus âgé, vêtu d'une chemise blanche amidonnée et d'un pantalon gris, marchait à grands pas vers un ordinateur posé sur un bureau.

— Holà ! holà ! cria le spécialiste de l'informatique.

L'homme à la chemise blanche accéléra, tendant le bras vers son ordinateur. L'informaticien le repoussa loin du bureau.

L'homme à la chemise blanche se mit à hurler :

— Allez-vous-en, allez-vous-en ! Vous n'avez pas le droit, pas le droit, pas le droit !

Un troisième homme, jusque-là masqué par une batterie de projecteurs, s'approcha de la porte de service et l'ouvrit. Découvrant deux agents postés juste derrière, il fit volte-face et lança :

— Hé, qu'est-ce que c'est que... ?

C'est le moment que choisit le type du canapé pour se lever.

— Je m'en vais, déclara-t-il. Je ne devrais même pas être ici.

— Tout le monde se tait ! s'écria Rie. Police ! Vous deux là ! (Elle désigna l'homme qui avait tenté de s'éclipser par la porte de service et celui qui venait de se lever.) Asseyez-vous sur ce canapé ! Et ne bougez plus !

— Je veux prévenir mon avocat ! glapit l'homme à la chemise blanche.

Lucas s'approcha de lui.

— Comment va, Morris ? Vous vous souvenez de moi ?

Ware le dévisagea un moment.

— Non. Pas du tout. J'exige que vous me laissiez avertir mon avocat, et *tout de suite* !

— Que quelqu'un montre notre mandat à M. Ware, ordonna Lucas. Ensuite, conduisez-le dans l'avant-salle et laissez-le passer son coup de fil, ajouta-t-il à l'intention d'un des agents en uniforme qui bloquaient l'arrière.

Rie entreprit de relever l'identité des deux autres hommes – Donald Henrey et Anthony Carr – pendant que Ware était escorté vers l'avant-salle.

— Vous me paierez ça, lâcha Ware en passant devant Rie.

Tous. Vous pouvez faire une croix sur votre carrière. Ne comptez plus sur...

L'informaticien débrancha un cordon de modem à l'arrière du Macintosh de Ware, puis vérifia les câbles qui reliaient l'unité centrale aux divers périphériques.

— Je crois que c'est bon, dit-il ensuite. La bécane est isolée, mais je préférerais attendre qu'on l'ait rapportée chez nous pour regarder ce qu'elle a dans le ventre.

— Comme vous voudrez, approuva Lucas. Vu la façon dont il s'est jeté dessus quand on a débarqué, il doit y avoir quelque chose.

Pendant que l'agent resté à la porte du fond surveillait les deux hommes assis sur le canapé, Rie, Del, Lucas et les deux flics de l'équipe d'intervention fouillèrent la grande salle – ouvrant les tiroirs, regardant sous les oreillers, vidant les boîtes. Ils ne trouvèrent pas une seule photo. En revanche, ils mirent la main sur deux douzaines de disquettes Jaz compatibles avec le Macintosh.

Lucas s'approcha de Henrey, l'homme au gros appareil photo.

— Qu'est-ce qu'on va trouver sur ces disquettes ?

— Je n'en sais rien, répondit Henrey, l'air profondément abattu. Moi, je suis payé pour shooter. Rien d'illégal. Pas question que je shoote quoi que ce soit d'illégal.

— Et là-dedans, il y a de l'illégal ?

— Je n'en sais rien, répéta Henrey en retournant l'appareil entre ses mains. J'ai été engagé pour faire une photo.

— Quand ? Tout de suite ? Elle est déjà faite ? Plus tard ?

Henrey consulta sa montre.

— Dans une demi-heure. On était en train de régler les lumières.

Lucas se tourna vers Rie.

— On ferait mieux de ramener Ware par ici, dit-il. Quant à vous, vous pourriez peut-être vous installer devant, histoire de jouer les réceptionnistes.

— Bonne idée, approuva-t-elle.

103

Ware revint sous bonne escorte, croisa le regard de Lucas, et lui aboya à la figure :

— Qu'est-ce que vous voulez ?

— Asseyez-vous sur le canapé.

— Mon avocat est en route.

— Parfait. Je vous suggère de ne rien dire jusqu'à son arrivée.

— Je ne dirai rien. Et il vaut mieux que tout le monde en fasse autant, ajouta-t-il en regardant les deux autres. Je vous attaquerai en diffamation, et je vous plumerai jusqu'au dernier centime. Vous pouvez me faire confiance.

Lucas fit signe au photographe, qui le suivit dans l'avant-salle. Rie était en train d'installer une chaise derrière le bureau métallique, prête à accueillir d'éventuels visiteurs. Lucas se tourna vers Henrey.

— Si on trouve des photos pédophiles sur ces disquettes – et on sait que les enfants, c'est le dada de Ware –, vous risquez de passer quelques années à Stillwater. Vous savez comment ça se passe.

— Je vous jure devant Dieu qu'il m'a juste engagé pour cette photo ! déclara solennellement Henrey.

— Je comprends, et je suis prêt à prendre en considération l'aide que vous pourrez nous apporter. Donnez-moi juste quelque chose qui puisse m'aider.

— Il faudrait que je voie d'abord un avocat.

— Un petit quelque chose. Donnez-moi juste une info. Il se peut qu'on n'ait plus besoin de vous d'ici une heure.

Henrey jeta des regards éperdus dans toutes les directions.

— Vous essayez peut-être de me bluffer, finit-il par dire. Donnez-moi au moins une promesse écrite, ou quelque chose de ce genre.

— On n'a pas de temps à perdre avec ces détails.

— Je ne suis pas un criminel. J'essaie simplement de gagner ma vie en prenant des photos. D'habitude, je fais plutôt les animaux, la nature.

— Bien. C'est intéressant.

Henrey garda un moment la tête basse, et Rie en profita pour adresser un clin d'œil à Lucas.

— Je ne sais rien sur cette histoire de pédophilie, lâcha-t-il enfin. J'ai entendu dire qu'il faisait des photos de gosses, mais ce serait trop stupide. Ici, c'est la mort assurée. Je veux dire, il y a plein de pays étrangers où on peut faire absolument tout ce qu'on veut sans que personne s'en mêle.

— Ware est du genre à mettre la main à la pâte.

— Juste une info ? fit le photographe avec une grimace.

— Juste une, confirma Lucas.

Le photographe hocha la tête.

— Mais il faudra que vous m'aidiez à m'en sortir… Bon, quelquefois, en venant photographier ici, les acteurs…

— Acteurs ? coupa Rie.

— Enfin, les modèles, comme vous voudrez. Disons qu'ils aiment sniffer un petit rail, et Morris a généralement quelques grammes de coke à portée de main. Je l'ai vu aller la chercher deux ou trois fois… Non pas que je l'aie suivi, ce n'est pas ça, mais vous savez, ces prises électriques, derrière son bureau ? Il y en a une qui est fausse. Je crois que c'est là qu'il planque sa petite réserve.

Lucas le gratifia d'une claque dans le dos.

— Vous voyez ? C'est simple comme bonjour. Et si vous êtes un type réglo, un amoureux de la nature, comme vous dites… on va peut-être pouvoir faire quelque chose pour vous. D'accord ? En attendant, je vais vous remettre sur le canapé avec Ware. Ne lui dites rien.

Lucas appela Del, le mit au courant pour la prise électrique, renvoya Henrey sur le canapé et fit venir Carr dans l'avant-salle. Après l'avoir fait asseoir là où Henrey s'était assis, Lucas lui joua grosso modo le même numéro.

— Je m'occupe de son site Web, expliqua Carr. Il ne s'est jamais donné la peine d'apprendre comment fonctionne Internet. Il scanne ses photos, les enregistre sur disquette avec un numéro d'index, et moi je les balance sur le Web sous forme d'imagette. L'adresse du site est ErosFineArtPhotos. com.

— Il y a des enfants sur le site ? demanda Lucas.

— Non. Bien sûr que non.

— Il en photographie ? Des enfants ?

— Je n'en sais rien, dit Carr, mal à l'aise. Je ne vois pas tout. Moi, vous savez, je me contente de déplacer des mégabits. Je suis une sorte de déménageur.

— Écoutez, mon gars, repartit Lucas avec un hochement de tête, vous avez intérêt à vous dégoter un avocat. Si on retrouve des photos d'enfants, vous allez plonger comme complice, et ça veut dire deux ans à l'ombre. Vous feriez mieux de réfléchir à un moyen de nous aider. Peut-être en demandant à votre avocat de négocier quelque chose... Je ne voudrais pas avoir l'air de vous menacer, mais c'est grave.

Carr gonfla les joues et exhala bruyamment.

— Si je n'ai pas de quoi me payer un avocat...

— On vous en désignera un.

— Attendez, je devrais pouvoir vous dire deux ou trois petites choses. Je ne me suis jamais occupé de la prise de vue, mais Morris m'a confié un jour qu'il lui arrivait de faire des « trucs spéciaux ».

— Des « trucs spéciaux ».

— C'est comme ça qu'il a dit. Il avait l'air assez fier de lui. Il m'a expliqué qu'il envoyait directement ces photos à quelqu'un, en Europe, et que ce quelqu'un les mettait en ligne sur un site de là-bas. Je crois que... Morris est un fournisseur de contenus. Il y a cent milliards de sites Web avides de contenus, et Morris leur en fournit.

— Vous ne trouvez pas qu'il y a déjà assez d'images pornos en circulation ? demanda Rie.

— C'est vrai qu'il y en a pas mal, mais les gens réclament toujours de la chair fraîche.

— De la chair tendre, corrigea Rie.

— Oui. Des ados, en tout cas.

— J'ai envie de vous faire une proposition tout de suite,

déclara Lucas. Donnez-moi quelque chose, n'importe quoi, et je vous aide à vous en sortir. Attention, je ne lèverai pas le petit doigt si je m'aperçois que vous avez participé à la mise en circulation d'images pédophiles, mais s'il se confirme que vous êtes juste payé par Ware pour vous occuper de son site... on va pouvoir vous donner un coup de pouce.

Carr souffla bruyamment.

— Je devrais peut-être voir d'abord un avocat, dit-il en se passant une main dans les cheveux.

Lucas haussa les épaules.

— C'est à vous seul d'en décider. Mais laissez-moi vous dire que mon offre risque d'expirer très vite. Si on trouve des saloperies sur...

— Hé... Je ne suis pas un monstre, protesta Carr, se tournant vers Rie.

— Personne n'a dit ça, répondit-elle.

Carr s'adressa de nouveau à Lucas en murmurant.

— Il se pourrait qu'il transfère des images sur un site européen – en Hollande, je crois –, donnerblitzen451.com. (Il épela l'adresse.) Il faut un code d'accès. Si vous composez une fois de trop le mauvais code, le site s'autodétruit. Ça inspirera peut-être quelque chose à vos spécialistes.

— Donnerblitzen, dit Lucas. C'est un genre de juron, non ?

— Ouais. Et 451 comme dans le bouquin de Ray Bradbury, *Fahrenheit 451*. Quatre cent cinquante et un degrés Fahrenheit, c'est la température qu'il faut pour enflammer le papier. À mon avis, c'est une petite plaisanterie de Morris. Si vous composez plusieurs fois le mauvais code d'accès, le site s'évapore.

— Pourquoi fait-il ça ? demanda Lucas. Si quelqu'un tombait dessus par erreur...

— Comment voulez-vous tomber sur donnerblitzen451.com par erreur ? C'est un site privé, sans aucun lien hypertexte. Sa photothèque, en somme. Vous y stockez une photo à haute résolution, et quand quelqu'un vous commande un truc spécial, vous allez le chercher dans votre photothèque, vous passez un ordre de transfert, et le site expédie le fichier à son destinataire, qui n'a plus qu'à l'imprimer. Impossible de remonter jusqu'à Morris. Il ne conserve pas son négatif photographique plus de dix minutes. Dès qu'il l'a développé et scanné, il le brûle. Et ensuite, l'image n'existe plus que sous forme d'une chaîne de codes numériques enregistrée quelque part en Europe.

— Intéressant, fit Lucas. Sauf que vous ne connaissez pas le code d'accès.

— Non, mais j'ai déjà vu ce type d'installation, et je suis sûr que le site est piégé. Si vous essayez d'entrer, vous avez intérêt à savoir ce que vous faites. Ou alors, tout part en fumée. (Il hocha la tête.) J'ai déjà réfléchi à tout ça. J'ai été tenté de deviner quel pouvait être ce fichu code – en le surprenant au moment où il se connectait sur son site, par exemple. J'ai même envisagé de placer un enregistreur de touches sur son ordi, mais… je ne l'ai jamais fait.

— Bien, fit Lucas. C'est une information utile. Mais si vous répétez à Ware un seul mot de ce que vous venez de nous dire, notre marché ne tient plus. Et vous avez quand même intérêt à vous trouver un avocat.

Quand Lucas en eut fini avec Carr, il le renvoya sur le canapé et se tourna vers Rie :

— Il nous faut ce code d'accès avant la fin de la garde à vue de Ware. S'il passe cinq minutes sur un ordinateur, on peut dire adieu à son site.

— Comment est-ce qu'on va pouvoir faire ?

— En appelant les fédéraux. Ils sont censés recruter des génies de l'informatique. Ils pourront peut-être nous aider.

— Vous vous en occupez ?

— Oui, je m'en occupe. Et aussi de… (Un mouvement dans la rue lui fit tourner la tête.) Tiens, on dirait que nous avons des clients.

Un homme et une femme venaient d'émerger d'une vieille Chevy et se dirigeaient vers la porte.

— Ils vont s'apercevoir qu'elle a été enfoncée, murmura Rie.

— J'y vais.

Lucas se hâta de rejoindre la porte et l'ouvrit, comme pour s'en aller. L'homme, qui était en train de monter sur le trottoir, s'arrêta net en l'apercevant. À vue de nez, il avait un peu moins de trente ans.

— Salut, dit-il. Morris est dans le coin ?

— Au fond, répondit Lucas. Vous êtes ?

— Le jeune talent, répondit la fille.

Elle était effectivement jeune, mais son visage était dur, marqué de sillons précoces. Une gamine des rues. Elle regarda Lucas dans le blanc des yeux, comme pour le défier. Peut-être dix-huit ans, pensa-t-il. Peut-être pas.

— Entrez, dit-il en s'effaçant. Voyez ça avec Carolyn.

Le couple croisa Lucas et pénétra dans l'avant-salle. Rie, assise derrière le bureau, se leva au moment où Lucas revenait à l'intérieur et fermait la porte.

— Je suis le jeune talent, expliqua la fille à Rie. Morris nous a dit de le retrouver ici. On est un peu en avance.

— Aucune importance, fit Rie en montrant son insigne. Police. Vous tombez en pleine descente.

— Oh, merde ! lâcha la fille en pivotant sur elle-même.

— Je vous flanque par terre si vous essayez de fuir, prévint Lucas, adossé au chambranle.

— Putain ! gémit-elle. On a rien fait, merde !

— On vous demande juste un peu de coopération. J'aimerais voir une petite pièce d'identité, un permis de conduire, par exemple.

— Je crois qu'on va avoir besoin d'un avocat, lâcha l'homme.

— Je crois aussi, fit Lucas. Et vous en aurez un Mais d'abord, je veux voir vos papiers.

Lucas prit le permis de l'homme et lut son nom à haute voix. Rie le nota.

— J'ai pas mon permis, déclara la fille.

109

— Sauf que c'est vous qui conduisiez. Donnez-le-moi.

La fille soutint son regard un moment, secoua la tête.

— Bordel de merde. Bordel de merde !

Elle plongea la main dans son sac, y trouva son permis, le tendit à Lucas.

— Sylvia Berne, lut-il. Veuillez donner votre date de naissance à l'inspecteur Rie, Sylvia.

Berne grommela quelque chose, que Rie n'entendit pas, et Berne récita de nouveau sa date de naissance. Rie chercha le regard de Lucas.

— C'est bien ce que dit son permis ?

— C'est bien ce que dit son permis, opina Lucas. N'oubliez pas de me rappeler quand vous aurez dix-huit piges, lança-t-il à Berne. Je vous paierai une mousse.

— Une quoi ? fit Berne, désemparée.

— Une mousse… Ah, laissez tomber. (À Rie :) On aura besoin de prendre la déposition de Mlle Berne. Il faudra faire venir quelqu'un de la brigade des Mineurs.

— Absolument, répondit Rie.

— Vous avez fait ça combien de fois ? demanda Lucas à l'adolescente.

Berne haussa les épaules.

— Deux. Je vois pas où est le mal.

— Morris ne vous aurait pas offert un ou deux tirages gratuits, par hasard ?

— Peut-être.

— Je vous aime, déclara Lucas.

— Et moi ? fit l'homme.

— Vous, vous avez intérêt à rester assis. Je n'ai que des mauvaises nouvelles à vous annoncer.

Dix minutes plus tard, Lucas procéda à l'arrestation de Ware pour abus de mineur et création de pornographie infantile, Henrey pour création de pornographie infantile – Berne ayant affirmé que c'était lui qui avait photographié sa dernière séance –, et le jeune homme qui accompagnait Berne pour abus sexuel sur mineure. Quant à Carr, il fut libéré, mais reçut la consigne de ne pas quitter le Minnesota.

— Sylvia n'a rien d'une enfant ! protesta Ware en gesticulant. Regardez-la, sacré nom de Dieu ! Regardez ses nichons !

— Elle ressemblerait à une gosse si on réussissait à gratter tous les abus dont elle a été victime, répliqua Del. Dis donc, Lucas, je fouinais derrière le bureau, et une des prises électriques m'a paru un peu bizarre. J'ai retiré le capot, et tu sais quoi ? Il s'agissait en fait d'un joli petit écrin. Avec un sachet plein de poudre blanche à l'intérieur. Il va falloir qu'on fasse venir le labo.

— Ho, ho, fit Lucas en regardant Ware avec insistance.

Pendant que des agents en uniforme emmenaient Ware au commissariat central pour procéder aux formalités de mise en garde à vue, Lucas appela Washington sur son portable et réussit à joindre Louis Mallard chez lui.

— On a encore besoin d'un service.

— Putain, les gars, vous êtes en train de vous préparer une de ces ardoises !

— Écoute, on essaie de mettre la main sur ce type, l'artiste tueur…

— Ah oui, les dessins. Je sais.

— On vient de faire une descente. On a serré un pro du porno, en espérant le coincer en pleine scène de cul… et on apprend qu'il a sans doute une photothèque pleine d'images pédophiles quelque part en Europe. Notre source nous a communiqué l'adresse de son site, mais dit qu'il peut sans doute s'autodétruire en un clin d'œil. On a besoin de gars qui touchent vraiment leur bille pour casser le code d'accès, peut-être prévenir les autorités locales – notre source a mentionné la Hollande –, et saisir le stock d'images avant que notre client ne sorte de sa garde à vue, c'est-à-dire demain.

— On peut toujours essayer, soupira Mallard. Bien sûr, tout dépendra du type de coopération qu'on obtiendra. Si c'est la

Hollande, on devrait y arriver. On s'entend plutôt bien avec les Hollandais.

Lucas donna à Mallard l'adresse du site, plus quelques renseignements sur Ware, et lui demanda de le tenir au courant.

— Je te rappelle demain, promit Mallard. Par ailleurs, on devrait avoir quelques infos sur les dessins à la première heure demain matin.

Tard dans la soirée, Lucas et Weather entrèrent ensemble à L'Eau du Chien, un restaurant français qui venait d'ouvrir à Saint Paul, à quelques dizaines de mètres du pont Ford. Une serveuse alluma les chandelles blanches. Ils commandèrent un bourgogne blanc et ouvrirent la carte.

— Au fait, qu'est devenue cette bague de fiançailles ? demanda Weather sans quitter le menu des yeux.

— Je m'en suis débarrassé, répondit Lucas d'un ton absent, regardant lui aussi son menu.

Weather leva la tête, le front plissé.

— Débarrassé ?

— Je l'ai vendue. Dans une vente de charité. Ce qui m'a permis d'avoir une déduction fiscale.

— Lucas, je suis sérieuse. Si tu me fais marcher...

— Dans ma commode. Deuxième tiroir, dans son écrin, sous mes chaussettes.

Ils reprirent leur examen du menu.

— J'ai réfléchi, finit par lâcher Weather. Je trouve qu'on aborde la situation de manière un peu trop informelle.

— Tu me fais peur.

— Je ne cherche pas à te faire peur. Je crois simplement que nous devrions *parler*.

— Weather... Pas ça !

— Pardon ?

Le pli réapparut.

— Parler. Je n'ai aucune envie de parler avec un grand P. Je veux bien me marier, avoir deux enfants et les inscrire dans une école privée – si tu trouves que c'est mieux pour eux –, mais je ne veux pas brûler les étapes.

— Moi non plus. Je veux juste avoir avec toi une discussion rationnelle, d'homme à femme. Je veux dire, on n'a même pas encore officiellement décidé de se marier.

— Weather, veux-tu m'épouser ?

— Ce n'est pas exactement ce que je cherchais.

— Même. Veux-tu m'épouser ?

— Ma foi, oui, répondit-elle, le menu ouvert comme un livre devant elle.

— Alors, c'est réglé. Mets la bague. Et explique-moi ce que c'est que ce putain de plat, là, le numéro cinq. Ce n'est pas encore un de ces trucs avec des escargots ou des cuisses de grenouille, au moins ? Ni un foie d'oie malade ?

— Lucas...

— Weather, je t'en supplie. Pas maintenant. Pas à L'Eau du Chien. Plus tard, quand on sera rentrés. On ouvrira une bière, et on se mettra à l'aise.

— Tu t'emporterais et tu te mettrais à gesticuler.

— Non. Certainement pas.

— Alors que si nous parlons ici, tu ne pourras pas le faire.

— Bon sang, Weather...

Le serveur crut à une querelle.

8

Lucas arriva au bureau à neuf heures, épuisé par une soirée aussi longue qu'intense. Marcy était en train de s'énerver au téléphone, sous le regard d'un homme au visage lunaire assis sur une chaise face à son bureau.

— Oui, bon, on en reparle un peu plus tard, gronda Marcy dans le combiné en voyant entrer Lucas.

Elle raccrocha.

— Tu étais passé où ?

— J'ai ramené Weather de bonne heure, et ensuite j'ai traîné un moment dehors. Qu'est-ce qui s'est passé ?

— Tu te souviens du type au long manteau noir qui a été vu avec Aronson devant le Cheese-It ?

— Oui.

Le regard de Lucas fut attiré vers le vis-à-vis de Marcy, qui s'était tourné vers lui et le fixait.

— C'est lui, reprit Marcy. Jim Wise. Il s'est présenté il y a une demi-heure.

Wise se leva, et Lucas remarqua le manteau noir replié sur le bras.

— J'ai vu ce dessin dans le journal, expliqua Wise, et je me suis dit que ça ne pouvait être que moi. Je l'ai rencontrée là-bas. Je portais mon manteau noir et, à l'époque, mes cheveux étaient nettement plus courts.

— Mettez le manteau, ordonna Marcy.

Wise enfila son manteau, le boutonna, et regarda Lucas avec un haussement d'épaules.

— Merde... fit Lucas. Vous la connaissiez bien ?

— Pas trop. Je suis copropriétaire d'un magasin de meubles, American Loft. Vous connaissez peut-être ? (Lucas secoua la tête.) Nous vendons des meubles et des accessoires anciens – des lampes, de la poterie d'art, ce genre de choses. Mlle Aronson travaillait en indépendante dans la conception d'annonces publicitaires, et nous avions besoin d'une pub pas trop chère, à faire paraître dans la presse spécialisée... C'est pour cette raison que nous nous sommes rencontrés.

— Elle a fait votre annonce ?

— Oui. Elle en a fait trois. Qui passent toujours.

Wise se baissa, ouvrit une serviette de cuir brun, et en sortit un magazine avec une chaise en couverture. Il l'ouvrit à une page cornée et montra à Lucas la photo d'un meuble en bois fruitier de style anglais sur lequel était posée une lampe de verre. Le nom du magasin s'affichait en lettres calligraphiées.

— La réalisation d'une pub est beaucoup plus compliquée qu'il n'y paraît, expliqua Wise. Il faut du matériel, et tout un savoir-faire informatique auquel je ne comprends rien. On lui a versé deux mille dollars, elle s'est chargée du recrutement du photographe et de la numérisation de l'image, et elle nous a remis des disquettes avec les pubs dessus, au format requis pour le magazine. Voilà comment ça s'est passé.

— Vous l'avez vue en dehors de ce jour-là ? demanda Lucas.

— Oui. Quand elle nous a apporté les disquettes. Avec les annonces. Notre magasin est sur Lake Street.

— Pourquoi l'avoir retrouvée au Cheese-It ? Elle habitait ici, dans le centre.

— Elle travaillait là-bas. Elle a été franche avec moi – elle avait besoin de ce job en attendant de pouvoir vivre de son métier. Elle m'a suggéré de passer la voir quand j'aurais une minute. On a fini par aller discuter dans un café voisin, où je lui ai dessiné ce qu'on voulait. On avait déjà choisi un style et une calligraphie pour nos enseignes et nos cartes de visite, et on tenait à les reprendre.

La discussion se prolongea, et Lucas en ressortit convaincu. Cet homme était plus que probablement celui qu'ils cherchaient, mais il n'avait sans doute rien à voir avec le meurtre d'Aronson.

— Si vous avez quelques minutes, finit-il par dire à Wise, j'aimerais vous présenter à un de mes collègues. Afin qu'il prenne votre déposition.

— Vous croyez que je ne vais pas avoir d'ennuis ? Je vous avouerai que ça m'a fait un sacré choc. Voir son portrait-robot dans le journal, c'est...

— Il sera retiré, promit Lucas. On expliquera à la presse que vous vous êtes présenté spontanément et... Enfin, on trouvera quelque chose qui sonne bien.

Lucas fit venir Sloan, le meilleur interrogateur du département, et lui expliqua en aparté ce qu'il voulait. Peu après, Sloan emmena Wise dans un bureau de la Criminelle. Lucas se tourna vers Marcy.

— Voilà une piste qui tombe à l'eau.

— Ce n'est pas tout. Attends d'avoir entendu ce que les fédéraux ont à nous dire.

— Une bonne nouvelle, ou une mauvaise ?

— Les deux. Tu préfères que je commence par laquelle ?

— La mauvaise.

— L'histoire du profilage psychologique à partir des dessins, tu te rappelles ? C'est de la daube. On aurait pu faire aussi bien en consultant un manuel. Après avoir lu le baratin du FBI, j'en savais moins qu'en commençant.

— Il n'y a vraiment rien à en tirer ?

— Selon eux, l'assassin a entre vingt-cinq et quarante ans. Et il a reçu une formation artistique.

— Effectivement... Et la bonne nouvelle ?

— La police hollandaise a saisi le serveur du site de Ware aux Pays-Bas. Leurs spécialistes l'ont localisé en un clin d'œil

– c'était le début de la matinée en Europe. Ils nous ont prévenus, et leurs agents ont fait une descente. Ils sont en train de procéder à une manip qui devrait leur permettre de casser le code des fichiers, ne me demande pas comment, mais d'après eux, vu leur taille, ce sont forcément des images. Des centaines d'images.

— Ware a déposé sa demande de liberté sous caution ?

— L'audience a lieu en ce moment même. Le comté réclame la mise sous scellés de son domicile personnel.

— Qui est son avocat ?

— Jeff Baxter.

— D'accord. Je veux lui parler dès la fin de l'audience. Non, tiens, j'y vais tout de suite. Je vais voir si je peux le coincer dans le couloir.

— C'est dommage pour les dessins, dit Marcy.

— Oui… (Lucas se mordit la lèvre.) Dis donc, on pourrait peut-être demander conseil à ce peintre de Saint Paul… Une pointure, paraît-il. Je ne sais rien de plus sur lui, mais il m'est déjà arrivé de l'appeler pour un renseignement. J'avais une question à poser sur un tableau, et il m'a balancé la réponse comme ça, du tac au tac. À la fac, un jour, quelqu'un m'a dit que c'était une sorte de génie. Peut-être qu'on pourrait lui montrer les dessins, et…

— Comment s'appelle-t-il ? demanda Marcy.

Lucas se gratta le crâne.

— Kidd. J'ai oublié son prénom, mais il est assez connu dans le milieu.

— Je m'occupe de le retrouver. Qu'est-ce que tu comptes faire aujourd'hui ?

— Parler à Baxter et à Ware, si c'est possible. Réfléchir un bon coup. Éplucher la presse. Bon Dieu, si seulement Wise avait essayé de passer la frontière au lieu de venir gentiment ici ! On l'aurait alpagué les doigts dans le nez.

— Je vois deux hic : il n'a pas essayé de passer la frontière, et ce n'est pas l'assassin.

— C'est vrai. Mais tu sais quoi ? Ce shérif adjoint de

Menomonie, Marshall, eh bien, sa théorie est complètement remise en selle. Celle du type blond et maigre qui ressemblerait à une vedette de cinéma – mais pas Bruce Willis.

— Non. Edward Fox. L'acteur de *Chacal*.

— Il va falloir que je revoie ce film – histoire de me faire une idée de notre client.

Adossé contre un mur à l'extérieur de la salle d'audience, Jeff Baxter, avocat d'une trentaine d'années aux cheveux blond-roux, au teint livide et au nez proéminent, lisait le contenu d'un épais dossier vert. En voyant arriver Lucas, il leva une main.

— Salut, Jeff. Comment va la vie ?

— Petitement. Fichue pluie. Personne n'irait braquer une supérette par un temps pareil.

— Je vois. Quand est-ce que vous avez défendu votre dernier braqueur de supérette ?

— Je parle en théorie, répondit Baxter en s'écartant du mur. Dites donc, c'est une rencontre purement fortuite ou vous êtes ici pour moi ?

— Vous défendez Morris Ware ?

— Oui. Vos collègues viennent juste de terminer leur déposition. Je ne sais pas encore si c'est un bon dossier.

Baxter était un excellent avocat, capable de renifler à des kilomètres la plus petite molécule de transaction potentielle.

— Bon ou non, répondit Lucas, ce qui est sûr, c'est qu'il s'est étoffé dans les deux dernières heures. La police néerlandaise vient de saisir le site de Ware en Hollande, et ça ne m'étonnerait pas qu'il soit bourré de photos de petits enfants en train de jouer avec leur zigounette.

— Nom d'un chien... Vous êtes sûr que ce sont des enfants ?

— Pas encore. Les fédéraux se chargent de cet aspect de la question. Mais quoi qu'ils découvrent, je sais déjà que Morris est un fumier.

— Entre nous, si jamais je le surprenais à côté d'un de mes

gosses, je lui collerais un flingue contre la tempe. Mais il a droit à un avocat.

— C'est pourquoi je vous parle. Ware pourrait peut-être nous donner un coup de pouce sur une autre affaire, sans lien avec la sienne. On aimerait que quelqu'un lui fasse passer le message... En échange, on devrait pouvoir laisser tomber la détention de cocaïne.

— Quelle autre affaire ?

— Aronson.

— Le type au manteau noir ? J'ai vu son portrait dans le journal.

— Ce n'est pas lui. Il s'est présenté chez nous ce matin. Il n'a même pas eu besoin de prendre un avocat.

La bouche de Baxter produisit un bruit de pet.

— Hé oui, sourit Lucas. Il faudrait que Ware nous parle un peu des détraqués sexuels du milieu artistique. Puisqu'il en fait partie, il doit bien être au courant de quelque chose.

— Vous ne pensez pas qu'il soit impliqué...

— Aucune raison de le penser, coupa Lucas. On veut juste lui parler, et on est prêts à faire un geste pour la coke.

— Nous voudrions que ce chef d'inculpation soit supprimé. Purement et simplement. De toute façon, c'était une toute petite quantité.

Lucas haussa les épaules.

— Je peux demander – sans rien vous promettre. Ce qui est sûr, c'est que personne ne transigera en ce qui concerne le matériel pédophile.

— Oui, ça, je sais.

— Vous savez donc que ce domaine-là est exclu du champ de la négociation. Et dites bien à Ware que s'il essaie de nous rouler, on le coincera bien profond pour la coke – en plus du reste. On n'aura pas besoin de pousser beaucoup la gosse qu'on a ramassée chez lui pour lui soutirer des noms. Bref, je crois qu'on n'aura aucun mal à faire venir à la barre plusieurs mineurs prêts à déclarer sous serment que Ware leur

119

fournissait de la cocaïne en échange de relations sexuelles devant son objectif.

— J'en parlerai à Morris, fit Baxter en consultant sa montre. Il est en bas, en train de récupérer ses affaires.

— Il faudra faire vite, Jeff. Dès ce matin. Tout de suite. On a de gros problèmes sur l'affaire Aronson.

— Les informations de mon client valent peut-être plus que ce que vous nous en offrez ?

Lucas secoua la tête.

— Niet. Franchement, je ne suis pas sûr qu'il puisse nous apporter quoi que ce soit. C'est plus ou moins un ballon d'essai. Vous feriez mieux de préparer votre défense à propos de la possession de coke.

Ils bavardèrent une minute de plus, après quoi Lucas repartit vers son bureau, l'esprit hanté par un homme blond et mince qui s'en prenait à des filles blondes et minces.

— Je viens d'avoir cet artiste au bout du fil, annonça Marcy à son retour au bureau. Il a l'air vraiment... cool. (Dans la bouche de Marcy, « cool » signifiait généralement « désirable ».) Il m'a dit qu'il passerait dans l'après-midi.

— Excellent.

— Qu'est-ce que tu fais ? Tu attends Ware ?

— Oui, en lisant le dossier du shérif adjoint de Menomonie. Je trouverai peut-être quelque chose dedans.

Lucas relut le dossier et dressa une liste de pistes à explorer. Les trois disparues recensées par Marshall avaient plusieurs points communs avec Aronson. Elles étaient blondes, avaient entre vingt et trente ans, et exerçaient une activité artistique spécifique – la peinture. Les trois avaient suivi des cours de dessin et de peinture peu de temps avant leur disparition. Le dossier Aronson ne mentionnait aucun cours de peinture, mais, comme elle était jeune et liée au monde de l'art, elle avait dû en prendre à une époque pas trop éloignée. Toutes vivaient ou avaient vécu dans une petite ville. Mais ces bourgades étaient disséminées un peu partout dans la région, et il se pouvait que cela ne signifie pas grand-chose – sinon que les jeunes filles originaires de petites villes étaient un peu plus vulnérables que les autres. Et encore.

La liste de Lucas :

- Enquêter sur les professeurs de dessin et de peinture des écoles fréquentées par toutes ces filles ; chercher dans les casiers judiciaires une éventuelle affaire de mœurs.

- Si la piste des profs ne donne rien, obtenir la liste des étudiants et se renseigner à leur sujet.

- Revenir dix ans en arrière, et rechercher toutes les filles blondes et minces portées disparues dans le sud-est du Minnesota et l'ouest du Wisconsin.

Et les dessins ? Le meurtrier d'Aronson, s'il était aussi l'auteur des dessins, semblait soumis à une sorte de compulsion qui le poussait à dessiner des femmes. Aucun dessin n'était mentionné dans le dossier de Marshall... mais cela ne signifiait pas qu'il n'y en avait pas eu. L'assassin pouvait avoir récupéré ses œuvres après les meurtres.

Lucas examinait toujours le dossier, page après page, quand Marcy passa la tête dans l'embrasure.

— L'avocat de Ware vient de rappeler. Il ne parlera pas tant que le proc n'aura pas couché la transaction noir sur blanc. C'est en cours. Ils passeront dès qu'ils auront le papier.

— D'accord.

Lucas se replongea dans le dossier. En relevant la tête, il vit de l'autre côté de la vitre Marcy en train de parler à un homme vêtu d'un anorak rouge et d'un blue-jean délavé. Un type large d'épaules, taillé comme un gymnaste, dont le nez semblait avoir pris quelques coups de poing. Moins grand que Lucas de trois ou quatre centimètres, il avait sans doute quelques kilos de muscles en plus.

Il lui sembla reconnaître un visage entrevu des années plus tôt. L'homme cala une fesse sur le bureau de Marcy, se pencha vers elle et lui glissa quelque chose à l'oreille. Marcy éclata de rire. L'artiste ? Lucas se leva et ouvrit la porte.

— Je te présente M. Kidd, dit Marcy dès que Lucas apparut sur le seuil. J'allais justement te prévenir.

— C'est ça, rétorqua Lucas, je t'ai vue courir vers ma porte. (Après avoir serré la main de Kidd, il ajouta :) On s'est déjà croisés quelque part, il y a longtemps.

Kidd hocha la tête.

— À la fac. Nous y étions en même temps. Vous jouiez dans l'équipe de hockey.

Lucas fit claquer ses doigts.

— Le lutteur ! s'écria-t-il. C'est vous qui avez coincé la tête de Sheets entre les barreaux de la rampe du gymnase. Il a fallu appeler les pompiers pour le dégager.

— C'était un connard, lâcha Kidd.

— Quel genre de connard ? demanda Marcy.

— Un homo prédateur. Il n'arrêtait pas d'emmerder un gosse du nord de l'État plus ou moins attiré par les garçons – mais pas par lui. Je l'ai averti une fois. Je suis étonné que vous vous en souveniez, lança-t-il à Lucas.

— Que faisait ce Sheets ? insista Marcy.

Lucas remarqua qu'elle dévisageait Kidd avec une intensité particulière.

— C'était l'entraîneur adjoint de l'équipe de lutte, répondirent à l'unisson Kidd et Lucas.

— Ils vous ont viré ? demanda Marcy.

— Pas tout de suite. La finale du championnat universitaire approchait. Mais après, ils m'ont retiré ma bourse et m'ont dit d'aller me faire voir chez les Grecs.

— Pendant un moment, vous avez été le héros de toute la fac, observa Lucas.

— Mon heure de gloire, soupira Kidd.

— Merci d'être passé.

— Marcy m'a parlé des dessins. On s'apprêtait justement à y jeter un coup d'œil.

— Allons-y.

Kidd manipulait les dessins avec soin, comme de véritables œuvres d'art ; il frotta délicatement le papier entre ses doigts, puis les étala les uns à côté des autres sur la grande table de conférence, en prenant son temps. Il s'éclaircit la gorge à deux reprises et tapota un des dessins du bout de l'index, montrant un pied surdimensionné.

— Qu'est-ce qu'il y a ? s'enquit Marcy.

— Ce pied, ça ne colle pas, répondit Kidd d'un air absent.

— Qu'est-ce que ça vous inspire ? finit par demander Lucas, impatient.

— Ce type rêve d'un retour à la matrice, fit Kidd en se tournant vers lui. Marcy m'a parlé du profilage du FBI. Il paraît que votre homme a entre vingt-cinq et quarante ans et qu'il aurait reçu une formation artistique. Ça représente combien de milliers de personnes, à votre avis ?

— Beaucoup trop pour les dénombrer, fit Lucas. Alors, qu'est-ce que ça vous inspire ?

Kidd ne répondit pas sur-le-champ. À la place, il souleva un des dessins et l'étudia de nouveau.

— Ce type fait du porno.

— Excellente observation, fit Marcy. À consigner dans le Livre d'or des indices.

— De la photo porno, je veux dire. La plupart de ces corps ont été dessinés à partir de photos pornos, et les têtes ont été rajoutées ensuite. Ça ne pose aucun problème avec un logiciel comme Photoshop. De nos jours, les gosses s'amusent à ça tout le temps – ils prennent la bouille d'une star de cinéma, la copient, la collent sur une photo porno, et essaient de faire passer leur bidouillage pour une photo authentique.

Lucas et Marcy se regardèrent.

— Vous voulez dire... commença Marcy. Enfin, je veux dire, comment est-ce que...

— Regardez bien ces corps, fit Kidd. N'y a-t-il pas quelque chose qui saute aux yeux ?

— Le trait est lourd, répondit Lucas. Ce n'est pas très artistique.

— Certaines excellentes œuvres d'art ont un trait lourd. Non, ce n'est pas de ça que je veux parler. Ce que je veux dire, c'est qu'on ne voit aucun mamelon.

— Mamelon ? répéta Marcy.

— Diable, j'adore votre façon de prononcer ce mot, dit Kidd en la fixant.

— Eh, fit Lucas, pendant que Marcy gratifiait Kidd d'un coup de coude. Allez, continuez.

— Quand on est un artiste, et en particulier un artiste qui fait beaucoup de nus...

— Vous en faites beaucoup ? demanda Marcy.

— Je fais surtout des paysages. Mais il y a parfois des exceptions. (Nouveau sourire appuyé.) Bref, quand on fait beaucoup de nus, et qu'on a le bagage technique, on est capable de dessiner à peu près n'importe qui nu après l'avoir bien observé. (Il regarda Marcy.) Je vous regarde, je vois vos épaules, la forme de vos seins, la largeur de vos hanches, et connaissant tout ça je pourrais dessiner de vous un nu tout à fait ressemblant. Sauf que je n'ai aucun moyen de savoir à quoi ressemblent vos aréoles, ni...

— Pardon ? demanda Marcy.

Lucas, croyant voir sa collègue rosir, ravala un petit sourire.

— Vos aréoles. Je n'ai aucun moyen de connaître leur diamètre, leur couleur. Impossible de savoir si vos mamelons sont plutôt gros ou petits. S'agissant d'un homme, je ne pourrais ni deviner la taille de son pénis ni savoir s'il est circoncis, par exemple. Ni si son torse est velu... Si ce type n'a pas représenté les mamelons, c'est sans doute parce que, s'il avait mis des gros mamelons alors que la femme n'avait pas de gros mamelons, la supercherie aurait tout de suite sauté aux yeux. Mais on dirait qu'il n'a pas pensé aux orteils. Il y a deux ou trois dessins où on voit bien les orteils, qui sont des signes très distinctifs d'une personne, même si on ne les montre que rarement. À votre place, je ferais venir ces femmes et j'examinerais leurs doigts de pieds.

— Je crois comprendre, dit Lucas en regardant les dessins l'un après l'autre. Aucun de ces dessins...

— Aucun ne montre les traits spécifiques qui permettent en général d'individualiser un corps. C'est d'autant plus frappant que les visages sont très caractérisés. À mon avis, votre client n'a jamais vu ces femmes nues.

— Donc, il serait photographe ? Et il dessinerait à partir de ses photos ? demanda Marcy.

— Je pense plutôt que c'est un dessinateur qui travaille à partir d'une base photographique. Un pur photographe n'aurait pas dessiné aussi bien.

— C'est difficile à réaliser ?

— Non. Vous prenez la photo de quelqu'un, vous la scannez, vous trouvez une image porno sur le Net – il y en a des millions, tous les âges, tous les gabarits, toutes les positions – et vous réalisez un montage numérique. Ensuite, vous pouvez éliminer les détails gênants en utilisant un filtre Photoshop et produire quelque chose qui ressemblera presque à un dessin. Il n'y a plus qu'à imprimer cette image sur une feuille de papier, et à redessiner sur l'image. Ça demande un peu de talent. Le FBI a raison : ce type a reçu une formation artistique. Mais pas très approfondie. Ce pied le prouve.

Il fit défiler les dessins jusqu'à retrouver celui dont le pied l'avait choqué.

— Ici, le pied de la femme est proportionnellement plus grand que le reste du corps. Je n'en suis pas sûr à cent pour cent, mais je crois que non seulement ce pied est agrandi par un effet de perspective, mais qu'il est également déformé comme quand on photographie au grand-angle. Si vous vous servez d'un objectif à grand angle pour photographier quelque chose de près, plus on s'approche du bord du cadre, plus les objets représentés sont agrandis... J'en déduis que ce pied a été photographié.

— La fille assassinée travaillait dans le graphisme, la pub, ce genre de milieu, dit Marcy. On pensait peut-être à une mauvaise rencontre faite dans son métier.

— Hmm...

Kidd considéra l'alignement de dessins, puis secoua la tête.

— Je ne pense pas que ce soit un graphiste. S'il a reçu une formation, ce serait plutôt aux Beaux-Arts.

— Quelle est la différence ?

— Elle est subtile. Les graphistes connaissent un tas de petits trucs, de raccourcis, de moyens rapides de faire passer leur message – ils sont payés pour produire des images aisément identifiables, et pour les produire vite. Ils ne sont pas du genre à se défoncer pour accoucher d'une œuvre unique et originale. Ici, je ne repère aucun des procédés requis par tout bon graphiste. Ces dessins suggèrent plutôt que le type s'est vraiment appliqué. Quand il n'arrive pas à rendre un nez, il ne triche pas, il se bagarre jusqu'à obtenir un résultat potable.

— Plutôt un dessinateur, donc.

— Pas très doué. Il ne maîtrise pas parfaitement l'anatomie. Il y a deux endroits où on sent que l'image pourrait provenir d'une photo. (Il passa de nouveau les dessins en revue et en sélectionna un, montrant une femme aux bras tendus au-dessus de la tête.) Vous voyez celui-ci ? On ne voit pas l'articulation de l'épaule. On a juste l'impression d'une silhouette, comme ce qu'on pourrait obtenir avec une photo.

Ils parlèrent quelques minutes de plus en examinant les dessins, et Kidd en choisit deux dont les orteils étaient nettement visibles.

— Demandez à ces femmes d'enlever leurs chaussures, dit-il. Je suis prêt à parier que les orteils ne sont pas les bons.

Jeff Baxter pénétra dans le bureau, suivi par Morris Ware, qui avait l'air hagard.

— Vous frappez à la bonne porte, dit Lucas en se détournant de Kidd.

— Vous avez lu le texte du procureur ? demanda Baxter.

— Pas encore.

— Si vous dites oui, ils sont prêts à abandonner les poursuites pour ce qui est de la cocaïne. En retour, Morris vous promet une coopération pleine et entière ; il veut bien vous dire tout ce qu'il sait du milieu porno local, à condition qu'il n'y ait pas de rapport direct avec son affaire en cours.

— Ça me va, acquiesça Lucas. Si vous passiez dans mon

bureau ? Je vais vous entendre avec un de mes hommes. (Il indiqua la porte.) J'arrive dans une minute.

Kidd récupéra son anorak.

— Merci d'être venu, lui dit Lucas. Vous nous en avez appris davantage sur l'assassin en dix minutes que les fédéraux en deux jours.

— Une raison supplémentaire pour rayer le FBI de la carte, observa Kidd. En parlant de carte, vous auriez l'adresse d'un bistrot quelque part dans le coin ? demanda-t-il à Marcy. Je ne connais pas bien Minneapolis.

— Oui, répondit-elle, mais la bouffe n'est pas terrible.

— C'est ça ou crever de faim.

— Je devrais pouvoir vous montrer un meilleur endroit.

Lucas crut voir les paupières de Kidd s'abaisser d'un cinquième de millimètre.

— Ce serait un plaisir.

— Ce type vient pour nous aider à coincer un tueur, soupira Lucas, levant les yeux au ciel, et il repart au bras d'une de mes inspectrices.

— Pas n'importe quelle inspectrice, ajouta Kidd.

— C'est ça, c'est ça.

Lucas regarda Kidd et Marcy s'éloigner – Kidd demandant à Marcy : « Vous me laisserez toucher votre arme ? » – puis il téléphona à Sloan et lui demanda de le rejoindre dans son bureau.

— Ce photographe X dont je t'ai parlé, il est ici. Prêt à vider son sac.

— J'apporte le magnéto, dit Sloan.

Sloan était un homme au visage émacié, dont la tendance à s'habiller de gris et de marron ne s'était jamais démentie depuis son premier jour de service en civil. C'était aussi un des meilleurs amis de Lucas et, malgré le passage des ans, il semblait n'avoir pas changé. Sauf depuis quelques mois : Lucas avait depuis peu noté que ses cheveux blanchissaient. Comme la plupart des flics, Sloan avait toujours été plus ou moins poivre et sel, mais cet hiver le phénomène s'était accéléré. Les cheveux blancs paraissaient creuser les rides de son visage et accentuer l'aspect chétif de sa stature. La dernière fois qu'ils avaient discuté ensemble, Sloan avait fait remarquer à Lucas qu'il aurait le droit de prendre sa retraite d'ici à deux ans.

Bref, il avait pris un coup de vieux.

Lucas, debout à la porte de son bureau, discutait avec Baxter pendant que Ware, avachi sur une chaise, se curait les ongles ; lui aussi semblait avoir vieilli après une longue nuit au bloc. La veille, sa chemise noire et sa veste grise semblaient tendance ; ce matin, on aurait dit des guenilles. Sloan finit par arriver et lança d'un ton joyeux :

— Tout le monde est prêt ?

Lucas hocha la tête. Sloan prit une chaise supplémentaire dans le bureau voisin, brancha son magnétophone, inséra une cassette, récita la date, puis le nom de toutes les personnes présentes, et se tourna vers Ware.

— On dirait que vous avez passé une sale nuit.

— Ahhh... lâcha Ware, dégoûté.

— C'est toujours le problème quand on arrive tard, continua Sloan. Les tribunaux ne veulent pas entendre parler d'audiences vingt-quatre heures sur vingt-quatre.

— C'est absurde. On devrait être traité comme un innocent jusqu'à ce que la culpabilité soit prouvée.

— Non, corrigea Sloan. On *est* innocent jusqu'à ce que la culpabilité soit prouvée.

— Tout à fait.

Baxter regarda Lucas, leva les yeux au ciel. Ils savaient tous deux ce qu'était en train de faire Sloan – il se positionnait dans le camp de Ware.

— Si vous lui posiez plutôt vos questions ? intervint l'avocat. Pour la cérémonie des frères de sang, on verra plus tard.

Morris Ware eut droit à un résumé de l'historique des dessins, puis les examina un par un.

— Pas mal, finit-il par lâcher, avec une sorte d'indifférence qui ne semblait pas feinte.

— Quoi ? demanda Lucas. Ils ne sont pas à votre goût ?

— Non.

— Ah oui, c'est vrai, vous préférez la chair fraîche.

— Les corps ne m'intéressent pas. Je suis attiré par leurs *qualités* – l'innocence, la fraîcheur, l'éveil du désir…

— Laissez tomber le baratin, coupa Lucas en lui tendant une photo imprimée de l'acteur de *Chacal*. Regardez plutôt ce type.

Ware prit la photo.

— Oui ?

— Vous connaissez quelqu'un dans l'univers des détraqués de la bite qui ressemblerait à ça ? Un type lié au milieu artistique, qui s'y connaîtrait en informatique et en photo, qui s'intéresserait aux femmes blondes, et qui pourrait éventuellement aller jusqu'à les *étrangler* ?

Le regard de Ware quitta la photo pour se poser sur Lucas.

— Si je le connaissais, ça vaudrait plus qu'un abandon de ces absurdes poursuites pour détention de cocaïne, non ?

— D'un autre côté, si vous le connaissiez, si vous ne nous le disiez pas, et si on découvrait vos liens avec lui, on ne serait pas loin d'une complicité d'assassinat. Et quand un pédophile notoire est inculpé d'assassinat, les jurés ne sont pas toujours très regardants sur la qualité des éléments à charge.

— Je ne… Allez vous faire voir.

Sloan revint au jeu – le gentil flic.

— Vas-y doucement, Lucas, on veut qu'il coopère.

— Cet enfoiré prétend qu'il n'est pas pédophile.

Sloan leva une main en regardant Ware.

— Oublions la pédophilie. Qu'est-ce que vous savez au juste, monsieur Ware ? Voilà la question.

Ware baissa les yeux sur les dessins, puis regarda Sloan.

— Vous savez, ce style est assez en vogue dans le milieu artistique – ce côté fille languide, bon chic bon genre, école privée…

— Vous avez des noms ?

— Je pourrais vous citer cinq ou six personnes dans le

129

milieu de l'art, qui, euh, ont elles aussi un intérêt marqué pour la sexualité non conventionnelle.

— Superbe, fit Sloan.

— Mais je ne crois pas que votre homme soit l'un d'eux.

— Pourquoi ? demanda Sloan, avec son talent habituel pour faire partager à son interlocuteur sa propre soif de réponse.

Ware ferma les yeux, renversa la tête en arrière.

— Parce que je crois l'avoir rencontré. À une exposition de photos de l'Institut.

— L'Institut des beaux-arts ?

Ware opina, les yeux toujours clos.

— C'était il y a longtemps – peut-être dix ans. Ce type devait avoir dans les vingt-cinq ans, et il était planté devant une série de nus d'Edward Weston. Je suis parfois capable de dire, rien qu'à la manière dont quelqu'un regarde... une œuvre... que c'est un... enthousiaste. Il m'a fait cette impression-là. Soit dit en passant, il ne ressemble pas franchement à l'homme de votre photo. Disons plutôt qu'il a quelque chose de lui.

— Il vous a parlé ?

— Il m'a expliqué que les photos de Weston étaient aussi épurées que des dessins au trait. Il a sorti un crayon à papier de sa poche et, avec l'embout gomme, il m'a montré comment, en reprenant le contour des corps, on pouvait tirer d'une photo une création entièrement nouvelle. J'ai cru percevoir chez lui une sorte de *frénésie*.

Sloan jeta un coup d'œil à Lucas, puis à Ware.

— Intéressant. Vous vous rappelez son nom ? Vous l'avez revu depuis ? Vous savez où il travaille, ou ce qu'il fait ?

Ware rouvrit les yeux et regarda Lucas.

— Je n'ai jamais su son nom. Je ne me rappelle pas l'avoir revu depuis. J'ignore où il travaille. C'était il y a longtemps. Mais une chose m'a frappé à l'époque. Je ne sais vraiment rien de lui, mais quelque chose dans ce qu'il a dit m'a fait penser qu'il était peut-être prêtre. Ou qu'il étudiait pour devenir prêtre.

— Vraiment ? fit Sloan, haussant les sourcils.

— Oui. Il m'a dit quelque chose qui m'a donné à penser que j'avais affaire à un prêtre.

— Un prêtre ?

— C'est ce qui m'a frappé. Il avait quelque chose d'un prêtre, et pourtant, son *enthousiasme* sautait aux yeux.

— Il portait un col ecclésiastique ?

— Non, rien de ce genre. Mais si vous étiez prêtre et si vous alliez à une expo de nus... vous laisseriez peut-être votre col au presbytère.

— Donc, reprit Sloan en comptant sur ses doigts, c'est un enthousiaste du sexe, il dégage une sorte de *frénésie*, il compare les photos de nus à des dessins...

— Encore une chose. Il était tellement enthousiaste – et peut-être a-t-il senti le même enthousiasme chez moi – que nous avons fait quelques pas ensemble, en regardant des photos et en les commentant. À un moment, j'ai dit quelque chose sur les femmes et la fascination éternelle qu'elles exercent. Il a secoué la tête et m'a répondu : « Pas éternelle. Non, pas éternelle. » Il m'a fixé, et là, j'ai eu peur. Très peur.

— Tiens donc, fit Lucas. En plein jour, en plein musée, vous avez eu peur ?

— Oui. Vous savez, il y a un bout de temps, dans les années quatre-vingt, la rumeur a couru que des *snuff movies*[1] mexicains circulaient dans le pays. Vous connaissez ces films : on enlève une femme, on la traîne dans un entrepôt et, devant la caméra, on la viole, on la bat, et pour finir on la tue. De l'authentique. Quelques-uns de ces films ont effectivement été vendus dans la région, pour les collectionneurs de raretés. De très mauvaises imitations, pour la plupart. Mais de temps en temps, on croisait quelqu'un qui recherchait un film de ce genre. Des flics, des journalistes, des amateurs de curiosités. Et quelquefois des gens qui vous donnaient froid dans le dos. Des

---

1. Films montrant des actes de torture et de meurtre réels. *(N.d.T.)*

gens qui semblaient avoir *vraiment* envie d'un *snuff movie*. J'ai eu ce genre d'impression avec le prêtre.

— Sauf que vous n'êtes pas sûr qu'il était prêtre, précisa Sloan.

— Oui, mais quelque chose dans ce qu'il m'a dit...

— Vous avez déjà vu des dessins ressemblant à ceux-là sur Internet ?

— Pas exactement. Mais les obsédés sont sans cesse en quête de photos. Ils adorent l'insolite : vous leur montrez un clitoris de la taille d'un piment, ils vous demandent de le gonfler à la taille d'une courgette. Et ils exigent toujours une meilleure couleur, une meilleure définition... ce sont des fanatiques.

— Vous avez déjà vu des photographies ressemblant aux corps représentés dans ces dessins ?

— Bien sûr, mais vous savez, ces dessins... les poses sont très classiques, et...

— Des photos qui pourraient avoir été utilisées pour la création de ces dessins ?

Ware secoua la tête.

— Impossible à dire. Je ne vais pas souvent sur Internet. Vous devriez demander à Tony Carr.

Carr était l'informaticien interpellé chez Ware lors de la descente à l'entrepôt.

— Pourquoi lui ? demanda Sloan.

— Il connaît tous les sites. C'est son boulot : il pille leur contenu, il grave les images sur des CD, et il refourgue les CD. Ce qui l'intéresse, à la base, c'est l'argent, pas le sexe, mais il connaît tous les sites.

— Et Henrey ? demanda Lucas.

— Simple intérimaire. Il n'est pas particulièrement créatif, et il n'est pas assez bon en lumière – pas pour le hard, en tout cas. Pour de la photo de boudoir, passe encore.

— Bref, il ne pèse pas lourd.

— C'est un pantin, lâcha Ware en secouant la tête.

Marcy était revenue pendant l'interrogatoire. Quand Lucas et Sloan raccompagnèrent Ware et son avocat, elle était assise derrière son bureau. Lucas déclara à Baxter qu'ils auraient peut-être besoin de se revoir ; Baxter opina, puis quitta les lieux avec son client. Sloan dit à Lucas qu'il lui apporterait bientôt une transcription de l'interrogatoire et s'en fut à son tour.

— Alors ? Vous avez obtenu quelque chose ? s'enquit Marcy.

— Il faut qu'on réentende Anthony Carr. Ses coordonnées sont dans le dossier Ware. Appelle-le et demande-lui de venir nous voir.

— D'accord... demain ?

— Oui, on n'aura pas le temps aujourd'hui. Comment s'est passé ton déjeuner avec Kidd ?

Le regard de Marcy frôla celui de Lucas avant de dévier vers le mur. Après une hésitation, elle hocha la tête.

— C'est vraiment quelqu'un de bien. Et de solide, aussi. Un de ces hommes qui font ce qu'ils ont à faire en se fichant totalement de ce qu'en pensent les autres. Un vrai dur à cuire, beaucoup plus que toi.

— On dit que c'est un bon peintre.

— Je me suis renseignée auprès d'une amie. Une fille de l'Institut. Elle m'a expliqué que Kidd peint six ou sept tableaux par an et qu'il touche peut-être cinquante mille dollars par pièce. Ses œuvres sont dans tous les grands musées. Elle m'a demandé si je sortais avec lui, et j'ai répondu qu'on avait juste déjeuné ; à son ton, j'ai senti que si j'avais été à côté d'elle elle m'aurait étranglée. Je crois que dans ce milieu-là, comment dire, ce type est un parti très convoité.

— Hmm, fit Lucas. Tu vas le revoir ?

— Ça ne m'étonnerait pas. Je crois que je lui ai plu.

— Tu l'as laissé toucher ton arme ?

— Pas encore.

Lucas emporta chez lui le dossier de Menomonie avec l'intention de s'y replonger dans la soirée. Weather arriva quelques minutes après, et ils allèrent prendre l'air, glacé, le long du fleuve. De retour chez Lucas, ils dînèrent de petits sandwichs triangulaires au fromage, aux oignons et aux sardines, le tout accompagné d'un velouté aux tomates et aux herbes, assis face à face à la table de la salle à manger. Lucas parla de Jim Wise, l'homme au manteau noir, qui en fin de compte n'était pas l'assassin ; de Ware et de son prêtre ; et de Kidd.

— Et tu crois que Marcy et ce gars...

— C'est un genre qui lui plaît. Comment un sandwich aussi puant peut-il être si bon ?

— Ça reste un mystère. Alors, ce Kidd, il a de l'allure ?

— Pas autant que moi.

— On ne peut pas lui demander l'impossible.

— Je ne sais pas trop. Pas une sale gueule, mais... plutôt le genre marqué par la vie. Un baroudeur. Le type d'homme qui pourrait te soulever de terre, te jeter en travers de son épaule, et t'emmener jusqu'à son nid dans les arbres. Je le soupçonne de s'envoyer en l'air plus souvent qu'à son tour.

— Hmm... je ressens un début de picotement.

— Marcy l'a ressenti aussi, ajouta Lucas en regardant son assiette vide, puis celle de Weather. Tu as l'intention de laisser ce triangle, dis-moi ?

Weather l'aida à débarrasser la table, puis ils se rendirent à pied chez un bouquiniste à qui ils achetèrent une douzaine de livres. Pendant que Weather feuilletait un ouvrage sur l'ostéologie humaine, Lucas se repencha sur le dossier de Menomonie. Il se terminait par trente ou quarante images photocopiées. Pour la plupart, des photos de la police scientifique, prises chez Laura Winton ou dans le mobile home de Nancy Vanderpost par l'équipe des premières constatations. Il y avait aussi deux photos d'une jeune femme qui, d'après les notes, était Laura Winton – la nièce de Marshall. On la voyait marchant dans un bois, et immobile devant un muret de pierres sur la seconde. À l'arrière-plan de celle-ci, on distinguait une rupture dans l'alignement des arbres. On aurait dit la vallée du Mississippi entre Minneapolis et Saint Paul. Mais cette photo ne comportait aucun point de repère identifiable, à part peut-être ce muret en demi-cercle.

Il tendit la photo à Weather.

— Tu crois qu'elle aurait pu être prise ici ? demanda-t-il.

Elle scruta l'image un long moment.

— Ça se pourrait. Qui est-ce ?

Lucas lui parla de Laura Winton.

— Dans ce cas, répondit Weather, il y a plus de chances pour qu'elle vienne de Menomonie. Là-bas aussi, ils ont des fleuves, une vallée encaissée...

— J'ai l'impression que c'est ici.

Lucas revint au dossier et à l'annexe photographique, intrigué par la photo de Laura Winton prise dans le bois. Se pouvait-il que ce bois soit situé dans les environs de Minneapolis ? C'était comme s'il était déjà passé par là, comme si ce paysage lui disait quelque chose.

Il passa de nouveau les photos en revue. Et soudain :

— Nom de Dieu !

Weather leva les yeux.

— Qu'est-ce qu'il y a ?

— Celle-ci, dans le bois... Elle me rappelle le site où a été retrouvé le corps d'Aronson.

— Quoi ?

— La photo de Winton. On dirait qu'elle a été prise là où Julie Aronson a refait surface. J'y suis allé l'autre jour. (Il les examina de nouveau.) Bon Dieu, Weather ! je crois bien que c'est là.

Marshall pourrait peut-être lui donner des précisions.

Lucas consulta sa montre : onze heures moins vingt. Il n'était pas encore trop tard. Il rouvrit le dossier et trouva la carte de visite de Marshall, avec un numéro de téléphone personnel gribouillé au verso. L'adjoint lui avait dit de le rappeler n'importe quand.

Il composa le numéro, et le téléphone sonna quatre fois avant qu'une voix d'homme se fasse entendre – une voix rauque et ensommeillée.

— 'lô ?

— Terry Marshall ?

— Oui... qui est à l'appareil ?

— Terry, je suis désolé de vous déranger à une heure pareille. Ici Lucas Davenport, le chef adjoint de la police de Minneapolis. Vous êtes venu me voir...

— D'accord. Qu'est-ce qui se passe ?

— Je viens de relire votre dossier – et l'annexe. Cette photo de votre nièce prise dans un bois, d'où vient-elle ?

— Un instant, le temps de me réveiller... Les photos de Laura, voyons. On croit, euh... enfin, *je* crois qu'elles pourraient avoir été prises par l'assassin. Après sa disparition, quand l'histoire est sortie dans la presse, le propriétaire d'un drugstore m'a appelé pour dire que Laura lui avait laissé une pellicule à développer la veille. Je suis allé la chercher, et on s'est retrouvés avec ces photos – ses colocataires m'ont confirmé qu'elle venait de faire une randonnée en forêt avec son petit ami. Qu'est-ce qu'il y a ?

— Vous ne savez pas où c'était ?

— Non, je sais juste que c'était en forêt.

— Écoutez, Terry, je suis peut-être en train de devenir marteau, mais j'ai l'impression très nette que ces photos ont été prises à l'endroit où le corps d'Aronson a été retrouvé. Il y a quelque chose dans le décor... La forme de la colline, l'emplacement des arbres. Il se peut que je sois complètement à côté de la plaque, mais...

Un long silence, puis :

— Bon Dieu ! grogna Marshall. Je ne suis jamais descendu sur ce site-là. Je suis allé à New Richmond, mais pas sur les autres scènes de crime.

— Réfléchissez un peu. Vous êtes un tueur en série, et vous

trouvez un endroit idéal pour vous débarrasser de vos victimes. Pourquoi iriez-vous vous emmerder à en chercher un nouveau à chaque fois ?

— Un cimetière…

— C'est mon idée.

— Vous avez l'intention de vérifier ?

— Je compte lancer l'opération dès demain matin.

— J'arrive, déclara Marshall.

— Inutile de débarquer séance tenante. Il va falloir que j'en parle au shérif de Goodhue et que je constitue une équipe technique. Je ne nous vois pas commencer les fouilles avant après-demain au plus tôt.

— J'y serai. Nom de Dieu ! Nom de Dieu de nom de Dieu ! Pourquoi est-ce que je n'ai pas pensé à y aller ?

— N'oubliez pas votre dossier, Terry. Sans lui, on n'aurait jamais rien retrouvé.

9

Weather partit de bonne heure le lendemain, comme à son habitude, montant dans sa voiture sous une pluie glaciale. Lucas avait toujours considéré ces opérations de l'aube comme une pure folie – à quoi bon déclencher un tel branle-bas à cinq heures et demie du matin ? –, et elle devait chaque fois lui réexpliquer qu'elles étaient dues à l'horaire des changements d'équipe du personnel infirmier. Resté seul, il fit un brin de toilette, grimpa dans son Tahoe, et quitta la ville par le sud, direction la colline où le corps d'Aronson avait été retrouvé.

Il ne découvrit rien de neuf. Il arpenta la pente en long et en large, vêtu de son ciré, resta immobile au bord de la cavité qui avait contenu le cadavre, mais ne repéra dans le paysage aucun élément suffisamment caractéristique pour confirmer son impression.

— Et pourtant, marmonna-t-il en regardant tout autour de lui, je sens bien que c'est ici...

Un cimetière ? Traversé d'un frisson, il se remit en marche.

Les bureaux de la police étaient envahis d'inspecteurs qui n'avaient aucune envie de sortir sous la pluie. Lucas avait troqué son ciré contre un parapluie, qu'il était en train de secouer quand Anthony Carr, l'informaticien-programmeur de Morris Ware, arriva pour examiner les dessins. Marcy tenta de le déstabiliser en lui faisant honte, mais Carr n'avait absolument pas honte :

— Des saloperies de ce genre, j'en vois passer tellement que je serais bien incapable de me rappeler d'où elles sortent. Elles me rappellent toutes plus ou moins quelque chose.

— Selon un spécialiste de l'art, ces dessins auraient été réalisés d'après des photos, insista Marcy. Ce qui veut dire que le corps de chaque modèle est identique à sa représentation. On aimerait que vous potassiez ça. Au cas où une de ces femmes vous évoquerait quelqu'un.

— D'accord, fit Carr en haussant les épaules, j'essaierai. Mais je me suis amusé une fois à essayer de compter combien d'images de ce genre circulaient. J'ai fini par renoncer – il y en a des centaines de milliers.

Quand Carr fut reparti, Lucas se tourna vers Marcy :

— Kidd t'a rappelée ?

— Ça ne te regarde pas, fit Marcy.

— Allez, Marcy, s'il te plaît, dis-le-nous, intervint Black, son ex-coéquipier de la Criminelle, sans cesser de triturer sa Gameboy couleur citron. Sinon, on fera courir le bruit que c'est Carr qui t'a tapé dans l'œil.

— Enfoiré, lâcha Marcy. La réponse est oui, fit-elle à l'adresse de Lucas. Lui et moi sommes arrivés à la conclusion que ce ne serait pas une mauvaise idée de dîner ensemble un de ces quatre.

— Donc, la situation reste incertaine.

— Si tu considères que le fait qu'il passe me prendre ce soir à sept heures relève de l'incertitude, oui.

— Ce serait quand même mieux s'il cessait de pleuvoir. Pour votre grand rendez-vous, je veux dire.

— On trouvera toujours un endroit pour se réchauffer.

Lucas renonça. Avec Marcy, il n'avait jamais le dernier mot.

Il téléphona au shérif du comté de Goodhue, qui lui promit d'obtenir au plus vite l'autorisation d'effectuer des fouilles sur le terrain privé où avait été retrouvé le cadavre d'Aronson.

— Il n'y a sans doute rien, ajouta Lucas. Mais si on trouve quelque chose... ça risque d'être vilain.

— Merci d'avoir appelé.

Après lui avoir fixé un rendez-vous sur place, Lucas passa quelques coups de fil jusqu'à joindre un consultant en géologie qui utilisait le système de géoradar GPR pour localiser canalisations, objets enfouis, cimetières anciens et autres vestiges de colonies de peuplement. Il s'appelait Larry Lake et dirigeait Archeo-Survey, une microsociété de trois membres.

— La dernière fois que j'ai bossé pour vous, objecta Lake, j'ai dû attendre deux mois avant de toucher mon chèque. Il a fallu que je menace de faire saisir vos voitures.

— Vous n'aviez rien trouvé. Dans ces conditions, personne ne tenait à assumer la note. Qui, soit dit en passant, était plutôt salée.

— Je suis ingénieur diplômé, pas vendeur de hamburgers. Si je vous installe pour quinze ou vingt plaques de matériel en pleine cambrousse et sous la pluie, il faut que je sois payé.

— Je vous garantis que vous aurez votre argent dans la semaine. Et n'oubliez pas que si ça marche, c'est la gloire assurée. Vous serez sûrement invité sur le plateau d'un de ces reality-shows de la télé.

— Vous croyez ?

— Oui. Vous avez votre chance.

Ce soir-là, Weather débarqua avec un gros sac de voyage en cuir noir pour passer chez Lucas sa sixième nuit d'affilée. En la voyant entrer, il laissa tomber son *Wall Street Journal* à côté de son fauteuil.

— Ça y est, soupira-t-il, j'ai trouvé. Tu me détestes, et tu essaies de me tuer par overdose de sexe.

— Tu prends tes rêves pour des réalités. En fait, je veux tomber enceinte. Tu t'es porté volontaire. Je suis en période de fécondité et j'essaie de la faire fructifier.

— De la faire fructifier.

— Oui. Donc, si ça ne te dérange pas, transporte-toi jusqu'à la chambre. Ce sera fini dans quelques minutes.

La pluie persista toute la nuit, fouettant les vitres, mais au petit matin elle se mua en une bruine odieuse. Weather s'éclipsa de bonne heure, comme d'habitude, et Lucas grappilla une heure de sommeil avant de quitter le lit. Après s'être débarbouillé, il se mit en route dans son Tahoe.

Del l'attendait devant sa maison, sous l'auvent du garage, en ciré. Sa femme était à côté de lui, vêtue d'un épais chandail.

— Soyez prudents, recommanda-t-elle. Les routes sont glissantes. Et prenez le temps de manger un déjeuner digne de ce nom. Avec des légumes, une salade, ce genre-là.

Une fois monté dans le Tahoe, Del marmonna :

— Des légumes... Berk !

Le trajet vers le sud du comté de Dakota leur prit quarante-cinq minutes – une progression d'escargot. Le lecteur CD crachotait « *Money, Guns and Lawyers* », une vieille chanson country de Hank Williams Jr, et les essuie-glaces battaient la mesure. Les fossés regorgeaient d'eau, et Del raconta à Lucas l'histoire de ce chasse-neige qui avait disparu dans des conditions météorologiques similaires et était probablement toujours en train de dériver vers la Chine.

Quand ils arrivèrent sur le site, un 4 × 4 Subaru Forester de couleur verte était stationné sur le bas-côté. La portière avant portait le logo de la société Archeo-Survey. Trois voitures du shérif et une vieille Jeep Cherokee étaient garées derrière en file indienne. Le gyrophare de la dernière voiture de police tournait au ralenti. Six ou sept hommes en ciré se retournèrent à leur arrivée.

— On dirait un congrès de flics, grogna Del.

Lucas se gara à son tour, descendit du Tahoe, se rendit à l'arrière, souleva le hayon, prit son ciré et l'enfila. Del attendit qu'il ait fini de serrer les cordons de sa capuche, puis tous deux se mirent en marche pour rejoindre les autres.

— Don Hammond, premier adjoint, leur dit le plus grand des flics en tendant la main. Et voici Rick et Dave. Vous connaissez Terry Marshall, je crois.

Marshall salua Lucas d'un coup de menton. Des gouttes de pluie éclaboussaient ses lunettes à monture métallique. Il avait l'aspect dur et noueux d'une souche de noyer.

— Le shérif passera plus tard, enchaîna Hammond. Ce qui est sûr, c'est que vous avez sacrément bien choisi votre matinée pour commencer le boulot.

— C'est tout ce que j'avais de libre dans mon agenda, fit Lucas. Où est le géologue ?

— Il est déjà sur la colline avec son assistant, répondit Hammond. Ils sont en train de délimiter leur périmètre de recherche. On n'attendait plus que vous.

— Vous espérez trouver quoi ? interrogea l'adjoint nommé Dave. Un charnier ?

— Je n'en suis pas trop sûr, répondit Lucas. Je dirais qu'il y a une chance sur dix.

— Tant mieux. On n'a que deux pelles, et je crois savoir qui devra les manier si on découvre quelque chose.

Lucas partit à l'assaut de la pente abrupte, glissant sur des paquets de feuilles de chêne mortes, suivi de Del, Hammond et Marshall.

— Larry Lake ? lança-t-il de loin à une silhouette vêtue d'un ciré rouge, dont le dos et les épaules étaient rayés de bandes fluorescentes vertes.

— C'est moi.

Lake était un type efflanqué, au visage aux trois quarts dissimulé par une barbe hirsute et des lunettes d'aviateur à l'ancienne. Sa peau était tannée par les vents, et on devinait une paire d'yeux bleu pâle tapis derrière les lunettes. Il se tenait près d'un boîtier de métal jaune monté sur un trépied au-dessus de la tombe d'Aronson. En s'approchant, Lucas vit que le boîtier était muni d'une optique.

— Vous êtes Davenport ?

— Oui.

— Vous avez intérêt à me payer. C'est vraiment la galère.

— Ouais, ouais. Vous en avez pour longtemps ?

— Mon assistant est en train de marquer le dernier point de référence. On devrait pouvoir attaquer le relevé dans une dizaine de minutes. Mais d'abord, je veux prendre une tasse de café.

— Et après, vous pensez mettre combien de temps ?

Lake haussa les épaules.

— Tout va dépendre de la surface que vous souhaitez étudier. Je devrais pouvoir vous donner quelques résultats préliminaires d'ici deux heures, mais vous en saurez nettement plus ce soir, et encore plus demain... C'est vous qui choisissez. Disons qu'il faudrait environ trois jours pour quadriller toute la colline. On va prendre cette excavation comme point central... (Il porta une main à son oreille, et Lucas s'aperçut que ce qu'il avait pris pour une patte de ciré à quelques centimètres de sa bouche était en réalité un microphone.) Oui, Bill... Oui, les flics sont là. Une seconde... Encore une minute, et ensuite on ira prendre un café, proposa-t-il à Lucas.

Lake regarda dans l'œilleton de son appareil de mesure et l'orienta vers le sommet de la colline, où le dénommé Bill brandissait un jalon rouge et blanc surmonté d'une mire.

— Cinq centimètres en avant, dit-il dans son micro. Un sur ta gauche. Un en avant, deux et demi sur ta droite... Recule de cinq, et encore un sur ta droite. Voilà, c'est bon. Plante ton repère. Impeccable. Tu peux redescendre. On se retrouve à la camionnette.

Au bord de la route, l'assistant de Lake sortit un thermos du 4 × 4 et servit une tournée de café à tout le monde dans des gobelets en plastique pendant que son patron expliquait la procédure aux policiers :

— On a choisi quatre points de référence autour du centre – la tombe d'Aronson –, pour délimiter une zone d'étude rectangulaire à flanc de colline. L'étape suivante consiste à tracer deux droites reliant les jalons du haut à ceux du bas. Ces droites, matérialisées par un ruban, seront marquées à intervalles d'un mètre. Ensuite, on tend un autre ruban d'une droite

143

à l'autre, en suivant les crans, ce qui nous donne un fil conducteur. Et on se promène sur le terrain avec le GPR le long de ce fil conducteur – en descendant d'un cran chaque fois qu'on atteint l'extrémité du rectangle. D'ici deux heures, on devrait avoir liquidé nos cinquante mètres carrés.

— Et ensuite ? demanda Del. S'il y a une sépulture, comment est-ce que vous la détectez ?

— Mon ordinateur va générer une carte. S'il y a une cavité ressemblant à une sépulture, disons, à quinze mètres au nord et à cinq mètres à l'est du point central, elle apparaîtra sur la carte, et à ce moment-là, je n'aurai plus qu'à me servir de la station totale...

— C'est ce boîtier jaune de géomètre, expliqua un des adjoints à Lucas et à Del.

— ... je me servirai de la station totale pour repérer l'emplacement de la cavité suspecte, et vous – je dis bien vous, pas moi – n'aurez plus qu'à creuser.

— Quelle est la marge d'erreur ? s'enquit Lucas.

— À cette distance ? fit Lake, en balayant la colline du regard. Quelques microns.

La tâche s'avéra plus pénible que prévu. Lucas et Del, en alternance avec Hammond et Marshall, furent chargés d'étirer un interminable ruban de plastique jaune pour relier les marques des deux verticales de la zone de mesure, traçant au sol une sorte de H à barre mobile. Ce ruban, censé contourner les arbres, se prenait régulièrement dans les branchages ; et chaque fois ou presque que cela se produisait, celui qu'on envoyait dégager le ruban glissait sur un lit de feuilles pourries et se retrouvait à dévaler la pente boueuse sur plusieurs mètres.

Pendant ce temps, Lake étudiait le sous-sol en suivant le ruban, avec deux radars portatifs en bandoulière. Une fois que les policiers eurent compris le processus, le rythme s'accéléra, hormis pour les chutes. Au bout d'une heure, Lucas remarqua que ni Lake ni son assistant ne tombaient jamais.

— Comment est-ce possible ? finit-il par demander à Lake.

— On a des chaussures de golf, répondit-il, en soulevant un pied pour révéler ses crampons.

— On dirait que vous avez déjà fait ça, observa Del.

— Une fois ou deux.

Lake avait annoncé les premiers résultats dans les deux heures, mais la pluie, les chutes et l'obstacle constant des arbres leur en firent perdre une de plus. Quand la dernière bande de terrain eut été mesurée, il se tourna vers Lucas :

— Et maintenant, on range le matos dans la camionnette et on file en ville pour se trouver un bistrot.

— Il vous faudra à peu près combien de temps pour traiter les données ? demanda Lucas.

— On va les charger dans l'ordi en cours de trajet. On devrait avoir des résultats préliminaires sur place.

Ils se rendirent au High Street Café de Cannon Falls, jetèrent leur dévolu sur un box semi-circulaire situé devant la vitrine, et approchèrent des chaises. La demi-douzaine de consommateurs alignés le long du comptoir – surtout des fermiers attendant la fin de l'averse – fixèrent ostensiblement Lake quand celui-ci, après avoir prié une serveuse de brancher sa rallonge électrique de quinze mètres, alluma son ordinateur portable.

— Les données ont l'air bonnes, marmonna-t-il. À mon avis, on ne rentrera pas bredouilles.

— Votre système vous permet carrément de voir les corps ? s'enquit Marshall.

— Non, non. Ce n'est pas ça du tout. Ce qu'on peut voir, ce sont des altérations dans les caractéristiques du sol. Des cavités, surtout, qui pourraient avoir la forme d'une sépulture.

— Le hic, intervint son assistant, c'est que parfois on détecte un tas de formes ressemblant à des sépultures, surtout dans les bois, comme ici. Si un arbre s'est écroulé il y a cinquante ans, et que ses racines ont creusé le sol lors de sa chute, le radar nous le signale.

Lucas regarda l'écran. Trois mots y étaient affichés : *traitement en cours.*

Tous commandèrent des parts de tarte et du café. Del se pencha sur l'ordinateur :

— Toujours en cours, dit-il.

— Ça prend un moment, expliqua Lake.

Il raconta que deux mois plus tôt il avait été appelé dans le Dakota du Nord pour repérer un ancien cimetière avant la mise en eau d'un nouveau barrage.

— Les gens du coin savaient à peu près où il fallait chercher, dit-il, mais ils s'attendaient à un cimetière familial. Cinq ou six tombes, quelque chose comme ça. En fait, il y en avait cent soixante-dix. Je vous assure qu'ils tiraient la gueule. Ils disposaient d'un budget X pour déplacer les macchabées, et ils allaient devoir allonger vingt fois plus que prévu. C'est drôle de voir à quel point l'idée de toucher au squelette de grand-papa rend les gens nerveux. Sur l'écran, cela ressemblait aux trous de ces vieilles cartes perforées IBM, vous vous rappelez ?

Pendant qu'il parlait, un nouveau message s'était mis à clignoter sur l'écran : *traitement terminé.*

— Allons-y, dit Lucas.

Lake repoussa son assiette, rapprocha son portable du bord de la table, appuya sur quelques touches, et un nouveau message s'afficha : *relevé en cours.* Ce message ne resta que deux ou trois secondes, bientôt remplacé par un autre : *relevé terminé.* Lake pianota encore un instant.

— Ça, c'est la tombe d'Aronson, dit-il. Le point central. Je vais monter jusqu'au point de repère numéro un et partir vers l'est.

En actionnant la souris intégrée, il entreprit de faire défiler la carte informatique.

— Voilà une cavité, annonça-t-il après quelques secondes.

— Une tombe ? demanda Lucas, qui ne distinguait sur l'écran qu'une masse de gris légèrement plus foncé.

— Je ne sais pas, fit Lake. Pas assez grande. Vu l'échelle, elle mesure moins d'un mètre de long.

— Et aussi un peu trop arrondie, précisa son assistant.

Tout le monde se pressait maintenant derrière Lake, les yeux rivés sur l'écran, dont la surface était envahie par divers tons de gris. Les cavités apparaissaient un peu plus foncées que le reste. Ils étudièrent une bande de terrain large d'un mètre, d'ouest en est, descendirent d'un cran et recommencèrent d'est en ouest, et ainsi de suite.

— Une autre, fit Lake.

— Ça, remarqua l'assistant, ça pourrait bien être une tombe. Je vais noter les coordonnées.

— Commençons par faire un balayage d'ensemble, proposa Lake. Moi, je pencherais plutôt pour un trou d'arbre.

— En voilà une autre, fit Lucas.

— Encore un trou d'arbre, dit Lake.

— Comment faites-vous pour les reconnaître ? demanda Del.

— Ils ont un certain type de forme, plus ou moins ovale, et la partie la plus large est toujours en amont... Tenez, en voilà un autre.

Deux bandes plus bas :

— Ho, ho, lâcha Lake.

— Qu'est-ce qu'il y a ?

Lake interrompit le défilement.

— Regarde-moi ça, dit-il à son assistant. On dirait de l'artificiel.

— Le profil type de la tombe, acquiesça l'assistant. Cette fois, je prends les coordonnées.

Il gribouilla quelques chiffres. Lake reprit son balayage et s'arrêta de nouveau quelques mètres plus loin.

— En voilà une autre... Non, attends, je suis à zéro-zéro.

— Qu'est-ce que c'est ? intervint Lucas.

— Le point central. Aronson.

— Donc, la première cavité ressemblant à une tombe se situe à la même hauteur que la tombe d'Aronson ?

Lake hocha la tête.

— Exact. Cinq mètres à l'est.

147

— Bon Dieu…, lâcha un des adjoints.

Marshall se pencha sur l'ordinateur.

— Les tombes ont un aspect différent du reste ?

— Oui. Allez savoir pourquoi, les gens font toujours des tombes rectangulaires, bien que les cadavres n'aient pas cette forme. On les repère grâce à leurs angles droits. (Lake manipula la souris, reprit son balayage, s'interrompit de nouveau.) Nom de Dieu ! en voilà une autre.

— Tombe ?

— En tout cas, ça ressemble à de l'artificiel, répondit Lake en se tournant vers Lucas. Je vais vous dire une chose. On ne peut jamais affirmer ce qui se cache sous terre, mais… si ceci n'est pas une sépulture, je suis prêt à embrasser votre tante Sally sur la bouche.

Il découvrit une troisième cavité, sur la même bande, quelques secondes plus tard, revint en arrière et compara les parties inférieures des trois cavités suspectes.

— Non seulement elles sont rectangulaires, mais en plus elles mesurent toutes environ un mètre cinquante de longueur. En tout cas un peu moins de deux mètres.

— Poursuivez, dit Lucas.

— Ah, regardez, reprit Lake quelques instants plus tard. En voilà une autre. Laissez-moi jeter un coup d'œil… Regardez, elle est dans l'alignement de celle-là, mais un cran en dessous. Ce truc est agencé comme un cimetière.

Au total, deux douzaines d'anomalies furent relevées, en comptant les trous d'arbre et les diverses cavités naturelles remplies de sédiments. Six d'entre elles, d'après Lake, pouvaient être des sépultures.

— Je ferais mieux de prévenir le shérif tout de suite, bougonna Hammond. Si ces trous sont vraiment des sépultures, ça risque de jaser dans les chaumières.

— Six, lâcha Lucas en regardant Del.

— Ce ne sont peut-être que des trous d'arbre.

Le regard de Lucas dévia vers Lake, qui secoua la tête.

— Je ne vous garantis pas que ce sont des sépultures, mais

148

ces cavités sont artificielles, et la tombe d'Aronson a très précisément les mêmes dimensions.

Ils revinrent en convoi au pied de la colline, et à peine dix minutes plus tard, pendant que Lake réinstallait sa station totale, une demi-douzaine d'autres véhicules arrivèrent. Une nuée de shérifs adjoints en ciré se lancèrent à l'assaut de la colline, dont quatre ou cinq munis de pelles. Grâce à la station totale, Lake guidait son assistant, chargé d'arpenter le site pour marquer l'emplacement des cavités suspectes.

— Ici, lança-t-il. Tu es en plein dessus. Mets un jalon.

Lucas s'approcha pour observer le sol à l'endroit indiqué, mais ne vit que de la boue tapissée de feuilles mortes, et deux minuscules pousses d'arbre en train de sortir de terre.

— Pas de trou, fit-il.

Deux adjoints le rejoignirent, la pelle à la main.

— C'est parti, dit l'un d'eux.

Les deux hommes entreprirent de mettre la terre à nu en écartant les feuilles. Une senteur de moisissure printanière monta dans l'air.

— Contentez-vous de racler, leur conseilla Hammond, resté quelques pas en retrait. N'enfoncez pas votre pelle.

— Oui, allez-y doucement, renchérit Marshall. On a tout notre temps.

Lake repéra les autres emplacements suspects pendant que les policiers continuaient de déblayer le premier, extrêmement concentrés sur leur tâche. Tout à coup, un des adjoints fit entendre un grognement et lança :

— C'est creux !

Ils avaient raclé une quinzaine de centimètres de boue.

— Où ça ? fit Lucas en fouillant la terre du regard, sans rien voir.

— Je viens de sentir une cavité, déclara l'adjoint, en cherchant le regard de son collègue. Tu n'as pas senti le coin de quelque chose ?

— Ici ? On dirait...

— C'est ça, coupa le premier flic. On a atteint la partie creuse.

Ils continuèrent de gratter jusqu'à ce que les contours d'une fosse aient été dégagés.

— Si ce n'est pas une tombe, glissa Marshall à Lucas, ça y ressemble.

Lucas opina. Marshall redescendit de la colline, et Lucas le vit sortir un portable de sa poche. Son regard erra sur la pente. Toute la matinée, aidés par le système GPR, les policiers avaient trimé en bavardant. Désormais, on n'entendait plus que le bruit des pelles et les grognements occasionnels des fouilleurs.

Et soudain :

— Hé, arrête ! dit un adjoint, en bloquant le bras de son coéquipier.

Il s'agenouilla au bord du trou.

— C'est une pierre, ce truc ?

Il ôta son gant et palpa le sol. Un instant plus tard, il en retira un petit éclat blanc.

— Qu'est-ce que c'est ? demanda Lucas en s'accroupissant à côté de lui.

L'adjoint lui tendit sa trouvaille au moment où Del les rejoignait.

Lucas retourna l'éclat entre ses doigts, leva la tête vers Del.

— Une phalange, dit Del.

— C'est aussi mon avis, acquiesça Lucas en cherchant le regard d'Hammond. On ferait mieux d'arrêter de fouiller et de faire venir le labo. Il va falloir y aller centimètre par centimètre.

— Nom de Dieu ! soupira Hammond. Sacré nom de Dieu !

Le crachin persistait. Le shérif arriva et chargea deux de ses hommes d'aller chercher des bâches en ville afin de protéger de la pluie l'emplacement des cavités suspectes. Lake décida d'étendre son périmètre d'étude. Une équipe de la police scientifique arriva en milieu d'après-midi et se déploya sur les six emplacements signalés par Lake.

L'officier responsable, Jack McGrady, connaissait Lucas pour avoir travaillé avec lui sur une autre affaire.

— On va avoir besoin de générateurs et de projecteurs, dit-il. On va monter une tente d'état-major et se mettre au boulot.

Lucas lui montra l'os recueilli dans un sachet en plastique.

— On se pose tous la même question : est-il possible que cet os ne soit pas humain ?

McGrady porta le sachet à la lumière, examina brièvement l'os, et le rendit à Lucas.

— C'est du bonhomme. Aucun doute. Une phalange. Courte et épaisse, a priori un pouce.

— Un pouce.

— Sans doute. Mais je ne peux pas vous dire de quelle époque. En tout cas, vous auriez pu mieux choisir votre jour. Le genre doux et ensoleillé, par exemple.

Le regard de Lucas dévala vers le bas de la colline, où des voitures de police barraient la route de graviers, gyrophares allumés.

— Désolé, fit-il, rêveur. Comment ça, « de quelle époque » ?

— Les os durent longtemps. C'est une mignonne petite colline, avec une vue tout à fait intéressante. Vous venez peut-être de retrouver un cimetière oublié de la conquête de l'Ouest. Une découverte archéologique.

— Je n'y crois pas.

— Moi non plus.

En fin d'après-midi, Lucas et Del revinrent au café de Cannon Falls, où ils dévorèrent un sandwich à la dinde accompagné de purée de pommes de terre. Le café voyait passer un flux régulier de clients, surtout des paysans tranquilles et costauds en bleu de travail. Il y régnait une vague odeur de laine mouillée, de boue et de chauffage.

— À ton avis, les patates, demanda Del à Lucas, ça compte comme légume ?

— Pas celles-là. Je pencherais plutôt pour un dérivé de pétrole.

Ils mastiquèrent un moment en silence.

— Si toutes ces cavités sont des tombes, on risque d'avoir du pain sur la planche, reprit Del.

— Ce sont des tombes. Je le sens.

— Ce sont tes os qui te le disent ?

— Très drôle.

— Et maintenant ? On essaie de savoir où l'assassin pourrait s'être procuré les photos utilisées pour ses dessins, c'est ça ? Si on retrouve leur origine, on aura peut-être une chance de remonter jusqu'à son ordinateur. Il y a aussi ces photos qu'il pourrait avoir prises lui-même. Et un vague signalement – il ressemblerait à Edward Fox dans *Chacal*. On continue à dresser des listes de toutes les personnes connues des... femmes qui ont reçu un dessin de lui. Et après ?

— Ware pense que ce pourrait être un prêtre.

— Ça ne tient pas la route Un prêtre qui aurait fait des études de beaux-arts ? À Menomonie ? Soit Ware s'est fichu de nous, soit on est vraiment à côté de la plaque.

— Il n'a pas dit que ce type était un prêtre. Juste que quelque chose lui a donné l'impression d'avoir affaire à un prêtre.

— Ça ne nous aide pas beaucoup, lâcha Del en contemplant la cuillerée de purée qu'il tenait en suspens devant sa bouche. Au fait, tu te rappelles la fille dont le dessin a été retrouvé sur le pont ?

— Ouais ?

— Pourquoi a-t-elle eu droit à ce traitement différencié, à ton avis ? Qu'est-ce qu'elle a pu faire pour qu'il affiche son dessin plutôt que de le lui envoyer ?

Lucas se redressa légèrement sur sa chaise.

— Nom d'un chien... Comment se fait-il que je n'y aie pas pensé plus tôt ? C'est évident, il doit y avoir une raison.

— Donc, fit Del, on épluche attentivement sa biographie.

— Il faudrait peut-être aussi se renseigner à l'archevêché. Voir s'ils ont eu des prêtres ayant fait des études artistiques.

— À Menomonie.

La serveuse s'approcha avec une cafetière. C'était une jeune femme rondelette, aux cheveux laqués couleur de miel.

— Vous êtes flics ? C'est vous qui enquêtez dans le bois Harrelson ?

— Ouaip, répondit Del.

— Il paraît que vous avez retrouvé tout un tas de squelettes.

Sa mâchoire resta entrouverte, prête à gober la moindre bribe d'information confidentielle.

— On ne sait pas encore ce qu'on a retrouvé, éluda poliment Lucas. Les fouilles continuent.

— C'est un coin plutôt paumé, reprit-elle. Dans le temps, les jeunes l'utilisaient pour, enfin, vous savez, pour leurs petits rendez-vous. Ils se garaient au pied de la colline, ils prenaient une couverture, et ils montaient là-haut. Mais cet endroit a toujours eu une sale réputation.

— Vraiment ? fit Del. Vous y êtes déjà montée ?

— Peut-être. Mais peut-être pas. Dites, vous voulez du rab de purée ? Il en reste des tonnes.

À six heures, Lucas appela Weather pour lui annoncer qu'il rentrerait tard.

— Tu essaies d'échapper à tes obligations ?

— D'accord, soupira-t-il. Je ferai ce que je peux...

La colline était à présent éclairée par une demi-douzaine de puissants projecteurs – sans compter les lampes qui brillaient sous une grande tente d'état-major, récupérée dans un surplus militaire. Un groupe électrogène au gazole ronronnait au bord de la route, et l'aire de stationnement empestait comme un dépôt d'autobus.

Les six cavités suspectes étaient désormais à l'abri sous une bâche montée sur piquets, et des équipes de deux hommes s'affairaient à dégager trois d'entre elles. Ils travaillaient à la truelle et progressaient lentement. Au bord de la route, trois camionnettes de la télévision attendaient sous la pluie. À l'intérieur, journalistes et techniciens, bien que douillettement installés, rongeaient leur frein : ils auraient préféré affronter la pluie en ayant quelque chose à filmer.

Juste après le crépuscule, Lake rejoignit Lucas et s'accroupit près de lui.

— On vient de finir de mesurer la deuxième parcelle, sur vingt-cinq mètres de côté. À mon avis, vous avez déjà toutes vos tombes. Le relevé signale deux autres emplacements possibles, mais, honnêtement, ils ne sont pas aussi nets que ceux de tout à l'heure.

— Parfait. Six, c'est suffisant. Si ce sont bien des tombes.

— Croyez-en mon expérience, Davenport. Vous retrouverez des ossements humains dans chacune de ces cavités.

La première tombe, celle où la phalange avait été découverte, fut la première à restituer un vêtement – un chemisier en polyester, dans lequel Marshall déclara reconnaître un modèle de chez Wal-Mart. McGrady, penché au bord de la fosse, leva les yeux sur Lucas et dit :

— Tant pis pour la découverte archéologique.

Ils retournèrent à la tente de commandement, et Lucas appela Rose Marie pour lui annoncer la nouvelle. Il venait de raccrocher quand un des membres de l'équipe d'excavation s'écria :

— Hé, Jack ! On a un crâne !

Puis, dès que Lucas et McGrady l'eurent rejoint :

— Il y a aussi des cheveux !

Ils scrutèrent la cavité. Le crâne ressemblait presque à un éclat de tasse à café sale. Le technicien posté dans le trou toucha l'os avec la pointe de sa truelle.

— On dirait des cheveux blonds.

McGrady s'agenouilla pour mieux voir.

— Allez chercher des pinceaux et des couteaux,

ordonna-t-il à deux de ses hommes. Faites très attention avec les cheveux.

— Il faudra compter combien de temps pour fouiller les six tombes ? demanda Lucas.

— On est partis pour travailler non-stop, répondit McGrady. La télé est sur le coup, et la pression ne devrait pas tarder à monter. Si ces fosses ne sont pas trop profondes, on devrait avoir fini les trois premières autour de minuit. Et les autres demain. Vous rentrez chez vous ?

— Je vais attendre que vous ayez fini ces trois-là. Mais il va falloir lancer le travail d'identification le plus vite possible. J'ai déjà un nom à vous soumettre. Avec l'empreinte dentaire qui va avec.

— Si la mâchoire est en bon état, je vous donnerai ma réponse dès demain, répondit McGrady.

Peu après, Del revint du bourg avec un thermos rempli de café fumant. Lucas était en train d'en siroter un gobelet quand il vit un grand type en treillis de camouflage imperméable rejoindre Marshall à flanc de colline. Les deux hommes se donnèrent l'accolade, et le nouveau venu posa une main sur l'épaule de Marshall pendant qu'ils discutaient ; sans doute un collègue du comté de Dunn, songea Lucas.

Des vêtements et des ossements avaient été exhumés de deux des trois cavités. Après avoir fait sa tournée des fouilles, Lucas parla brièvement à Marshall, en regardant avec insistance le grand type qui l'accompagnait toujours, mais Marshall ne daigna pas faire les présentations. Lucas s'en retourna à la tente d'état-major, où Del était en pleine discussion avec un groupe d'adjoints qui prenaient leur café.

— Il y a deux grandes familles de vin, disait-il.

— Ouais, ouais, le rouge et le blanc, compléta un des adjoints. Ce n'est pas un scoop.

— Non, je parle des bouteilles qui se débouchent et de celles qui se dévissent.

155

— Encore en train de parler pinard ? intervint Lucas. Tu vas finir par te faire naturaliser français, ma parole !

— Pas du tout. Moi, je mets du déodorant tous les jours.

— Tu parles, fit Lucas, sceptique.

Del se retourna vers les adjoints :

— Donc, comme je le disais avant cette grossière interruption…

— Celles qu'on débouche et celles qu'on dévisse.

— Oui. Donc, dans celles qu'on dévisse…

À cet instant, un hurlement résonna sur le flanc de la colline – on aurait dit le cri d'un homme soumis à la torture. La conversation s'arrêta net. Tout le monde se précipita vers le seuil de la tente, et Lucas vit Marshall et le grand type en treillis à genoux au bord de la troisième fosse. Les deux techniciens debout à l'intérieur les regardaient fixement.

— Bon Dieu, grommela un adjoint. Qu'est-ce qui se passe ?

Lucas avait sa petite idée. Il était déjà en train de gravir la pente, talonné par Del. Au moment où ils pénétraient dans l'aveuglante clarté du projecteur servant à éclairer les fouilles, Lucas jeta un coup d'œil au fond de la fosse et vit un pan de tissu rouge. Terry Marshall se releva lentement, une main sur l'épaule du grand type.

— C'est le chemisier de Laura, expliqua-t-il à Lucas. Sans doute celui qu'elle portait le jour de sa disparition.

— C'est… oui, c'est le sien, bégaya le grand type, en se tenant la tête à deux mains. J'espérais, j'espérais…

— Jack Winton, fit Marshall en regardant Lucas. Le père de Laura.

Lucas sentit monter en lui une bouffée de colère.

— Bon Dieu, Marshall ! pourquoi est-ce que vous ne…

— Je ne pouvais pas le laisser à l'écart. Ça ne m'est même pas venu à l'idée. Il fait partie de la famille.

— Merde, lâcha Lucas. Vous…

— Désolé, coupa Marshall, en tapotant de nouveau l'épaule du grand type. Allez, Jack. Laissons-les finir leur travail. Viens.

156

Lucas et Del quittèrent la colline une dizaine de minutes plus tard. Chacune des trois premières fosses ayant rendu un corps, il ne subsistait plus guère de doute sur le contenu des autres.

— T'es en colère ? demanda Del sur le chemin du retour.

— Ça commence à venir, rétorqua Lucas. Surtout après ce qui vient de se passer.

— Marshall n'aurait jamais dû amener Winton.

— Ils sont de la même famille. Marshall n'a pas pu dire non.

— C'est plutôt bon signe que tu sois énervé. C'est le genre de chose qui affûte l'esprit.

— J'espère.

Ils roulèrent un moment dans un silence total, tout juste rompu par le souffle régulier du chauffage.

— J'espère simplement que Weather n'en fera pas les frais, finit par ajouter Lucas.

— Elle connaît le métier que tu fais. Elle n'a vraiment paniqué qu'une seule fois, le jour où elle s'est retrouvée dans l'œil du cyclone. C'est une fille bien. Ça me fait plaisir que vous vous soyez remis ensemble.

Weather n'était pas couchée. Elle lisait un roman de Barbara Kingsolver. Lucas, ayant accroché son ciré à un clou du garage, s'approcha pour l'embrasser sur le front.

— Je vais me réchauffer un peu de soupe, dit-il.

— Quelqu'un a téléphoné pour toi. McGrady, je crois. Il m'a donné un numéro de portable. Il avait l'air de tenir à ce que tu le rappelles dès ton retour.

— D'accord.

Lucas sortit une brique de soupe du placard, la transvasa dans un bol spécial micro-ondes, recouvrit le bol d'un film plastique, et l'enfourna pour deux minutes. Puis il composa le numéro de McGrady, qui répondit à la première sonnerie.

— Vous vous rappelez ce crâne qu'on a sorti de la première fosse ?

157

— Oui ?

— On est en train d'exhumer le squelette. D'abord, une chose est sûre, il s'agit d'une femme. Et surtout, on a retrouvé l'os hyoïde. En deux morceaux. L'examen préliminaire de la fracture suggère qu'elle s'est produite au moment du décès. Plutôt qu'après.

— Donc, elle a été étranglée.

— Je préfère laisser au légiste le soin de tirer des conclusions définitives, mais il y a fort à parier que oui.

— Vérifiez sur les autres… s'il y en a.

— Il y en a. Deux autres crânes viennent d'être retrouvés.

Lucas sortit le bol du micro-ondes, touilla son contenu, le remit au four pour deux minutes supplémentaires, et téléphona à Rose Marie. Il lui raconta l'incident provoqué par la présence du père de Laura Winton.

— Vous feriez mieux de garder Marshall à l'œil, grommela-t-elle.

— D'accord. Mais d'une certaine manière, c'est son enquête. C'est lui qui a bâti tout le dossier.

— Peut-être, mais ce type me paraît légèrement incontrôlable. Je veux bien qu'il joue un rôle d'observateur, mais, de grâce, ne le laissez pas faire n'importe quoi.

Lucas relata les derniers événements à Weather en mangeant sa soupe. Elle déplaça sa chaise de façon à s'asseoir derrière lui, posa un bras sur son épaule.

— Tu as l'air… abattu.

— Tu aurais dû entendre le cri de cet homme. On aurait dit que quelqu'un venait de… lui arracher les yeux.

— Plutôt le cœur.

Ils restèrent un moment à discuter, car Weather n'avait aucune opération prévue le lendemain matin ; ils parlèrent de Terry Marshall, de l'assassin, et du cimetière sous la pluie. Imperceptiblement, ils se rapprochèrent l'un de l'autre ; et finirent par se diriger ensemble vers la chambre. Ce n'est pas parce qu'on a passé la journée à retourner un cimetière, pensa Lucas, qu'on ne peut pas faire un bébé.

Sans doute même était-ce un bon moment pour s'y mettre.

10

La diffusion de ses dessins à la télévision avait été un coup de massue. Assis derrière son bureau, scrutant les entrailles de son ordinateur, James Qatar se retournait chaque fois qu'un bruit de pas enflait dans le couloir. Il avait beau posséder un certain courage, il n'était pas immunisé contre la peur. Le bâtiment était presque désert à cette heure, et le moindre claquement de talon résonnait d'un mur à l'autre.

Il attendait les inspecteurs. Il avait vu un reportage sur leurs méthodes scientifiques – cette capacité qu'ils avaient de retrouver un assassin avec une empreinte de basket, un cheveu, ou même une unique pellicule tombée du crâne. C'était peut-être exagéré, mais il avait eu une vision.

Qatar était amateur de vieux films, et sa vision lui avait montré des flics à la dure, larges d'épaules, au nez cassé, portant un imper croisé beige et un chapeau mou à large bord. Avec leurs yeux de limier, ils barreraient le seuil de son bureau, et l'un d'eux s'écrierait : « Le voilà ! Emparez-vous de lui ! » Il se lèverait, jetterait des regards affolés autour de lui, ne verrait aucune issue. Un des inspecteurs, un rustre aux lèvres sèches et déformées par un éternel rictus, sortirait de sa poche une paire de menottes chromées...

La scène avait un côté rétro, très années trente, très stylisé – mais c'était ainsi que James Qatar imaginait les choses.

Elle n'eut pas lieu.

Le soir même du premier passage de ses dessins à la

télévision, il se précipita, fou de panique, chez CompUSA, un magasin d'informatique où il acheta un lot de disques ZIP ainsi qu'un disque dur. De retour à son bureau, il s'y enferma à double tour pour transférer tous ses fichiers de cours sur les disques ZIP et retirer le disque dur de son ordinateur. Il récupéra aussi tous les ZIP qu'il trouva dans ses tiroirs, à l'exception de ceux qu'il venait d'acheter – certains étaient sans doute vierges, mais il ne voulait prendre aucun risque –, et les fourra dans sa mallette avec l'ancien disque dur.

Il passa une heure à se débattre avec Windows, qu'il installa sur le nouveau disque dur, où il recopia ensuite quelques-uns de ses fichiers de cours. L'ensemble du transfert prendrait un certain temps, mais au moins il aurait commencé. Quand sa patience fut à bout, il rentra chez lui avec sa mallette.

Là, il déchiqueta le boîtier du disque dur, pris les disques et les coupa en mille morceaux avec une paire de cisailles. Il fit de même avec les disques ZIP. Il n'aurait pas risqué grand-chose à jeter le tout à la poubelle, mais James Qatar était un homme à la fois craintif et minutieux. Il fourra les débris dans un sac en plastique, reprit sa voiture, partit vers le Mississippi, trouva un coin de berge isolé, et jeta le sac dans l'eau visqueuse.

Et voilà. Qu'ils y viennent ! pensa-t-il. Qu'ils lancent donc leurs as de l'informatique sur son ordinateur. Ils ne trouveraient qu'un disque dur irréprochable, avec quelques logiciels de travail tout à fait classiques. Plus de Photoshop, ni de fichiers d'images. À part, peut-être, une galerie de peintures enregistrées sous PowerPoint qui lui servaient à illustrer un séminaire.

Les inspecteurs ne vinrent pas. Qatar eut tôt fait de réinstaller les logiciels dont il avait besoin pour son travail sur le nouveau disque dur. Il prit soin de rester à l'écart des sites pornos et remisa tous ses instruments de dessin. Un grand ménage, qu'il aurait d'ailleurs dû effectuer depuis longtemps. Une excellente occasion de se faire discret – et pourquoi pas de peaufiner son plan de carrière.

Un nouveau livre, peut-être. L'idée d'une monographie sur la céramique lui trottait depuis quelque temps dans la tête. Il avait même un titre : *Terre, eau, feu, air : la Révolution des arts céramiques dans le haut Midwest, 1960-1999.*

Il s'acheta un cahier, jeta dessus quelques notes, en gribouilla d'autres sur le tableau de son bureau. Excellent pour l'image, se disait-il. Bienvenue dans le monde de la pensée.

Barstad était la seule ombre au tableau. Elle continuait à l'appeler. Elle le perturbait. Il avait détruit toutes les images d'elle, mais s'aperçut vite que, malgré la pression du danger, elle continuait à accaparer ses pensées.

Le démon du pervers – n'était-ce pas ainsi que Poe avait baptisé ce désir irrépressible de se faire mal à soi-même ? Il avait annulé un rendez-vous, mais avait été visité ce soir-là par des fantasmes d'une intensité inouïe associant Barstad, son appareil photo et ses talents de dessinateur.

Jusque-là, son travail avait simplement consisté à greffer des visages féminins sur des corps téléchargés sur le Net. Mais soudain l'idée lui était venue qu'il n'aurait plus besoin de ces corps. Il tenait en Barstad un modèle susceptible de faire tout ce qu'il voudrait lui voir faire – à ce jour, du moins, elle ne lui avait jamais rien refusé. Il allait pouvoir créer grâce à elle une œuvre vraiment unique. Originale. Il fallait qu'il approfondisse cette idée. Il fallait qu'il manipule cette femme pour créer une nouvelle vision.

Ses dessins passaient toujours à la télévision, avec un cache sur les parties les plus intéressantes, mais, après qu'une journée entière se fut écoulée sans qu'aucun policier en trench-coat ait frappé à sa porte…

Qatar retrouva son calme.

Personne ne savait.

En faisant attention, il allait pouvoir se remettre au travail. Il commença par retourner chez CompUSA, où il acheta un ordinateur portable bas de gamme. Ce soir-là, quand Rynkowski Hall, le bâtiment du département d'histoire de l'art, eut sombré dans l'obscurité, quand les gardiens eux-mêmes furent rentrés chez eux, il suivit le couloir jusqu'au bureau de Charlotte Neumann et ouvrit la serrure avec un couteau à beurre. Toutes les serrures du département pouvaient être ouvertes en utilisant ce procédé ; les professeurs le savaient, les étudiants les plus astucieux aussi.

Le bureau de Neumann était un cube tout simple, avec des rayonnages le long d'un mur. Il repéra le coffret de Photoshop 6 dans le coin gauche de l'étagère supérieure, le prit, referma la porte derrière lui, et retourna à son bureau. L'installation du logiciel sur son portable fut achevée en un rien de temps ; une heure plus tard, il quittait le bâtiment à pied. Il connaissait Rynkowski Hall depuis toujours, dans ses moindres recoins. Il n'aurait aucune peine à cacher ce petit ordinateur après chaque séance de dessin, sans risquer la moindre interférence avec son travail de tous les jours...

Hélas ! le lendemain ne lui apporta rien de bon ; la journée se déroula sous un ciel sale, d'où suintait sans relâche une bruine irritante. En fin d'après-midi, il se dirigea vers le bureau de Neumann pour une affaire de routine – les cours allaient bientôt reprendre, et un étudiant à qui manquaient certaines équivalences sollicitait la permission de suivre tout de même un de ses cours. Pour cela, Qatar devait remplir un formulaire de dérogation. La porte de Neumann était entrouverte. Il l'aperçut, assise derrière son bureau. Il frappa et entra.

— Charlotte, j'aurais besoin d'un...

Au son de sa voix, elle sursauta, et sa main droite, qui tenait une feuille de papier bleu, s'échappa vivement vers l'angle opposé de la table ; avec un effort visible pour maîtriser son émotion, elle esquissa un faible sourire.

— ... formulaire de dérogation, poursuivit Qatar sans marquer de temps d'arrêt. Je crois que je n'en ai plus.

— Bien sûr, dit-elle. Un instant.

Il la regardait toujours dans les yeux, mais, en réalité, toute son attention était concentrée sur la périphérie de son champ de vision, où se trouvaient la main de Neumann et le papier bleu. Elle ouvrit un tiroir, fit mine de fourrager à l'intérieur, puis :

— Où donc les ai-je rangés ?

Quand sa main ressortit du tiroir, le papier bleu n'était plus là. Neumann ouvrit le tiroir suivant.

— Ah ! Les voilà, dit-elle d'un ton chantant qui sonnait faux.

Et elle lui tendit une demi-douzaine de formulaires.

— Quel numéro de dossier dois-je mettre ? demanda Qatar.

— Un instant...

Elle ouvrit un fichier dans son ordinateur.

— 3474/AS, répondit-elle.

— D'accord.

Il gribouilla le numéro sur un des formulaires et quitta le bureau. Dans le couloir, il s'arrêta, jeta un coup d'œil en arrière. Lui cachait-elle quelque chose ?

Dans son bureau, il repensa à la découverte du corps, puis aux dessins diffusés à la télévision. Après avoir expédié quelques tâches de routine, il rentra chez lui. Sans cesser de broyer du noir à propos de Neumann. Que fricotait-elle ? Pourquoi ce bout de papier bleu restait-il fiché dans son esprit comme une vilaine écharde ?

Barstad téléphona, et il botta en touche.

— J'essaierai de passer dans la soirée, dit-il, mais si je ne peux pas, on se verra demain à coup sûr. J'ai une petite surprise pour vous.

— Une surprise ? (D'un ton ravi. Quelle cruche !) Quel genre de surprise ?

— Si je vous le disais, ce ne serait plus une surprise, répondit-il, pensant à son appareil photo. Je vous rappelle ce soir si j'ai fini assez tôt. Sinon, je sais que j'aurai du temps demain après-midi. Vous pourriez vous libérer ?

— À l'heure que vous voudrez.

À sept heures ce soir-là, pendant que les gardiens se rassemblaient au vestiaire, Qatar retourna dans le bureau de Neumann muni de son couteau à beurre et d'une lampe torche. Les tiroirs n'étaient pas fermés à clé. Il ouvrit celui du haut et regarda à l'intérieur. Pas de papier bleu. Il inspecta les autres tiroirs, nerveux, à l'affût d'un bruit de pas. Toujours rien.

Vérifia l'agenda de Neumann et n'y trouva rien de bleu. Alors qu'il s'apprêtait à partir, il aperçut un coin de feuille qui dépassait sous le calendrier. Il souleva le calendrier, tout doucement, en braquant le faisceau de sa torche. Rien. Et dire qu'une fraction de seconde, au moment de soulever ce calendrier, il s'était cru génial !

Il repartit vers son bureau, alluma la lampe articulée, fit pivoter sa chaise de manière à protéger son visage de la lumière, ferma les yeux. Ce bleu lui disait quelque chose. Il le connaissait.

Il somnola une dizaine de minutes. Quand il rouvrit les paupières, son regard se dirigea, comme de son propre chef, sur le tiroir inférieur d'une vieille armoire de bureau en bois. Se pouvait-il qu'il ait déjà vu ce bleu ici ? Dans ses dossiers ?

Qatar s'agenouilla devant l'armoire et ouvrit le tiroir. Il contenait une demi-douzaine de chemises cartonnées bourrées de papiers auxquels il ne comptait pas toucher avant sa retraite, quand on lui demanderait de faire place nette. Il passa une main dessus, et l'étiquette *Des plans sur les plaines* attira son regard. Un tas de notes, de lettres, de commentaires concernant son livre sur le cubisme dans la Red River Valley. Il prit le dossier et l'ouvrit. Le bleu lui sauta aux yeux. Il prit la feuille, la retourna, la reconnut sur-le-champ.

Bon sang ! Quatre ans, et elle s'en était souvenue, alors que lui avait totalement oublié. Une invitation au cocktail de lancement des *Plans sur les plaines*. L'éditeur, encore plus pingre que la plupart des représentants de cette engeance reconnue pour être près de ses sous, n'ayant pas voulu se mettre en frais, il avait dû fabriquer lui-même les invitations : une feuille de papier bleu, agrémentée d'un petit autoportrait rapidement esquissé.

Certes, ce dessin n'avait rien à voir avec ceux de la télévision. Mais l'œil d'un historien de l'art était suffisamment exercé pour déceler la ressemblance – quelque chose dans la technique, le choix du trait. Or, Neumann était historienne de l'art. Qatar ferma les yeux, vacilla, et faillit tomber, tétanisé par la vision de Neumann allant trouver la police avec cette maudite invitation à la main. Il était à deux doigts de la catastrophe.

En avait-elle déjà parlé à quelqu'un ? Peut-être pas. Proférer ce genre d'accusation pouvait être extrêmement grave. En cas d'erreur, cela pouvait signifier la fin de sa carrière. Neumann devrait donc se montrer prudente. Mais tôt ou tard...

— Elle doit disparaître, marmonna-t-il.

Tout de suite. Ce soir. La logique imparable de sa conclusion lui apparut en un éclair : si elle parlait à qui que ce soit de ce dessin, il était fini. S'il la tuait, cela ne le sauverait peut-être pas, mais, après tout, il avait déjà tué un tas de gens, et la police n'avait jamais rien trouvé. S'il frappait assez vite, et assez fort, il avait une chance de s'en tirer une fois de plus.

Il quitta son bureau, descendit l'escalier, rejoignit sa voiture. Il était allé chez elle, à deux reprises. Elle n'habitait pas bien loin. Il n'aurait qu'à traverser le fleuve et poursuivre sur quelques dizaines de mètres en direction du nord-est. Il effectua le trajet en se livrant à toutes sortes de calculs. Se garer devant chez elle – ou au bout du pâté de maisons ? S'il se garait au bout du pâté de maisons, il devrait marcher, ce qui augmenterait le risque d'être repéré. S'il se garait juste devant, quelqu'un pourrait se souvenir de la présence de sa voiture après que la disparition de Neumann aurait été signalée. Mieux valait marcher. Il pleuvait. Entre son imperméable et son parapluie, personne ne le reconnaîtrait.

Ensuite, il... quoi ? Il sonnerait à la porte ? Il se jetterait sur elle ? Neumann était une femme robuste. Même s'il finissait par l'emporter, il y aurait lutte, il y aurait du sang – son sang à lui –, et elle parviendrait peut-être à s'échapper. Elle risquait de crier, de rameuter le voisinage. Il se pouvait aussi qu'elle ne soit pas seule.

Il fallait penser. Penser. Ce qu'il fit : l'esprit transformé en calculatrice, il soupesa toutes les possibilités avec une précision diabolique.

Il était en train de passer devant chez elle, roulant au ralenti, quand il vit une lumière s'allumer dans le garage. La porte basculante se leva. Une voiture émergea de l'allée en marche arrière, s'engagea dans la rue, et grossit dans le rétroviseur de Qatar. Il se rangea le long du trottoir et se laissa dépasser. Était-ce bien elle ? Il n'avait entraperçu qu'un profil, vraisemblablement celui de Neumann... Il ne connaissait pas la marque de sa voiture. Et maintenant ?

L'auto tourna à droite au coin de rue suivant, et il fit de même, lentement. Une autre voiture le doubla, et il se cala dans son sillage, sans perdre de vue celle de Neumann – si c'était bien la sienne – qui poursuivait sa route. Les trois véhicules roulèrent à la queue leu leu sur quatre pâtés de maisons ; puis l'auto intermédiaire ralentit, tourna à droite, et Neumann se retrouva juste devant Qatar. Elle prit Grand Avenue et s'arrêta sur le parking d'un supermarché. Il se gara à son tour et la vit descendre, puis entrer à pas pressés dans le magasin.

Il n'y avait que quelques véhicules sur le parking ; s'il avait été armé, il aurait pu attendre qu'elle... Mais il n'était pas armé. À quoi bon y penser ?

Elle ne tarderait sans doute pas à rentrer chez elle. On ne fait pas ses courses pour aller au cinéma ou au restaurant dans la foulée. On repasse d'abord chez soi, et on les range. On met les steaks hachés au réfrigérateur. Si elle n'avait pas eu l'intention de se ravitailler en produits frais, si elle avait juste voulu s'acheter un paquet de chewing-gums, elle se serait arrêtée devant la première épicerie venue au lieu d'aller au supermarché.

Sa décision prise, il effectua un demi-tour pour retourner

chez elle, et roula aussi vite qu'il était possible sans attirer l'attention de la police. Il se gara à un pâté de maisons, attrapa un parapluie sur la banquette arrière, remonta le col de son imper et mit pied à terre.

Il ne vit personne sur le trottoir : la pluie était si glaciale et si lancinante que les gens du quartier préféraient sans doute rester calfeutrés devant leur fausse cheminée à brûleurs, à regarder une émission abrutissante ou à se livrer à une autre activité tout aussi débile.

La maison de Neumann était une de ces bâtisses de bois d'avant-guerre qui, sans avoir vraiment viré au taudis, n'étaient pas passées loin d'une telle catastrophe : un étroit pignon percé d'une fenêtre solitaire à l'étage, au-dessus d'une porte d'entrée flanquée de deux fenêtres, à laquelle on accédait par un perron trapu. Sur le côté, le garage, originellement indépendant, avait été relié à la maison par un passage couvert vitré.

Qatar remonta l'allée d'un pas assuré, gravit les marches du perron et pressa la sonnette. Personne ne répondit. Il testa le bouton de la porte. Fermée à clé.

Bien. Il redescendit les marches et testa la porte du passage vitré, abritée sous un auvent. Fermée à clé aussi. Il promena un regard circulaire, ne vit personne, n'entendit que la pluie. Le perron de la maison d'en face était illuminé, mais les rideaux étaient tirés à toutes les fenêtres. Quittant l'auvent, il s'approcha du garage. Essaya la porte principale – fermée à clé. Il décida de passer par le jardin. La maison voisine se dressait à six mètres seulement du garage, mais une haie touffue courait entre les deux constructions. N'ayant repéré aucune lumière chez les voisins, il baissa son parapluie et longea le garage, le visage et le cou sans cesse frôlés par les feuillages ruisselants et froids de la haie.

Il se trouvait maintenant en zone minée. Si quelqu'un le surprenait, il ne fallait plus espérer s'en tirer en racontant une histoire de visite impromptue à une vieille amie. Il commençait à sentir la différence dans ses tripes : la tension qui montait, le stress obsédant du chasseur...

Le garage possédait une deuxième porte à l'arrière – fermée à clé. La garce prenait ses précautions. Le passage aussi disposait d'une autre porte, et elle aussi était fermée. L'arrière de la maison donnait sur une véranda de bois surélevée. Il monta les deux marches dans le noir, essaya la porte – fermée. Trois mètres plus loin, une fenêtre à double battant ouvrait sur la terrasse. Il s'en approcha pour l'examiner – et trouva enfin le point faible de la cuirasse.

La fenêtre était située juste au-dessus de l'évier de la cuisine. Probablement remplacée lors d'une rénovation antérieure, c'était une de ces fenêtres à trois battants qui ne peuvent recevoir de volet. Fermée à l'espagnolette, sans doute pour laisser entrer un peu d'air frais. Une jolie brise pour chasser les remugles de vaisselle... Lui aussi faisait ça chez lui.

Qatar regarda autour de lui. Il ne risquait pas grand-chose, protégé comme il l'était par la végétation du jardin. Il empoigna le châssis de la fenêtre entrouverte, tira dessus, puis poussa. Il sentit que la fenêtre cédait peu à peu ; au bout de deux minutes de va-et-vient, il réussit à accroître suffisamment l'interstice pour glisser un bras à l'intérieur, actionner la poignée et ouvrir grande la fenêtre. Après un ultime coup d'œil au jardin, il se propulsa à l'intérieur, enjamba lourdement l'évier, et buta contre une écuelle d'eau en posant le pied au sol.

Un chien ?

Il stoppa net, tendant l'oreille. N'entendit que le murmure de la chaudière. Regarda dehors, par la fenêtre, et la referma. Aucune lampe n'était allumée dans cette partie de la maison. Tout à coup, il devina un mouvement discret, à sa droite ; il fit volte-face et aperçut un chat, tigré, gris. L'animal l'observa brièvement, des pieds à la tête, avant de disparaître dans les profondeurs de la maison.

Tout était éteint dans la cuisine ; deux lampes dans le séjour et le plafonnier du couloir menant à la chambre fournissaient les seules sources de lumière. Qatar avait besoin d'y voir un peu plus clair... Elle ne risquait pas d'arriver dans la minute suivante, estima-t-il. Il déclencha l'interrupteur de la cuisine et embrassa promptement la pièce du regard.

Comme c'était prévisible, il avait laissé des traces de boue et d'eau sur le carrelage. Il repéra un rouleau d'essuie-tout, en tira un bon mètre, en fit une boule qu'il jeta au sol, et, avec son pied, s'en servit comme d'une serpillière. Quand le sol et ses chaussures furent secs, il fourra le papier sale dans sa poche. Il aperçut des grands sacs-poubelles sur le plan de travail. Il en prit un, coupa l'interrupteur, et se dirigea vers le garage.

Le plus dur était fait. Le meurtre ne serait qu'un jeu d'enfant, comme d'habitude. Il trouva une pelle dans le garage et se faufila avec dans le passage vitré.

Il attendit vingt minutes dans la pénombre, sans penser à grand-chose. Maintenant qu'il était ici, maintenant qu'il était engagé dans l'action, il n'y avait plus guère à penser, et il se détendit petit à petit. Il devinait tout juste le reflet de son visage dans la vitre du passage ; il se trouva un air sombre, mystérieux. Le col relevé de l'imperméable mettait joliment en valeur le contour de ses mâchoires ; il s'essaya à sourire, tourna la tête pour capter son meilleur profil...

Changement d'époque. Une nuit pluvieuse et froide, comme celle-ci, aux portes de Paris ou de Casablanca. Il se tenait tapi dans l'ombre, guettant l'arrivée du nazi. Une dague de parachutiste dans la main, il se voyait dans un miroir, vêtu d'un superbe manteau militaire des années trente, renforcé aux épaules, un béret sur la tête... Ou peut-être plutôt une casquette, ou alors carrément un chapeau mou, dont le large bord descendait au ras de ses yeux, sans pour autant masquer leur éclat de braise dans le miroir...

Il peaufinait son fantasme lorsque la voiture de Neumann s'engagea dans l'allée et que la porte électrique du garage s'éleva. Qatar revint aussitôt dans le présent, s'efforça de quitter le mode hallucinatoire pour retrouver l'état de vigilance absolue dont il avait besoin pour tuer. Il ne tenait pas à la pourchasser dans toutes les pièces de la maison comme une poule à moitié saignée. La porte du passage s'ouvrant vers le garage, elle ne lui permettrait pas de bénéficier d'un effet de surprise maximal. Il allait devoir agir vite.

Il entendit la porte du garage redescendre. Le moteur de la voiture ronronna quelques secondes, puis se tut. Une portière s'ouvrit. Et claqua. Qatar leva sa pelle. Une seconde portière s'ouvrit, et la panique faillit le submerger. Elle avait ramené quelqu'un !

Attends, calme-toi... Elle récupère simplement ses courses sur la banquette arrière. Un instant plus tard, la porte du passage s'ouvrit, et Neumann apparut. Peut-être le vit-elle – ses yeux s'orientèrent dans sa direction une fraction de seconde avant que la pelle s'abatte –, mais elle n'eut le temps ni de réagir à sa présence ni même de ciller.

Il frappa comme on donne un coup de hache. L'arrière de la pelle l'atteignit en plein front, et son crâne se fendit comme une noix de coco. Qatar n'avait jamais frappé aussi fort avec une batte de base-ball. Le choc le fit grogner.

Neumann heurta le chambranle et tomba à terre avec un bruit mou. Le contenu de son sac de provisions se répandit sur le sol en une cascade de couleurs criardes : soupes Campbell, biscuits Nabisco, plateaux-télé Swanson, Tampax...

De nouveau, un mouvement furtif fit sursauter Qatar : le chat observait la scène depuis le seuil de la maison. Il miaula une seule fois et disparut.

Satanée bestiole.

Il enchaîna rapidement les gestes. Il évoluait désormais en terrain familier. Neumann était morte, il n'y avait aucun doute là-dessus. Son coup de pelle lui avait fracassé le crâne ; il l'avait senti, et, s'agenouillant devant elle, le vérifia d'un coup d'œil. Cette créature ne ressemblait plus guère à Charlotte Neumann. Elle ne saignait pas beaucoup, mais un peu tout de même. Sans lui laisser le temps de salir le sol, Qatar souleva sa tête en la tirant par les cheveux et l'introduisit dans le sac-poubelle, avant d'y faire glisser le corps entier.

171

Le sac-poubelle atterrit dans le coffre de la voiture de Neumann, et la pelle l'y suivit. Qatar revint dans la maison, récupéra un second sac-poubelle et y jeta toutes les provisions. Pour effacer la moindre trace de violence.

Maintenant. Partir...

Un instant. Il n'y avait pas d'urgence absolue. Il pouvait bien prendre quelques minutes pour visiter les lieux. Neumann parlait sans cesse de son mari défunt, histoire de bien faire sentir à tout le monde qu'ils avaient vécu ensemble des années magnifiques. Il devait bien y en avoir des vestiges, ici, dans cette maison...

Elle avait vingt-trois dollars dans son portefeuille, qu'il prit. Dans sa chambre, il ne trouva d'abord rien d'autre qu'une poignée de bijoux fantaisie dans un coffret. Mais dans un second écrin, plus petit, et caché au fond d'un tiroir de sa commode, il découvrit trois bagues, une paire de boucles d'oreilles et un collier. Leur authenticité sautait aux yeux. Il y en avait sûrement pour un paquet de dollars.

Il trouva deux petites boîtes à l'intérieur d'un autre tiroir, et dans chacune d'elles dix pièces de vingt dollars or du dix-neuvième siècle. Rien qu'au poids il les évalua à trois cents dollars pièce. Et peut-être beaucoup plus s'il s'agissait de raretés.

À la fin de son petit tour d'horizon, il calcula qu'il s'était enrichi d'une bonne quinzaine de milliers de dollars.

Il vivait un rêve. Gagner autant d'argent par le plus grand des hasards !

Mais le rêve vira au cauchemar quand il arriva à proximité de son lieu de décharge habituel. Atteindre la campagne ne lui avait posé aucun problème ; il s'était également préparé à passer un moment pénible à enfouir le corps par ce froid et sous cette pluie. La pente était abrupte, les feuilles mortes risquaient d'être glissantes... Et cependant, il prendrait sûrement plaisir à passer un peu de temps sur sa colline, là-bas, avec ses anciennes amies. Les amies de James Qatar, reposant côte à côte sous les chênes...

Mais quand, après le torrent, il aborda le virage suivant, sa voiture se trouva soudain prise dans une violente flaque de clarté. Impossible de faire demi-tour : la route l'emprisonnait. Il ralentit, sans cesser d'avancer. Ils avaient envahi sa colline. Tous ces policiers sous la pluie... Que faisaient-ils ? Un accident de la circulation, peut-être ?

Alors qu'il s'approchait toujours, roulant au pas, un agent en uniforme apparut sur la chaussée et lui fit signe de circuler. Qatar passa très lentement à sa hauteur et salua l'agent de la main, en tournant la tête du côté opposé pour dissimuler son visage. Sur la colline, il repéra des silhouettes au travail, aperçut une pelle dans la main d'un autre policier sur la route, vit trois camionnettes de la télévision stationnées sur le bas-côté...

Il se sentait plus abasourdi que paniqué. Ils avaient fini par retrouver son jardin secret. La découverte d'Aronson avait tout déclenché, mais comme rien n'était paru dans la presse, il avait espéré qu'ils passeraient à côté des autres corps.

L'esprit brumeux, il s'engagea dans une succession de routes étroites et désertes. De temps en temps, une lumière sur le côté signalait une ferme ; il dépassa une station-service Conoco sur le parking de laquelle étaient stationnés deux poids lourds, tourna à gauche, et s'enfonça de plus belle dans la campagne enténébrée. Il finit par croiser une route large, qu'il décida d'emprunter vers le nord : la direction des Villes jumelles. Il ne risquait pas de les manquer. Mais peu après il repassa devant la station Conoco et comprit qu'il n'avait fait que tourner en rond. Il se gara sur le parking, poussa la porte de la boutique, s'acheta deux paquets de marshmallows rose bonbon et une boîte de soda, puis demanda son chemin au gamin du comptoir.

— Vous n'avez qu'à suivre tout droit de ce côté-là, et vous tomberez sur la 494...

Qatar reprit la route, se gava de marshmallows tout en conduisant, et finit par jeter l'emballage vide par la fenêtre. Il avait l'impression que son coffre était transparent et contenait un cadavre phosphorescent. Il fallait se débarrasser de Neumann au plus vite. Il le fallait.

En fin de compte, ce fut aussi facile que le meurtre.

Il rejoignit l'I-494 au sud de Saint Paul et la prit en direction de l'ouest jusqu'au pont Ford. Il se gara au bout du pont, regarda des deux côtés de la route, transporta le sac-poubelle jusqu'au parapet et balança le corps dans le Mississippi. Il faillit jeter aussi le sac, mais se retint à la dernière seconde. L'obscurité était trop dense pour lui permettre de voir le corps toucher les flots, mais il savait qu'il ne tarderait pas à basculer de l'autre côté du barrage.

Ce ne fut qu'en revenant à pied vers la voiture de Neumann qu'il prit conscience de ce qu'il venait de faire. Il avait simulé un suicide. Charlotte Neumann était une femme torturée, dépressive. Solitaire. Une idée qu'il pourrait peut-être contribuer à accréditer.

Il s'installa au volant et revint en ville, vers sa propre voiture, dans le coffre de laquelle il transvasa les provisions et la pelle. Ensuite, il repartit avec la voiture de Neumann au bord du pont Ford et la laissa en stationnement interdit sur Mississippi Boulevard. Et il se mit en marche. Sept kilomètres le séparaient de sa voiture. Sept kilomètres à pied sous la pluie.

Bah, après tout, il avait besoin de temps – pour réfléchir. Sa vie était en train de se compliquer sérieusement. Neumann ne lui avait guère laissé le choix, mais il venait de commettre un type de crime qu'il avait toujours soigneusement évité par le passé.

Il avait tué une personne de son cercle de relations. Du seuil du bureau de Neumann, les flics pourraient voir le sien.

Tout en marchant, il se mit à sangloter. La vie était cruelle. Injuste. Un homme de sa qualité...

James Qatar poursuivit sa marche, en reniflant dans le noir et sous la pluie.

Il repensa à ses amies, aux amies de James Qatar, jusque-là douillettement ensevelies à flanc de colline, au-dessus du torrent. Tout à coup libérées. Et il se demanda si elles viendraient lui rendre visite.

11

Après s'être levé de bonne heure et avoir embrassé Weather, qui pour une fois dormait toujours, Lucas composa un numéro de téléphone. Le flic de New Richmond qui lui répondit connaissait le dentiste de Nancy Vanderpost et se porta volontaire pour aller faire un tour à son cabinet, lequel se trouvait justement dans la même rue que le poste de police, et se renseigner sur l'existence d'éventuelles radios dentaires.

Puis Lucas appela Marcy, tout juste levée. Del avait suggéré qu'il y avait peut-être quelque chose de singulier, voire d'étrange, dans le fait qu'un des dessins de l'assassin ait été affiché dans un lieu public – plutôt qu'envoyé par la poste. Lucas demanda donc à Marcy de charger quelqu'un de mettre son nez plus particulièrement dans la biographie de Beverly Wood. L'assassin devait y figurer quelque part.

Il prévint ensuite Del qu'il allait passer le prendre ; pendant leur conversation, un bip lui signala un double appel. C'était le policier de New Richmond, qui le rappelait du cabinet dentaire. Le dentiste avait effectivement des radios. Il proposait de les scanner et de les envoyer sur-le-champ par messagerie électronique.

Lucas donna son adresse e-mail, nota le numéro de téléphone du cabinet, et contacta Lake sur son portable. Lake répondit à la première sonnerie.

— McGrady a décidé hier soir d'étendre la zone de recherche à la partie basse de la colline. Il se pourrait qu'on ait découvert une autre tombe. La septième. Du coup, on a ressorti le GPR.

— Bon sang... Vous êtes sûr ? Vous avez creusé ?

— Ils viennent juste de commencer à ratisser les feuilles mortes. Ces types du labo sont plutôt tatillons en ce qui concerne la procédure.

— D'accord. À tout à l'heure.

Il rappela Del, lui apprit l'existence d'une probable septième tombe, puis contacta Rose Marie.

— On a une septième tombe, annonça-t-il.

— Diable... Sachez que le gouverneur m'a téléphoné ce matin à la première heure. Il veut monter une cellule de crise inter-services. Réunissant des agents fédéraux, la police d'État et les services de police locaux.

— Vous ne trouvez pas qu'on avance déjà assez lentement comme ça ?

— Je lui ai suggéré d'organiser une cellule FBI-police d'État pour l'analyse des éléments matériels – qui représentent d'ailleurs l'essentiel de nos informations – et la coordination entre les diverses forces de police locales concernées.

— Ce qui veut dire en clair ?

— Qu'on continue à enquêter de façon indépendante, mais qu'il faudra envoyer des photocopies de tout ce qu'on trouve à cette cellule de crise – à condition qu'elle voie le jour. Si c'est le cas, elle ne sera sans doute pas en place avant une semaine. Bref, si on veut faire bonne figure...

— On serre l'assassin avant.

— Ce n'est qu'une suggestion.

— Que j'essaierai de garder en tête.

Lucas prépara un litre de café qu'il versa dans un thermos, décrocha son ciré du clou du garage, et le jeta à l'arrière de son Tahoe. Sans espérer grand-chose, il revint dans son bureau, alluma son ordinateur, consulta sa messagerie – et vit un message d'un certain DocJohn. Il ouvrit le fichier joint. Une série de radiographies numérisées apparurent à l'écran. Il envoya la page vers son imprimante laser et, deux minutes plus tard, inséra dans une enveloppe brune huit tirages de radios dentaires grandeur nature.

Le temps s'améliorait : toujours aussi nuageux, mais sec. Del l'attendait devant chez lui. Cheryl, sa femme, était là aussi ; en voyant arriver le Tahoe, elle remit une glacière à son mari, qui lui adressa quelques mots. Quand Lucas se fut immobilisé dans l'allée, Del monta à bord avec une mine penaude.

— Fini les sandwichs à la viande, lança Cheryl à Lucas par la portière ouverte.

— Je tâcherai de m'en souvenir.

— Lucas... lâcha-t-elle d'un ton distinctement menaçant.

— Pas de sandwich à la viande. Je le jure.

— Demande-lui de te parler de son taux de cholestérol.

Lucas observa un instant Del, qui se ratatina sur son siège.

— On en parlera, promit-il à Cheryl en démarrant.

À la sortie de la ville, il demanda à Del :

— Qu'est-ce que tu trimballes dans cette glacière ?

— Un tas de trucs, maugréa Del. Surtout des carottes. Des biscuits zéro pour cent.

— J'aime bien les carottes.

— Le pied... Je suis ravi de l'apprendre.

— Alors ? Tu me parles de ton cholestérol ?

— Il est à deux cinquante-cinq, fit Del en haussant les épaules. Le docteur veut le voir redescendre sous la barre des deux, et si je n'y arrive pas avec un simple régime, il dit qu'il me mettra sous lapovorine.

— Ho, ho ! Dis donc, ce n'est pas ce médoc qui... ?

— Si. Qui te fait jouir à l'envers.

Après une longue pause, Lucas reprit la parole :

— Enfin, ça vaut tout de même mieux qu'un pontage. Ou qu'une attaque qui te laisse sur le carreau en trente secondes.

— Oui. Mais pour être franc, j'ai un peu peur. Du cholestérol, je veux dire. Ma maman est morte d'un arrêt cardiaque à l'âge de cinquante-huit ans.

Ils roulèrent un moment en silence, puis Lucas lâcha :

— Alors, mange tes carottes.

Del se fendit d'un début de sourire.

— Je sens que je vais m'éclater en vieillissant...

Au pied de la colline, une demi-douzaine de véhicules de la radio et de la télévision étaient à présent stationnés – en plus des voitures du shérif, de celles de la police d'État, d'une berline du gouvernement fédéral, de la Jeep de Marshall, et du 4 × 4 de Lake.

— Hier, c'était un congrès de flics, lâcha Del. Cette fois, on dirait une putain d'émeute.

— Sans que personne sache exactement qui fait quoi, ni avec quoi.

— Ni même pourquoi.

Lake, debout à flanc de colline, regardait son assistant promener le radar portatif le long du ruban jaune. Lucas le rejoignit.

— Alors ? s'enquit-il. Du nouveau ?

— Non, à part la tombe dont je vous ai parlé ce matin, la septième. Ils sont en train d'en sortir des vêtements.

Lucas balaya la colline du regard.

— Où est la numéro sept ?

— Celle-là, répondit Lake en pointant le doigt vers un groupe de techniciens. Et ces autres, là, ajouta-t-il en désignant un second groupe, je pense qu'ils sont sur un trou d'arbre, même s'il est suffisamment grand et régulier pour qu'on ait estimé utile de lancer la fouille.

— Vous en avez encore pour combien de temps ?

— C'est notre dernier balayage radar. On aura des données d'ici une demi-heure.

Lucas et Del montèrent jusqu'à la tente de commandement. McGrady, toujours sur la brèche, semblait lessivé. Il surveilla l'arrivée de Lucas par-dessus ses lunettes.

— Vous avez l'air en pleine forme, marmonna-t-il.

— Une bonne nuit de sommeil, des crêpes au petit

déjeuner, un brin de conversation avec une jolie femme, vous savez ce que c'est.

— Ça vaut mieux que ce merdier, hein ?

Lucas opina, puis :

— Donc, ça fait sept.

— Ouaip, fit McGrady en se laissant aller en arrière sur son fauteuil pliant d'état-major. Et vous savez quoi ? Les six premières ne m'ont pas trop fait chier. Mais la septième, vraiment, la septième... elle m'a refilé un sacré coup de bambou.

— J'ai un jeu de radios dentaires pour vous. On vous fournira les originaux en cas de besoin. Elles concernent la disparue de New Richmond. Nancy Vanderpost.

Lucas remit les feuillets imprimés à McGrady, qui les étudia un par un avant de lâcher :

— Quatre.

— Quatre quoi ?

— Ça pourrait être la numéro quatre.

Il se leva et se dirigea vers six longues caisses en carton alignées au fond de la tente. Chacune d'elles contenait un amas de pochettes de plastique transparent méticuleusement étiquetées. Il fouilla dans la caisse numéro quatre et en sortit une pochette. À l'intérieur, Lucas vit plusieurs ossements, dont une mâchoire inférieure. McGrady examina la mâchoire, les radios fournies par Lucas, et de nouveau la mâchoire. Au bout d'une longue minute, il regarda Lucas et dit :

— Bonjour, Nancy.

— Vous êtes sûr ? intervint Del.

— À quatre-vingt-dix-neuf pour cent, répondit McGrady en laissant retomber la pochette dans la caisse, puis en retirant ses lunettes. Putain, je suis vanné...

— Vous devriez piquer un petit roupillon, suggéra Lucas.

— Peut-être ce soir.

Lucas rappela Marcy pour la prévenir que Vanderpost avait été retrouvée – et lui demander d'ouvrir une enquête criminelle conjointe avec la police de New Richmond.

— D'accord, dit-elle. Black est passé à l'archevêché. Il a expliqué qu'il cherchait un prêtre ayant fait des études d'arts plastiques à Stout, l'école universitaire de Menomonie, mais ce monseigneur qui l'a reçu lui a déclaré qu'il n'en trouverait pas. Il affirme connaître le curriculum de la quasi-totalité des prêtres de la région, et selon lui aucun n'a étudié à Stout.

— De toute façon, nos chances étaient maigres.

— C'est vrai, mais écoute quand même la suite : après avoir parlé à l'évêque, Black s'est souvenu que plusieurs des femmes ayant reçu des dessins ont cité la messe du dimanche dans la liste de leurs activités habituelles, et il s'est livré à un petit calcul. Sur les dix-sept qui ont reçu des dessins à ce jour, onze sont catholiques. Et deux sur les trois mortes dont nous connaissons l'identité. Statistiquement, c'est beaucoup trop.

— Et ?

— Intéressant, non ?

— Continuez d'explorer cette voie.

— C'est ce qu'on fait.

Après avoir raccroché, Lucas se tourna vers McGrady et lui demanda s'il avait revu Marshall.

— Il traîne en permanence dans le coin, répondit McGrady. La dernière fois que je l'ai aperçu, il était au sommet de la colline. Assis sur une souche.

Marshall était toujours assis sur sa souche quand Lucas atteignit le sommet.

— Encore une mauvaise nouvelle, soupira Marshall en le voyant approcher.

Ce n'était pas une question.

— D'après McGrady, annonça Lucas, l'occupante de la tombe numéro quatre serait Nancy Vanderpost, de New Richmond.

— Ah... merde.

— Vous avez abattu un boulot formidable, Terry.

— J'ai passé toutes ces années dans un état second. Au moins, maintenant, j'ai la réponse. Je m'obstinais à espérer que Laura finirait par resurgir, vous savez, comme dans ces émissions de télé sur l'amnésie. Je savais bien que c'était de la connerie. Qu'elle était morte.

— Vous avez fait le lien avec les autres affaires, et c'est ce qui nous...

— Qu'est-ce qui se passe ? interrompit Marshall en regardant au-delà de Lucas, vers la pente.

Lucas pivota. Del montait vers eux en courant comme un dératé.

— Qu'est-ce qu'il y a ? demanda Lucas.

— La huit, haleta Del. Ce n'était pas un trou d'arbre.

Debout en arc de cercle autour de la huitième excavation, ils fixaient tous une chaussure d'où émergeait un os couleur café – teinte due au mélange de terre lourde et de feuilles de chêne pourries –, avec seulement des lignes et des pointes blanches.

— Il faudra rechercher une fille qui portait des Keds rouges à semelles compensées, déclara le flic du fond de la fosse.

— La mode est passée depuis au moins deux ans, observa Lucas.

— Normal, ça fait un bail qu'elle est ici.

En bas, une deuxième berline fédérale longea au ralenti la file de voitures de police avant de s'arrêter au bord de la route. Trois hommes en descendirent.

— Baily, lâcha Del.

Lucas observa le pied de la colline. Baily, l'agent responsable de l'antenne de Minneapolis du FBI, était un type de forte carrure. Une ancienne terreur du handball.

— Tu ferais mieux d'aller le chercher et de le conduire à la tente, dit-il à Del. Je me charge de récupérer Marshall et McGrady.

Il trouva McGrady au bord de la fosse numéro six.

— Les fédéraux sont là, déclara Lucas. Del fait monter Baily à la tente d'état-major.

— J'arrive. Vous croyez qu'ils vont s'en mêler ?

— À votre avis ?

Marshall avait quitté son poste de méditation au faîte de la

181

colline et rôdait à présent autour de la fosse quatre, où les techniciens venaient d'atteindre la couche de terre vierge sous la sépulture. Lucas le prit par le bras.

— Venez parler au FBI.

McGrady et Baily étaient en train d'échanger une poignée de mains quand Lucas et Marshall entrèrent dans la tente. Baily serra la main de Lucas et dit :

— Et de huit.

— Exhumés de frais. Je vous présente Terry Marshall, shérif adjoint du comté de Dunn, dans le Wisconsin. C'est grâce à lui qu'on a pu faire cette percée.

Lucas résuma le travail de Marshall. Quand il eut terminé, Baily gratifia l'adjoint d'un coup de menton :

— Joli boulot. Mes condoléances pour votre nièce.

— J'espère seulement qu'on l'aura, lâcha Marshall. S'il lit la presse, il a dû prendre ses jambes à son cou.

— Il n'ira pas loin, fit Baily. On a suffisamment de corps pour l'identifier en recoupant les bios de toutes les victimes.

— Ça risque d'être un peu plus compliqué que vous ne le croyez, observa Lucas. On a reconstitué le parcours de toutes les femmes qui ont reçu un dessin, et jusqu'ici on n'a pas trouvé grand-chose. Quelques recoupements, bien sûr, mais rien de significatif.

— On est en train de mettre sur pied une cellule de crise Wisconsin-Minnesota, répondit Baily. Les moindres possibilités seront passées au peigne fin. Sans limite d'effectifs. J'en ai parlé au directeur ce matin, et il a décidé de rendre cette enquête prioritaire au niveau national.

— Génial, lâcha Del d'un ton qui fit tourner toutes les têtes dans sa direction. Enfin, je veux dire... je le pense vraiment. Non, sans rire.

Lucas et Del quittèrent le cimetière une vingtaine de minutes plus tard : les spécialistes dépêchés sur place avaient pris les choses en main. McGrady leur promit de les tenir informés par téléphone, et Lucas expliqua à Baily qu'il suggérerait à Rose Marie de désigner un agent de liaison pour communiquer toutes les informations recueillies à la cellule de crise.

— Il est probable que ce soit le sergent Marcy Sherrill, précisa-t-il.

Quand ils eurent repris la route, Lucas se tourna vers Del :

— Bravo pour le « génial » que tu as balancé devant Baily tout à l'heure.

— Ah, Lucas, franchement, le FBI nous les casse, tu ne trouves pas ?

— Baily n'est pas mauvais.

— Non. Exact. Mais ça me fait suer de le voir monter sa belle machinerie : je ne me suis jamais senti à l'aise dans un rôle de rouage bien huilé.

— C'est vrai. Tu es meilleur quand tu joues l'électron libre.

— Tu sais quoi ? Je crois qu'on ferait bien de rentrer au bureau pour essayer de recouper nos infos au plus vite. Je n'irai pas jusqu'à dire que c'est une compétition, mais ça me plairait vraiment qu'on coince ce salopard avant eux.

— J'espère seulement qu'il n'y aura pas de numéro neuf.

Au City Hall, Lucas informa Rose Marie des derniers développements de l'enquête, puis suggéra le nom de Marcy pour assurer la liaison avec la cellule de crise.

— Ça lui donnera un peu de visibilité, ajouta-t-il.

— Peut-être, mais elle risque aussi de se prendre quelques coups de pied au cul, observa Rose Marie.

— Vous ne connaissez pas suffisamment Marcy pour savoir à quel point c'est improbable ? En tout cas, je vais vous dire une chose : je ne tiens pas du tout à me charger de ce boulot. Puisqu'il ne me reste que six mois avant d'être viré, je préfère sillonner la ville en essayant de coincer ce tueur.

Rose Marie décrocha son téléphone et demanda à Marcy de descendre. Elle arriva quelques minutes plus tard.

— À l'unanimité, lui annonça Rose Marie, vous venez d'être désignée représentante du département auprès de la cellule inter-services qui est sur le point de voir le jour. Vous devrez également assurer la coordination de l'enquête au niveau interne, mais je ne vois pas en quoi cela vous poserait problème, vu que c'est à peu près le rôle que vous avez tenu jusqu'ici.

— Merci, dit Marcy. Comptez sur moi. Autre chose ?

— Dieu vous garde.

Marcy ressortit avec Lucas dans le couloir.

— Si c'est toi qui as arrangé ça, dit-elle, sache que j'apprécie.

Lucas ouvrit la bouche, mais elle leva l'index pour le faire taire.

— Tu t'apprêtes à lancer une vanne, mais c'est tout à fait inutile. J'apprécie. Ça s'arrête là.

— Bon, fit Lucas, haussant les épaules. D'accord.

— Puisque tu as envie de bouger, tu pourrais peut-être essayer de comprendre pourquoi on a tellement de cathos dans ce dossier, non ?

— Je vais m'y mettre.

L'équipe chargée d'enquêter sur le meurtre d'Aronson faisait de son mieux pour recouper les noms et adresses obtenus en interrogeant les destinataires des dessins. Sur deux mille noms, elle avait déjà obtenu quarante-quatre recoupements, qu'elle était actuellement en train de vérifier.

— Le problème, expliqua Black à Lucas, c'est que la seule personne citée plus de deux fois est Helen Qatar, la directrice du musée Wells, à l'université Saint Patrick. Son nom revient à quatre reprises.

— C'est une école catholique, dit Lucas.

— Sauf que Helen Qatar est une dame de soixante-cinq ans. Elle serait incapable d'étrangler une souris. Ni d'en attraper une.

— Ça commence à faire beaucoup de catholiques.

— Et tu sais quoi ? murmura Black sur un ton de confidence. Le type chargé de l'enquête pour la police de Minneapolis est lui aussi catholique.

— Non pratiquant, précisa Lucas.

Il se pencha quelques minutes sur les recoupements mis en évidence par son équipe, sans résultat.

— Qui a interrogé Helen Qatar ? finit-il par demander.

— Moi.

— Tu lui as montré les dessins ?

— Quelques-uns – mais le style ne lui disait rien. C'est une dame d'un âge… vénérable. Je me suis abstenu de lui exhiber les extravagances vaginales.

— Elle évolue dans le milieu artistique, et son nom est cité quatre fois. Et elle est catholique.

— Tu veux que je retourne la voir ?

Lucas réfléchit une seconde.

— Non. J'y vais. Ça me sortira.

L'université Saint Patrick, située vers le sud de Minneapolis, après le pont de Lake Street, au bord du Mississippi, faisait face à Saint Thomas, sa grande rivale religieuse, intellectuelle, politique et sportive. Vingt bâtiments, pour la plupart de brique, se dressaient le long de la berge ouest à l'ombre de six cents chênes et de plus d'un millier d'érables, ces derniers ayant remplacé les ormes qui avaient régné sur le campus avant de succomber à une épidémie.

Lucas eut la chance de trouver une place de stationnement payant à cent mètres du musée, prit le carton à dessins posé sur le siège avant droit du Tahoe, alimenta le parcmètre en monnaie pour deux heures et traversa la rue en direction du musée. Les briques de la façade du musée Wells paraissaient un peu moins anciennes que les autres. À l'intérieur, le sol était revêtu d'une sorte de linoléum brun luisant, mais Lucas entendit distinctement des lattes de parquet grincer dessous. Un décor d'université typique.

Les bureaux de Helen Qatar étaient situés à l'extrémité opposée du bâtiment, à l'abri d'une porte vitrée translucide frappée d'un chiffre 1 doré. Une secrétaire râblée était en train de lire un journal quand Lucas entra. Elle leva la tête.

— Mike ?

— Non, je m'appelle Lucas.

— Vous travaillez avec Mike ?

— Non, je suis policier. J'espérais parler à Mlle Qatar.

— *Mme* Qatar, corrigea la secrétaire en enfonçant le bouton d'un interphone à l'ancienne. Madame ? J'ai ici un policier qui aimerait vous voir.

— Est-ce qu'il présente bien, au moins ? répondit une voix métallique.

La secrétaire étudia Lucas des pieds à la tête.

— Il a l'air de faire régulièrement sa toilette, mais je lui trouve aussi un petit air méchant.

— Très intéressant. Faites-le entrer.

Dans la pièce adjacente, Helen Qatar lisait elle aussi un journal. Elle avait dû être extrêmement jolie, pensa Lucas, mais la peau de son visage s'était parcheminée au fil des ans. Ses yeux d'un bleu intense luisaient derrière une paire de petites lunettes de lecture rectangulaires.

— Veuillez fermer la porte, ordonna-t-elle. Vous êtes Lucas Davenport ?

— Oui, répondit Lucas en s'exécutant.

Helen Qatar reposa son journal.

— Denise et moi lisons toujours notre journal à la même heure, mais chacune de son côté. Denise suit l'actualité de très près. (Lucas, ne sachant que répondre, se contenta de sourire poliment à la vieille dame, qui ôta ses lunettes et les posa sur le bureau.) J'ai déjà reçu ce charmant garçon que vous m'avez envoyé, le gay. Cela concerne la même affaire ?

Lucas fronça les sourcils.

— Black vous a parlé de son homosexualité ?

— Non, non, mais j'ai deviné. Il l'a déclaré au grand jour ?

— Disons que tout le monde est au courant, et que personne n'en parle. Ça facilite la vie.

— L'homophobie est-elle répandue dans la police ?

— Le pourcentage habituel, j'imagine.

— Ah. Bien. En quoi puis-je vous être utile ?

— Ma foi, j'aurais du mal à répondre avec précision. Black vous a déjà montré les dessins, et si vous lisez la presse, vous devez savoir qu'on vient de mettre au jour un charnier dans le comté de Goodhue.

— C'est tout à fait sidérant, fit-elle, redressant le menton.

— Nous croyons qu'il y a un lien entre les dessins et les meurtres. Nous croyons que l'assassin est lié d'une manière ou d'une autre à la communauté catholique de la région. Nous avons même un témoin qui pourrait bien l'avoir rencontré et qui a eu le sentiment d'avoir affaire à un prêtre. J'ajoute qu'il nous a fait part de cette impression sans savoir qu'un nombre significatif des victimes étaient catholiques.

— Et pourquoi un prêtre assassinerait-il des catholiques ?

— Il pourrait y avoir à cela une raison simple – par exemple parce qu'il fréquente majoritairement des catholiques. Mais rien ne prouve que l'assassin soit un prêtre. Nous avons juste un témoin qui le dit, et ce n'est pas un individu particulièrement recommandable. J'ajouterais que d'autres éléments rendent cette piste incertaine. Il est probable que l'assassin ait fréquenté une université de l'État, ce qui semble incongru pour quelqu'un qui serait devenu prêtre peu de temps après.

— À moins qu'il ait repris des études après avoir été ordonné.

— Nous ne le pensons pas. Nous pensons qu'il était assez jeune. Quoi qu'il en soit, je suis venu pour... Nous interrogeons toutes les personnes qui ont reçu ces dessins, et nous nous efforçons de fouiller le passé de celles qui ont été assassinées. Nous épluchons les carnets d'adresses, les carnets de chèques, les cartes de vœux, tout ce qui nous passe entre les mains. Votre nom apparaît quatre fois. Beaucoup d'autres noms sont apparus deux fois, mais vous êtes la seule gagnante du quarté. Donc, vous avez quelque chose... quelque chose en commun avec l'assassin.

Cette déclaration provoqua un silence, puis :

— Seigneur Dieu.

— Oui. Désolé de vous annoncer la nouvelle de façon aussi abrupte, mais c'est un fait.

— Mais… il se pourrait que ce soit un point commun tout simple, comme ce que vous venez d'évoquer à propos du prêtre et de ses victimes catholiques. Je suis catholique, et je connais une foule de catholiques du fait de ma position dans cette école. Tous mes amis ne sont pas catholiques, mais la plupart le sont, et c'est sans doute pour cette raison que mon nom apparaît quatre fois.

— Certes. Mais il pourrait aussi y avoir autre chose. Je ne vois pas quoi, et je comptais donc vous demander de réfléchir tranquillement à ce que je viens de vous dire. En espérant qu'une idée vous viendra.

— Vous croyez que l'assassin pourrait avoir un rapport avec cette université ?

— Aucune idée. Aucune victime n'a fait ses études ici, du moins parmi celles qui ont été identifiées.

— Hmm…

— En revanche, votre nom apparaît à quatre reprises sur nos listes, vous dirigez un musée d'art, et l'assassin semble avoir une formation de dessinateur… même s'il se peut qu'il soit également photographe.

— Ceci n'est pas vraiment un musée d'art. Je veux dire, en matière de peinture et de sculpture, nous n'avons pas grand-chose.

— Ah bon ? Je dois vous avouer que je ne suis jamais entré. Je m'étais imaginé, à cause du nom…

— Nous avons ici près de trente mille sulfures – ce sont des objets en cristal – et une collection de poteries mayas d'une valeur de dix millions de dollars.

— Ho, ho ! fit Lucas, déconcerté. C'est une collection plutôt inhabituelle.

Elle sourit.

— Le premier de nos anciens élèves à être devenu évêque est parti convertir les Indiens du Mexique. À sa mort, l'université a hérité de sa fortune, qui était considérable – il venait

188

d'une riche famille d'industriels –, et de ses poteries. Nous pouvions difficilement en garder certaines et jeter tout le reste. Et au bout d'un certain temps, quand nous nous sommes aperçus que nous possédions la plus belle collection du pays d'authentiques poteries mayas, nous les avons ressorties de nos caves. Aujourd'hui, les spécialistes viennent des quatre coins des États-Unis pour les admirer.

— Et les sulfures ?

— C'est un peu le même genre d'histoire. Jemima Wells, dont le fils a étudié ici, nous a fait don de un million de dollars en espèces en 1948. À sa mort, des fonds supplémentaires nous ont été versés pour financer la construction de ce musée – à condition qu'il héberge aussi, et de façon permanente, sa collection de sulfures. Nous avons accepté. Je dois dire que ces sulfures ont fait l'objet de mille plaisanteries quand nous les avons récupérés – il a couru sur notre compte toutes sortes d'histoires atroces à Saint Thomas. Mais la roue tourne, et aujourd'hui, ces sulfures ont plus de valeur que les poteries mayas. Et les spécialistes...

— ... viennent des quatre coins du pays pour les admirer.

— Tout à fait. Ils s'amusent à les secouer et regardent la neige tomber sur des villages miniatures.

Lucas se leva, sortit une carte de visite de son portefeuille, la tendit à Helen Qatar.

— Vous y réfléchirez ?

— Absolument.

— Black vous a montré les dessins. Mais est-ce qu'il vous a montré la photo d'Aronson ? Elle ne fait pas partie des victimes catholiques, mais elle était d'ici, de Minneapolis. Elle a disparu il y a un an et demi.

— Non. Je n'ai vu que deux dessins. Et pas les plus olé olé, si j'en juge par ce qu'on raconte dans la presse.

Lucas ouvrit son carton, trouva une photo d'Aronson, et la tendit à son interlocutrice.

— Voici le portrait le plus récent qu'on ait d'elle.

Qatar remit ses lunettes de lecture et étudia le cliché.

— La plupart de ces jeunes filles se ressemblent tellement... dit-elle au bout d'un instant de réflexion. Non, je ne crois pas la connaître.

— Un coup pour rien, soupira Lucas en reprenant la photo.

En la replaçant dans son dossier, il vit les photocopies des photos de Laura Winton. Il en sortit deux.

— Et elle ? Il se pourrait que l'assassin ait pris ces photos lui-même.

— L'assassin ? répéta Helen Qatar.

Elle examina la première en fronçant les sourcils, puis la seconde.

— Non, dit-elle au bout d'une minute, je ne connais pas cette personne, je ne crois pas l'avoir jamais rencontrée... Mais... Tiens donc.

— Quoi ?

— Dans le fond, là, à l'arrière-plan...

Lucas contourna le bureau pour regarder par-dessus l'épaule de Helen Qatar. Son index indiquait le muret de pierres devant lequel avait posé Laura Winton.

— J'ai eu l'impression en la voyant pour la première fois qu'elle avait pu être prise au bord du fleuve, dit-il. Ici même, à Minneapolis.

— Je le crois aussi. Vous connaissez cette grande statue de bronze de saint Patrick ?

— Euh, oui.

— Je crois bien que c'est celui qui entoure la statue en demi-cercle. On le voit très bien quand on passe sur la piste cyclable.

Lucas considéra la photocopie d'un air perplexe.

— Vraiment ?

12

Helen Qatar accompagna Lucas au bord du fleuve. La glace avait fondu, et une vedette du génie militaire longeait la berge quelques dizaines de mètres en aval ; debout sur le pont avant un homme en uniforme scrutait la rive à travers ses jumelles. Un cycliste les dépassa, suivi de peu par une joggeuse rousse en débardeur noir ultracourt. Un aigle planait au-dessus des flots brunâtres, à l'affût d'une petite friandise.

Saint Patrick, plus immobile que jamais, semblait fixer le campus de l'air de quelqu'un qui a oublié quelque chose.

— Là, fit Lucas. Ce petit éboulis tout au bout du muret. Vous aviez raison.

— Cela dit, marmonna Helen Qatar, je ne vois pas en quoi ça vous avancera.

— Nous avions déjà les catholiques, nous avons maintenant un lieu. Je ne sais pas si l'assassin est lié à cette université ou s'il habite simplement dans les parages, mais en tout cas ils sont venus ici. Son ombre est presque palpable.

— Formulation inhabituelle, pour un policier. Ça pourrait donner lieu à un poème, ou à un morceau de musique country.

— Dieu m'en préserve, rétorqua Lucas en souriant. Mais c'est vrai, je ne suis pas loin de le visualiser. Une de ses premières victimes a dit qu'il ressemblait au personnage central d'un vieux film, *Chacal* – l'histoire d'une tentative d'assassinat contre le général de Gaulle. L'assassin ressemblerait au Chacal.

— C'est grotesque. Mais il faudra que je loue ce film. Vous dites qu'il est ancien ?

— Il date des années soixante ou soixante-dix.

— Ah. J'ai passé ces années-là à voir des films d'art. Ils étaient... mauvais.

Lucas éclata de rire. Ils rebroussèrent chemin et revinrent vers le campus côte à côte. Au coin du musée, Lucas prit congé et s'éloigna en direction de son Tahoe.

— Monsieur Davenport !

Il se retourna. Après avoir remonté la moitié de l'allée menant à l'entrée du musée, Helen Qatar revenait sur ses pas.

— Je suis sûre que ça n'a rien à voir... non, rien à voir avec votre enquête, lui lança-t-elle de loin, mais un professeur de notre département d'histoire de l'art vient de se suicider. Hier, ou peut-être avant-hier.

— Intéressant, répondit Lucas, faisant lui aussi demi-tour. Comment s'appelait-il ?

— Elle. C'est une femme.

— Oh... (Ce n'était donc pas l'assassin.) Un suicide, vous dites ?

— Elle se serait jetée du pont Ford. Elle ne s'est pas présentée à son bureau hier, et, peu après, sa voiture a été retrouvée sur Mississippi Boulevard. On a cru... enfin, je ne sais pas trop ce qu'on a cru, mais là-dessus son corps a été repêché dans le fleuve. Le journal de Saint Paul a publié un article disant qu'à en juger par l'état du cadavre, elle est certainement passée par-dessus le barrage.

— Je vois. L'article faisait-il allusion à un état dépressif ?

— Pas du tout. Mais mon fils, qui travaille dans le même département qu'elle, m'a confié qu'elle était perturbée. Très impopulaire. J'ignore si ce genre de situation peut mener au suicide.

— Laissez-moi vous dire une chose, madame Qatar. Un *rien* peut mener un dépressif au suicide. Une tache d'encre sur sa chemise, et il en déduira que mettre fin à ses jours est la seule solution. L'impopularité pourrait être un motif plus que suffisant.

— Je vous laisse le soin de débrouiller tout cela si ça vous intéresse. De mon côté, je vais réfléchir au point commun que je pourrais avoir avec ce monstre.

L'assassin et Laura Winton étaient venus à Saint Patrick, ou du moins sur la piste cyclable qui bordait le campus. Aucun vélo n'apparaissait sur l'image, ce qui suggérait qu'ils étaient passés à pied. Et dans ce cas, ils n'étaient probablement pas venus faire des emplettes au village universitaire, qui se trouvait trop loin de là, à l'autre bout du campus. Il était donc tout à fait possible que l'assassin ait eu un véritable lien avec l'établissement.

Lucas monta dans le Tahoe, mit le contact, marqua un temps d'arrêt, puis sortit son portable de sa poche. Il demanda au central le numéro du médecin légiste du comté de Ramsey, et se retrouva bientôt en ligne avec un expert nommé Flanagan.

— Je ne peux pas vous dire grand-chose, Lucas. On ne sait pas exactement ce qui l'a tuée. Apparemment, elle serait passée par-dessus le pont, habillée de pied en cap et en un seul morceau. Ensuite, il semble qu'après le barrage elle se soit fait prendre dans un courant qui l'a rétamée de partout. A priori, on aurait tendance à croire qu'un choc massif à la tête a provoqué les premiers gros dégâts ; comme si son crâne avait heurté un pilier pendant sa chute, par exemple.

— Allons donc, Henry... Vous dites qu'elle a piqué une tête ? Qu'elle a dit merde au monde en faisant un saut de l'ange ? Sans personne pour la regarder ? Sans le moindre public ?

— Je ne dis pas ça. Ce que je dis, c'est que d'une manière ou d'une autre sa tête est entrée en contact avec quelque chose de dur, et que c'est peut-être cela qui l'a tuée.

— Vous croyez au suicide ?

193

— Les mains ne sont pas trop abîmées. Il n'y a aucun signe de blessure de défense. Pas de sang dans sa voiture.

— Donc, vous concluez au suicide ?

— On conclut à une cause inconnue. Impossible de vous dire si on en restera là. Elle est très amochée.

— C'était quel type de femme ? Grande ? Costaude ?

— Une femme forte, mais pas particulièrement robuste, non. Plutôt le genre à rester vautrée sur son canapé.

— D'accord... Si vous changez d'opinion, passez-moi un coup de fil.

— Vous croyez qu'il y aurait un rapport avec une autre affaire en cours ? demanda Flanagan.

— Je n'en sais rien.

— Saint Paul s'occupe de l'enquête. Le corps n'a été retrouvé qu'hier soir, et tout est encore à peu près intact. On a prévenu quelqu'un en Californie... Une sœur.

Lucas, censé sillonner la ville, n'avait pas encore sillonné grand-chose. Il consulta sa montre, appela la police de Saint Paul et demanda qu'on lui passe la brigade criminelle. Un inspecteur nommé Allport prit son appel.

— Davenport ? Crénom, c'était trop beau ! Tous ces mois de tranquillité !

— Je t'appelle pour te prévenir que ta femme demande le divorce. Elle et moi, on part à Majorque pour un stage intensif de fellation.

— Une chose est sûre, tu n'as pas choisi la bonne cliente. Dis donc, j'espère que ce n'est qu'un appel de courtoisie, ajouta-t-il après un bref silence. Il paraît que tu es sur l'affaire du cimetière.

— Exact. Et figure-toi que je viens de faire un drôle de rapprochement — probablement sans grand intérêt. Une des filles assassinées — Laura Winton, tu vois qui c'est ? — est venue à Saint Patrick quelques jours avant le meurtre, sans doute avec le tueur. On pense à un artiste.

— Ouais, j'ai vu les dessins. Et la bonne femme qui est

194

passée par-dessus le pont Ford enseignait l'histoire de l'art à Saint Patrick.

— Exact.

— On n'a strictement rien. Quand elle a passé le barrage, c'est à peu près comme si elle s'était retrouvée dans un hachoir à viande. On a perquisitionné chez elle, on a fouillé sa bagnole. Pas de sang, aucune trace de lutte. Que dalle. On a interrogé plusieurs personnes de son département qui nous ont expliqué que c'était quelqu'un de hargneux, d'agressif, de conflictuel et peut-être de dépressif. Voire une lesbienne refoulée. Donc...

— Aucun signe de strangulation ?

— Elle n'est pas abîmée à ce point. Non, Lucas, elle n'a pas été étranglée.

— D'accord. C'était juste une idée comme ça.

— Tu es où ?

— Devant Saint Patrick.

— Alors, tu es à peine à dix minutes de chez elle. Prends le pont de Lake Street. Elle habite pratiquement au bord du pont. On a fait remorquer sa voiture. Tu n'as qu'à y jeter un coup d'œil, si ça te chante.

Lucas consulta sa montre.

— Comment est-ce que je fais pour entrer ?

Il dut attendre cinq minutes devant le portail l'arrivée de la voiture de patrouille. Un agent en uniforme lui remit les clés, et Lucas entra. Au bout de dix minutes sur place, il arriva à la conclusion que Neumann devait avoir un chat ; pas grand-chose d'autre ne lui vint à l'esprit. La maison semblait attendre le retour de sa propriétaire.

La voiture était au garage. Il alluma le plafonnier, ouvrit une portière, jeta un coup d'œil à l'intérieur. Neumann n'était pas particulièrement méticuleuse avec son moyen de locomotion. La banquette arrière était jonchée de vieux journaux, de notes, de boîtes de soda vides. Il y avait aussi des sachets de papier, rendus translucides par des taches de gras, qui avaient sans doute contenu des pâtisseries. Lucas fouilla l'arrière, ne trouva rien, regarda sous le pare-soleil, dans la boîte à gants. Deux tickets de caisse étaient tombés sous le siège passager. Il les ramassa, les retourna. L'un d'eux émanait d'un magasin Kinko : elle avait dû faire des photocopies. L'autre portait le nom d'un supermarché. Quarante dollars en produits d'épicerie, litière pour chat, tampons hygiéniques, ampoules électriques et autres. La date et l'heure figuraient en bas : vingt-deux heures, le soir de sa mort présumée.

Lucas se gratta le cuir chevelu. Le réfrigérateur ne lui avait pas paru bien garni...

Il revint dans la maison avec le ticket de caisse, ouvrit le réfrigérateur, inspecta les placards. Trouva un sac de litière pour chat de la même marque que celui du ticket, presque vide. Une boîte de Tampax, presque vide elle aussi.

Il retourna à la voiture. Ouvrit le coffre. Pas de provisions.

— Bon.

Il sortit son portable et rappela Allport.

— Je reviens juste de la cathédrale, maugréa Allport. Je me suis dépêché d'y allumer un cierge en priant pour que tu ne me rappelles pas.

— J'ai retrouvé un ticket de caisse.

Lucas s'expliqua.

— Les Tampax et la litière pour chat ne plaident pas en faveur de commissions faites pour un quelconque vieillard grabataire du quartier, fit Allport.

— Non. D'autant qu'elle avait vraiment besoin des produits de cette liste. Elle a acheté deux litres de lait écrémé, et j'ai retrouvé une brique de lait écrémé vide dans la poubelle sous l'évier. Elle a pris un paquet de germes de blé, et il en reste tout juste un fond dans le placard.

— Où sont passées ces foutues provisions ? Je vais en parler aux gars qui ont retrouvé sa bagnole. Peut-être qu'ils les ont données à quelqu'un.

— Tu y crois ?

— Non. Je n'y crois pas. Si tu restais encore quelques

minutes sur place ? Je vais d'abord passer au supermarché pour examiner le rouleau de la caisse-enregistreuse.

À son arrivée, une demi-heure plus tard, Allport commença par secouer la tête.

— Les gars qui ont retrouvé la voiture sont formels. Il n'y avait rien dedans. Pas de provisions.

— J'ai du mal à croire que quelqu'un ait pu lui défoncer le crâne pour lui piquer ses provisions.

— On a vu plus étrange. Si tu savais le genre de zonards qui traînent du côté de ce pont...

— Et ces zonards l'auraient assommée avant de la balancer par-dessus le parapet pour lui piquer ses provisions – mais ensuite, ils auraient abandonné sa voiture en pleine rue, toutes portières verrouillées, en laissant deux dollars en pièces bien en vue dans le réceptacle à monnaie devant le levier de vitesses ?

— Probablement pas, admit Allport d'un ton morne.

— Peut-être que ses courses lui ont foutu le bourdon et qu'elle s'est suicidée avec. Vous avez repêché des tampons morts dans le fleuve ?

— Lucas, bon sang...

À son retour au City Hall, Marcy l'informa que la cellule inter-services tiendrait sa réunion inaugurale le lendemain.

— Ah, McGrady a téléphoné, ajouta-t-elle. La fouille de la colline est terminée. Ils pensent avoir retrouvé toutes les tombes.

— Donc, personne n'a plus rien à faire.

— Pas tout à fait. Les fédéraux ont décidé de reprendre l'étude géologique à partir de zéro. Ils font venir une équipe de Washington.

— Lake est compétent. S'il n'a pas trouvé d'autres tombes, à mon avis, c'est parce qu'il n'y en a pas.

— Huit suffisent. Neuf, ça ferait vraiment trop.

— Exact. De mon côté, j'ai trouvé deux choses. (Il lui parla du muret de Saint Patrick et du professeur repêché dans le

Mississippi.) Je veux que tu mettes deux de nos hommes sur Saint Patrick. Il faut récupérer les noms de tout le personnel du département des beaux-arts et les croiser avec nos listes. Si tu ne peux pas t'en charger personnellement, demande à Sloan. Black est un peu trop brouillon pour ce genre de tâche. Et il me faut aussi la bio de cette prof, celle qui est passée par-dessus le pont.

— Je m'en occupe. Tu ressors ?

— Non. J'ai quelques coups de fil à donner. Une petite ampoule qui vient de s'allumer dans ma tête.

Il rappela la Criminelle de Saint Paul pour se procurer les coordonnées des proches de Charlotte Neumann. Comme elle n'avait pas de famille en ville, il commença par téléphoner à la secrétaire du département d'histoire de l'art.

— Est-ce que Mlle Neumann possédait des bijoux de valeur ? lui demanda-t-il après s'être présenté.

— Euh, quelques-uns, je crois. Elle était veuve, vous savez.

— Je l'ignorais.

— Si, son mari était plus âgé qu'elle. Un architecte très en vue, de Rochester. Elle avait une jolie bague de fiançailles en diamant – un superbe solitaire d'un carat et demi, je crois –, et aussi une alliance, en or évidemment.

— Elle la portait ?

— Oh, oui ! Le solitaire, pas souvent, mais elle portait toujours son alliance, à l'annulaire droit. Elle avait aussi une vieille montre Rolex en or, qu'elle aimait bien parce qu'elle faisait de la poterie pour son… expression artistique, je suppose qu'on peut le dire comme ça. À l'en croire, elle résistait mieux à la terre que les autres montres. Elle avait aussi une bague dont la petite pierre était peut-être une émeraude, mais je n'en suis pas sûre. Oh ! et aussi des boucles d'oreilles incrustées de saphirs et de diamants. Tout à fait discrètes, mais les saphirs étaient vraiment énormes… Un carat chaque. Si bleus qu'ils paraissaient presque noirs. Hmmm…. je crois que c'est à peu près tout.

— Pas de perles ?

— Si, bien sûr, elle avait un collier de perles et des boucles d'oreilles assorties. Je n'ai aucune idée de leur valeur. Elle les portait aux cocktails du département. Et aux soirées chez le président.

— Merci. Vous m'avez beaucoup aidé.

Lucas raccrocha et composa le numéro de la brigade criminelle de Saint Paul.

— Quand tes gars ont fouillé sa maison, demanda-t-il à Allport, ils ont dressé un inventaire des objets de valeur ?

— Bien sûr. Tu veux que je te lise la liste ? Ce sera vite fait.

Lucas sentit un picotement.

— Tu l'as ? La liste ?

— Oui. Une minute.

Le combiné atterrit avec un cliquetis sur le bureau d'Allport, dont les pas s'éloignèrent. Une minute plus tard :

— Tu vas voir qu'elle n'a pas amassé grand-chose avec son salaire de prof...

— Je vais te dire ce qu'elle avait, coupa Lucas. Elle avait une vieille montre en or Rolex, une bague de fiançailles avec un solitaire d'un carat et demi environ, une pierre verte qui pourrait être une émeraude montée sur une autre bague, un collier de perles et les boucles d'oreilles assorties, et une paire de boucles d'oreilles incrustées de saphirs et de diamants. Gros, les saphirs. Très, très précieux.

Après un long silence, Allport lâcha :

— Putain, mec, tu me les broutes vraiment.

— Tu n'as rien de tout ça sur ta liste ?

— Non. Je vais vérifier auprès de mes gars.

— Elle portait aussi une alliance en or à l'annulaire droit.

— Pas d'alliance sur le cadavre. Rien de ce genre. J'en suis sûr et certain.

— Qu'est-ce que tu en penses ?

— J'en pense que je vais encore devoir me taper des heures sup.

— MARCY ! hurla Lucas, après avoir raccroché, en penchant le torse vers la porte entrebâillée de son bureau.

— QUOI ? riposta-t-elle sur le même ton.

— Tu as le numéro des parents d'Aronson ?

Elle le trouva et l'apporta.

— Qu'est-ce qui se passe ?

— Je te l'explique dans une minute.

Marcy s'assit face à lui pendant qu'il composait le numéro. La mère d'Aronson se prénommait Dolly.

— Alors, ça y est ? demanda-t-elle d'une petite voix douce. Vous l'avez arrêté ?

— Pas encore.

— Je prie chaque jour pour que vous réussissiez.

— Madame Aronson, votre fille possédait-elle des objets de valeur, en particulier des bijoux, qui auraient disparu ?

— Oui, répondit-elle sans hésiter. Nous l'avons déjà signalé à un de vos collègues, mais nous n'avons jamais su ce qu'ils étaient devenus. Nous ne voulions pas avoir l'air de personnes cupides.

— Nous pensons que son assassin pourrait les avoir volés.

— Mon Dieu...

— Mais s'il l'a fait, et si nous pouvions identifier ces bijoux...

— Je les reconnaîtrais les yeux fermés. Il s'agit d'un collier de perles ancien, et d'un anneau de mariage lui aussi ancien, avec une perle. Ils ont appartenu à ma mère, et à la sienne avant. Je les ai portés moi-même pendant trente ans.

— Vous en avez des photos ?

— Mon assureur doit en avoir, je pense. Vous voulez que je vous les fasse parvenir ?

— Oui... Euh, non. Je préférerais que vous les remettiez à la police de votre ville. Ils en feront des photocopies couleur, qu'ils m'enverront. Gardez les originaux au cas où on en aurait besoin.

— Comptez sur moi. Je vais les récupérer chez mon assureur, m'occuper des photocopies, et vous les envoyer moi-même par messagerie express. Ou mieux, si vous en avez besoin tout de suite, je vais demander à Dick de vous les apporter d'un coup de voiture.

— La messagerie suffira, répondit Lucas.

Après avoir raccroché, il se tourna vers Marcy :

— Il me faut une liste de tous les fourgues de la région.

— Je vais en parler aux collègues de la brigade des Vols. Si ce type a vraiment fauché les bijoux, tu crois qu'il aurait été assez stupide pour les revendre ici même ?

— À ton avis, combien d'artistes de Minneapolis connaissent des receleurs à New York ?

— D'accord. Je les appelle de suite.

— Vous en êtes où avec vos listes ?

— On a deux nouveaux recoupements, mais à mon avis rien de très chaud.

— Combien de corps identifiés ?

— Uniquement ceux dont on connaissait déjà l'existence. La police d'État recherche les dossiers dentaires de femmes disparues de même profil que les nôtres – plus ou moins blondes, plus ou moins intéressées par les beaux-arts, entre dix-sept et trente-cinq ans au moment de leur disparition.

— Je parie qu'ils auront quelques touches.

— Les premiers résultats devraient tomber dès demain.

— Il faudra se jeter dessus. Commencer à établir des listes dès qu'on aura un nom.

Marcy feuilleta la liasse de papiers qu'elle tenait à la main.

— Il y a cette fille de Lino Lakes, une certaine Brenda... Brenda quelque-chose. Voyons...

Sa concentration fit sourire Lucas.

— Ça te plaît, hein ? De recouper des bribes d'information ?

— Oui, répondit-elle, relevant la tête. Et en plus, je ne suis pas trop mauvaise à ce jeu.

— Je m'en doutais. J'espère simplement que la cellule inter-services ne te fera pas perdre trop de temps. Montre-toi, mais n'oublie pas que ton travail est ici, pas chez eux. On est toujours mieux dans l'équipe gagnante.

— L'équipe gagnante ?

— Ouaip. La cellule inter-services n'a pas l'ombre d'une chance de serrer ce salaud. On l'aura eu avant.

Ce soir-là, Lucas prépara pour les pâtes sa sauce spéciale à la viande – mélange de filet d'orignal haché et sauce spaghetti végétarienne en boîte –, le tout accompagné d'une salade aux oignons doux et de chianti. Le repas était prêt quand Weather arriva en traînant les pieds. Elle huma l'air, et :

— Encore de l'orignal ?

— Mais meilleur que la dernière fois. J'ai perfectionné la recette.

— Et je suppose que tu as encore utilisé toute la boîte de sauce spaghetti.

— Non. Je me doutais que tu ferais la grimace, et j'en ai gardé un peu. Je te suggère de goûter l'orignal, et si ça ne te plaît pas, un coup de micro-ondes, et hop, tu auras ta recette habituelle. (Il remarqua son air abattu.) Qu'est-ce qui t'arrive ?

— J'ai passé une sale journée. Une journée de merde.

— Je croyais que tu n'opérais pas ? Que tu n'avais que de la paperasse à faire ?

— Et aussi deux consultations. Je t'ai déjà parlé de Harvey Simson ? Le type qui tient un magasin de véhicules tout-terrain ?

— Non.

— Il était en train de nettoyer un carburateur il y a un mois avec un solvant en vaporisateur qui lui a explosé à la figure. Il s'est retrouvé avec des brûlures au troisième degré sur les avant-bras, et après la désinfection il a eu besoin d'une greffe de peau. J'étais de service, j'ai donc retiré un peu de peau de ses jambes pour la lui remettre sur les bras. Rien de sorcier. Je l'ai revu deux fois, j'ai même rencontré sa femme, une de ces charmantes grosses filles qui respirent le bonheur, ils ont une petite fille et un bébé en route. Il a une trentaine d'années et a réussi à monter ce magasin. Ils commencent tout juste à gagner un peu d'argent, mais au niveau des assurances ils sont très mal couverts. Donc, la question finit par se poser :

202

comment vont-ils payer la greffe ? Ils ne sont ni assez pauvres pour obtenir une aide, ni assez riches pour régler la note. Bref, Harvey finit par dire qu'il ne faut pas se biler, qu'il va s'arranger. Il va voir son banquier, qui le connaît assez pour lui consentir une rallonge sur l'emprunt de sa boutique, et il se débrouille pour nous payer dans les temps.

Weather baissa la tête et renifla, deux fois de suite, chose que Lucas l'avait rarement vu faire quand il était question de ses patients.

— Et alors ? Bon sang, qu'est-ce que...

— Donc, il est venu aujourd'hui pour que je puisse jeter un dernier coup d'œil, et je lui demande comment ça va, et tout va bien, et il espère que le printemps viendra vite pour qu'il puisse commencer à vendre des tout-terrain, et patati et patata, et en fin de compte il me parle d'un drôle de champignon qu'il a entre les omoplates et dont il n'arrive pas à se débarrasser, en plein milieu du dos, et ça le gratte comme pas permis. Je dis : laissez-moi jeter un coup d'œil...

— Merde, lâcha Lucas.

Elle hocha la tête.

— Oui. Un mélanome énorme. Il croit l'avoir depuis des semaines, peut-être même depuis trois ou quatre mois. Dieu seul sait depuis combien de temps il traîne cette saleté. Je l'envoie immédiatement à Sharp, mais... je crois qu'il est foutu. Il a laissé passer trop de temps.

— Saloperie, fit Lucas en tapotant le dos de Weather.

— Oui. Quand je sais ce qui se passe, je peux faire face. Mais quand ça te gicle à la figure comme ça, que tu es face à un type plus jeune que toi qui a l'air en parfaite santé et qui sera mort dans l'année... Merde ! Franchement, je ne sais pas. Je me demande si j'ai raison de vouloir faire un enfant.

— Hé ! Si tout le monde se demandait ce qu'il adviendra de son enfant en cas de malheur, plus personne n'en ferait. Contente-toi d'agir.

— Oui, mais...

— Je vais te dire ce qui est pire. C'est quand tu as l'enfant, et qu'il meurt.

— Je suppose que tu as raison, soupira-t-elle. Alors, on se le fait, ton orignal ?

Quand Lucas arriva au bureau le lendemain matin, Marcy venait de recevoir les photos des bijoux d'Aronson, de même que les clichés d'assurance du solitaire et des boucles d'oreilles de Neumann.

— Les parents Aronson sont passés ce matin, expliqua-t-elle. Ils n'ont pas voulu prendre le risque d'un envoi par courrier. Ils ont fait la route dans la soirée, dormi dans un motel, et apporté les photos à l'ouverture.

Lucas étudia les clichés. Le collier et les boucles d'oreilles avaient été photographiés sur fond noir, et agrandis pour faire ressortir les détails.

— Mieux que je ne m'y attendais, grommela-t-il. Demande aux gars des Vols de montrer ces photos un peu partout en ville. Je veux qu'elles soient aussi visibles qu'une campagne d'affichage.

— C'est déjà plus ou moins commencé. On a tiré des photocopies. Del est parti voir quelques fourgues de sa connaissance, et comme il les connaît presque tous... Les Vols s'occupent du reste.

— Excellent. Tu sais si la police d'État est toujours sur la colline ?

— Oui. McGrady a téléphoné. Ils ont identifié un cadavre de plus. Ellice Hampton, de Clear Lake, dans l'Iowa. Elle a disparu il y a quatre ans, à l'âge de vingt-huit ans. Elle était sans emploi et vivait chez ses parents. Auparavant, elle avait travaillé pour une compagnie d'assurances de Des Moines, au service de la communication. En charge des projets de publicité pour la presse écrite. Elle était aussi assez active dans le milieu théâtral. Elle cherchait un poste à Des Moines et à Minneapolis. Blonde, jolie, petite, forte de poitrine. Divorcée. Son ex a été flic à Mason City, et il est dégagé de tout soupçon.

— Encore le genre artiste.

— C'est mon impression. J'ai appelé les flics de Clear Lake, mais ils n'ont strictement rien – elle s'est volatilisée sans que ses parents sachent où elle comptait aller ce jour-là, si toutefois elle avait prévu d'aller quelque part. Quand ils sont rentrés du boulot le soir, elle n'était pas là, malgré la présence de sa voiture. Elle n'est jamais revenue, point final.

— Tu crois que ça vaut le coup d'établir une liste ?

— D'après ce que m'a dit le gars de Clear Lake, ses parents ne connaissaient presque rien de ses relations, que ce soit à Des Moines ou ici. Ils ne savaient même pas si elle avait des amis dans la région.

— Bon Dieu.

— Ce fumier fait extrêmement attention. Il éloigne la fille de son cercle habituel, lui sert un baratin quelconque pour l'empêcher de parler à ses proches, et ensuite il passe à l'acte.

— Il leur raconte peut-être qu'il est marié, ce genre de truc.

— Tout de même, elles pourraient...

— Oui. Tu as raison. Quelqu'un saurait.

Ils réfléchirent une minute, puis Marcy ajouta :

— Bref, on a trois corps identifiés au cimetière, ce qui nous en laisse cinq.

À court d'objectifs immédiats, Lucas se demanda s'il devait retourner sur la colline – où il n'avait pas grand-chose d'utile à faire – ou en profiter pour mettre à jour ses dossiers. L'idée de se plonger dans la paperasse le déprimait par avance ; il passa à la Criminelle dire quelques mots à Black et remarqua en regardant par la fenêtre qu'un rayon de soleil venait de tomber sur la rue.

— Tiens, le soleil revient, dit-il à Black en quittant le bureau.

— Aujourd'hui seulement. Ils ont prévu de la pluie et de la neige pour le week-end.

Ce fut le soleil qui décida pour lui. Il quitta le centre-ville avant l'heure de pointe et roula à travers une campagne éclaboussée de flaques de lumière. Le paysage était encore paré des couleurs froides de l'hiver, mais en abaissant sa vitre il sentit que le printemps était en route. Il restait certes des lambeaux de neige le long des clôtures ombragées et sur la face nord des collines, mais l'eau chantait dans les fossés, nombre de fermiers avaient sorti leurs tracteurs, et le soleil semblait plus doré et plus chaud que ces dernières semaines.

Sur la colline, le spectacle était tout autre. La pente tournait résolument le dos au soleil d'après-midi et, à l'ombre des chênes, pataugeant dans une rivière de boue, des hommes fouissaient la terre en quête d'ossements humains. Abstraction faite de la douzaine de bâches en plastique bleu pétrole déployées çà et là, la colline rappelait l'image sépia d'une tranchée de la Première Guerre mondiale pendant un cessez-le-feu.

McGrady semblait avoir pris un peu de repos. Assis sur une chaise pliante, il feuilletait un numéro de *Maxim* quand Lucas se présenta au seuil de la tente de commandement.

— J'ai toujours aimé les photos de filles sexy, dit-il d'un ton absent. Celles du supplément spécial natation de *Sports Illustrated*, par exemple. Mais allez savoir comment, après tout ce foin à propos de leur libération, on est arrivé au point où les femmes ont cessé d'être des objets pour devenir des produits. Vous avez déjà feuilleté ce torchon ?

— Non, répondit Lucas, amusé.

McGrady jeta le magazine par-dessus son épaule.

— Il faut croire que je me fais vieux. Les deux jeunes types qui le regardaient tout à l'heure avaient l'air de trouver ça extra.

Lucas se fichait éperdument de *Maxim*, dont il n'avait jamais entendu parler.

— Alors ? Toujours huit corps ?

— Ouais, fit McGrady, toujours huit. À mon avis, on s'arrêtera là – sauf si on découvre un autre cimetière. Il se peut que l'une des victimes soit une fille de Lino Lakes, mais apparemment personne n'arrive à remettre la main sur son dossier dentaire. J'avoue que ça me dépasse.

— D'après Marcy, ses parents auraient déménagé plusieurs fois, et on essaie toujours de les retrouver. Mais si j'en crois le dossier de disparition, je ne suis pas sûr que ce soit une bonne cliente.

— Blonde, gros seins, et disparue...

— Exact, mais certains de ses amis la croyaient sur le point de filer en Californie. Et elle ne s'intéressait pas à l'art.

— Si on remet la main sur ses parents, on pourra toujours faire un test ADN et oublier le dossier dentaire, lâcha McGrady en bâillant. On en a encore au moins pour une journée ici, je crois. Si on ne trouve rien de nouveau.

— La télé est toujours là...

— Ouaip. Mais on dirait qu'ils commencent à s'ennuyer ferme. Ça manque de jambons frais.

Tous deux jetèrent un coup d'œil vers le bas de la colline, où étaient stationnés les véhicules de la télévision. Les équipes avaient pris place dans un pré, non loin du bord de la route, sur des bâches bleues ; deux cadreurs jouaient aux échecs, et un journaliste couché sur le dos parlait dans un téléphone portable.

Lucas leva la tête vers le sommet de la colline et aperçut Marshall, assis sur un gros sac-poubelle plein.

— Marshall aussi est toujours là.

— Il me fait flipper, grommela McGrady. Un brave type, mais un peu sinistre à mon goût.

Quelques minutes plus tard, Lucas monta rejoindre Marshall.

— Comment va ?

Marshall fumait une Marlboro. Il sourit, souffla un jet de fumée, et hocha la tête.

— On se débrouille... J'ai peut-être un peu trop tiré sur la corde ces jours-ci. Et de votre côté, ça va comme vous voulez ?

Son ton était tellement aimable que Lucas ne put s'empêcher de lui rendre son sourire.

— On fait quelques progrès. En passant en revue les diverses affaires, on est arrivés à la conclusion que notre client pique tout ce qu'il peut à ses victimes – en tout cas tout ce qui est à la fois petit et précieux. Bijoux, liquide, voire même appareils photo. On est en train de montrer des photos de bijoux volés à Aronson – et peut-être aussi à une autre femme – à tous les receleurs connus de la région.

— Je commence à redouter ce qui se passera une fois qu'on l'aura identifié.

— On n'en est pas là, remarqua Lucas

— Je connais votre réputation, et je crois que vous l'aurez tôt ou tard. Je me trompe ?

Lucas haussa les épaules.

— Vous avez sans doute raison. Il y en a toujours quelques-uns qui nous filent entre les doigts, mais quand on aura une prise quelconque sur ce type, je pense qu'on réussira à l'identifier par ses dessins. Dès qu'on aura un nom, il ne nous restera plus qu'à relier les points entre eux... et ce ne sont pas les points qui manquent.

— Sauf que vous n'aurez que des présomptions. Peut-être solides, mais peut-être pas. Il pourrait s'en sortir.

— C'est toujours un risque.

Marshall souffla un nouveau jet de fumée, et sa mâchoire se crispa.

— Ce serait... tragique, lâcha-t-il au bout d'un moment.

— Au point où nous en sommes, je ne pense pas que cela se passera de cette façon.

— Dites-moi ce que vous avez. Je suis ici depuis le premier jour. Je passe mon temps à me dire que je devrais aller vous voir en ville, mais je n'arrive pas à m'arracher de... (Son regard glissa sur la pente, et sa mâchoire se bloqua de plus belle.) ... de toutes ces fosses.

Lucas lui résuma les derniers développements de l'enquête. Marshall haussa les sourcils en apprenant qu'une des photos de Laura avait été prise à Saint Patrick et que Neumann était morte.

— Vous croyez que les deux événements sont liés ?

— Il y a quelque chose qui cloche dans l'affaire Neumann. On sait que l'assassin est venu à Saint Patrick, on sait que la

208

prof d'histoire de l'art est morte juste après la diffusion des dessins à la télé, on sait que les bijoux d'Aronson ont disparu – et ceux de Neumann aussi. C'est mon opinion. Les flics de Saint Paul n'ont encore rien annoncé, mais je dirais qu'il a tué Charlotte Neumann pour... faire le ménage. Elle avait découvert quelque chose.

— Le ménage, répéta Marshall, jetant sa cigarette. Ce fumier mériterait d'être écorché vif.

Le portable de Lucas se mit à sonner quelques secondes plus tard. Il l'extirpa de sa poche.

— Ouaip ?

— Ici Del. T'es où ?

— Avec Marshall, sur la colline. Qu'est-ce qu'il y a ?

— Il faut qu'on se bouge, dit Del. Ramène ton cul en vitesse.

— Qu'est-ce qui se passe ?

Quand Del le lui eut expliqué, Lucas lâcha :

— J'arrive. Il faut que je file, lança-t-il à Marshall après avoir raccroché.

— Du nouveau ?

— Peut-être, répondit Lucas, déjà en train de descendre.

— Je viens, fit Marshall en se levant.

Tous deux dévalèrent la pente boueuse et franchirent le fossé, Lucas fonçant vers le Tahoe, Marshall rejoignant sa Jeep à lourdes enjambées. Après un demi-tour à l'arraché, les deux véhicules s'élancèrent à toute vitesse vers le nord.

13

Lucas était habitué à rouler en Porsche, et le prouvait, même au volant d'un mastodonte comme le Tahoe ; dans son rétroviseur, Marshall peinait à garder le contact. Une fois sur l'autoroute, Lucas activa le limitateur automatique de vitesse pour se ralentir. Marshall réussit alors à revenir dans ses pare-chocs et y resta calé jusqu'aux Villes jumelles. Lucas s'engouffra dans un parking en sous-sol du centre-ville de Minneapolis, téléphona à Del pendant que le shérif adjoint du comté de Dunn trouvait une place de stationnement, et ressortit en trombe du parking dès que Marshall l'eut rejoint à bord du Tahoe. Ils retrouvèrent Del qui les attendait au coin du City Hall.

— Répète à Terry ce que tu m'as dit au téléphone, lâcha Lucas tandis que Del s'installait à l'arrière du Tahoe.

— Je me promenais en ville avec les photos des bijoux de Neumann et d'Aronson, expliqua Del à Marshall. Je suis passé voir un type qu'on connaît bien tous les deux, Lucas et moi. Il s'appelle Bob Brown, et il travaille dans les bijoux anciens. En faisant de son mieux pour rester dans la légalité. Je lui montre les photos, et, au premier coup d'œil, il reconnaît la bague et le collier de perles d'Aronson. Ils lui sont passés entre les mains il y a six mois. Il a tout de suite revendu le collier, mais il avait toujours la bague, avec la bonne inscription. Je lui ai signé un reçu ; elle est au bureau.

— L'anneau d'Aronson portait une inscription gravée sur la face interne, expliqua Lucas à Marshall, « Amour éternel ».

— Il n'y a donc aucun doute possible, fit Marshall. Qui les lui a vendus ?

— Un certain Frank Stans, barman au Bolo Lounge, répondit Del. C'est une boîte à strip-tease en bordure de la 55 – à un quart d'heure d'ici. Stans aurait racheté ces bijoux à un de ses clients qui disait en avoir hérité.

— Serait-il possible que ce Stans soit le…

— Stans est noir, intervint Del. Et ce n'était pas son premier contact avec Bob. Ça me paraît hautement improbable.

— Et on sait où le trouver ? demanda Marshall.

Del consulta sa montre.

— Il a pris son service il y a dix minutes.

— Ah, les grandes villes…, lâcha Marshall avec un sourire.

— Quoi, les grandes villes ? fit Del.

— Dans le Wisconsin, les bars à strip-tease n'ouvrent que le soir.

— J'ai un chalet dans le nord du Wisconsin, déclara Lucas. Il y a deux ans, j'y suis allé pour chasser le cerf, et à mon arrivée, le vendredi soir, il neigeait. Donc je m'installe dans mon chalet, et en préparant mon matériel je m'aperçois que j'ai oublié de prévoir des munitions pour mon 243. Je reprends ma bagnole et je me mets à errer dans la région en quête d'un magasin vendant du 243. Je m'arrête dans une épicerie, et on me répond que le seul endroit où j'aie une chance de trouver ce que je cherche, c'est un bar à strip-tease du coin. J'y vais, et là, effectivement, je trouve des munitions, à peu près tout ce dont on pourrait rêver pour la chasse. Il y a même un bout d'épicerie et un rayon d'articles de pêche dans l'arrière-salle. Je revois encore la fille debout sur le bar, en train de danser… Pas bien grande, mais je vous fiche mon ticket qu'elle frôlait les cent kilos. Et surtout, elle avait des bleus partout, comme si elle passait son temps à se ramasser des gadins.

— C'est une autre culture, commenta Marshall. Chez nous, on apprécie ce qui a de la consistance.

— Ça, pour ce qui est de la consistance, dit Lucas, elle en avait à revendre.

— Des bleus ? intervint Del. Comme si elle avait dérouillé ?

— Non... Plutôt comme si elle s'enfilait des martinis dès le petit déjeuner, répondit Lucas. Cela dit, elle dansait plutôt bien.

— Ce que je ne pige pas, c'est pourquoi tu te sens obligé d'en passer par cette histoire de cartouches de 243 pour raconter tes exploits dans un bar à strip, grommela Del.

Lucas secoua la tête, méditatif.

— Je ne sais pas. Le fait de me retrouver à minuit, la veille de l'ouverture de la chasse au cerf, dans un mélange d'épicerie-armurerie et de bar à strip avec cette grosse fille qui se dandinait langoureusement sur son comptoir... Tout à coup, j'ai vraiment eu l'impression d'être loin de mes bases.

Le Bolo Lounge était ouvert, mais aucun client n'était en vue. Une femme vêtue d'un peignoir et chaussée de tongs en plastique, assise au bord d'une scène pas plus grande qu'une table, leva les yeux de son magazine gratuit d'annonces immobilières quand ils entrèrent. Elle les détailla de pied en cap.

— Ne vous donnez pas cette peine, s'empressa de lui lancer Lucas en secouant la tête. Où est Frank Stans ?

Sans répondre, elle se contenta d'un regard vers le bar. Un Noir se tenait debout à l'autre extrémité du comptoir, la tête baissée. Frank Stans a sans doute passé la soixantaine, pensa Lucas en se dirigeant vers lui. Le sommet de son crâne était chauve, avec une couronne de cheveux blancs. Il ne ressemblait pourtant pas à un papy – plutôt à quelqu'un qui au cours de son existence avait soulevé pas mal de quintaux de fonte, dont quelques-uns lui étaient retombés sur la figure. Il était en train de lire un manga tout en sirotant avec une paille ce qui ressemblait à un breuvage au bismuth contre les ulcères d'estomac.

— Monsieur Stans ? demanda Lucas.

Stans leva le front.

— De la part ?

— Police de Minneapolis, répondit Lucas en sortant son

insigne, puis, tandis que Del et Marshall le rejoignaient, les photos de bijoux. Il paraît que vous avez vendu cette bague et ce collier à Bob Brown il y a six mois. On aimerait savoir d'où vous les teniez.

Lucas déposa les clichés sur le comptoir. Stans les regarda sans y toucher.

— Chais plus, maugréa-t-il. Il m'est arrivé de faire affaire avec Brown deux ou trois fois, c'est vrai, mais là, je n'ai aucun souvenir.

— Ce serait vraiment sympa si vous faisiez un effort, intervint Del. Ces breloques ont été volées à une fille qui a été assassinée et enterrée en pleine campagne.

— Vous n'êtes pas considéré comme un complice, précisa Lucas.

Histoire d'atténuer la tension.

— Pas encore, ajouta Marshall, d'une voix coupante comme du verre pilé.

Le climat s'alourdit instantanément. Lucas lui jeta un coup d'œil oblique avant de reporter son regard sur Stans.

— Regardez-les encore une fois, insista-t-il. Parce que ça pourrait être une sale journée pour vous si on s'apercevait que vous vous êtes fichu de nous.

Stans et Marshall avaient entamé un duel de regards. Personne ne voulait céder.

— Cette question est d'une extrême importance pour le shérif adjoint ici présent, intervint Del. Il se trouve qu'une personne de sa famille a également été assassinée par l'homme qui a volé ces bijoux.

— Dites-lui que ce n'est pas une raison pour aboyer comme un roquet, lâcha Stans en se détournant vers Del.

— Je...

— Laissez-le parler, coupa Marshall, sans cesser de fixer Stans. J'ai affaire à ce genre de branleur tous les jours. Tôt ou tard, il finit régulièrement par leur arriver une tuile.

— C'est une menace ? fit Stans, sans regarder frontalement Marshall.

— Non. Je ne menace personne. Je crois simplement que le Seigneur n'aime pas beaucoup les complices. Il finit toujours par les mettre à l'ombre ou les expédier en enfer.

Stans regarda Lucas.

— Vous entendez ces conneries ? Écoutez-moi ça !

Lucas leva l'index pour faire signe à Stans de se taire et, se tournant vers Marshall :

— Bouclez-la, Terry.

L'adjoint hocha la tête.

— Allez, regardez-les un peu mieux que ça, ordonna Lucas à Stans. Au cas où la mémoire vous reviendrait.

Stans essaya de fixer Marshall et lut apparemment dans ses yeux quelque chose qu'il n'aima pas. Son regard tomba sur les photos.

— Ouais, d'accord. C'est un Blanc qui me les a vendus. Je ne l'avais jamais vu ici. Il m'a expliqué qu'on lui avait parlé de moi en ville. En lui disant que je pourrais être intéressé par des bijoux anciens.

— À quoi ressemblait-il ? demanda Lucas.

Stans haussa les épaules.

— J'en sais rien. À un Blanc. Jeune. Une tronche de Blanc, maigre, un mètre quatre-vingts, un peu plus ou un peu moins, mais par là. Cheveux bruns. Ou blonds, peut-être. Pas de barbe, ni rien.

— Fébrile ?

— Non.

Stans tenta de nouveau d'affronter le regard de Marshall, et de nouveau se déroba.

— Un toxico. Il tournait au crack, c'est sûr, je l'ai vu au premier coup d'œil. Il voulait le fric, et il le voulait tout de suite.

— Quoi d'autre ?

— Rien. J'avais trois cents dollars sur moi, c'est ce que je lui ai offert. À prendre ou à laisser, j'ai dit, et il a pris.

— Vous le reconnaîtriez ?

Stans hocha la tête.

— Peut-être. S'il se présentait devant moi.

Le dialogue se prolongea une minute, Stans insistant sur le fait que la transaction avait été brève et sans histoire. Rien d'anormal ne s'était passé. Le vendeur ne s'était attardé ni pour prendre un verre ni pour mater les filles. Lucas le remercia, et les trois policiers se dirigèrent vers la porte.

Dehors, un peu énervé, il se tourna vers Marshall :

— Ce n'était pas très fin, cette façon que vous avez eue de le menacer.

— Je jouais juste le méchant flic, répondit placidement Marshall. J'ai dit ça sans y penser. D'ailleurs, on a obtenu ce qu'on cherchait, non ?

— Vous aviez vraiment l'air d'y croire.

— Je suis bon acteur.

Et même très bon, pensa Lucas.

Ils venaient de remonter dans le Tahoe quand Stans apparut sur le seuil du bar et fit signe à Lucas, qui baissa sa vitre.

— Qu'est-ce qu'il y a ?

— Vous pouvez revenir une minute ? Vous seul ?

— Je te confie les clés du château, glissa Lucas à Del en ouvrant la portière.

Il s'approcha de Stans, qui maintenait la porte ouverte. Tous deux rentrèrent dans le bar.

— Vous allez faire ce qu'il faut pour tenir l'adjoint Roquet en laisse, hein ?

— Il a juste montré les crocs pour que je puisse jouer le gentil flic, rétorqua Lucas. Vous savez comment ça marche.

— Ouais, mais tenez bien la laisse quand même. Je viens de me rappeler quelque chose sur ce Blanc, reprit-il après un bref silence.

— Oui ?

— Il parlait comme un Noir. Je veux dire, on tombe souvent sur des Blancs qui voient que vous êtes black et qui se mettent à parler black, c'est complètement bidon. Ça sent la frime à des kilomètres. Celui-là, il parlait vraiment comme un

215

frère, du genre qui ne se rend même pas compte de ce qu'il fait. J'ai eu l'impression qu'il avait grandi dans le ghetto.

— Blanc ?

— Sûr et certain.

— Il avait la tête d'un type qui s'est fait démolir le portrait ? Les arcades déformées ? Le nez de travers ?

Stans réfléchit une minute.

— Ouais, maintenant que vous me le dites... c'est tout à fait ça. Vous le connaissez ? Qu'est-ce qui lui est arrivé ?

— Il a eu le malheur de me croiser sur sa route.

— D'accord. Bon, oubliez l'adjoint Roquet, dit Stans avec un sourire. Je préfère que *vous*, vous restiez en laisse.

Quand Lucas remonta dans le Tahoe, Del le dévisagea en demandant :

— Alors ?

— Je sais qui c'est. C'est ce connard de Randy Whitcomb. Le petit proxo.

— Vous le connaissez ? demanda Marshall, interloqué.

Lucas acquiesça.

— Oui... Cette ville n'est pas aussi grande que ça, Terry. À force de traîner dans les rues, on finit par connaître la plupart de ses paroissiens.

— Vous croyez que cet homme pourrait... ?

Lucas haussa les épaules.

— Randy est capable d'à peu près n'importe quoi. C'est un maquereau, on sait qu'il tape sur ses filles de temps en temps, il en a balafré plus d'une. Il est fort possible qu'il ait déjà tué quelqu'un, voire plusieurs personnes.

— Complètement déjanté, renchérit Del. Un enfoiré de première. Mais...

— Ce n'est pas vraiment son style. Le type qu'on recherche est un détraqué sexuel, mais il garde le contrôle. Il prépare ses coups. Randy ne sait pas se contrôler. Sans compter qu'il était trop jeune à l'époque où votre nièce a disparu. Randy ne doit pas avoir beaucoup plus de vingt ans. Vingt et un, vingt-deux, par là.

— Donc, il n'a peut-être fait que revendre les bijoux.

— Et s'il n'a pris que trois cents dollars pour le collier et la bague, cela signifie qu'il a dû les avoir pour à peu près rien. Si Randy n'a pas commis le crime, celui qui lui a fourgué les bijoux doit en savoir long.

— Bon, on se met à la recherche de ce Randy, dit Marshall, toujours aussi débonnaire. Quand on l'aura retrouvé, on touchera au but.

— Le problème, dit Del, c'est qu'à en croire la rumeur Randy est à Los Angeles. Il aurait fait ses valises il y a deux mois.

— Il faut qu'on le retrouve, grogna Lucas. C'est lui qui a la clé.

— Il faut que *quelqu'un* le retrouve, corrigea Del. Pas toi.

— D'accord.

Le regard de Marshall fit l'aller-retour entre Del et Lucas.

— Pourquoi ? Qu'est-ce qui s'est passé ?

— Disons qu'un jour, soupira Lucas, j'ai interpellé Randy avec un peu trop d'enthousiasme. Ça a provoqué un incident.

Del renifla.

— Tu parles ! Tu t'es fait virer, voilà ce qui est arrivé ! Randy ressemblait à un tapis qu'on aurait battu à coups de hache.

— Et pourtant... vous êtes toujours là, fit remarquer Marshall. Vous n'avez pas été viré de façon définitive.

— Il a pratiquement fallu une intervention divine, expliqua Del. (Et, à Lucas :) Je m'occupe de le retrouver. J'irai voir deux ou trois de ses amis dès ce soir.

— Je vous accompagne, déclara Marshall.

— Écoutez, je ne veux pas de...

— Je n'en ai rien à secouer. Je viens avec vous.

Del finit par hocher la tête.

— D'accord. Vous jouerez les spectateurs. Histoire de voir comment on serre un proxo.

14

Randy Whitcomb, tenue vestimentaire mise à part, rappelait ces vieilles photographies de soldat de la guerre de Séces-
sion : pâle, squelettique, le crâne déformé – ou en tout cas
légèrement asymétrique –, un nez aquilin, cassé en plusieurs
endroits, des lèvres fines, des dents de travers, et une peau
grêlée de petite vérole – le fruit d'une rencontre aussi précoce
que violente avec l'acné.

Bref, il avait tout du méchant petit péquenaud. Ce qui ne
l'arrêtait absolument pas.

Randy Whitcomb était coquet. Il aimait parader avec une
canne de prunier dont la pomme était une pépite d'or, un
chapeau en cuir de lama à large bord, des chaînes en or et un
blouson rouge à col noir hachuré de galons dorés. Des bottes
montantes en peau d'alligator, à talons de huit centimètres. Un
pantalon en skaï. Et pour ce qui était de la locomotion, il ne
jurait que par les bolides.

Il avait circulé un temps au volant d'une Jaguar mauve dans
les rues de Los Angeles – un temps assez bref, vu que sa Jaguar
et L.A. n'avaient pas tardé à sentir le roussi pour Randy. Élevé
dans une paisible banlieue blanche de Minneapolis, il avait
tendance à se prendre pour un maquereau noir. Ses origines
ne l'avaient pas empêché d'adopter le parler du ghetto et de
débiter du rap à la chaîne dès qu'il avait un peu de crack dans
les veines.

À vingt-deux ans, Randy en paraissait plutôt quarante-deux,

avec des rides qui lui creusaient le front, le pourtour des yeux et les joues. La cocaïne, le speed, le PCP, toutes ces saloperies vous font vieillir avant l'heure. Randy vendait de la drogue, mettait de temps en temps une nouvelle fille sur le trottoir, et servait accessoirement de receleur à James Qatar.

Par le biais d'un trafic dont les subtilités échappaient à Qatar, Randy échangeait des bijoux et autres objets de grande valeur et de petites dimensions – essentiellement des armes de poing – contre des stupéfiants venus de Chicago. Il revendait une partie de la dope et consommait le reste.

Selon Randy, les bijoux volés se revendaient à Chicago pour la moitié de leur valeur, et vu que les gars de Chicago ne reversaient à Randy que la moitié de ce qu'eux-mêmes pourraient en tirer, lui ne reversait à Qatar que la moitié de ce qu'il réussissait à obtenir des gars de Chicago – soit un huitième de la valeur réelle de la marchandise. Sans doute une spécificité du monde criminel, pensait Qatar. Il n'y avait pas grand-chose à y faire.

— Si vous m'aviez des guns au lieu de ces breloques, je vous refilerais de la bonne vraie thune, expliquait Randy. Avec un bon vieux 9 mm, y a pas besoin de toutes ces putains de divisions par deux.

Qatar ne touchait jamais aux armes à feu : leur origine pouvait être retracée avec une totale précision.

Il avait rencontré Randy dans des circonstances assez improbables : un professeur de marketing branché qui sniffait un peu de coke le lui avait présenté sur la terrasse de sa maison lors d'un barbecue du 4 Juillet[1], avec une allusion pachydermique au fait que Randy avait ses entrées dans le milieu. Sur ce, Randy et Qatar s'étaient engagés dans un échange verbal tout en sous-entendus, au terme duquel Qatar avait fini par risquer une question sur la possibilité de revendre clandestinement des bijoux.

---

1. *Independence Day*, fête nationale des États-Unis. (*N.d.T.*)

— Je peux faire ça pour vous, répondit Randy. J'ai des contacts à Chicago.

— Chicago ?

— Ouais. C'est là-bas qu'ils sont.

— D'accord… Vous avez une carte ?

Le front de Randy se plissa. Qatar se sentit rougir.

— Ah bon ? Vous croyez que je devrais en avoir ? demanda Randy.

— Disons que j'aimerais pouvoir entrer en contact avec vous, à l'occasion, expliqua Qatar. Rien de volé, mais j'ai quelques bijoux dont j'aimerais pouvoir me débarrasser en toute discrétion.

— S'ils sont pas volés, ça serait carrément naze de les revendre à un mec comme moi. Z'avez qu'à les porter chez un bijoutier. C'est plus rentable.

— J'ai besoin d'une discrétion totale. Imaginez qu'un bijoutier d'ici les revende aux enchères et que ma belle-famille s'en aperçoive. Je serais vraiment dans la panade.

Randy ne se laissa pas duper – les bijoux étaient volés –, mais puisque Qatar tenait à son histoire à la con, c'était son problème.

— Ça roule, je vous file mon numéro de portable. Dites… Où c'est qu'on se fait faire des cartes de visite ?

À leur rencontre suivante, Randy avait des cartes de visite, et Qatar obtint mille cinq cents dollars en échange de médiocres bijoux pris à une fille de l'Iowa. Sans doute en valaient-ils dix ou douze mille.

Ce qu'il ignorait, c'était que Randy n'avait pas l'ombre d'un contact à Chicago : il revendait les bijoux à Minneapolis même, n'importe où, à n'importe qui. Et comme Qatar l'ignorait, Randy pensait que cela ne pouvait pas lui poser de problème. D'ailleurs, il n'en avait rien à foutre de Qatar.

Dans l'après-midi, en téléphonant à Randy, Qatar avait eu droit à un message enregistré, qui donnait une adresse à Saint

Paul, sur Selby. La voix de Randy expliquait qu'il ne rentrerait que tard dans la soirée. Pas avant minuit.

Qatar consulta sa montre en arrivant devant l'adresse. Minuit dix. Randy vivait dans un lotissement plutôt chicos, constitué de maisons mitoyennes sur deux niveaux, blanches et grises, qui semblaient avoir été récemment rénovées par des architectes du gouvernement. Ce n'était pas du tout ce à quoi il se serait attendu.

Et pourtant, ce fut bien Randy qui répondit à son coup de sonnette. Il portait une robe de chambre de soie rouge, et un joint bruni était fiché dans l'embout de son porte-cigarette en onyx.

— Qui t'es, toi, merde ?

Qatar recula d'un pas.

— Euh, Randy, c'est moi, je vous ai appelé tout...

— Mon cul que t'as appelé, enfoiré de ta race ! Et t'as appelé pour quoi ?

Les yeux de Randy flottaient dans une sorte de brouillard ; quelque chose ne tournait pas rond dans sa tête, et ce n'étaient certainement pas quelques bouffées de shit qui l'avaient mis dans cet état. Qatar recula un peu plus, prêt à faire demi-tour.

Randy fit un pas en avant. Qatar jeta un coup d'œil éperdu des deux côtés de la rue déserte.

— Je vous ai appelé cet après-midi. J'ai... des bijoux.

Le brouillard parut s'entrouvrir.

— Jim, marmonna Randy. T'es Jim. Jim !

— Je ferais mieux d'y aller. J'ai l'impression que vous avez besoin de dormir.

Randy se mit à rire, un rire profond, roulant, comme un vieux chanteur de blues faisant de la figuration dans un film blanc.

— J'ai pas besoin de dormir. Non, mec, j'ai pas besoin de pioncer ! (Il commençait à s'énerver.) Tu dis que j'ai besoin de pioncer ? C'est ça ?

— Écoutez, je...

— Ramène ton cul. Entre, merde ! (Randy lui saisit le bras

juste au-dessus du coude. Sa main se referma comme une pince mécanique.) J'ai vraiment une crèche d'enfer. Attends d'avoir vu comment que c'est dedans. T'es Jim, Jim !

N'osant pas protester, Qatar se laissa entraîner à l'intérieur de la maison. L'entrée donnait sur un escalier. Ils montèrent les marches.

— En bas, y a rien que le garage, expliqua Randy. Vise-moi un peu ça, mec.

Arrivé sur le palier, Qatar siffla, sincèrement éberlué.

Les murs recouverts de papier floqué violet étaient ornés de trois miroirs imitant l'ancien dont le cadre en polystyrène imitait le bois doré. Un énorme téléviseur trônait sur un tapis de fourrure noire, face à un canapé revêtu de fourrure blanche. À gauche du téléviseur, une cheminée à cadre d'acier encastrée dans le mur. Des dessins d'Erté étaient placardés un peu partout.

Randy avait dû cambrioler une boutique d'encadrement, songea Qatar. Ou un établissement spécialisé dans le faux.

— C'est stupéfiant, dit-il.

Randy se rattrapa à la rampe d'escalier, reprit son équilibre, et balaya la pièce du regard, l'air déconcerté, comme s'il manquait quelque chose au décor. Au bout de plusieurs secondes, il beugla :

— Hé, salope, ramène-toi !

Une jeune fille blonde filiforme émergea à pas feutrés d'un couloir qui partait du fond de la pièce. Seize ans, estima Qatar. Pieds nus. Les épaules affaissées d'un être vaincu.

— J'étais juste allée pisser, Randy, dit-elle, d'un ton d'excuse.

— Ouais, bon, va nous chercher une mousse, à mon pote et à moi. Magne-toi le train ! Et lave-toi les mains d'abord !

— Vous la voulez dans un verre ? demanda-t-elle.

— Évidemment qu'on la veut dans un putain de verre ! Et t'as intérêt qu'y soient propres ! (Il se tourna vers Qatar.) Je l'ai pas encore complètement dressée, celle-là.

Qatar hocha la tête en évitant de manifester un embarras que, d'ailleurs, il n'éprouvait guère.

— J'ai quelque chose pour vous, dit-il.

— Voyons ça... Jim.

Qatar lui remit un sachet plein de bijoux, que Randy secoua pour vider son contenu au creux de sa paume. Sa main, tout à coup, ne tremblait plus.

— Ça vaut dans les combien ?

— Je me suis renseigné dans plusieurs bijouteries. On m'en offre douze mille dollars. Vous devriez pouvoir les vendre six mille à Chicago. Le diamant et l'émeraude sont authentiques.

— D'acc. Sauf que j'ai pas de cash sur moi, là. Je te refile la thune après-demain. (Randy remit les bijoux dans le sachet et les empocha.) Hé, mate-moi ça, mec ! (Il saisit une télécommande en forme de T et la pointa vers la cheminée. Une flambée s'éleva aussitôt.) T'as vu ? Comme la télé ! Du vrai feu, mec ! Du vrai de chez vrai ! On dirait même des vraies bûches, mais ce machin marche au gaz. Ça ressemble à des vraies, hein ? Après, t'as plus qu'à balancer un putain de produit dedans, et ça sent comme un feu de bois !

La fille revint de la cuisine avec deux verres et deux bouteilles de bière en équilibre sur un plateau circulaire. Elle semblait avoir le coup de main, et l'idée effleura Qatar qu'elle devait déjà avoir travaillé comme serveuse, malgré son air juvénile.

— Les bières, annonça-t-elle.

— Vise, fit Randy en retournant une des bouteilles, « Spécial Export ».

— On dirait que la vie est belle pour vous, mon ami.

— Ouais. La vie est belle. (Il observa la fille et lança :) Assieds-toi. Par terre.

La fille s'assit. Randy et Qatar burent une gorgée de bière.

— T'as du cash, Jim ? Sur toi ? demanda Randy.

Qatar haussa les sourcils.

— Un peu. Pas beaucoup.

— Combien ?

223

— Cinquante dollars, peut-être.

— T'as une carte de crédit ?

— Euh...

— C'est quoi, ta limite de retrait ?

— Quatre cents dollars, répondit Qatar, regrettant sur-le-champ ses paroles.

Randy le dévisagea un long moment, puis :

— J'vais t'expliquer. Ce qui s'est passé. J'ai commencé à faire la teuf avec mes potes à six heures, et, au bout d'un moment, je me retrouve à court de cash. Chuis allé au distributeur et j'ai remis ça, et là, je me retrouve encore une fois à sec, sauf que là, j'avais déjà atteint ma limite. Donc, je tape un peu de thune à mes potes, et voilà que je me retrouve à sec pour la troisième fois. Mais là, plus personne veut me prêter de fric, alors que c'est trop con, j'ai juste à attendre demain pour que mon putain de crédit soit renouvelé.

— Hmmm, fit Qatar.

Il eut envie de demander à Randy de lui rendre les bijoux, mais Randy, totalement défoncé, risquait de le prendre mal.

— Donc, reprit Randy, j'te demande pas un prêt, je veux te *vendre* un truc.

— Comment ça ? Je veux dire, je n'ai besoin de...

— Elle, coupa Randy, en désignant la fille assise par terre.

Elle fixa Qatar sans rien dire.

— Je ne fréquente pas les prostituées, objecta Qatar. Je veux dire, je n'ai rien contre, mais j'ai trop peur du sida, de la syphilis, de la gonorrhée, de l'herpès...

Randy, offensé, porta une main à son cœur.

— Hé, mec. Personne va te plomber. Randy a pas l'habitude de plomber ses amis. Tu risques pas de te choper un truc en lui fourrant ta queue au fond de la gorge, si ? Non, aucune chance que tu l'attrapes en faisant ça.

— C'est-à-dire, je...

Qatar observa de nouveau la fille et secoua la tête. C'était tout à fait son genre de fille, il ne pouvait le nier – malgré ses pieds nus et son aspect un peu crasseux. Mais Barstad

224

l'épuisait. Il ne lui était pas venu le moindre petit fantasme érotique depuis plusieurs jours.

— Elle te fera tout ce que tu veux, Jimmy. Ouais, *tout*.

— Écoutez, j'apprécie vraiment...

Randy n'arrivait pas à croire que son offre était rejetée. Il se tourna vers la fille.

— Debout, salope. Enlève tes fringues et montre à mon pote ce que t'as dans le slip.

La fille se leva et entreprit de se déshabiller. Elle fit passer son sweat-shirt par-dessus sa tête, retira son jean, dégrafa son soutien-gorge, fit glisser sa petite culotte le long de ses cuisses, et resta plantée devant Randy, en le regardant bien en face. Toujours sans rien dire. Sa toison pubienne était rasée, et Qatar remarqua une trace rouge. Une irritation, pensa-t-il avec une touche de compassion. Et aussi d'excitation. Cette fille semblait totalement désarmée. Elle avait tout à apprendre.

— Tout ce que tu veux, répéta Randy.

Qatar remarqua que le visage de Randy s'était couvert d'un voile de sueur. Sa condition physique semblait s'altérer à chaque minute, et quand il voulut boire une gorgée de bière, il dut s'y prendre à deux mains.

— Je vous propose un marché, lâcha Qatar. Mais vous risquez de ne pas être d'accord.

— C'est quoi ?

— Si vous me payez cinq mille dollars pour les bijoux – plus le remboursement de mes quatre cents, ce qui donne un total de cinq mille quatre cents dollars, payables la semaine prochaine –, je veux bien aller retirer tout de suite l'argent dans un distributeur.

— Putain d'enfoiré de ta race ! s'écria Randy. (Il éclata de rire, extraordinairement excité, et se leva d'un bond.) Ça roule, espèce de queutard ! Je marche !

— Mais il faudra me payer. Devant Dieu, je serais vraiment dans une sale situation si vous me laissiez tomber. Moi aussi, j'ai des problèmes de trésorerie.

— T'auras ton fric, ma poule ! beugla Randy, la bave aux lèvres. J'te laisserai pas tomber ! T'es un client d'enfer ! Cinq mille quatre cents... Tu les auras dans deux jours, mec. Dès que mon livreur s'ra arrivé de Saint Louis.

Saint Louis ? Un regard fut échangé. Puis Qatar haussa les épaules.

— Alors, c'est entendu.

— Ouais ! hurla Randy, en se frappant la paume du poing, sans paraître se rendre compte du vacarme qu'il faisait.

— Je peux venir avec vous ? demanda la fille.

— Ferme ta putain de gueule ! rugit Randy en pointant sur elle un index tremblant. Tu sortiras pas d'ici avant d'avoir un nom, salope, et tu sais bien que t'en as pas encore ! (Et, à Qatar :) J'y ai pas encore trouvé de nom, à ce boudin.

— Ah... Alors ?

— Alors, on y va, Jim. On se casse.

Qatar s'installa au volant de son auto. À voir Randy bredouiller dans sa barbe des mots sans suite, le front appuyé contre la portière droite, il sentit que ce type avait franchi une frontière invisible.

Ils se garèrent devant une agence bancaire de Grand Avenue. Qatar retira quatre cents dollars en billets de vingt du distributeur. Au moment où il les sortait de la fente, Randy les lui arracha des mains et s'éloigna en grognant :

— Fous-moi le camp, mec ! Dégage !

— Allons, Randy...

Randy fourra les billets dans son pantalon et lança :

— Putain, tu sais à qui tu parles, mec ? Fais pas le con avec moi, ou je te lâche mon pit au cul !

— D'accord, d'accord..., fit Qatar, les mains levées, sentant qu'il valait mieux partir. Je vous rappelle dans deux jours.

Alors qu'il s'apprêtait à ouvrir sa portière, Randy le rattrapa.

— Hé, mec, tu me déposes pas ?

— Je croyais, euh...

— Tu vas quand même pas me laisser en pleine rue, putain de merde ! Où est ma thune ?

— Dans votre poche.

Randy fouilla dans sa poche, trouva les billets.

— Enfoiré ! Ils sont là depuis le début. Allez, démarre, on y va.

En cours de trajet, Randy mit les mains sur ses tempes, se tourna vers Qatar, et lâcha :

— Et voilà pourquoi je séjourne ici, errant, fantômal et seul, bien qu'au lac les joncs soient flétris et que nul oiseau ne chante...

— Pardon ?

— Et voilà pourquoi je séjourne ici...

Randy avait visiblement quelques cases en moins, mais il semblait pourtant savoir où il allait. Au fur et à mesure de leur progression, il indiquait les rues sans hésiter.

— Là... Là... Ouais, celle-là... Tournez là, Richard... Je peux vous appeler Richard ?

Cinq minutes plus tard, ils s'immobilisèrent au pied d'un immeuble de Como Boulevard. Randy descendit de voiture et déclara, d'un ton parfaitement raisonnable :

— Vous pouvez monter si ça vous dit, Richard, mais y aura surtout des frangins. Et ils kiffent pas trop les Blancs.

— Aucune importance. De toute façon, il faut que je rentre.

Randy donna une tape au toit de la voiture en guise de réponse, puis disparut sans se retourner dans le hall obscur de l'immeuble.

Qatar redémarra. Au lieu de couper par l'I-94 pour regagner Minneapolis, il se laissa pour ainsi dire ramener par sa voiture jusque chez Randy. La fille hantait ses pensées depuis leur départ de l'appartement. Pas pour le sexe. Pour le meurtre.

Il resta assis dans son auto devant la maison une bonne dizaine de minutes, incapable de prendre une décision. Il était sûr et certain que le lendemain Randy aurait oublié qu'ils s'étaient vus ; il risquait de ne jamais récupérer l'argent des bijoux, mais il lui fallait une contrepartie. Il sentit une artère de son cou pulser violemment – sur un rythme lent, lascif. Il avait une folle envie d'elle ; il sentait sa présence. Il récupéra le cordon de starter sous la banquette avant et le glissa dans la poche revolver de son pantalon.

Randy avait la cervelle carbonisée. Il ne se souviendrait de rien… Savait-il seulement qui il était ? Qatar se sentait plein de courage. Compétent, athlétique, endurci. Il s'approcha de la porte et sonna.

La blonde avait remis ses vêtements, mais était toujours pieds nus quand elle ouvrit.

— Randy a réussi à me convaincre de lui donner cinq cents dollars. Il a dit que je pouvais m'amuser avec vous autant que je voulais.

La blonde regarda dans la rue, hésitante, et demanda :

— Il est où ?

— Il est retourné faire la fête avec ses copains. Quand on aura fini, je suis censé vous amener là-bas.

Un faux pas : elle prit aussitôt un air soupçonneux.

— Je peux pas sortir tant que j'ai pas de nom.

— Il vous en a trouvé un, improvisa Qatar. Vous avez un nom, ça y est.

— Ah ouais ? Et c'est quoi ?

— Tiffany. Comme la bijouterie.

— Tiffany, répéta-t-elle à haute voix. C'est pas mal, ça. Tiffany. D'acc. Entre.

C'était une putain, et les travaux d'approche ne prirent pas longtemps : Qatar la fit mettre à quatre pattes devant le canapé, comme pour la prendre en levrette. Il enfila une capote et se plaça derrière elle. Son pantalon gisait en boule sur le canapé, à portée de main. Il sortit le cordon de la poche arrière. Le fit doucement courir sur le dos de la fille, en suivant la colonne vertébrale.

— Hé, c'est quoi, ce truc ? demanda-t-elle, tournant la tête.

— Rien, rien… Ne te retourne pas.

Il forma la boucle. Lui caressa la nuque avec. L'entrouvrit, le temps de lui passer le cordon autour du cou, et…

Clac ! Il serra fort, à la manière d'un nœud coulant ; elle porta les deux mains à sa gorge et essaya de se retourner, en se débattant comme une corneille prise au piège, mais Qatar se jeta sur elle de tout son poids. Il ne voulait surtout pas croiser son regard ; il tira sur le cordon de façon à la faire basculer au sol sur le flanc. Elle continuait à se tortiller, à se débattre, expédiant des ruades dans le canapé, dans les pieds de la chaise longue. Qatar se redressa à demi, la souleva, et la laissa en suspens au-dessus du sol comme un requin-pèlerin sur le pont d'une vedette de pêche au gros. Il la maintint ainsi et la secoua en regardant ses mains voler, en les voyant faiblir, en sentant l'énergie de cette fille se transmettre à ses bras et lui régénérer le cœur...

Comme ses mouvements faiblissaient, il la reposa au sol, les jambes écartées. Ses mains griffèrent désespérément le tapis de fourrure. Il s'agenouilla d'abord sur ses reins, puis s'assit à cali-fourchon, sans cesser de serrer, les dents découvertes par une grimace d'effort, serrant, serrant toujours. Pour finir, la fille arqua le dos, ses mains papillonnèrent en un ultime battement, et elle mourut.

Dieu que c'était bon...

Quand elle eut cessé de bouger, quand eurent aussi cessé les tremblements annonciateurs de la mort cérébrale, Qatar relâcha son effort, et se laissa aller en arrière sur les hanches de la fille. Il transpirait, juste un peu, s'essuya le front avec la manche de sa chemise, puis retourna le corps. Elle avait les yeux ouverts, fixant le plafond sans le voir, la bouche pleine de sang ; une flaque rouge s'était formée sur le tapis sous sa nuque. Elle s'est mordu la langue, pensa-t-il. Il la retourna de nouveau.

— Jolis, tes nichons, murmura-t-il. Doux et chauds.

Aucune réponse. Il passa encore une petite minute en sa compagnie, soupira, et se leva.

— Il faut que j'y aille. L'heure tourne. Je dois rentrer chez moi.

229

Il ne se sentait pas vraiment nerveux ; plutôt alangui, pour tout dire.

Sa lèvre lui faisait un peu mal. Il passa dans la salle de bains pour s'étudier dans le miroir. Sa lèvre inférieure, d'habitude si rose, avait bleui. Elle devait l'avoir frappé à un moment où à un autre, mais il ne s'en souvenait pas. Et même fort, à en juger par l'aspect de sa lèvre fendue. Elle n'avait pas encore commencé à enfler, mais le goût du sang était partout dans sa bouche.

— On s'en serait bien passé, grommela-t-il. Zut.

Qatar toucha la plaie du bout de la langue, et la douleur le fit grimacer. Sa lèvre allait devenir énorme s'il ne mettait pas très vite de la glace dessus. Heureusement, la contusion serait camouflée par sa barbe.

— On s'en serait bien passé...

Il s'agissait de rester concentré. Qatar se rhabilla, jeta la capote dans les toilettes – surpris de la voir pleine de sperme : il ne se souvenait pas d'avoir joui –, lissa sa chemise, la rentra dans son pantalon, et remit de l'ordre dans sa tenue. Prit le rouleau de papier-toilette et circula dans l'appartement pour essuyer tout ce qu'il se rappelait avoir touché. Encore un coup de chasse d'eau, et tout redevint comme si rien ne s'était passé.

— Vive la plomberie moderne, dit-il.

De l'argent. Il ne fallait pas espérer trouver du liquide ici, mais il devait bien y avoir quelque chose à prendre. Pas les bijoux de Neumann : Randy les avait mis dans sa poche. Qatar explora l'appartement, sans trouver le moindre objet de valeur. Randy avait probablement déjà vendu tout ce qui pouvait l'être pour se payer sa drogue.

— Connard, lâcha-t-il à haute voix.

Il enjamba le corps de la fille sur le chemin de l'escalier. Reine d'un jour, Tiffany d'une minute... De jolis tétons, cela dit.

Randy revint à l'aube et tambourina à la porte. Il n'avait aucune envie de se faire chier à retrouver la clé. D'ailleurs, il n'était pas en état de la retrouver. Il cogna contre le panneau de bois jusqu'au moment où quelqu'un cria :

— Arrêtez, ou j'appelle la police !

Un putain de voisin. Mais il ne tenait pas à recevoir la visite des flics et, après cinq minutes d'efforts, finit par retrouver sa clé, qu'il réussit à introduire dans la serrure après cinq autres minutes de tâtonnements. Au pied de l'escalier, il cria, sans obtenir de réponse. Gravit les marches dans le noir – il y avait bien un interrupteur dans l'entrée, mais il était cent fois trop cassé pour le trouver – et, arrivé dans le séjour, toujours dans le noir, il trébucha sur le corps de la fille.

— Putain de...

Il tâtonna sur le tapis, toucha un sein. Sut ce que c'était et sentit qu'il était froid. Randy connut alors une descente éclair. Toute l'énergie de la cocaïne fut balayée d'un seul coup, comme un pet par le vent. Il rampa jusqu'au lampadaire, se pendit à son pied comme un macaque, et l'alluma.

Baissa les yeux sur trucmuche. C'était qui, déjà ? Qu'est-ce qu'il avait encore fait ? Il se prit la tête à deux mains et appuya sur ses tempes, comme pour faire sortir les souvenirs qui devaient être planqués quelque part à l'intérieur. Quand est-ce qu'il avait fait ça ?

— Enfoiré de ta race..

15

Weather était rentrée dormir chez elle.

— De toute façon, si on n'a pas marqué le but hier soir, avait-elle expliqué à Lucas, je crois que ça ne sera pas pour ce mois-ci. Sans compter que ma maison doit commencer à sentir le renfermé. Il faut que j'aère.

À son réveil, Lucas ne s'en souvenait pas. Toujours dans les brumes du sommeil, il tendit le bras vers l'autre oreiller, ne trouva que du vide, et se dressa comme un ressort en se tournant sur le côté. Ce fut alors que lui revint la question qu'il lui avait posée la veille. Enceinte ? Pas enceinte ? Quand le sauraient-ils ?

— En temps utile, avait-elle répondu d'un ton enjoué. Mais j'ai apprécié de travailler la question avec toi, Davenport. On pourrait peut-être remettre ça le mois prochain. Si nécessaire.

Cette réminiscence lui arracha un demi-sourire. Après avoir remis son oreiller en forme d'un coup de poing, il se rendormit. Il aimait se coucher tard et n'appréciait que très moyennement les réveils précoces. Une bonne journée, pour lui, commençait autour de dix heures.

Il n'était pas loin de dix heures, justement, quand le téléphone sonna, avec une insistance telle qu'il ne pouvait s'agir que de Del.

— Oui ? grommela-t-il enfin dans le combiné.

— Randy est revenu, annonça Del, mais je n'arrive pas à le

232

loger. Il s'est grillé à L.A. Un mélange d'ambition et de stupidité, sans doute.

— Sans doute, bâilla Lucas. Tu tiens ça de qui ?

— Des sœurs Toehy. Elles m'ont aussi raconté que, ces dernières semaines, il avait maqué une gagneuse nommée Charmin, mais...

— Charmin ? Comme le papier-cul ?

— C'est ce qu'elles m'ont dit. Quoi qu'il en soit, il a fini par s'évaporer dans un nuage de coke, et la fille s'est réfugiée chez DDT, avec qui elle est toujours. Le hic, c'est que je n'ai pas encore réussi à retrouver DDT. J'ai chargé deux gars de me le dégoter – et aussi de se rencarder sur Randy.

— DDT, tu dis ?

— Ouaip. Je me suis dit que ça pourrait t'intéresser.

— Bien vu. Marshall t'a accompagné ?

— Tu sais comment c'est, soupira Del.

— Il est à côté de toi ?

— Tu piges vite.

— Sois prudent avec lui. Ça m'emmerderait de devoir lui dire non, Terry, vous ne pouvez plus venir avec nous, mais s'il s'avise de te marcher sur les pieds, je lui botterai le cul tellement fort qu'il se retrouvera dans le Wisconsin avant d'avoir compris ce qui lui arrive.

— On trouvera une solution. Pour le moment, ça va.

— Tu veux que je vous accompagne si tu localises DDT ?

— Si ça ne te dérange pas. Il te doit une fière chandelle, alors qu'à moi il ne doit rien du tout.

— Fais-moi signe.

Lucas se rasa et passa dix minutes sous la douche, faisant ses vocalises sur une chanson de David Allen Coe, qui arrivait à étirer le mot « soupir » sur quatre syllabes. Après avoir décidé qu'il s'en tirait plutôt bien, ce matin-là, il s'habilla, jeta un coup d'œil par la fenêtre – des lambeaux de ciel bleu, un bitume parfaitement sec – et s'installa au volant de sa Porsche 911.

Il entra en sifflotant dans le bureau, une pomme rouge à la main. Marcy, au téléphone, les pieds sur la table, tortillait une boucle brune autour de son index. Elle cessa de jouer avec ses cheveux le temps de faire coucou à Lucas, puis se remit à parler dans le combiné. Sur le seuil, Lucas marqua un temps d'arrêt : Marcy avait naturellement tendance à être un peu trop nerveuse, et quand sa tension se relâchait, cela ne passait pas inaperçu.

Elle se sentit épiée et tourna le dos. Lucas gagna son bureau personnel, vexé : ce salaud de Kidd se l'était faite. Il connaissait trop bien cette mine pour s'y méprendre. Ces deux-là se connaissaient à peine, et Kidd était nettement plus vieux qu'elle. Il s'empressa de revenir sur cette dernière considération : pas si vieux que ça, en fait Kidd devait avoir un ou deux ans de moins que lui, donc il n'était pas *trop* vieux, mais...

— Bon Dieu.

Il lança sa pomme contre le mur et la rattrapa après le rebond. Une petite trace rose resta sur le mur. Si Kidd et Marcy... Il préférait ne pas y penser. Mais cette histoire allait sûrement réduire l'efficacité de sa collaboratrice à un stade crucial de l'enquête, et...

— Je ne veux pas entendre une seule réflexion, lui lança soudain Marcy, immobile sur le seuil.

— Je n'ai...

— Pas un seul putain de mot, reprit-elle, levant l'index. Couché, méchant chien ! lui ordonna-t-elle en le voyant ouvrir la bouche.

Lucas s'affaissa dans son fauteuil, détourna le regard, et lâcha, en un souffle :

— Tu le connais à peine.

— Tu ferais mieux de la boucler, monsieur Je-m'envoie-Marcy-Sherrill-sur-la-moquette.

— On se connaissait ! protesta Lucas. Depuis longtemps ! Et ça s'est fait spontanément !

— Hier soir aussi, ça s'est fait spontanément. Et je vais te dire un truc, c'est quelqu'un de bien.

— Vous avez passé la nuit ensemble ?

— Chez moi. Il est venu prendre un verre après le restaurant, et… c'est arrivé.

— Il avait pris sa brosse à dents ?

— Non, il n'avait pas pris sa brosse à dents. Et tu n'en sauras pas plus.

— Et avec quoi s'est-il brossé les dents ?

— Son doigt.

— Quel manque d'hygiène, lâcha Lucas d'un ton amer.

Marcy éclata de rire au moment où Del entrait, suivi par Marshall.

— Qu'est-ce qu'il y a de si drôle ?

— Lui, fit Marcy, pointant le doigt sur Lucas.

— Je préfère ne pas insister, soupira Del en les regardant l'un après l'autre. (Et, à Lucas :) Ça y est, on a retrouvé DDT.

DDT, c'était pour « Dangerous Darrell Thomas ». Thomas s'était lui-même attribué ce surnom le jour où il avait été interviewé sur une radio du service public en sa qualité de membre d'un club de motards. Mais la journaliste, distraite, l'avait rebaptisé TDT – « Terrible Darrell Thompson » –, un nom qui, réduit à ses initiales, perdait l'essentiel de son impact ; et comme la journaliste s'était également trompée sur son patronyme, Darrell en avait conçu une méfiance durable à l'encontre des médias.

Darrell n'avait rien d'un maquereau classique. Non seulement il n'était pas en quête de clients pour ses filles, mais ni le sexe ni l'argent ne l'intéressaient particulièrement. Seul son penchant marqué pour la bagarre avait fini par lui valoir le titre de proxénète : lorsqu'une fille souhaitait quitter son protecteur, ou qu'elle avait des ennuis avec un client trop possessif, elle faisait appel à Darrell.

Il la prenait sous son aile, presque à contrecœur, et si elle souhaitait rapporter quelques dollars à la maison de temps à autre, faire un brin de ménage ou préparer les repas, ça lui allait très bien. Si elle ne faisait rien, ça lui allait aussi bien.

Elles avaient tendance à reprendre leur vol une fois qu'elles s'apercevaient que Darrell se fichait de tout.

Éperdument.

Sauf des bagnoles.

L'activité officielle de Darrell consistait à entretenir des maisons en l'absence de leurs propriétaires.

— Je n'arrive pas à croire qu'il se soit trouvé un boulot dans un quartier aussi chic qu'Edina, fit Lucas au moment où ils s'engageaient dans l'allée.

Ils avaient fait le trajet dans une voiture banalisée, une vieille Dodge cabossée, et s'étaient arrêtés pour contempler la maison à travers le pare-brise : longue et blanche, sur deux étages, avec une entrée à colonnes de faux marbre.

— J'aimerais bien savoir ce que pensent les voisins des putes qui vont et viennent à longueur de journée, ajouta-t-il.

— Ils doivent trouver le spectacle haut en couleur, répondit Del.

Ils descendirent tous les trois de la Dodge, et Lucas embrassa la rue du regard. Rien ne bougeait : le quartier était aussi calme qu'une chambre à coucher.

Lucas rattrapa Del et Marshall devant l'énorme heurtoir de fer forgé de l'entrée.

— Mieux vaut sonner, dit Marshall. Vous risquez de péter la porte si vous vous servez de ce machin.

Del pressa la sonnette et, après trois sonneries insistantes espacées de dix secondes chacune, une créature permanentée, vêtue d'une robe de chambre brodée bleu ciel, passa la tête par l'entrebâillement, dévisagea un à un les visiteurs, et lâcha :

— C'est à quel sujet ?

— Il est temps de se lever, Pimprenelle, dit Del en brandissant son insigne. On est des amis de DDT. Il est là ?

— Ouais, mais… il est dans le jacuzzi.

— Voilà un spectacle que je ne voudrais manquer pour rien au monde, déclara Del en faisant un pas en avant.

La fille fit un pas en arrière. Une invitation plus que suffisante, et les trois policiers entrèrent comme un seul homme.

— Dehors, sur la terrasse, dit la fille en indiquant une porte-fenêtre à petits carreaux au fond du salon.

— Ça sent la merde, fit Del, les narines frémissantes.

— On a un nouveau chiot, expliqua la fille.

En passant devant la table, elle saisit au vol une bouteille de vin blanc à moitié pleine et tira sur le bouchon.

— On n'a pas fini de le dresser, ajouta-t-elle. Vous voulez un peu de vin, les gars ?

— Non merci, répondit Lucas.

Elle but une lampée au goulot pendant que Lucas et Del franchissaient la porte-fenêtre et émergeaient sur une terrasse en bois.

Le jacuzzi encastré dans le sol de la terrasse était assez grand pour recevoir huit personnes, mais en l'occurrence il n'en accueillait que trois : DDT – un solide gaillard, légèrement adipeux, au crâne et au torse clairsemés, en train de lire le *New York Times* – et deux jeunes femmes aux allures de souris, qui avaient toutes deux les cheveux bruns et courts. Une lourde vapeur s'élevait dans l'air froid, et ce joli monde semblait très à son aise : personne ne portait le moindre vêtement, et quand Lucas, Del et Marshall franchirent le seuil, une des filles lâcha :

— Tu ferais mieux de remettre des remous, Marie.

— Hé, Lucas, ma poule, comment ça gaze ? lança DDT, levant les yeux de son journal. Del, putain de saligaud ! Qu'est-ce qui vous amène, les gars ? C'est des flics, annonça-t-il aux filles.

— On a un problème, Darrell, dit Lucas. On cherche une fille qui s'appelle, euh...

Il se tourna vers Del.

— Charmin.

DDT montra du doigt une des deux souris.

— Et merde, bougonna l'intéressée, c'est Charming, pas Charmin. Faut pas confondre avec le papier-cul, bande de cons !

— On trouvait aussi que ça faisait un peu cucul, dit Marshall.

237

Les pattes-d'oie autour de ses yeux se creusèrent, et les coins de sa bouche se relevèrent imperceptiblement. Une tentative d'humour, pensa Lucas.

— Vous voulez entrer, les gars ? Y a plein de place ! L'eau est délicieuse, dit DDT, indiquant d'un coup de menton la surface bouillonnante.

— En fait, on est assez pressés, dit Lucas en observant Charming.

C'était la plus grande des deux filles, et ses seins semblaient flotter à la surface, les mamelons pointés comme des proues de navire.

— Charming, il paraît que vous avez travaillé pour Randy Whitcomb jusqu'à une date récente, et nous avons besoin de le retrouver.

— Qu'est-ce qu'il a fait ?

— Rien. Nous essayons de savoir où il a eu certains bijoux. C'était avant son départ pour Los Angeles.

— Ah ouais ? J'étais pas avec lui, à l'époque. Je l'ai rencontré après son retour.

— Je sais, répondit patiemment Lucas. Mais j'ai besoin de le retrouver.

— Je sais pas trop si je dois leur répondre, lâcha-t-elle en regardant DDT. Randy est un fou furieux.

— Parle, dit DDT.

Elle le dévisagea.

— Je croyais que t'étais de notre côté ?

— J'ai une dette envers ce type, fit-il en indiquant Lucas du menton. Et même une grosse. Alors, soit tu lui réponds, soit tu dégages.

Elle soutint un instant son regard, puis se tourna vers Lucas.

— Il crèche à Saint Paul, dans ce gros lotissement de maisons grises et blanches de Selby. J'ai pas le numéro exact.

Elle ajouta quelques détails, et Lucas l'interrompit d'un hochement de tête : il connaissait.

— Merci, dit-il.

— Faites gaffe, reprit Charming. Cet empaffé fume du

crack sans arrêt depuis qu'il est rentré – il doit plus lui rester des masses de neurones en état de marche. Et allez surtout pas lui raconter que c'est moi qui vous ai rencardés, hein ?

— Au fait, demanda DDT à Lucas, qu'est-ce que vous conduisez ces temps-ci ?

— Une 911 C4. Achetée neuve l'année dernière.

— Ah ouais ? Mais ça m'étonnerait que vous soyez venu avec..., dit DDT en regardant les deux autres policiers.

— Non. On a pris une voiture de fonction.

— Si vous me l'ameniez un de ces quatre ?

— Je n'y manquerai pas. Plutôt quand le temps se sera un peu réchauffé. On se fera une virée.

— Je compte sur vous, insista DDT.

Les policiers reprirent le chemin de la sortie.

— C'est passé comme une lettre à la poste, dit Marshall. De quoi ce type vous est-il tellement redevable ?

— L'automne dernier, répondit Lucas, je lui ai dégoté un moteur d'Oldsmobile 455. Ça faisait un moment qu'il remuait ciel et terre pour en trouver un.

— Vous vous payez ma tête ? fit Marshall en le fixant d'un air étrange.

— Non... C'est-à-dire, ce moteur était presque neuf.

De la voiture, Lucas contacta la police de Saint Paul, se fit passer Allport, et lui parla des bijoux et de la piste Randy Whitcomb.

— Je croyais que ce fumier s'était barré à San Diego ou quelque part par là, maugréa Allport. Je vais vérifier l'adresse exacte auprès du syndic.

— On est en route, dit Lucas. Au cas où quelqu'un de chez vous souhaiterait se joindre à nous.

— Vous avez besoin d'un coup de main ?

— Ma foi, on aurait sûrement l'usage d'un mandat et de quelques agents pour bloquer les issues.

— Le mandat ne pose pas de problème – pas sur une affaire aussi chaude. Je vais réquisitionner deux ou trois unités, et je vous rejoins. Vous y serez dans combien de temps ? Une demi-heure, trois quarts d'heure ?

— À peu près.

Ils prirent l'I-494, un des périphériques des Villes jumelles. Marshall, assis à l'arrière, se pencha vers la banquette avant et demanda :

— Alors ? Qu'est-ce qu'on fait ?

— Saint Paul va nous aider à bloquer les issues, dit Lucas.

Il décrivit à Marshall la configuration du lotissement : un ensemble rectangulaire de petites maisons mitoyennes sur deux niveaux, bordant les quatre rues d'un pâté de maison. L'intérieur du rectangle était occupé par une grande pelouse, et chaque maison disposait sur l'arrière d'une terrasse privative, délimitée par une haie de buissons.

— On peut amener une voiture dans le jardin ? demanda Marshall.

— Il faudrait vraiment le vouloir très fort. Une entrée en arche permet d'accéder au jardin sur chaque face du rectangle, mais les véhicules sont strictement interdits. Je crois que ce sont des accès réservés aux urgences, en cas d'incendie, ce genre de pépin. Les flics de Saint Paul devront entrer à pied.

— Vous croyez que ce mec essaiera de filer ?

— Impossible de prévoir la réaction de Randy, répondit Del. Ce mec est un crotale, un allumé de classe mondiale. Il vient d'une famille honnête, et si vous voulez mon avis, ils auraient dû le noyer quand il était petit. Ça aurait épargné un tas de soucis à un tas de gens.

Après un deuxième coup de fil à Allport, il fut convenu que tout le monde se retrouverait à trois blocs du lotissement de Randy pour organiser l'intervention. Six agents en uniforme de Saint Paul arrivèrent, dont un équipé d'une masse pour enfoncer la porte, à bord de trois voitures de patrouille. Ils avaient tous passé la trentaine – des vétérans –, et Lucas pensa que ce n'était pas un hasard : Allport prenait cette affaire au sérieux.

— Le problème, expliqua-t-il, c'est que la porte donne sur un escalier – le rez-de-chaussée se réduit à un garage et un atelier, à moins que ce ne soit une petite chambre d'amis, et toutes les autres pièces sont à l'étage. On risque donc de se retrouver entassés si on enfonce la porte. Lucas, Del et moi, ajouta Allport en regardant ses hommes, on connaît ce fumier depuis son arrivée en ville, il y a six ou sept ans. Il peut jouer au con, alors soyez extrêmement prudents. Ce n'est pas une armoire à glace, mais il est dingue et il est coriace. Et hargneux : il vous mordra la main si vous la lui tendez.

Les uniformes ne parurent pas impressionnés.

— Laissez-nous quelques minutes pour les travaux d'approche, déclara l'un d'eux. Il ne filera pas.

— On n'a jamais saisi d'arme à feu sur lui, ajouta Lucas. Mais il lui est déjà arrivé d'être enfouraillé. Il paraît qu'il a pris pas mal de crack ces temps-ci, et peut-être aussi d'autres saloperies. Donc... si vous devez le plaquer, allez-y fort. Mais attention, sans l'amocher : on a besoin de lui parler.

Tout le monde commençait à avoir le souffle court. L'adrénaline giclait à flots. Ils se trouvaient à un stade critique de l'enquête, et ils allaient devoir maîtriser un enragé.

— Entre en dernier, conseilla Del à Lucas. S'il ne fait pas d'embrouilles, ça ne changera rien. S'il en fait, tu ne seras pas éclaboussé. Et si ça tourne carrément mal, tu seras en renfort pour lui voler dans les plumes.

Lucas acquiesça. Randy était nouveau dans le paysage quand une des filles qu'il contrôlait avait accepté de parler à Lucas. Randy avait eu vent de leur conversation. Puisant sa morale dans les séries télévisées les plus débiles, il était parvenu à la conclusion que la fille en question méritait une bonne leçon, faute de quoi il ne serait plus respecté. Il avait choisi de lui donner cette leçon avec un ouvre-boîte, transformant ainsi une honnête prostituée en cas d'école pour les revues de chirurgie plastique.

Lucas s'était senti obligé, par l'éthique de la rue, de lui rendre la monnaie de sa pièce. Del et lui étaient allés interpeller Randy dans un bistrot, et chacun savait d'avance que l'affaire dégénérerait – ce qui était arrivé. Lucas avait poussé le bouchon un peu plus loin que prévu, perdant son sang-froid, et Randy avait fini sa journée au service de réanimation de l'hôpital général de Hennepin.

Après une longue série de tractations et de manœuvres juridiques complexes, Lucas avait dû quitter le département sous la menace d'une mise en examen pour violence excessive. Il avait repris ses fonctions depuis déjà un certain temps, mais Randy Whitcomb risquait toujours de lui poser un problème politique.

La fille avait renoncé au trottoir après sa sortie de l'hôpital et travaillait maintenant dans un magasin Wal-Mart. À un mètre de distance, elle semblait en pleine forme, mais de plus près on ne pouvait pas ne pas voir le patchwork de cicatrices qui lui maintenait les joues. Elle ne parlait plus à Lucas.

Ils s'approchèrent de la porte de Randy en longeant la façade de la résidence. Ils étaient cinq, Allport en tête, suivi de l'agent équipé de la masse, puis Del, Lucas, et Marshall, en dernier. Devant la porte, Allport murmura dans son émetteur radio :

— Prêts ?

Les agents en uniforme étaient eux aussi en position à l'arrière. Allport sortit son pistolet, hocha la tête, et pressa la sonnette. Aucune réponse. Il sonna de nouveau. Ils entendirent des pas dans l'escalier, le verrou cliqueta, la porte s'entrouvrit, de quelques centimètres, et la chaînette de sûreté scintilla. Par la fente, Lucas aperçut une étroite tranche de visage et reconnut l'œil de Randy. Randy fit un bond en arrière en hurlant un juron pendant qu'Allport se précipitait contre le panneau.

— Faites attention ! cria Lucas.

La porte claqua, le verrou fut remis.

— Enfoncez-la, ordonna Allport.

Lucas s'écarta, et l'agent en uniforme abattit sa masse sur la poignée. La porte s'ouvrit avec un bruit de Cadillac heurtant une palissade. Allport jeta un coup d'œil à l'intérieur, recula le torse, murmura « On y va », et s'engouffra à l'intérieur. Il avait atteint l'escalier, suivi par Del, quand une détonation éclata au-dessus de leurs têtes.

— Il tire ! hurla Allport.

Del et lui se replièrent vers la sortie à quatre pattes.

Lucas passa la tête dans l'embrasure, ne vit rien, entendit Allport crier « Élément armé ! » dans son émetteur, vit Del effectuer un roulé-boulé et se relever sur le trottoir. L'instant d'après il se retrouva dans l'escalier, à monter les marches, suivi par une ombre qu'il prit pour Del. Il leva les yeux vers le haut de la rampe et cria :

— Attention au palier, attention !

Il entendit un bris de verre en provenance du haut, et un second coup de feu claqua dans les profondeurs de l'appartement. Il stoppa, se retourna, et constata que ce n'était pas Del qui se tenait juste derrière lui, mais Marshall, armé d'un 357 à canon long. Sans lui laisser le temps de réfléchir, Marshall cria :

— Je prends l'étage, surveillez le palier !

Et il passa devant lui. Lucas jeta un œil entre les barreaux de la rampe, mais ne décela rien d'inquiétant.

Marshall entra plié en deux dans le séjour.

— Personne ici ! cria-t-il. Je ne le vois pas !

Il y eut encore une déflagration devant eux, et Lucas cria :

— Il est plus loin, on dirait qu'il est sorti !

Et, au même instant, dans son dos :

— Attention, les gars, il vient vers vous, attention !

Allport, sûrement, en train de parler dans son émetteur. Lucas atteignit le haut de l'escalier et vit Marshall, toujours courbé, se diriger vers un couloir menant aux pièces du fond. Il le suivit. Marshall jeta un rapide coup d'œil dans le couloir et dit :

— Je crois qu'il n'y a personne.

Lucas regarda à son tour et entendit un nouveau coup de feu dans le jardin. Il s'engouffra dans le couloir au moment où éclatait une fusillade, entendit encore des cris. Il y avait une chambre entrouverte sur sa droite, une porte close sur sa gauche. Il inspecta la chambre d'un regard, ne vit rien de spécial, traversa la petite cuisine, repéra du verre brisé, et cria par-dessus son épaule :

— Attention aux chambres, je n'ai pas vérifié !

Pendant que Del rejoignait Marshall, il s'approcha d'une fenêtre et regarda dans le jardin.

Randy Whitcomb gisait sur le dos, les bras en croix sur la pelouse, à quelques mètres de sa terrasse privative. Sa chemise était imbibée de sang, et une de ses mains battait convulsivement l'air, comme s'il cherchait à s'éventer.

Lucas se retourna, vit Del et Marshall dans le couloir :

— Il est touché. Dans le jardin collectif. Vérifiez les chambres.

Allport et l'agent portant la masse émergèrent du salon.

— Faites venir une ambulance, dit Lucas à Allport.

Il redescendit au rez-de-chaussée et s'avança sur la pelouse, où les uniformes de Saint Paul, l'arme toujours au poing, formaient un demi-cercle autour de Randy.

Il avait reçu quatre balles – deux à la jambe, une à l'estomac, et une à l'avant-bras gauche, celui qui s'agitait avec frénésie. Un des agents tâchait de le maintenir au sol pour qu'il ne s'agite plus. Randy ne disait rien. Pas un son, pas un râle. Ses yeux roulaient, roulaient, roulaient en tous sens, de gauche à droite et de haut en bas ; sa bouche se contorsionnait, non pour dire quelque chose, mais plutôt comme si elle essayait de s'échapper de son visage.

— L'ambulance arrive, lui dit Lucas.

Randy n'entendit pas.

— Il était armé, lâcha un des uniformes de Saint Paul.

— Je sais, dit Lucas, il a tiré au moins deux fois à l'intérieur.

— Il était armé, répéta le flic. On l'a entendu là-haut.

— Oui, fit Lucas. Il était armé.

— Son flingue doit être tombé dans la haie, dit un autre agent. Il l'avait à la main en sortant.

— Retrouvez-le, dit Lucas. Mais ne le touchez pas. Contentez-vous de le localiser.

Del émergea sur la terrasse.

— Il n'y a personne d'autre chez lui, dit-il. Mais, euh… (Il se retourna vers l'intérieur de l'appartement, où Lucas entendit la voix de Marshall.) Il y a du sang là-haut. Beaucoup.

— Personne ne lui a tiré dessus là-haut.

— Je veux dire, le sang de quelqu'un d'autre. Il était en train d'essayer de le nettoyer avec des lingettes, mais il y en a aussi sur le canapé, et même un peu sur le papier peint.

Randy fit entendre un râle. Lucas baissa les yeux sur lui.

— Qu'est-ce que tu as encore fait, abruti ?

Randy ne l'entendit pas ; ses yeux se remirent à rouler en tous sens.

Au coin du bâtiment, un agent en uniforme de Saint Paul s'écria :

— Le voilà ! On a retrouvé le flingue, chef, annonça-t-il à Lucas.

— Restez où vous êtes. Ne quittez pas ce flingue des yeux jusqu'à ce que la police scientifique soit arrivée. Ne laissez personne s'en approcher.

Allport sortit sur la terrasse.

— Tout le monde va bien ? s'enquit-il.

— Tout le monde sauf Randy, dit Lucas en baissant de nouveau les yeux sur le blessé. Il pourrait aller mieux.

La chemise de Randy était écarlate. Par contraste avec les convulsions qui secouaient son torse et ses bras, Lucas remarqua que ses membres inférieurs ne bougeaient absolument pas. La moelle épinière, pensa-t-il.

— Ne touchez à rien, John ! cria Allport à un de ses agents. Que personne ne touche à quoi que ce soit ! (Et, à Lucas :) Tu devrais aller jeter un coup d'œil au merdier qu'il a foutu là-haut.

— D'accord, fit Lucas, avec un ultime regard pour Randy. Qu'est-ce que tu as encore fait, petit branleur ? Mais qu'est-ce que tu as foutu ?

16

Marshall et Del ressortirent de la maison pour observer le manège des ambulanciers autour de Randy. Chacun de leurs gestes semblait raviver sa douleur, et le jeune voyou se mit à meugler comme une vache, une complainte dont les échos envahirent tout le jardin collectif. Il meuglait toujours quand ils le sanglèrent sur une civière.

Une vingtaine de gosses, moitié blancs, moitié asiatiques et noirs – graves pour la plupart, malgré quelques visages hilares –, formaient un demi-cercle autour de la scène, maintenus à distance par les uniformes. Quelque part dans la foule, une adolescente lançait périodiquement, d'une voix suraiguë et vulgaire :

— Il est crevé, ce fils de pute ? Vous l'avez refroidi ?

Quand les ambulanciers entreprirent de transporter la civière vers l'ambulance, elle glapit :

— Foutez-le direct au frigo, il a son compte !

Après le départ de Randy, les agents en uniforme de Saint Paul qui avaient été chargés de bloquer l'accès arrière furent isolés afin qu'on puisse prendre leur déposition. Le revolver de Randy fut photographié, mesuré, et précautionneusement extrait du buisson où il était tombé. Le technicien fit basculer le barillet et annonça :

— Quatre cartouches tirées.

— Ça paraît coller, fit Allport.

— Sauf que je ne peux pas dire quand, ajouta le technicien.

— À peu près une demi-heure, tête de nœud !

Lucas, Del et Marshall étaient réunis en conciliabule au pied de l'escalier privatif.

— Randy n'a pas l'air en trop mauvais état, dit Marshall.

Lucas acquiesça.

— S'il arrive en vie à l'hosto, il s'en sortira. À condition qu'il n'ait pas trop de saloperies dans le sang.

— J'ai mis les ambulanciers au parfum pour le crack, annonça Del. Ils feront attention.

— Bon sang, reprit Marshall, je ne comprends pas ce qui a pu se passer. Pourquoi a-t-il ouvert le feu ? Parce qu'on a enfoncé sa porte ?

Lucas leva les yeux vers le sommet de l'escalier en se grattant le cuir chevelu.

— Je n'en sais rien. Ce type a toujours été totalement déjanté, et prendre des coups ne lui fait pas peur. Ça n'a rien à voir avec du courage – ce serait plutôt de la folie pure. Mais il ne me serait jamais venu à l'esprit de lui prêter des tendances suicidaires.

— Et il y a ce sang, ajouta Del, regardant le palier à son tour. Il s'est passé quelque chose là-haut.

— Je ne pense pas que Randy soit notre homme, déclara Marshall. Je vois mal un gosse de douze ou treize ans se balader à travers le pays et séduire des filles de plus de vingt ans. Je veux dire, ça ne tient pas la route.

— Randy n'est probablement qu'un maillon, admit Lucas. Mais à mon avis, il connaît l'assassin.

— Dans ce cas, on pourrait avoir un nom dès ce soir, dit Marshall. Dès qu'ils l'auront recousu…

— S'il accepte de parler, remarqua Del. Randy est une sacrée tête de mule, et il risque d'être de mauvaise humeur.

— Plus que tu ne l'imagines, dit Lucas. Quand il était à terre, j'ai remarqué que ses jambes ne bougeaient plus du tout. La balle qui lui a traversé l'estomac pourrait avoir touché la colonne.

Marshall fit la grimace.

— Merde..., lâcha Del.

L'équipe de la police scientifique était en train de mettre les scellés quand les trois hommes montèrent l'escalier avant de s'arrêter sur le palier du premier étage. Allport les aperçut, vint vers eux en secouant la tête.

— Pas mal de sang, dit-il. Vieux d'un jour. A priori pas celui de Randy.

— Un homicide ? Il y en a assez pour ça ? demanda Lucas.

Allport pivota sur lui-même et relaya la question à une personne invisible. Deux secondes plus tard, un policier en veste de tweed et pantalon de golf émergea du couloir, posa le regard sur Lucas, et répondit :

— Peut-être pas tout à fait assez. Grosso modo, je dirais qu'il y en a un demi-litre. Évidemment, on ne sait pas ce qu'il a nettoyé.

— Je n'ai pas l'impression qu'il ait nettoyé grand-chose, observa Del. Il y avait encore des éclaboussures sur le papier peint.

— Vous avez retrouvé des bijoux ? fit Lucas. Des vrais ?

— On n'a pas encore regardé, répondit le policier. Ça fait partie des priorités ?

— Oui. Mais commencez tout de même par le compte rendu détaillé du déroulement de notre intervention. On ne veut surtout pas d'embrouille là-dessus.

Le policier en veste de tweed hocha la tête et repartit dans les profondeurs de la maison.

— Accordez-nous une demi-heure, dit Allport à Lucas. Ensuite, j'apprécierais que vous refassiez le tour des pièces, au cas où quelque chose attirerait votre regard.

— Compte sur nous, opina Lucas.

Il ressortit sur la terrasse, accompagné de Del et de Marshall.

— La journée s'annonçait si belle que j'ai pris ma Porsche, soupira-t-il

— Elle n'est pas si moche que ça, répondit Marshall, levant les yeux vers le ciel. Non, pas si moche que ça. Je trouve même que ça sent plutôt bon – si on fait abstraction de l'odeur du sang.

Ils passèrent la demi-heure suivante, et même un peu plus, dans un bistrot de Grand Avenue, à boire du café et à tenter de réfléchir sur la conduite à tenir. Toujours sous le coup de la fusillade, ils parlaient tous trop vite, se lançant dans des anecdotes et autres digressions, tout en évoquant leur affaire.

— Cette dame de l'université catholique, déclara Marshall, la directrice du musée, il faudrait lui reparler. Son nom apparaît quatre fois sur nos listes, et elle vous a conduit directement au muret de pierres qu'on voit sur la photo de Laura. Cet endroit n'a pas été choisi par hasard, et l'assassin doit être proche d'elle. C'est peut-être quelqu'un qui travaille au musée. Des tas de gens viennent la voir, et c'est là qu'il choisit ses proies.

— Black s'occupe de lister les employés du musée et du département des beaux-arts de Saint Patrick, répondit Lucas. En tout cas tous ceux qui ont plus de vingt-cinq ans.

— Je suis censé assister à la première réunion de la cellule de crise demain avec Marcy, reprit Marshall. Je préférerais rester avec vous, mais si ça vous arrange, je pourrais parler aux fédéraux de Saint Patrick et de ce qu'on a trouvé jusqu'ici, et peut-être que... Je ne sais pas, mais peut-être qu'on pourrait les convaincre d'organiser une recherche informatique sur l'ensemble de la fac. Tout le monde, élèves, profs, personnel administratif... Peut-être qu'il y aurait moyen de connecter le système du FBI sur les fichiers informatiques de Saint Patrick. Ça permettrait de passer tous les noms au crible et d'obtenir tous les recoupements possibles en l'espace d'une heure ou deux.

— C'est une idée, fit Lucas. Simplement, je ne vois pas un type de Saint Patrick fricoter avec un proxo comme Randy.

— Randy n'était peut-être que son fourgue, dit Del. L'assassin est un détraqué sexuel, mais il vole aussi ses victimes. C'est peut-être de cette façon qu'ils se sont rencontrés. Randy écoulait ses bijoux.

— Vous savez ce qu'on aurait dû faire ? fit Marshall. Quand on s'est retrouvés face à cette fille chez DDT tout à l'heure, celle qui a travaillé pour Randy, on aurait dû lui montrer la photo de l'acteur. Celui du film sur de Gaulle.

— Bon sang, grommela Lucas. J'aurais dû y penser.

— Je vais retourner la voir, dit Del. J'arriverai peut-être aussi à retrouver la trace d'autres poules de Randy.

Toujours aussi énervés, les trois hommes revinrent ensemble chez Randy. Debout dans le séjour en compagnie de deux autres enquêteurs, Allport les accueillit en disant :

— On a un gars qui arrive avec un magnéto et des procès-verbaux à remplir, alors si vous pouviez lui faire une déclaration préliminaire avant de repartir...

Tout le monde opina.

— Du nouveau ? s'enquit Lucas.

— On n'a pas retrouvé le moindre petit bout de cachette.

— Il doit en avoir une, dit Lucas. Randy est fou de tous ces petits trucs sophistiqués à l'anglaise – il se promène avec une canne, il adore les culottes de cheval, les bottes de cuir montantes et les chapeaux melon. Regardez derrière les miroirs et les tableaux, voyez s'il n'y aurait pas des barreaux évidés dans la rampe, ce genre de chose. Ouvrez les pendules.

Joignant le geste à la parole, il tenta de dévisser la boule d'amortissement qui ornait la rampe en haut de l'escalier – sans succès.

— Des nouvelles de l'hôpital ? demanda Del.

Allport secoua la tête.

— Il est en chirurgie, et les toubibs nous servent leur discours habituel : rien à déclarer, et allez vous faire voir.

— Et la colonne ?

Allport secoua de nouveau la tête.

— Je n'ai entendu parler de rien.

Les techniciens finirent par retrouver la planque de Randy dans un gros volume de la *Mythologie* de Bulfinch, au milieu d'un alignement impeccable de ce qui ressemblait à des faux livres uniquement mis là pour décorer un rayonnage au-dessus de la télévision. Les pages de ce livre avaient été grossièrement collées, et découpées dans leur partie centrale. L'orifice rectangulaire ainsi formé était tout juste assez grand pour dissimuler quelques dizaines de grammes d'herbe – mais en l'occurrence il contenait un sachet en peau de chamois.

Le policier qui venait de faire cette découverte secoua le sachet au-dessus de sa paume. Deux bagues en tombèrent, l'une ornée d'un diamant, l'autre d'une grosse émeraude. Lucas, Del et Marshall les avaient déjà vues en photo.

— Le fils de pute…, lâcha Del.

— Maintenant, c'est sûr, fit Lucas. Randy est bien le maillon.

Ils restèrent encore une heure dans l'appartement, et chacun fit une brève déposition à l'inspecteur de Saint Paul chargé de l'enquête sur la fusillade. Quand ce fut fini, Marshall demanda à Lucas :

— Où puis-je trouver Anderson ? Il n'est jamais là quand je passe à votre bureau.

— Il travaille le plus souvent au service informatique, répondit Lucas. Je vous y emmènerai.

— Pourquoi ? demanda Del. Vous avez une idée ?

— Non, dit Marshall. J'aimerais juste jeter un coup d'œil à ces listes qu'il a dressées. Est-ce qu'on a interrogé toutes ces femmes, celles des dessins, de manière à voir combien d'entre elles pourraient avoir un lien quelconque avec Saint Patrick ?

— Oui, répondit Lucas. Beaucoup en ont un – cela dit, il n'y a pas grand-monde en ville qui ne connaisse personne là-bas. C'est une grosse fac. En revanche, les liens directs sont plutôt minces.

— Quatre occurrences pour cette Mme Qatar, remarqua Del, je trouve que ça fait quand même beaucoup.

— Il doit y avoir quelque chose à creuser de ce côté-là, opina Marshall.

— Comme pour Randy, observa Lucas. Mais quel lien

pourrait-il y avoir entre un petit branleur comme Randy et une vieille directrice de musée ? Franchement, j'ai eu cette dame devant moi, et je n'en ai aucune idée.

De retour au City Hall, Lucas mena Marshall à Anderson, l'informaticien, puis Del lui annonça qu'il repartait chez DDT.

— Je vais leur montrer les photos, et peut-être que Charming pourra me donner le nom d'une autre poule.

Lucas regagna ensuite son bureau, où Marcy était en conciliabule avec Lane et Swanson.

— Tu es au courant pour Randy ? lança-t-elle.

— Quoi ? fit-il, s'arrêtant net. Il est mort ?

— Non, mais il n'est pas près de tenter une évasion. Allport vient d'appeler pour dire que les chirurgiens essaient de lui réparer les vertèbres pour limiter les dégâts sur la moelle épinière, mais le mal est en partie fait, et ils ne pensent pas qu'il puisse retrouver intégralement l'usage de ses jambes. En tout cas pas dans l'immédiat. Il va devoir se taper une grosse rééduc, et on sait comment ça se passe.

— Et merde, lâcha Lucas, secouant la tête. Personne ne comprend ce qui s'est passé. D'un seul coup, il s'est mis à tirer.

— Tu n'as pas l'air trop bouleversé, observa Marcy.

— Je n'ai rien vu, sauf après, une fois que tout a été terminé. On est entrés côté rue, et il s'est barré par-derrière en flinguant à tout va.

Il raconta l'épisode par le menu, en finissant par la découverte des deux bagues.

— Allport m'en a parlé, fit Marcy. Dire que si Randy n'avait pas joué les tontons flingueurs on tiendrait déjà l'assassin !

— Allport t'a dit s'il était conscient ?

— Les toubibs l'ont ouvert de long en large, et ils estiment qu'on va devoir attendre après-demain pour qu'il puisse tenir des propos cohérents, peut-être plus. Ils lui ont refait l'estomac, ils savent qu'il va déguster, et du coup ils y vont joyeusement sur la morphine. (Tout le monde fixait Marcy. Ce qui arrivait à Randy ressemblait à une répétition de ce qu'elle

252

avait elle-même enduré. Personnellement, je n'ai pas été touchée à la colonne, ajouta-t-elle. Mais je sais qu'il va en baver des ronds de chapeau. Ça, je peux vous le garantir.

Swanson, qui jusque-là s'était tenu la tête entre les mains, se redressa sur son siège et regarda Lucas en disant :

— Heureusement que ce n'est pas toi qui l'as descendu.

— Oui. À peu près tout le monde me fait la même réflexion. (Lucas regarda successivement ses trois collaborateurs.) Qu'est-ce qui se passe, les gars ? Vous avez quelque chose à me dire ?

— On a de plus en plus de mal à se dépatouiller avec la piste catholique et celle de Saint Patrick, répondit Lane. Pour être franc, Lucas, on a trop de noms sur nos listes. Ça donne des recoupements dans tous les sens. À ne plus savoir qu'en faire.

— J'ajouterai que j'ai consulté l'*Almanach du Minnesota*, dit Marcy, et tu sais quoi ? D'accord, il y a beaucoup de catholiques parmi les femmes qui ont reçu des dessins et les victimes identifiées du tueur, *mais*... (Elle extirpa d'un fouillis de papiers une feuille de brouillon portant des chiffres inscrits au crayon.) ... ça ne représente pas tellement plus que le pourcentage de cathos dans la population générale du Minnesota. Je dirais même que si les mortes encore non identifiées ne sont pas catholiques, on se retrouvera en dessous du quota.

— Bref, conclut Lucas, la piste catho vient de partir en fumée.

— Il nous reste Saint Patrick, fit remarquer Lane.

Lucas tira une chaise et s'assit.

— Laissez-moi jeter un coup d'œil à tout ça, d'accord ? Où sont les noms du personnel de la fac ? Vous les avez confrontés aux listes des destinataires des dessins ? Il faut le faire.

Ils étaient toujours plongés dans leurs listes quand Marshall revint, suivi par Anderson. Les deux hommes formaient une paire hautement improbable : Harmon Anderson, fondu de l'informatique sur le retour, pâle comme un œuf dur, et Terry Marshall, aussi brun et buriné qu'une feuille de chêne morte.

— On pourrait avoir un petit quelque chose à creuser, lâcha Marshall. Mais peut-être y avez-vous déjà pensé.

— Non, je ne crois pas, dit Anderson. Terry est plus futé qu'il n'y paraît, glissa-t-il à Lucas.

Marshall grogna, peut-être amusé, en tendant une feuille de papier à Lucas.

— J'ai demandé quelles femmes citaient Mme Qatar parmi leurs relations, et Harmon m'a fait la liste. Il a, scotché au mur, un schéma montrant à quelle date chaque femme a reçu son dessin, et quand il a inscrit les noms de celles qui connaissaient Mme Qatar, je n'ai pas pu m'empêcher de constater qu'elles figuraient les unes à côté des autres sur son schéma. Elles ont toutes reçu leur dessin sur une période de deux mois, il y a un an et demi.

— Hmm…, fit Lucas. Et alors ?

— Bien qu'elles disent ne pas se connaître entre elles, toutes peuvent être reliées d'une façon ou d'une autre à Mme Qatar. Du coup, j'ai commencé à me demander s'il serait possible qu'elles se soient trouvées au même endroit au même moment – disons, peu de temps avant la découverte du premier dessin. À l'occasion d'un événement public, par exemple. Deux semaines séparent l'envoi de chacun de ces quatre dessins. Donc, s'il faut deux semaines à leur auteur pour en pondre un, ne serait-il pas possible qu'elles se soient retrouvées lors d'un événement qui aurait eu lieu environ deux semaines avant l'arrivée du premier ?

Lucas se carra sur sa chaise, pensif, puis se tourna vers Lane.

— Il pourrait y avoir quelque chose à trouver de ce côté-là, acquiesça Lane.

— Je me demande si Helen Qatar garde ses vieux agendas, dit Lucas. Laissez-moi vérifier.

Il passa dans son bureau, fouilla parmi sa collection de cartes de visite, trouva celle que lui avait remise Mme Qatar, revint dans la salle collective, et décrocha le téléphone de Marcy.

— Musée Wells, bureau de Mme Qatar, répondit la secrétaire.

— Ici Lucas Davenport, le chef adjoint de la police de Minneapolis. Je suis passé vous voir l'autre jour...

Il expliqua ce dont il avait besoin.

— Laissez-moi me renseigner auprès de la directrice, fit la secrétaire. Un instant.

Helen Qatar prit la ligne quelques instants plus tard.

— Nous sommes en train de vérifier, dit-elle. Vous croyez que cela pourrait être important ?

— Disons que cela expliquerait pas mal de choses, répondit Lucas. On n'arrive pas à comprendre ce que *vous* faites là-dedans, mais si vous vous êtes trouvée au même endroit que ces femmes, lors d'un événement dont vous étiez un personnage important...

— Il y a un an et demi ? En août ?

— Août ou début septembre. Mais pas plus tard que le 14 septembre.

Il entendit la voix de la secrétaire en fond sonore, puis Qatar revint en ligne.

— Je crois...

Elle s'éloigna de nouveau, dit quelques mots à sa secrétaire. Et, une poignée de secondes plus tard :

— Nous avons organisé une garden-party de pré-rentrée pour les élèves et les amis du musée, pour lever les fonds nécessaires à l'entretien de nos collections. (Elle s'éloigna encore, revint.) Voilà. Le 29 août. Nous avons invité six cents personnes. Nous ne savons pas au juste combien sont venues, mais je peux vous dire que le buffet a été dévasté.

— Ces femmes vous ont toutes citée parmi leurs relations. Vous croyez qu'elles étaient invitées ?

— La liste, murmura Marcy. La liste des invités.

— Vous avez la liste des invités ? demanda Lucas.

— Nous ne l'avons sûrement pas gardée, répondit Qatar,

255

avec une pointe d'excitation dans la voix. Cela dit, nous avons invité toutes les personnes inscrites sur notre liste de contacts, et je crois qu'elles y figurent toutes les quatre. Quand l'inspecteur Black m'a cité leurs noms, j'en ai reconnu trois, mais le quatrième ne me disait rien. J'ai consulté notre fichier pour vérifier, et elle y était.

— Si vous pouviez retrouver la liste des invités de cette garden-party, dit Lucas, ça nous donnerait un énorme coup de pouce.

— Je vais regarder. Je ne pense pas qu'on puisse la retrouver, mais nous devrions au moins pouvoir la reconstituer.

— Ce serait fantastique, madame Qatar.

— Nous allons faire de notre mieux pour vous fournir quelque chose dès demain. Au fait, j'ai loué ce film dont vous m'avez parlé, mais je n'ai pas encore eu le temps d'y jeter un coup d'œil. Peut-être ce soir.

— Quel que soit le résultat, sachez que nous apprécions votre aide.

— Je me prendrais presque pour Miss Marple, dit-elle avec une sorte de délectation.

17

Weather resta dormir chez Lucas – pas pour le sexe, mais tout simplement parce qu'il lui manquait.

— Je crois qu'on est en train de se mettre en ménage, fit-elle, étendue sur le lit, avec un livre ouvert sur la poitrine. Il serait peut-être temps de parler maison, non ?

— Comment ça ?

— Est-ce qu'on aura besoin de s'agrandir ?

Lucas promena un regard circulaire sur sa chambre. Il vivait ici depuis dix ans, et cette maison lui convenait raisonnablement – mais avec une femme et un enfant, elle risquait d'être un peu juste.

— Peut-être.

Cette question le maintint éveillé bien après que Weather se fut endormie : classiques ruminations nocturnes autour d'un chambardement en perspective. Cela dit, curieusement, l'idée d'un déménagement ne l'effrayait pas outre mesure. Tout bien considéré, il n'éprouvait guère d'attaches pour sa maison actuelle.

Plus d'espace. Une pièce multimédia, un atelier de bricolage. Un vrai bureau au lieu d'une chambre reconvertie. Une vraie belle chambre avec salle de bains attenante, et d'autres chambres pour les enfants. Les enfants. De quoi auraient-ils besoin ? Vu la manière dont Weather était accaparée par son métier, ils devraient peut-être envisager une nounou à plein temps...

Son quartier lui plaisait, ses voisins aussi. Tout cela risquait de lui manquer s'ils déménageaient. Et s'il s'installait quelques mois chez Weather, le temps de faire des travaux d'agrandissement ici, voire de raser la maison pour construire du neuf à la place ?

Le jardin offrait toutes sortes de possibilités d'extension. Il leur faudrait un garage plus grand, à quatre places. Un grand atelier en sous-sol serait le bienvenu. Peut-être arriverait-il, cette fois, à avoir une cave complètement sèche.

Il s'endormit en pensant à un établi de menuisier. Bien que n'ayant guère l'usage de ce genre de matériel, il s'arrêtait longuement devant chaque fois qu'il se retrouvait dans un magasin de bricolage. Des outils intéressants : scie circulaire, scie à ruban, plein d'accessoires. On pouvait rester des heures enfoui dans sa cave à faire joujou avec un établi. Il s'en paierait un gros, et peut-être aussi une raboteuse. Il ferait lui-même ses meubles… Zzz…

Quand le téléphone sonna, il faisait encore nuit.

— J'avais oublié ce détail, grogna Weather dans un demi-sommeil. Les coups de téléphone en pleine nuit…

— Cinq heures et demie, dit-il, regardant les chiffres verts du radio-réveil et cherchant à tâtons le combiné. Oui ?

— Chef Davenport ?

Il perçut une rumeur de circulation en fond sonore.

— Soi-même.

— Ici le sergent John Davis, de la police de Saint Paul. Le lieutenant Allport m'a conseillé de vous prévenir.

Lucas s'assit.

— Je vous écoute, John. Qu'est-ce qui se passe ?

— Je me trouve avec une équipe d'éboueurs sur la 7e Rue est, devant un restaurant indien, le Kanpur. Ils ont découvert un cadavre dans une poubelle il y a environ une heure. On n'a pas encore son identité, mais c'était une fille jeune, nue, petite et blonde, et elle a été étranglée avec un cordon. Ça n'a peut-être rien à voir avec votre enquête, mais Allport m'a demandé

258

de vous dire que son profil correspondait à celui de ces femmes que vous avez déterrées l'autre...

— Bon sang...

— Elle correspond aussi au signalement de la fille qui, apparemment, vivait avec Randy Whitcomb. On n'en est pas encore sûrs, mais des échantillons sanguins ont été prélevés, et on devrait le savoir très vite. On tâche de retrouver une voisine de Whitcomb, qui l'aurait croisée deux ou trois fois. Un inspecteur de chez nous l'a interrogée hier, mais on n'a pas encore son nom.

— D'accord. (Lucas prit quelques secondes pour réfléchir, irrésistiblement attiré en arrière par la force magnétique de son lit.) Ça vaut vraiment le coup que je descende voir ?

— Ma foi, vous verrez juste le corps dans l'état où les gars l'ont retrouvé. Vu qu'on a décidé de lui faire la totale en matière d'investigation technique, il risque de rester ici un bon moment. C'est sûr que vous pourriez tout à fait vous contenter de regarder les bandes vidéo plus tard. Mais peut-être que si on réussit à faire venir la voisine...

— Mmm... Continuez le boulot. Je vais essayer de passer.

— Vous savez où c'est ?

— Oui. Attendez, je vais vous donner un numéro... (Il dicta le numéro de portable de Del.) Il était justement à la recherche d'autres filles susceptibles de travailler pour Randy, précisa-t-il. Il se peut que l'une d'elles connaisse celle-ci – au cas où vous n'arriveriez pas à retrouver la voisine.

— Vous croyez que je peux l'appeler en pleine nuit ?

— Tant que vous voudrez. Del est du genre lève-tôt, et je ne serais pas surpris qu'il soit déjà debout.

Il prit le Tahoe – à cause des porte-gobelets –, s'arrêta dans une station-service où il acheta deux gobelets de café taille maxi et un sachet de beignets, et arriva sur le parking du Kanpur une demi-heure à peine après le coup de fil du sergent de Saint Paul. La façade arrière de l'établissement était vaguement éclairée par deux veilleuses à vapeur de sodium qui répandaient un halo orangé, les gyrophares des voitures, et le projecteur d'une caméra vidéo de la police scientifique. Plusieurs uniformes se retournèrent à l'entrée du Tahoe et, quand Lucas mit pied à terre, un sergent se détacha du groupe pour venir à sa rencontre.

— John Davis, dit-il en tendant la main. Elle a vraiment une sale gueule. (Le contenu à ordures était adossé au mur arrière du restaurant ; ils s'en approchèrent.) Elle a failli partir dans la benne, mais la poubelle était tellement pleine qu'elle ne fermait pas bien, et le chauffeur est descendu pour balancer quelques sacs à la main avant le levage.

— Elle était sur le dessus ?

— À mi-hauteur. Après avoir retiré deux ou trois sacs, le type a aperçu son bras.

— On n'y voit pas grand-chose, observa Lucas.

— Ils ont de la lumière sur le camion. Pour bien voir ce qu'ils font au moment du levage.

Lucas regarda à l'intérieur du conteneur. La morte était nue, comme annoncé. Un visage innocent et terreux, les paupières à demi ouvertes. Son cou présentait des plaies profondes de strangulation, et du sang avait jailli de sa bouche. Le bras droit plongeait à l'oblique, disparaissant dans les profondeurs de la poubelle. L'autre était replié sur sa poitrine.

— Elle a effectivement le profil, dit Lucas. Vous avez une torche ?

Davis lui tendit sa lampe, dont Lucas braqua le faisceau sur la main visible de la morte, en se penchant davantage sur la poubelle.

— Qu'est-ce qu'il y a ? demanda Davis.

— Elle s'est cassé un ongle... non, deux.

— En essayant de se défendre.

— Je connais quelqu'un qui a une théorie là-dessus, fit Lucas. S'il a raison, on va devoir examiner de très près le tapis de Randy.

Tandis que Lucas rendait sa torche à Davis, Del arriva à son tour sur le parking et émergea de sa voiture. Il ressemblait si peu à un flic qu'il dut montrer son insigne aux agents de Saint Paul venus à sa rencontre.

— Il y a du café dans le Tahoe, lui lança Lucas.

Del bifurqua aussitôt vers le 4 × 4, ouvrit une portière, retraversa le parking pour rejoindre les deux hommes avec les gobelets, et se présenta à Davis.

— Je m'étais promis de te tuer pour te punir de leur avoir donné mon numéro, dit-il ensuite à Lucas, mais bon, vu que tu as pensé à apporter le jus…

Il avala bruyamment une lampée.

— Il y a une forte possibilité pour que ce soit la poule de Randy, dit Lucas.

— Oui, c'est ce que m'a dit John. Au fait, une des poules de DDT – pas Charming, une autre, Melissa – a peut-être croisé cette fille la semaine dernière. Dans une fête, sur Como.

— Tu as appelé DDT ?

— Ouais. Sauf que c'était jour de match hier soir au Target Center, et Melissa y est allée. Elle l'a prévenu qu'elle ne pensait pas rentrer dormir, et effectivement elle n'est pas rentrée.

— Donc, elle doit être au pieu quelque part en ville avec un putain de joueur de basket.

— Oui, et j'espère bien que c'est un joueur de Chicago. Et qu'elle lui refilera la chtouille.

— Il sait quand elle rentrera ?

— À son avis, en milieu de matinée.

— Bon Dieu ! J'aurais préféré qu'il la balance à l'arrière de sa bagnole et qu'il nous l'amène direct.

— D'autant qu'il aurait évité l'heure de pointe, ajouta Del en buvant une nouvelle gorgée.

— On a réveillé l'enquêteur qui a interrogé la voisine de Whitcomb hier, déclara Davis. Il nous a donné ses coordonnées, et j'ai envoyé une unité la chercher. (Il se retourna vers deux agents en uniforme de Saint Paul, censés bloquer l'accès du parking, mais qui se tournaient visiblement les pouces. Hé, les gars, appelez tout de suite Polaroïd, je veux savoir s'il a retrouvé cette voisine !

261

Un des agents fit un signe du pouce et s'installa à bord d'une voiture de patrouille. Quelques secondes plus tard, il en ressortit et cria :

— Il arrive, sergent ! Avec elle !

— Excellent, fit Lucas.

— Ces autres filles étranglées..., s'enquit Davis. Elles faisaient le tapin ?

— On s'est posé la question, répondit Lucas, mais ça paraît peu vraisemblable. Celle-ci serait plutôt un cas à part.

— Et ce connard de Whitcomb qui ne peut pas parler...

La voisine s'appelait Megan Earle. Elle avait enfilé une parka rouge pour l'occasion, et s'approcha du conteneur sans retirer la capuche.

— Il faut vraiment que je regarde ? demanda-t-elle.

— Oui, répondit Davis. Mais... attendez une minute.

Il se tourna vers un technicien.

— Mettez-lui un sac-poubelle. Vous voyez ce que je veux dire.

Le flic dissimula le corps et le cou de la morte sous un sac-poubelle vide, fit un signe de tête à Davis, et Megan Earle s'avança vers le conteneur, à contrecœur. Elle se hissa sur la pointe des pieds et jeta un rapide coup d'œil à l'intérieur.

— Mon Dieu...

Elle recula, se retourna vers Davis.

— C'est Suzanne.

— Elle s'appelait Suzanne ? demanda Lucas.

— C'est ce qu'elle m'a dit. On ne s'est parlé qu'une fois ou deux, en sortant nos poubelles.

— Et vous êtes sûre que c'est elle.

Earle hocha la tête.

— C'est elle. Oh, mon Dieu !

L'agent qui l'avait amenée regarda à son tour à l'intérieur du conteneur, sortit un appareil de sa poche et prit une photographie de la morte – un polaroïd, réalisa Lucas en voyant le cliché émerger lentement à l'avant de l'appareil.

— Randy est trop jeune pour avoir tué les deux premières, lâcha Del au bout de quelques secondes de silence.

— Et s'il y avait deux tueurs ? Chacun opérant de son côté ? Non, dans ce cas, le cimetière n'existerait pas...

— Et si tout ça n'était qu'une coïncidence à la con ?

— Et qu'est-ce que tu fais des bijoux ?

Del se gratta le crâne.

— Ce ne sont pas les pièces qui manquent, dit-il. Le problème, c'est qu'elles ne s'emboîtent pas.

— Randy pourrait nous aider à les assembler, observa Lucas.

— S'il en a envie.

— Il risque une condamnation pour meurtre. Si c'est bien le sang de cette fille qui a éclaboussé son appart.

— Je devrais peut-être jouer les infirmières, dit Del. Rester gentiment à son chevet jusqu'à ce qu'il se réveille.

— Ce ne serait pas une mauvaise idée. Celui qui recueillera ses premières paroles aura des chances de résoudre l'énigme.

Ils s'attardèrent encore un peu, le temps de s'assurer qu'il n'y avait rien d'intéressant à trouver sous le corps de la morte. Pendant que les assistants du légiste l'emballaient dans une housse, Davis dit à Lucas :

— On va essayer de traiter les éléments recueillis le plus rapidement possible. J'imagine qu'on saura si le sang correspond vers le milieu de matinée. Il faut un moment pour mettre tout le monde en branle.

— Vous m'appellerez ? demanda Lucas.

— Personnellement, j'aurai fini mon service. Mais Allport sera averti.

— Je vois. Dans ce cas, c'est moi qui l'appellerai.

— Vous en êtes à combien de meurtres pour cette année, à Saint Paul ? s'enquit Del.

— Je crois que ça fait cinq, dit Davis.

— Fichtre... Nous autres, on en a eu dix en trois mois. Plus personne ne tue. Même les agressions sont en chute libre.

— Pareil ici. Le deal est en baisse. Mais le viol se maintient.

— C'est vrai, concéda Del, le viol tient bon la rampe.

— Les huiles commencent à parler de réorganisation, enchaîna Davis. De déplacer des effectifs qui s'occupaient jusqu'ici de la criminalité contre les personnes, histoire de mettre les bouchées doubles sur la criminalité contre les biens. Du coup, certains flics en civil – surtout les jeunes – ont peur de se retrouver en uniforme.

— Sans vouloir vous offenser, je ne pourrais pas porter l'uniforme, dit Del avec un léger frisson. Les patrouilles, ouh là là... j'ai de la peine pour vous, les gars.

— On aime ça. Y a moins de connards.

— Dans la rue, vous voulez dire, ou dans la maison ?

— Les deux.

Sa réponse déclencha un éclat de rire général.

— Je souscris à cette remarque, conclut Lucas.

Lucas rentra chez lui, débrancha le téléphone de la chambre, ferma la porte, et s'écroula sur son lit, la face contre l'oreiller. Il ne bougea plus avant dix heures du matin. Puis il poussa un grognement, se leva, se rasa, se doucha, et partit dans le centre.

Marshall discutait avec Marcy. En voyant Lucas, il se leva.

— Je suis au courant pour la fille dans la poubelle, dit-il. Qu'est-ce que vous en pensez ?

— Il faut que j'appelle Saint Paul. Ils doivent comparer son sang à celui qui a été retrouvé chez Randy – mais je dirais qu'il y a quatre-vingt-dix-neuf chances sur cent pour que ce soit le même. Le temps de passer mon coup de fil à Allport et on y verra un peu plus clair.

Allport avait les résultats en main.

— Elle a bien été tuée chez Whitcomb. C'est son sang. Du coup, je me sens un peu mieux par rapport à la façon dont notre intervention a dégénéré – les toubibs ont beau y aller fort sur les stéroïdes, ce problème de colonne a l'air de tourner au vinaigre. Je doute que Randy puisse remarcher.

— Est-ce qu'il reparlera ?

— Sans doute pas aujourd'hui. Ils le maintiennent sous

sédatif jusqu'à ce qu'ils aient fini de lui trifouiller la colonne. Ils doivent le remettre sur le billard cet après-midi pour essayer de consolider le truc, mais maintenant ils craignent que des tissus mous externes aient pénétré à l'intérieur même de la moelle épinière, ce qu'ils n'avaient pas repéré à la radio la première fois. Peut-être un fragment de peau. Le problème, c'est que ça ne se voit pas.

— Demain, alors ?

— Je n'en sais rien. Demain, il sera peut-être mort.

— Tu crois ?

— Pas vraiment, mais.. Tu sais, ces gens-là sont avares d'infos. Une chose est sûre : Randy est dans un sale état, et ils ne savent pas du tout quand on pourra lui parler.

— On dirait une connerie de feuilleton télé, bougonna Lucas. Tu vas voir qu'à l'épisode suivant il va tomber de son lit, se cogner le crâne et devenir amnésique.

Après avoir raccroché, il résuma la situation à Marshall, qui secoua la tête.

— Je donnerais bien mille dollars pour effacer ce qui s'est passé hier, soupira-t-il. Si seulement ce gosse ne s'était pas fait plomber...

— C'est un connard de classe mondiale, lâcha Lucas.

— Je m'en contrefous. C'est votre problème. Moi, ce que je veux, c'est qu'il crache le nom de l'assassin. Une fois qu'il me l'aura donné, il pourra bien passer sous un rouleau compresseur, ça ne me fera ni chaud ni froid. Mais d'abord, je veux le nom.

— Vous avez avancé sur cette garden-party à Saint Patrick ?

— Oui, répondit Marshall. On a recopié la liste de Mme Qatar sur une disquette, qu'on a remise à Harmon, et il s'est mis dessus tard dans la soirée. Ça n'a pas donné grand-chose – sauf une petite nouveauté. Ils ont là-bas une revue d'étudiants, dont le titre est *Shamrock*. Quelques photos de ce pince-fesses ont été publiées dedans, avec un tas de bonnes femmes alignées sur la pelouse, chacune avec un badge à son nom. Ce qui veut dire que si notre homme y est allé, avec un appareil, il a pu prendre toutes les filles qu'il voulait en photo et découvrir leur identité sans avoir à se présenter. Ni même à leur adresser la parole.

— Ça ne nous avance pas beaucoup, dit Lucas. Combien d'hommes sur votre liste ?

— Peut-être cent cinquante. Harmon est en train de les confronter au fichier des Mœurs.

Sur ces entrefaites, Del téléphona de l'hôpital :

— Ils m'ont laissé entrer dans la chambre de Randy, et, franchement, ça n'a pas l'air d'aller bien fort. De temps en temps il lâche un drôle de petit bruit, point à la ligne. Ses parents ont engagé un avocat qui m'a pris la tête... On dirait que ça se complique.

— Tu ferais mieux de revenir, dit Lucas.

— Je crois aussi. Il ne se passera plus rien aujourd'hui, à moins que Randy ne casse sa pipe.

— Allport pense que le risque est minime.

— Je ne sais pas, fit Del. Les carabins m'ont expliqué qu'il a tellement de produits bizarres dans les veines qu'ils doivent se colleter avec des symptômes de manque en plus de tout le reste. Il y a de l'héroïne, de la cocaïne, peut-être du PCP – figurez-vous qu'il se faisait des inhalations... Quel petit connard !

Marcy et Marshall partirent pour Saint Paul, où devait se tenir la première réunion de la cellule inter-services constituée pour mettre hors d'état de nuire celui que les journaux et les chaînes de télévision appelaient désormais « le fossoyeur ». Ce nom, trouvé par un présentateur de Channel 8, avait ensuite été repris sur Channel 3 (qui accompagnait en outre ses reportages d'un logo stylisé évoquant un cimetière à flanc de colline), et par la presse écrite.

Resté seul, Lucas compulsa le dossier Aronson, de plus en plus volumineux, sans être visité par la moindre intuition. Quand il sortit déjeuner vers midi, il s'aperçut que les nuages s'étaient refermés sur le ciel et qu'un ignoble crachin glacé postillonnait sur les rues de la ville. Mouillé et tremblant de froid, il erra ensuite dans les bureaux du City Hall, bavarda avec Lester et Sloan, et finit par emprunter le passage secret qui reliait le département de police aux services du médecin légiste, où il parla strangulation avec Henry Flanagan.

À deux heures, de retour à son bureau, il reçut un appel de Weather.

— Que dirais-tu d'inviter les Capslock et les Sloan à dîner demain soir ? proposa-t-elle. On pourrait faire des langoustines.

— D'accord. Cela dit, on s'y prend un peu tard.

— Ils ne sortent jamais. Et cela fait un bail qu'on ne s'est pas tous retrouvés.

— Qui sait ? Demain soir, avec un peu de chance, tout sera réglé.

Il n'y croyait pas vraiment. L'enquête était plutôt en train de s'enliser. Tout dépendait de Randy – mais Randy semblait s'être réfugié au pays des songes.

18

Le meurtre de la prostituée anonyme chez Randy Whitcomb apporta un semblant de paix intérieure à Qatar. Il revoyait mentalement la scène toutes les cinq minutes, surtout le bouquet final, lorsqu'il la suspendait au-dessus du tapis de fourrure et qu'elle se mettait à trembler...

« C'est le meurtre, idiot. »

Il avait toujours cru que c'était le sexe – que le meurtre ne visait qu'à châtier les femmes des déceptions sexuelles qu'elles lui avaient infligées. À présent, il savait. Depuis qu'il connaissait Barstad, il avait mis en application toutes les fantaisies érotiques dont son imagination était capable. Et il s'était rendu compte, au fil du temps, qu'elles l'ennuyaient. C'était donc le meurtre, se dit-il, et cela faisait du bien – oui, vraiment – d'avoir clarifié ce point.

Il chercha une métaphore appropriée. La prise de conscience de la nature exacte du plaisir qu'il éprouvait était, finit-il par décider, l'équivalent psychologique de la dégustation d'un grand vin blanc français, d'une fraîcheur et d'une verdeur parfaites ; si elle avait provoqué chez lui une légère confusion intellectuelle, en revanche, sur le plan des sens, son effet était divinement limpide.

Il en redemandait.

Barstad.

Ils se voyaient deux fois par semaine, et leur sexualité avait dépassé le stade de la pure besogne pour s'égarer dans un marigot de subtiles variations. Qatar en était moins diverti qu'étonné. La dernière fois, il avait eu beau la fesser avec une raquette de ping-pong jusqu'à ce que sa croupe ait viré au rouge flamboyant, elle avait cependant paru trouver qu'il avait mal fait son travail. La douleur, selon elle, était restée à la périphérie de son plaisir au lieu de s'épanouir en son centre, comme il l'aurait fallu. Elle en parlait comme un théoricien français de la littérature écrivant sur le sexe.

Aujourd'hui, tout serait différent. Le cordon de starter était dans la poche arrière de son pantalon quand il se présenta chez elle, et il avait pris la précaution de ranger un sac marin et une pelle dans le coffre de sa voiture. Il irait l'enterrer si loin dans la campagne qu'elle ne serait jamais retrouvée. Et si les policiers tenaient malgré tout à attribuer sa disparition au fossoyeur, grand bien leur fasse !

Peu lui importait. La force était en lui. Il en était même venu à apprécier sa nouvelle appellation médiatique : le fossoyeur. Excellent... En sifflotant, il monta dans la cabine d'ascenseur qui allait l'emmener chez Barstad.

Elle était nue pour l'accueillir ; elle ouvrit la porte d'une main et prit une pose lascive sur le seuil, les yeux mi-clos.

— James..., souffla-t-elle. J'ai déjà commencé.

— Je vois.

— J'ai un nouveau film. Un DVD. Et j'ai repoussé le canapé pour mettre le futon devant la télé.

D'abord le sexe, se dit-il. Le sexe d'abord, et une fois qu'il se serait vidé de toutes les émotions vulgaires que le sexe avait le pouvoir de dissoudre, il serait mieux à même d'apprécier la strangulation avec calme et lucidité. L'acte comportait toute une esthétique.

Ils commencèrent donc par le film et la masturbation, passèrent au sexe oral, puis abordèrent les subtiles variations. Qatar sentit son esprit vagabonder au gré des sensations, baissa les yeux sur la nuque de Barstad penchée sur son entrejambe, chercha son pantalon du regard. Il était hors d'atteinte, et il n'était pas en mesure pour l'instant de se détacher d'elle. Il se laissa donc aller, admirant sa nuque et le rail délicat de son échine, bouleversé d'avance par ce qui allait venir...

Elle prit son plaisir, et lui aussi, puis elle se coucha contre lui, la tête sur son épaule. Elle réclamait toujours une deuxième fois, l'avait même pressé un jour d'avoir recours à des renforts chimiques. Qatar était sûr et certain qu'une autre occasion se présenterait de sortir son cordon. Que pouvait-on éprouver à étrangler une femme prise au même instant dans les spasmes de l'orgasme ? S'arrêterait-elle de jouir ? Et lui ?

— James, souffla-t-elle au creux de son cou, je vais vous rendre très, très malheureux. Si vous voulez me punir, je me laisserai faire. Mais je veux d'abord que vous m'écoutiez.

Qatar se redressa sur un coude. Où voulait-elle en venir ?

— James... Le moment est venu d'aborder un nouveau stade d'expérimentation.

Barstad avait toujours considéré la question du sexe avec un sérieux extrême, comme elle aurait suivi un programme scientifique. Que ferait-elle lorsqu'elle serait arrivée au bout, qu'elle aurait épuisé la liste des possibilités ? Elle se lancerait dans une collection de godemichés ? Elle écrirait des haïkus ?

— J'en ai parlé à une amie de longue date. Elle a eu quelques expériences sexuelles avec d'autres femmes, et nous avons décidé qu'il était temps d'explorer ce terrain ensemble. L'homosexualité.

Il la fixa, abasourdi.

— Vous voulez essayer avec une femme ? Vous êtes intéressée par le lesbianisme ?

— Peut-être la première fois, mais... Nous en avons discuté, et j'aimerais que vous la rencontriez. Nous serions prêtes à envisager un trio... si elle et vous réussissez à vous entendre.

Un trio ? Il s'assit.

— Vous lui avez parlé de moi ? Elle sait qui je suis ?

— Elle sait juste que vous êtes professeur. Je ne pouvais pas lui en dire moins. Elle tenait absolument à savoir quel type de personne vous êtes. Elle n'accepterait jamais de coucher avec le premier venu.

— Vous lui avez dit ça ? lâcha-t-il, fou de rage.

— Oui.

— Bon Dieu, Ellen, je vous ai pourtant dit que je ne pouvais pas me permettre la moindre rumeur ! J'enseigne dans une université catholique. Ma carrière, mon gagne-pain...

Elle lui mit un doigt en travers de la bouche pour le réduire au silence, et :

— Mon amie est d'une grande discrétion. Elle comprend parfaitement ces choses. Elle vit en couple, et son mari ne se doute de rien.

— Pauvre conne ! Espèce de...

— Battez-moi, James. Dans la figure. Fort. Allez-y, frappez-moi.

— Vous êtes folle !

— Je suis une chercheuse, James. (Son visage était serein, comme illuminé de l'intérieur.) Frappez-moi.

Il la gifla.

— Plus fort, James.

La deuxième fois, il y alla de bon cœur. Il était arrivé avec l'intention de la tuer, mais une impossibilité venait de surgir – du moins tant qu'il n'aurait pas découvert ce que Barstad avait exactement dit à cette autre femme. Il abattit de nouveau sa paume ouverte, avec une force qui aurait dû l'assommer. Mais elle leva sur lui ses yeux mouillés, implorante, du sang sur les lèvres.

— Violez-moi.

Il secoua la tête :

— Écoutez, je...

Il baissa les yeux sur son ventre : il était en train de trembler comme un pot de gelée.

— James... James, s'il vous plaît...

Chez lui, ce soir-là, alors qu'il mangeait un bol de céréales en lisant le texte de l'emballage, sa mère lui téléphona.

— James, j'ai besoin de te voir.

Elle avait l'air malade.

— Ça ne va pas, maman ? Tu as l'air... souffrante.

— Oui, je souffre. Le martyre. J'ai besoin de te parler sur-le-champ.

— D'accord. Le temps de finir mon dîner et j'arrive.

Après avoir raccroché, il se rassit à table, mais au lieu de revenir au texte de la boîte de céréales il se mit à réfléchir sur le ton de sa mère. Elle semblait réellement perturbée – et il avait perçu une urgence inhabituelle dans sa voix. Peut-être était-elle vraiment malade. Sa propre mère était morte d'un cancer du pancréas avant d'avoir atteint son âge.

Sa mère, pensa-t-il. Toutes ces années à toucher un excellent salaire. Née à la fin de la Grande Dépression de parents qui, ayant connu le chômage chronique et perdu leur maison, lui avaient inculqué la terreur de se retrouver seule, sans le sou, et trop vieille pour se prendre en charge. Cette terreur viscérale l'avait poussée à travailler au-delà de l'âge de la retraite.

Et aussi à amasser de l'argent sur un compte en actions et sur son plan d'épargne retraite. Elle avait un demi-million de dollars en fonds de pension, Dieu sait combien sur son plan de retraite, et l'université fournissait une excellente assurance médicale – de sorte que son patrimoine ne courait aucun risque d'être absorbé par des frais médicaux ou d'assistance à domicile.

Un demi-million. Sa mère... partie. Il se prit la tête entre les mains, le visage baigné de larmes, la poitrine soulevée, la gorge nouée. Au bout d'un moment, il se ressaisit.

Un demi-million. Dire que cinquante mille suffisaient pour s'offrir une Porsche Boxter S.

Il se vit au volant d'une Porsche, vêtu d'un blouson de cuir fauve – pas en daim, le daim était dépassé, plutôt un cuir rappelant l'esprit du daim, avec des gants de pilote d'un brun un peu plus foncé –, saluant de la main, au coin d'une rue, une petite étudiante blonde béate d'admiration. L'image était si réelle que ce fut comme s'il vivait l'expérience, là, assis sur la chaise de sa cuisine. C'était un après-midi d'automne frais et clair, les feuilles rousses voletaient sur la chaussée, une vague odeur de fumée planait dans l'air, un temps idéal pour son blouson, la fille portait une jupe écossaise et un long chemisier blanc, un cardigan jeté sur ses épaules...

Sa mère était souffrante. Il se hâta de monter dans sa voiture.

Il se gara dans l'allée, gravit les marches de l'entrée latérale, stoppa une seconde pour embrasser la maison du regard – il n'y avait jamais pensé, mais cette maison, dans ce quartier, et vu son état, représentait elle-même un bon quart de million. Et ils n'avaient pris aucune disposition pour la transmission : aucune. L'idée de la perdre, d'abandonner ne serait-ce qu'une partie de sa valeur au profit du fisc menaça un instant de raviver ses larmes. Il redressa ses épaules et pressa le bouton de sonnette.

Helen Qatar arriva, ouvrit brusquement la porte.

— Entre, dit-elle d'un ton sec.

Elle n'avait pas l'air malade.

— Ça va ? demanda-t-il.

— Non.

Elle le guida vers le salon en forme de L où était installé le téléviseur, s'assit dans son fauteuil à bascule. Qatar prit place au bord du canapé. Elle attrapa une télécommande sur la table basse, la pointa vers l'écran et, un instant plus tard, Qatar, non sans perplexité, se retrouva à contempler les images d'un vieux film. Les images défilèrent quelques secondes, puis sa mère déclencha la pause au moment où apparaissait le gros plan d'un acteur aux traits avenants.

— Des policiers sont venus me trouver trois fois, commença-t-elle. Pour m'interroger à propos de l'homme qui a enterré toutes ces femmes à flanc de colline. Ils ont découvert que cet homme a reçu une formation artistique ; qu'il a fait un passage à Stout, dans le Wisconsin ; qu'il a un lien avec Saint

Patrick, et plus particulièrement avec moi ; et qu'il a sans doute assassiné Charlotte Neumann...

Qatar avait renforcé le contrôle de son visage au fur et à mesure que sa mère parlait. Il s'était toujours considéré comme un menteur d'exception, capable d'offrir sur commande une expression à la fois détendue et perplexe, comme quelqu'un qui se demande où son interlocuteur veut en venir, prêt pour la surprise et le déni.

— Et selon eux, conclut sa mère, il ressemble à cet homme.

— Oui ? Et ?

— James... C'est toi, il y a dix ans. Et même cinq. C'est toi !

Le menton de Qatar s'affaissa. Puis, haussant le ton au fil des syllabes :

— Tu crois, tu crois... Maman, tu crois que c'est moi ? Mon Dieu, cet homme est un monstre ! Tu crois que c'est moi ?

Elle hocha la tête.

— J'en ai bien peur, James. Je voudrais que tu me persuades que ce n'est pas vrai. Mais je me souviens de tous ces pauvres chats auxquels tu as tordu le cou.

— Ce n'est pas moi ! C'est Carl Stevenson. Je te l'ai pourtant dit à l'époque, que c'était Carl !

Elle secoua la tête.

— James...

— Que veux-tu que je te dise ? (Il s'était levé.) Ce n'est pas moi, maman !

— Prouve-le-moi.

Il secoua la tête.

— C'est... de la folie. De la folie complète ! Seigneur, j'espère au moins que tu n'en as parlé à personne. Il s'agit de ma vie, de ma carrière ! Je n'ai rien à voir – rien – avec cette histoire, mais il suffirait que je sois accusé, ou même soupçonné, pour que je sois détruit. Mon Dieu, maman, comment as-tu pu penser une chose aussi affreuse ?

Elle le dévisagea, des larmes plein le regard.

— Je voudrais te croire, James, mais je n'y arrive pas. Pour

274

les chats, je sais que c'est toi. J'ai tout fait pour me le cacher à moi-même, mais un jour, je t'ai vu te faufiler dans le garage, et j'ai retrouvé le chat juste après.

Et elle fondit brusquement en sanglots, avec un mélange de râles et de hoquets – un spectacle ignoble, qui fit venir des larmes aux yeux de Qatar, des larmes causées non par la souffrance de sa mère mais par l'injustice et par l'incompréhension dont il était victime. Elle refusait de lui faire confiance, elle était prête à le trahir.

— Ce n'est pas moi, se défendit-il. À qui est-ce que tu en as parlé, maman ?

— À personne, souffla-t-elle. Je suis consciente des conséquences que cela pourrait avoir pour toi. J'ai fait attention. Mais maintenant, au moins, j'ai un motif de prière. La chair de ma chair, le sang de mon sang...

— Ah, ça alors... Maman, je n'aurais pas voulu avoir à faire ça, mais tu m'obliges à te le dire : je crois que tu es... souffrante. Tu te fais des idées. Tu as inventé ces soupçons de toutes pièces. Cet homme sur l'écran, ce n'est pas moi. Tu comprends ? J'ai vu les dessins à la télévision. Tu crois vraiment que j'aurais pu dessiner ces horreurs ? Allons, maman !

Sa ruse n'allait pas prendre. Il le voyait.

— Il faut que je boive quelque chose, dit-il. De l'eau. Ne bouge pas.

Il passa devant elle, traversa le séjour, entra dans la cuisine, ouvrit un placard, prit un verre, laissa couler l'eau quelques secondes pendant que toutes sortes de calculs se bousculaient dans sa tête. Après que le verre eut débordé, il éteignit le robinet, but une gorgée, exhala longuement, jeta le reste de l'eau dans l'évier.

Sa mère savait. Il devait agir.

Elle était toujours assise dans son fauteuil à bascule quand il revint dans le salon ; l'acteur, pétrifié sur l'écran, les observait d'un œil imperturbable. Bien qu'accablée de désespoir, elle ne montrait aucune trace de peur.

275

— La meilleure chose à faire…, commença-t-elle.

Elle n'alla pas plus loin. D'une main, il l'empoigna par les cheveux et la fit basculer en avant. Elle poussa un cri, s'écroula face contre terre sur la moquette, et il se jeta sur elle, de tout son poids, pour l'immobiliser.

— James ! gémit-elle, essayant à toutes forces de tourner la tête, cherchant le regard de son fils d'un œil incrédule.

Il lui entoura le visage d'un bras, plaqua la paume sur sa bouche, lui pinça le nez entre le pouce et l'index. Il prit soin de ne pas pincer trop fort afin d'éviter la formation d'un hématome, juste ce qu'il fallait pour bloquer sa respiration. Elle se débattit, lutta pour trouver un peu d'air – il sentit la succion de ses lèvres au creux de sa paume –, mais ce fut fini assez vite. Il attendit d'être sûr qu'elle était morte, et même au-delà, pour retirer sa main.

Bien. C'était fait. Elle vivait à quatre pâtés de maisons de Saint Patrick. Elle s'y rendait à pied la plupart du temps, il n'aurait donc pas besoin de déplacer sa voiture. Et, comme elle était toujours la première au travail, personne ne s'étonnerait de la retrouver à son bureau.

Il allait devoir la changer, lui choisir une tenue appropriée. Il passa dans sa chambre, trouva dans la penderie plusieurs tailleurs encore dans leur housse de blanchisserie, en choisit un qu'elle aimait bien. L'habillage s'avéra pénible : sa mère avait le corps fripé d'un oisillon, sans aucun muscle, à peine sexué. Il se dépêcha, mais prit néanmoins le temps de s'assurer qu'elle était tirée à quatre épingles, comme elle l'avait toujours été dans la vie.

Il coupa la lumière de la véranda, sortit, attendit quelques secondes dans le noir, en scrutant la rue. Il se sentait en terrain familier, confiant en sa compétence. Quand il fut sûr qu'il ne risquait rien, il la transporta prestement jusqu'à la banquette arrière de son auto.

Son portefeuille. Il revint le chercher.

L'argent. Elle avait cinquante dollars dans son portefeuille.

Il en prit quarante, en laissa dix. Elle gardait aussi du liquide dans la cuisine, dans une boîte de farine en métal. Il souleva le couvercle, trouva trois cent cinquante dollars en billets de dix. La vue de cet argent le stimula, et il gravit l'escalier. Sa mère amassait de l'argent par tous les moyens possibles – peut-être même en volait-elle au musée – et le cachait comme un écureuil. Il ne savait pas où, mais pensa immédiatement à la chambre...

C'est bien là qu'il trouva le magot, au fond du placard, sous la moquette, dans une petite cache aménagée dans le sol. Il ne l'aurait jamais découvert s'il ne s'était pas mis à quatre pattes pour regarder dans ses souliers. Un coin de la moquette rebi-quait imperceptiblement, juste assez pour qu'on puisse tirer dessus. La moquette céda un peu trop facilement, et quand il regarda dessous...

Une grosse liasse de billets. Il la sortit, et son cœur fit un bond quand il s'aperçut que la plupart de ces billets étaient des cinquante et des cent. Il devait y avoir des milliers de dollars. Il ressortit du placard et se mit à compter, les yeux à quelques centimètres de la liasse, s'interrompant de temps à autre pour s'humecter l'index d'un petit coup de langue. Il compta une fois, n'arriva pas à y croire, recompta. Huit mille dollars ?

Il ferma les yeux. Huit mille dollars ! Une petite fortune, là, dans sa main...

Redescendu au rez-de-chaussée, il prit une lampe de poche dans un tiroir près de l'évier, éteignit toutes les lumières de la maison, et sortit.

C'était une nuit froide, sans lune. Il parcourut en voiture les quatre blocs qui séparaient la maison maternelle du musée Wells et se gara le long du trottoir. Il resta assis derrière son volant, attentif, à observer les voitures isolées qui passaient de temps en temps. Peu avant vingt et une heures, il descendit, fit une fois à pied le tour complet du musée, puis introduisit la clé de sa mère dans la serrure d'une porte de service. Elle tourna docilement, et il se retrouva dans la place.

Une veilleuse brillait à chaque extrémité du couloir. Dans un silence mortel, il se dirigea vers le bureau de la direction, poussa la porte, contourna sur la pointe des pieds le poste de la secrétaire et s'approcha du bureau personnel de sa mère. Tout se passait bien. Son plan allait fonctionner.

Il s'assura que la porte n'était pas fermée à clé, revint à sa voiture, balaya les environs du regard, puis souleva sa mère et la transporta sur la pelouse comme il aurait porté un tapis, en travers de son épaule. Arrivé au bureau, il l'installa dans son fauteuil.

Il trouva sa tasse à café à la clarté de la lampe de poche, redescendit le couloir en direction des toilettes pour hommes, remplit la tasse d'eau, prit un sachet de café soluble juste à côté du micro-ondes de l'antichambre et versa la poudre dans la tasse. Quand le mélange fut prêt, il souleva la main de sa mère, plia ses doigts autour de l'anse, et la poussa doucement pour la faire tomber au sol.

Sa mère s'écroula sans résister, entraînant la tasse dans sa chute.

Qatar jeta un coup d'œil circulaire. Quoi d'autre ?

Rien. Autant faire simple. Une mise en scène plus élaborée aurait exigé trop de temps. Et la sienne avait de l'allure. Sa mère gisait sur le flanc, comme endormie. Aucune trace de violence, ce n'était qu'une vieille dame de plus morte dans son sommeil. Comme elle avait toujours rêvé de partir.

Après un ultime regard, il quitta l'édifice en refermant la porte à clé. Rejoignit sa voiture. Une jolie nuit, pensa-t-il. Et de l'argent plein les poches.

Un demi-million en fonds de pension ?

Dommage pour maman.

Mais elle avait fait son temps.

19

Lucas était en train de parler à Rose Marie le lendemain matin quand la secrétaire passa la tête dans l'embrasure et dit en le regardant :

— J'ai une dame hystérique en ligne. Elle vous cherche. À l'en croire, c'est très urgent.

— Passez-la-lui sur mon poste, suggéra Rose Marie.

La secrétaire se replia et, quelques secondes plus tard, le téléphone de Rose Marie sonna. Elle décrocha et tendit le combiné à Lucas, assis face à elle.

— Lucas Davenport. J'écoute.

— Monsieur Davenport, ici Denise Thompson !

Son interlocutrice semblait au bord de la crise de nerfs. Sa voix était suraiguë et hachée par le stress.

— Euh... Denise... ?

— La secrétaire de Helen Qatar. Vous savez qu'elle est morte, et...

— *Quoi ?* lâcha Lucas en se levant comme un ressort. Elle est morte ? Comment est-elle morte ?

— À son bureau ! Je n'en sais rien, je n'en sais rien, mais... elle est morte, voilà ! Elle était assise derrière son bureau, avec une tasse de café. Elle a dû avoir une attaque, quelque chose comme ça.

— Est-ce qu'elle a appelé au sec...

— Non, non, je n'étais pas là, ça s'est passé avant l'arrivée de tout le monde ce matin, j'ai vu la porte ouverte, sa lampe allumée, je suis entrée, j'ai vu ses jambes par terre, et je me suis approchée pour voir... c'était fini ! J'ai appelé le 911...

Elle s'interrompit, secouée de sanglots haletants.

Lucas laissa la secrétaire pleurer quelques secondes, puis :

— Je comprends, madame Thompson. La police est venue ?

— Oui ! Et l'ambulance aussi, mais il n'y avait plus rien à faire. Je voyais bien qu'il était trop tard !

— Je vois.

— Je ne sais pas trop pourquoi je vous appelle, sauf que vous étiez passé la voir récemment, et qu'elle trouvait amusant de jouer les Miss Marple, et voilà qu'elle nous quitte, mon Dieu !

— Je demanderai au médecin légiste de regarder s'il n'y a rien d'anormal. On vérifiera. C'est vous qui allez vous occuper de la suite, ou... ?

— Plutôt son fils, c'est-à-dire, s'il arrive à se ressaisir ! Il était complètement effondré ce matin. Je l'ai prévenu, et il est arrivé tout de suite. Il a plus ou moins perdu les pédales !

— Entendu. Merci d'avoir appelé.

— Monsieur Davenport... je ne sais pas, je ne suis pas sûre de devoir aborder ce sujet...

— Abordez tout ce que vous voudrez.

— Eh bien, je ne doute pas que ce soit une attaque, ou quelque chose du même ordre, quelque chose de tout à fait normal, Mme Qatar était une dame âgée, mais... elle n'a pas apporté son journal.

— Je vous demande pardon ?

— Chaque jour depuis que je travaille ici, c'est-à-dire depuis de très longues années, elle arrive le matin avec son journal. Elle m'expliquait qu'elle se levait, qu'elle avalait un yaourt et un bol de céréales, et qu'elle faisait la liste de ses activités du jour. Elle n'allait pas ramasser son journal tant que la liste n'était pas prête. Ensuite, en sortant, elle récupérait le journal sur le pas de sa porte, et elle venait ici avec. Si le livreur n'était pas passé, elle s'arrêtait au kiosque du coin pour l'acheter.

— Tous les jours.

— Tous les jours. À son arrivée, elle déposait le journal dans sa corbeille à courrier, se préparait une tasse de café, puis elle allumait son ordinateur et répondait à tous ses e-mails. J'arrivais moi aussi avec mon journal, on se mettait au travail en suivant la liste qu'elle avait préparée, jusqu'à la pause, et ensuite on lisait notre journal en même temps. Mais aujourd'hui... elle n'avait pas son journal.

— Et qu'est-ce que vous... ?

— C'est étrange. Depuis le temps... je suis sûre que ça ne veut rien dire, mais c'est étrange. Je tenais à en parler à quelqu'un.

— Merci. On tâchera de voir ça.

Quand Denise Thompson eut raccroché, Lucas se tourna vers Rose Marie et étouffa un juron.

— À vous entendre, ce n'est pas une bonne nouvelle.

— Une vieille dame est morte – Helen Qatar, de Saint Patrick. Il se pourrait qu'elle ait été éliminée par le fossoyeur. Bon Dieu... Elle se comparait en plaisantant à Miss Marple. On avait beau soupçonner l'assassin de rôder dans les parages, je ne lui ai jamais dit d'être prudente pour elle-même !

— Tâchez de ne pas trop vous enliser dans la culpabilité, lui suggéra Rose Marie.

— Je ferai attention. Mais je l'aimais bien. Une vieille dame débordante d'énergie. Tellement vive... Toujours au travail. Bon Dieu ! (Il s'enfonça les mains dans les cheveux, noua les doigts derrière sa nuque.) Si seulement... Je ne sais pas. Il se passe quelque chose, là, juste devant nous, qu'on n'arrive pas à voir. On est beaucoup plus près de lui qu'on ne le croit, et allez savoir comment, cette brave dame s'est retrouvée dans l'œil du cyclone.

En ressortant du bureau de Rose Marie, il s'arrêta devant le poste de la secrétaire et composa le numéro de Henry Flanagan, de l'institut médico-légal.

— Oui, dit Flanagan, on vient de la recevoir. Je ne peux pas encore dire grand-chose, sinon qu'il n'y a aucune trace de violence, que c'était une vieille dame et qu'elle prenait des médicaments pour le cœur.

— Vous pourriez lui faire la totale ? Il se peut que quelqu'un l'ait aidée à mourir. J'ai entendu dire qu'elle est morte en buvant son café, alors, n'oubliez pas de faire une recherche de substances toxiques.

— Vous voulez la totale, on lui fera la totale. J'en parlerai au patron.

— Merci. Prévenez-moi.

— Bien sûr. Au fait, vous savez qu'elle a un fils ? Il est chez nous en ce moment, je crois. En tout cas, je ne l'ai pas vu ressortir. Probablement en train de signer la paperasse.

— Ne le laissez pas filer. J'arrive.

Lucas venait de déboucher dans le couloir quand il vit Anderson et Marshall en train de discuter sur le seuil d'une porte quelques mètres plus loin. Il piqua droit sur eux. Marshall tourna la tête en le voyant approcher à grands pas.

— Vous êtes au courant ? fit Lucas.

Marshall s'écarta du cadre de la porte. Avec son épais blouson de cuir brut doublé de laine et son visage tanné, on aurait dit le cow-boy des pubs Marlboro.

— Non, je ne crois pas, dit-il. Mais à en juger par votre ton, ça ne doit pas être une bonne nouvelle.

— Helen Qatar est morte. Sa secrétaire l'a retrouvée ce matin. Elle a été transférée à l'institut médico-légal, et son fils y est en ce moment. J'y vais.

— Je vous accompagne, dit Marshall. Je vous retrouve un peu plus tard, Harmon, ajouta-t-il à l'intention d'Anderson.

Dans le passage secret qui reliait le City Hall à la morgue, sans cesser de trottiner, Lucas se tourna vers lui et lança :

— On dirait que le courant passe entre Anderson et vous.

— Exact. Je ne saurais pas trop vous dire pourquoi. Malgré son côté petit génie de l'informatique grisonnant, c'est vraiment un chic type.

— Et il en a dans le crâne, opina Lucas. Dans la rue, c'était un sacré flic.

— Ça se sent. Moi aussi, j'aime la rue, et je vais même vous dire une bonne chose : s'ils me prennent au paradis, franchement, ça ne me dérangerait pas de passer une tranche d'éternité dans une salle de commissariat avec d'autres flics, à boire des cafés et à échanger des histoires de la rue.

— Terry, Terry, vous auriez dû être poète...

Marshall se tut, gêné.

— Mais, reprit Lucas, sentant son malaise, je comprends tout à fait ce que vous voulez dire. Ce ne serait sûrement pas la pire manière de tuer le temps. Tiens, je vais vous raconter ce qui est arrivé à Del le jour où il est tombé sur une fille armée d'une paire de ciseaux à cranter...

Ils riaient encore en atteignant la double porte de l'institut médico-légal, à l'extrémité du tunnel, et durent s'arrêter quelques secondes pour reprendre leur contenance avant de la franchir. Un peu plus loin, Lucas passa la tête à l'intérieur du bureau de Flanagan.

— Salut, Henry. Où est le fils ?

— Par là, avec le docteur... La deuxième porte à droite.

Qatar était un homme fluet – pas spécialement petit, mais menu, chauve, un visage étroit. Sa calvitie avait tendance à lui écraser les traits, de sorte que ses yeux profondément enchâssés, son nez délicat, ses lèvres charnues et son menton arrondi semblaient se presser dans la partie inférieure d'une tête de forme ovoïde. Sa peau était rose comme une côtelette ; à l'évidence, il avait pleuré. Le médecin légiste trônait derrière son bureau, et, un peu à l'écart, une blonde aux traits lisses était perchée sur un tabouret à vis posé devant un tableau noir ; elle portait un chemisier blanc et une jupe assortie à la couleur de ses yeux, vert pâle. Elle avait de longues jambes, dont l'essentiel était visible.

Lucas frappa, et le légiste les invita à entrer.

— M. Qatar est sous le choc, expliqua-t-il.

— Mes condoléances, fit Lucas. J'ai rencontré votre mère il y a à peine quelques jours, mais je l'ai tout de suite appréciée. C'était une dame charmante.

— Absolument, renchérit Marshall.

— Dieu du ciel ! bégaya Qatar. Je savais, je savais, je savais...

— Monsieur Qatar..., intervint le légiste.

Qatar parvint à continuer à la quatrième tentative :

— Je savais que ça pouvait lui arriver n'importe quand. Elle avait un problème cardiaque, mais elle était, hier... non, pas de problème, aucun, vraiment aucun problème. Elle était en pleine forme. Je l'ai vue à trois heures, j'étais pressé, je ne suis même pas sûr de lui avoir dit au revoir, juste : « Allez, maman, il faut que j'y aille », et je suis parti, je l'ai plantée là, et jamais je n'aurais pensé que...

Il se remit à sangloter, et Lucas et Marshall jetèrent en même temps un coup d'œil à la blonde, qui ne semblait pas faire partie du personnel de la morgue, mais qui n'avait pas l'air non plus d'être là pour soutenir Qatar. En voyant des larmes grossir dans les yeux de celui-ci, Marshall lui passa un bras autour des épaules.

— J'ai eu souvent affaire à ce genre de situation dans ma vie, et le mieux que vous ayez à faire, croyez-moi, c'est encore de rentrer chez vous, de prendre un siège confortable, et de mettre les pieds sur la table. Laissez-vous aller, il faut que ça sorte.

Lucas intervint :

— Votre mère vous aurait-elle parlé d'aller voir la police ces jours-ci ? Ou de retrouver quelqu'un qui aurait fréquenté une garden-party organisée au musée il y a un an, vers l'automne ?

Qatar secouait la tête.

— Non, non, rien de ce genre... Elle et moi, si vous saviez, on échangeait des propos tellement... insignifiants... Il me reste tant de choses à lui dire... Seigneur, je vais devoir organiser ses funérailles, contacter un spécialiste ! (Il agita les bras, regarda autour de lui d'un air désorienté.) Il faut que j'y aille, je dois...

La blonde descendit de son tabouret.

— Je peux vous aider, James. Ce monsieur a raison, dit-elle en indiquant Marshall du menton. Vous feriez mieux de rentrer chez vous, et, enfin, si vous le souhaitez, je veux bien rester avec vous un moment.

— Vous êtes une amie ? s'enquit Lucas.

Elle toucha l'épaule de Qatar et répondit :

— Oui. James et moi nous voyons régulièrement.

Elle regarda Lucas un tout petit peu trop longtemps, et il ne put s'empêcher de penser : hmm-hmm...

— Prenez soin de lui, fit Marshall.

— On vous recontactera dans l'après-midi, ajouta le légiste. De façon que vous puissiez prendre les dispositions nécessaires.

Qatar fondit en larmes de plus belle, et la blonde l'entraîna hors de la pièce en jetant un coup d'œil à Lucas par-dessus son épaule. Puis la porte se referma sur eux. Les trois hommes leur laissèrent le temps de s'éloigner suffisamment, et le médecin légiste secoua la tête en disant :

— J'ai bien cru que ce type allait faire dans son pantalon. Je n'étais pas mécontent de vous voir arriver.

— Il est sincère, ou c'est du bidon ? demanda Lucas.

Marshall et le légiste le regardèrent.

— Il est sincère, je pense, répondit le légiste. Il m'a paru totalement à côté de ses pompes. Vous avez un doute ?

Lucas repensa au petit homme chauve qui venait de sortir.

— Disons qu'il m'a paru un peu trop effondré. Quoi qu'il en soit... n'oubliez pas l'analyse chimique.

— Vous voulez assister à l'autopsie ?

— Non merci. Un rapport bien ficelé me suffira.

Sur le chemin du retour au City Hall, il déclara à Marshall :

— C'est décidé, on réquisitionne tout le monde, et on lance une battue à Saint Patrick. L'assassin est là-bas, quelque part.

— À moins qu'elle ait eu une attaque cardiaque.

285

— Peut-être qu'elle en a eu une, mais vous savez quoi ? Entre la photo prise à côté de la statue, Ware qui se souvient d'avoir parlé à quelqu'un qui ressemblait à un prêtre, vous qui avez découvert l'histoire de la garden-party, la mort brutale de Neumann, puis celle de Helen Qatar, franchement, il ne peut pas ne pas y avoir de lien.

— J'espère seulement que ce n'est pas un prêtre, fit Marshall.

— Moi aussi.

Lucas s'arrêta un instant pour jeter un dernier coup d'œil à la double porte de l'institut médico-légal.

— Qu'est-ce qu'il y a ? s'enquit Marshall.

— Je ne sais pas… Je sens que j'aurais pu mettre le doigt sur quelque chose, mais ce n'est pas venu.

— Il y a tant d'éléments qu'on finit par s'y perdre.

— Ce n'est pas ce que je voulais dire. J'ai l'impression de savoir, mais que la vérité se dérobe, comme quand on a un mot au bout de la langue. Vous n'avez jamais éprouvé ça ?

— Si. C'est un truc de flic. Ça finira par sortir.

— Randy est réveillé, annonça Del en rattrapant les deux hommes sur le chemin du bureau de Lucas. Il a mal, mais il est conscient.

— Vous y allez ? demanda Marshall.

— Oui. Quelqu'un m'accompagne ?

Marshall hocha la tête. Quant à Lucas, il répondit :

— Je viens aussi, mais laissez-moi d'abord dire un mot à Marcy.

Quand les trois hommes entrèrent, Marcy, Black et Swanson étaient en train de siroter du café tout en parcourant le journal.

— Bon, les gars, lança Lucas, on arrête tout et on repart de zéro. À partir de maintenant, une seule chose nous intéresse : Saint Patrick. C'est là qu'on trouvera l'assassin.

Il leur apprit la mort de Helen Qatar.

— Waouh…, lâcha Swanson.

— Ce n'est pas une crise cardiaque, dit Black. Je vous parie

286

cent dollars là-dessus. Nom d'une pipe, c'était un sacré petit bout de femme.

— Je suis d'accord avec toi, opina Lucas. Je crois qu'elle connaissait l'assassin et qu'elle lui a mis la puce à l'oreille sans s'en rendre compte. Marcy, je veux que tu montres les dessins à un maximum de gens sur place. Je veux que tu interroges tous les amis de Mme Qatar. Je veux que tu ailles chez elle. Vérifie son courrier. Et surtout son courrier électronique.

— On a toutes les listes qu'il nous faut, répondit Marcy, avec un regard en direction de Black et de Swanson. Ce qui nous aiderait, maintenant, ce sont des biographies complètes. Il faudrait lancer des interrogatoires croisés. Pas des femmes elles-mêmes, mais de toutes les personnes de leur connaissance qui auraient pu recevoir une formation artistique.

— Il ne nous manque qu'un nom, dit Lucas. Si on lui apporte un nom, Randy pourra l'identifier. Il me faut ce nom.

Randy était dans le service de soins intensifs de l'hôpital régional de Saint Paul. Le flic en uniforme posté devant la porte de sa chambre salua Lucas d'un coup de tête et déclara :

— Son avocat est avec lui.

— Qui est-ce ?

— Je ne sais pas, chef. Il a été commis d'office.

Lucas frappa, passa la tête à l'intérieur. Randy était couché sur le dos, la tête à peine surélevée de cinq centimètres ; avec ses épaules étroites et sa chemise de nuit d'hôpital, il ressemblait à un rat. Il avait une perfusion dans le bras. Ce n'était plus qu'une pâle copie du Randy que tous connaissaient et détestaient. L'avocat assis à son chevet, un homme de l'âge de Randy – à peine plus de vingt ans –, arborait un costume noir élimé et une cravate trop fine. Une mallette rigide était posée au sol près de lui.

— Je suis de la police de Minneapolis, dit Lucas à l'avocat. Il faut que je vous parle.

— Plus tard. Je suis avec mon client.

— Vous pouvez au moins me dire dans combien de temps vous... ?

— Quand j'aurai fini. Attendez-moi dans le couloir.

— Tâchez de faire vite. On n'a pas beaucoup de temps devant nous, et...

— Hé ! *Quand j'aurai fini !*

Lucas rebroussa chemin.

— Ben dis donc, fit Del quand il fut ressorti.

— Petit connard zélé, maugréa Lucas.

Il sortit son portable et appela le central du département.

— Ici Davenport. Vous pourriez me trouver le numéro de Harry Page, du bureau des commissions d'office du comté de Ramsey ?

La standardiste revint en ligne avec le numéro, que Lucas composa. Page, le numéro deux du bureau des commissions, prit son appel quelques secondes plus tard.

— Lucas Davenport ? Je crois bien que vous me devez encore trois dollars pour ce sandwich œuf-salade que je vous ai payé quand on jouait ensemble dans l'équipe de hockey du Century College !

— Oui, oui. Bon sang, ça fait des années que vous me bassinez avec ça, Page.

— J'ai besoin d'argent. Je m'apprête à demander le divorce.

— Je vous l'envoie demain. Ça me fendrait le cœur de voir votre légitime crever de faim. Dites, je suis en ce moment à l'hôpital, et on a un problème.

— Quel problème ?

— Vous avez envoyé un petit connard zélé au chevet de Randy Whitcomb. Or, si Randy nous donne le coup de pouce dont nous avons besoin, ça pourrait lui épargner une bonne partie des emmerdements qui lui pendent au nez.

— Whitcomb ? c'est bien ce délinquant que les flics ont descendu lors d'une...

— Exact. On a trouvé du sang plein son appartement, qu'il était en train d'essuyer avec des lingettes au moment de notre intervention. Peu après, la police de Saint Paul a découvert le cadavre de sa petite amie dans une poubelle, derrière un restaurant indien, et son sang correspond à celui de l'appartement. Donc, Randy est dans la merde jusqu'au cou, mais on devrait pouvoir lui éviter une inculpation pour meurtre s'il nous donne une info.

— Comment ?

À la voix de Page, on aurait pu croire qu'il mangeait un sandwich.

— Ce meurtre ressemble beaucoup à ceux qui ont été commis par le fossoyeur – vous devez en avoir entendu parler –, et nous savons que Randy était en cheville avec lui : il a revendu des bijoux volés à une des victimes du fossoyeur. S'il nous donne le nom de l'assassin, il y a de bonnes chances pour que l'accusation de meurtre soit levée. Enfin, je crois... Seulement voilà, votre petit connard zélé ne veut même pas nous laisser entrer.

— Et quel petit connard zélé avons-nous envoyé là-bas ? s'enquit placidement Page.

— Un jeunot. Au costard noir tellement usé qu'on dirait qu'un tracteur lui est passé dessus. Avec une mallette en plastique.

— D'accord. Ce petit connard s'appelle Robert-appelez-moi-Rob Lansing, comme l'ancien secrétaire d'État. Vous êtes dans le couloir ?

— Oui.

— Ne bougez pas. Il va venir vous parler.

Lucas raccrocha. Dix secondes plus tard, la stridulation d'un portable s'éleva dans la chambre. Au bout d'une minute, la tête de Lansing apparut sur le seuil.

— Quel est l'enfoiré qui a prévenu Page ?

— Moi, petit connard zélé, rétorqua Lucas. Alors, vous voulez vous occuper de la défense de votre client, ou vous préférez jouer à celui qui pisse le plus loin ?

Les détails juridiques furent réglés en cinq minutes. Lansing déclara aux policiers qu'ils ne pourraient poser aucune question directe sur la femme morte, ni sur la fusillade survenue au moment de l'intervention des policiers. En revanche, ils étaient autorisés à en poser sur le fossoyeur et à montrer les dessins à Randy.

Ils entrèrent dans la chambre, où Randy semblait dormir. Mais, dès que Lansing eut prononcé son nom, ses paupières se soulevèrent lentement, et son regard glissa sur les quatre hommes alignés au pied du lit, avant de repartir en sens inverse et de s'arrêter sur Lucas.

— Enfoiré de ta race, dit-il, d'une voix éraillée comme du papier de verre.

— Cause toujours, répondit Lucas. Mon pauvre Randy, tu t'es encore fourré dans une merde noire, mais Dieu me pardonne, je suis ici pour t'aider à en sortir, au moins en partie. Tu connais l'homme qui a tué ta copine, n'est-ce pas ? Qui a tué Suzanne ?

— C'est pas moi, murmura Randy.

— C'est qui ?

— Un putain d'enfoiré de sa race.

— Tu as son nom ?

Randy secoua la tête.

— Me rappelle pas. J'ai la gueule comme une pastèque.

— Regarde ça. (Lucas lui montra une photo d'Edward Fox, l'acteur de *Chacal*). C'est ce gars-là ?

Randy observa la photo. Sa paupière retomba, son visage se détourna, mais au bout de quelques secondes il parut reprendre ses esprits et murmura :

— Non, mec. Je connais pas ce gars-là.

— Tu ne le connais pas.

— Il ne le connaît pas, intervint Lansing, cassant.

— Vous devriez plutôt avoir envie qu'il le connaisse, intervint Del. Vous n'avez pas pigé l'esprit du truc ?

— Hé, vous, dites donc...

— La ferme, lança Marshall à Lansing. (Et, à Randy :) Un prénom, un nom de famille, le nom de quelqu'un d'autre qui le connaîtrait, n'importe quoi ?

290

— Faut que j'y pense, murmura Randy. J'suis dans le cirage.

Ils revinrent à la question de neuf manières différentes au cours des dix minutes suivantes, mais chaque fois Randy secoua la tête aussi fort qu'il le pouvait, et tomba pour finir dans une sorte de somnolence.

— Ça suffit, décréta Lansing.

— Voilà qui ne nous arrange pas, fit Lucas en regardant Marshall et Del.

— Peut-être demain, répondit Del. Il a encore plein de cochonneries dans les veines.

Randy revint à lui, fixa Lucas.

— Je sens pas mes jambes, mec.

— Ils s'en occupent, dit Del. Tu as de bons médecins.

— Ah ouais…

Il sombra de nouveau.

Dans le couloir, Lucas dit à Lansing :

— Laissez-moi vous donner un petit conseil. Quand des flics veulent vous parler à titre officieux, à vous ou à votre client, dans quatre-vingt-dix pour cent des cas, vous avez intérêt à accepter. Sinon, vous risquez de vous prendre des claques. On n'essaie jamais de faire avouer quelqu'un officieusement et en présence de son avocat. Quand on dit qu'on pense pouvoir l'aider si lui accepte de nous aider, c'est la vérité.

— Pour citer l'illustre Lucas Davenport, répondit l'avocat, *cause toujours*.

Lucas marcha en tête jusqu'à la voiture, suivi à quelques pas par Marshall et Del. Au milieu du parking, il les entendit éclater de rire dans son dos et se retourna.

— Quoi ? Qu'est-ce qu'il y a ?

— On discutait de ta technique de relations interpersonnelles, répondit Del. Terry pense que tu aurais besoin de faire un stage.

— Qu'il aille se faire foutre avec son stage. Ce petit connard m'a carrément énervé.

Marcy était seule au bureau à leur retour.

— Tout le monde est à Saint Patrick, expliqua-t-elle. On a reçu les résultats des analyses chimiques du bureau du légiste. Selon eux, elle pourrait avoir été étouffée.

— J'en étais sûr, fit Lucas. À mon avis, c'est un acte irréfléchi plutôt que prémédité... mais, dans ce cas, il ne peut avoir été commis que par quelqu'un qui la connaissait suffisamment bien pour pouvoir la ramener ensuite à son bureau. Comment s'appelle le fils, déjà ? James ?

— Oui.

— Il ne ressemble pas à Edward Fox, dit Marshall, mais c'était peut-être un témoignage foireux. Personnellement, ce type m'évoque plutôt Yul Brynner.

— Tu penses qu'il aurait pu tuer sa mère ? demanda Marcy.

— Le fossoyeur en serait capable, répondit Lucas. C'est un fou furieux. Cela dit, quand j'ai rencontré Qatar chez le légiste, il avait vraiment l'air secoué. Marshall a même dû le consoler.

— Je suis toujours touchée quand un vrai dur s'autorise à montrer un peu de tendresse, lança Marcy à Marshall.

— Allez vous faire voir, gronda Marshall, percevant aussitôt l'ironie. Je me suis contenté de lui toucher l'épaule.

— Qu'est-ce que ça a donné avec Randy ?

— On a eu le malheur de tomber sur un petit connard zélé d'avocat qui...

Lucas raconta le reste de l'entrevue pendant que Del et Marshall prenaient une chaise.

— Il faudra y retourner, conclut Marcy. C'est toujours Randy qui détient la clé.

— Je sais, fit Lucas. Bon Dieu, ça paraissait pourtant simple... Et au lieu de ça, c'est comme décompter des voix lors d'une élection en Floride !

Malgré le nombre d'événements qui se succédaient à un rythme soutenu, ils ne savaient plus vraiment que faire – et une sorte de malaise commençait à les étreindre.

— Alors ? lança Del à Marcy. Qu'est-ce qu'on fait ?

— Il reste une foule de gens à interroger à Saint Patrick.

— Merde..., soupira Del. Bon, d'accord, j'y vais.

— Moi, je retourne voir Harmon, déclara Marshall. Peut-être que son ordi finira par cracher quelque chose.

— C'est déjà fait, fit Marcy. Ce matin. Vous vous rappelez les noms que nous a donnés Ware ? Eh bien, on a deux touches dans le fichier. L'un d'eux a été arrêté sur la route pour détention de cocaïne, et l'autre pour crime sexuel de niveau trois – une embrouille avec sa femme. J'ai récupéré leurs photos à l'identité judiciaire, et ils pourraient avoir le bon profil.

Lucas secoua la tête.

— Garde ça dans un coin de ta tête, mais ça m'étonnerait qu'il y ait quelque chose à trouver de ce côté-là. Ware lui-même n'y croyait pas trop. Je vais descendre à Saint Patrick avec Del, et on s'organisera avec les autres. C'est là qu'il est.

Le reste de l'après-midi fut pénible. Ils firent une pause vers deux heures pour avaler un sandwich et une tasse de café, puis se remirent au travail – courant après les professeurs, questionnant les étudiants, s'efforçant de localiser les amis de Helen Qatar. À la fin de la journée, ils se réunirent de nouveau pour faire le point.

— J'ai une touche possible, annonça Del. Un anthropologue qui a pris des cours de dessin afin de pouvoir reproduire des symboles, des statues, ce genre de truc. Il est un peu cinglé et semble correspondre au profil, sauf qu'il affirme avoir passé son doctorat à l'université de Californie du Sud il y a six ans et qu'il n'avait jamais foutu les pieds dans le Minnesota auparavant... ce qui est d'ailleurs confirmé par plusieurs membres de son département.

— C'est mieux que moi, dit Swanson. Je n'ai rien de rien.

— Moi, fit Black, j'ai un gars qui pourrait éventuellement être une lointaine possibilité, mais... Tiens, je prendrais bien un autre sandwich.

— Mais quoi ? insista Lucas. Qu'est-ce qu'il a, ce gars ?

— Disons que... Qu'il m'a plus ou moins entrepris, dit

Black. En tout cas, euh, il n'est pas du tout attiré par les femmes – j'en ai eu confirmation à son département.

— C'est peut-être un truc refoulé, dit Swanson. Peut-être que chaque fois que ça le démange, il se défoule en tuant une gonzesse.

Ils restèrent tous une seconde à mastiquer en silence, puis Del éclata de rire, suivi par Lucas et par Swanson. Black, qui était gay, lâcha :

— J'vous emmerde tous, bande de coincés !

Juste avant qu'ils se séparent, Lucas se tourna vers Del :

— Au fait, tu viens toujours ce soir avec Cheryl pour les langoustines ?

— Et comment ! On ne va quand même pas se laisser abattre par un tueur en série à la con !

20

— Jamais je n'aurais pensé vous voir manifester une telle intensité d'émotion, même s'il s'agit de la mort d'un de vos parents, déclara Barstad tandis qu'ils ressortaient de l'institut médico-légal. C'est une facette de votre personnalité que je n'avais pas perçue auparavant, James. Je me sens encouragée, et...

Et bla, bla, bla, pensa Qatar, cessant de l'écouter. Il avait toujours quelques larmes au coin des yeux, mais elles seraient bientôt taries.

Sa mère... Certes, il y avait eu de bons moments. L'apprentissage de la bicyclette. Noël. Les premières boîtes de matériel à dessin qu'elle lui avait offertes, et ce jour, quand il lui avait fait part de son désir d'apprendre à peindre, où elle était descendue à la cave pour lui fabriquer, avec les outils de son père et quelques planches, un chevalet de qualité professionnelle. Ses premiers cours de dessin, ses premières leçons de vie, son premier modèle féminin en chair et en os – une rousse.

Il y en avait aussi eu de mauvais.

Qatar se souvenait de Howard Cord, ce professeur d'histoire à nœud papillon rouge et costume de crépon, qui sentait le tabac et la craie, et qui venait chez eux tard le soir, après qu'il eut été envoyé au lit, pour baiser sa mère jusqu'à plus soif. Elle aurait dû savoir qu'il entendait tout, de sa chambre qui était juste au-dessus de la sienne – les gémissements, les soupirs, les supplications, les fais-moi ci, fais-moi ça. Elle aurait dû se douter qu'il soulèverait une latte du plancher et percerait un petit orifice dans une bouche d'aération pour regarder. Et la voir faire toutes ces choses...

Et Howard Cord n'avait pas été le seul ; dix ou quinze hommes avaient défilé depuis le départ, et la mort, de son père. Des universitaires, surtout. Sa mère était passée de mains en mains à l'université Saint Patrick, et à Saint Thomas ; un prêtre ou deux, probablement.

Mais, après tout, ce n'étaient que de mauvais moments. Quand il analysait sa propre folie, ce qui n'allait pas sans douleur psychologique, Qatar se rendait compte qu'il ne pouvait pas rejeter tout le blâme sur la sexualité débridée de sa mère. Ses problèmes remontaient beaucoup plus loin. Il n'avait jamais oublié l'intense plaisir qu'il avait éprouvé à brûler des fourmis avec une loupe dans son très jeune âge ; il se rappelait encore distinctement l'odeur âcre de leur fumée. Il avait aussi noyé un jour des souris, à l'école primaire, en les plongeant dans l'aquarium pendant la récréation, alors que Mme Bennett était dans la cour ; il se souvenait du silence de la salle de classe, des cris lointains des autres enfants, à peine audibles derrière les carreaux, et des mouvements frénétiques des souris. Elles avaient eu l'air de vouloir survivre un peu trop longtemps, et il avait fini par les enfoncer, une par une, en observant leurs contorsions de plus en plus faibles à travers la vitre...

Il était déjà suffisamment conscient pour camoufler ses pulsions. Il s'était faufilé hors de la salle de classe et avait rejoint la cour à temps pour dire quelques mots à sa maîtresse, histoire d'établir sa présence parmi ses camarades.

Et lorsque les souris avaient été découvertes, il s'était porté volontaire pour aider à l'organisation de leurs funérailles.

Sa folie personnelle avait toujours été là, comme une croix à porter. Non, sa mère n'était pas coupable.

— ... Bla, bla, bla ? demanda Barstad.

Il n'avait pas écouté un mot. En vérité, il l'avait utilisée comme couverture. Sa petite amie – au cas où les policiers auraient flairé chez lui quelque chose de louche. Ils pullulaient sur le campus.

— Pardon ?

— Et maintenant ? répéta-t-elle. Il n'y a plus grand-chose à faire jusqu'à ce qu'ils aient... délivré le permis d'inhumer.

— Je doute d'être en état de penser à ces choses pour le moment, répondit-il. J'appellerai les pompes funèbres dans l'après-midi. Je m'en occuperai. Elle n'était pas croyante, il n'y aura donc pas de service religieux. (Ses larmes avaient totalement séché.) Voulez-vous... Je ne sais pas... voulez-vous que je vous raccompagne chez vous ?

— Si nous marchions encore un moment ?

— Je n'ai rien mangé. Je ne suis pas sûr d'en être capable. Peut-être pourrions-nous avaler un petit quelque chose.

Ils rejoignirent à pied le centre commercial du Pillsbury Building, montèrent par l'escalator et s'enfoncèrent dans un dédale de boutiques avant de prendre place au fond d'un café turc, où ils commandèrent des baklavas et du café épais.

— On se croirait vraiment dans un bazar oriental, observa Barstad. Vous savez, on pourrait manger et boire exactement la même chose n'importe où entre Istanbul et Le Caire, et dans les mêmes conditions, sauf que là-bas les gens sont plus polis et le café moins bon.

— Je n'ai jamais mis les pieds en Orient, répondit Qatar d'un ton distrait. (Puis, s'animant soudain :) Avez-vous remarqué que les cols hauts ne vont pas bien aux hommes dont le crâne a une certaine forme ? Que ceux-là ont plutôt intérêt à porter un col classique ?

— Je vous demande pardon ?

— Pensez-vous qu'un col roulé m'irait bien ? Ou envahirait-il tellement mon cou qu'il donnerait à mon visage l'aspect d'un... Qu'il me ferait ressembler, disons, à un bourgeois flamand de la Renaissance ? (Il croisa les mains, les pouces sous le menton, un geste d'autostrangulation destiné à suggérer la ligne d'un chandail imaginaire.) Le col roulé souligne le visage, voyez-vous, mais il a aussi tendance à l'isoler.

297

— Je vois. À mon avis, si la personne a le teint mat ou si elle est bronzée, il est possible que son visage prenne l'aspect du bois. Vous ressembleriez probablement à une sculpture en bois montée sur piédestal.

— Hmm, fit-il, sincèrement intéressé. Marchons un peu.

Il se souvint que ses poches étaient pleines de l'argent volé chez sa mère ; or, les magasins Saks et Neiman Marcus n'étaient qu'à deux pas. En chemin, il s'arrêta devant la vitrine d'une joaillerie, où étaient exposés de fins anneaux pour hommes ornés d'un saphir en étoile. Il n'avait jamais songé à porter un anneau, mais ceux-là avaient une indéniable allure.

— Entrons, dit-il. Un coup de tête.

Il acheta deux mille dollars un anneau d'or qui allait à merveille à son annulaire droit.

— La couleur préférée de ma mère était le bleu, expliqua-t-il.

Il fondit en larmes, se tamponna les yeux, et ils repartirent vers l'entrée de Saks.

Le rayon hommes se trouvait au rez-de-chaussée. Il y entraîna Barstad – et tomba en arrêt devant une sublime veste de cuir tombant à mi-cuisses, soldée à mille cent vingt dollars.

Il la regarda, et :

— Oh, cette coupe ! Ce cuir ! Et c'est ma taille !

— Mon Dieu, lâcha Barstad en secouant la tête.

21

Weather avait eu beau dire que ce serait un dîner à la bonne franquette, une simple occasion de réunir quelques amis autour d'un plateau de fruits de mer et d'un pack de bières, elle débarqua très tôt chez Lucas et consacra trois heures à passer l'aspirateur et à ranger. Au final, elle réussit à faire en sorte que la maison sente aussi bon que si elle n'avait jamais été peuplée que d'elfes et de magnolias. Lucas remarqua qu'elle portait sa bague de fiançailles.

— Ça pue encore un peu, expliqua-t-elle, mais dès qu'on aura mis le riz sauvage et les champignons à cuire, on se croira dans... dans... (N'ayant pas réussi à trouver de métaphore appropriée, elle changea de sujet.) Au fait, tu n'as pas assez de bière. Tant que tu y es, prends deux bouteilles de pinot noir à l'épicerie – tout le monde aime ça, non ? Quelque chose de gouleyant.

— Gouleyant, répéta-t-il.

— Oui. Demande au vendeur. Ou peut-être trois bouteilles. Ah, et achète des serviettes en papier, ou mieux, des vraies. Tu n'en as plus du tout.

— Je n'en ai jamais eu.

— Tu t'essuies avec quoi ?

— Du P.Q.

— Vu l'état de dévastation de ta baraque, riposta-t-elle, les poings sur les hanches, je ne suis pas précisément d'humeur à apprécier ton humour. Alors, tu vas à l'épicerie, oui ou non ?

Sloan avait troqué son éternel costume marron contre un pantalon kaki, un pull brun et des mocassins rouge sang. Del avait fait un louable effort pour avoir l'air propre avec son jean repassé, ses bottes bicolores, et son pull de molleton bleu. Les femmes ressemblaient à des épouses de flic : en pantalon et en pull, une légère tendance à l'embonpoint, le regard sceptique.

Lucas, qui avait installé le barbecue dans le jardin, le remplit de charbon de bois qu'il arrosa d'un quart de litre de liquide inflammable, recula d'un pas et mit le feu ; Del, Sloan et lui regardèrent en souriant l'écume générée par le produit inflammable, puis la boule de feu qui s'éleva dans l'air. Quand les braises furent prêtes, il déposa sur la grille une casserole de fer qu'il remplit d'eau, en quantité suffisante pour couvrir les langoustines.

— Pour apprendre à ces petites saloperies à être nées sous forme de crustacés, dit Lucas.

— Le seul hic, fit remarquer Weather, c'est qu'il est trop trouillard pour les mettre dans l'eau lui-même. Je suis obligée de m'en charger.

— Ça pince, ces saletés-là. Au fait, on a prévu des biscuits d'apéritif ?

— Les petits ronds ? Au fromage ? demanda Del, plein d'espoir.

Ils évoquèrent diverses enquêtes, mais pas l'affaire du fossoyeur. Ils parlèrent médecine en évitant de mentionner Randy. Weather fit allusion à la reconstruction de la boîte crânienne d'un de ses patients, et notamment à la façon dont les récents progrès de l'imagerie médicale lui permettaient de voir un crâne en trois dimensions, de préparer au millimètre près la reconstruction, et de réassembler les os avec une fantastique précision.

— Bien sûr, ça ne marche pas à tous les coups, il y a parfois des ratés, mais on est à des années-lumière de ce qui se faisait il y a cinq ans...

Cheryl, la femme de Del, leur raconta qu'un chirurgien plastique avait piqué une telle colère qu'il en avait balancé ses instruments.

— Et pourtant, d'habitude, c'est un homme charmant. Il doit avoir des problèmes.

Weather, qui connaissait le chirurgien en question, intervint :

— Il envisageait de laisser tomber la chirurgie pour se mettre à l'investissement financier – il s'est lancé à corps perdu dans le boursicotage. Je trouvais ça plutôt aventureux. Il m'a expliqué que si je lui confiais deux cent cinquante mille dollars, il me rendrait un million au bout d'un an. J'ai répondu que je n'en avais pas les moyens – mais le fond de ma pensée, c'était plutôt que le risque était trop important. Si ça se trouve, il a perdu gros.

Ils retournèrent cette question dans tous les sens pendant un certain temps, puis Cheryl lança :

— Je me demande si la langoustine est aussi riche en cholestérol que la crevette ?

— C'est le même genre de bestiole, dit Lucas en se levant. Quelqu'un reprend de la bière ?

Cheryl chercha le regard des deux autres femmes.

— Est-ce que Del est le seul à faire du cholestérol ?

— Ah, tais-toi donc ! bougonna Del.

— Non, sérieusement.

— Celui de Sloan est tellement bas qu'on dirait qu'il est en compétition avec sa tension artérielle pour voir lequel touchera le fond avant l'autre, répondit sans hésiter la femme de Sloan. Le mien est limite.

— Moi, ça va aussi, déclara Weather. Lucas devrait se surveiller, disons que ça irait s'il supprimait les beignets.

— Celui de Del devrait s'améliorer avec ce médicament, la lapovorine, dit Cheryl, en gratifiant son mari d'un coup de coude. Mais attention, hein, ça ne veut pas dire que tu vas de nouveau pouvoir manger n'importe quoi. Surtout ces horribles morceaux de couenne de porc.

301

— Tais-toi. Tu ne manges pas tes pinces ?

Elle tendit son assiette à son mari.

— Monsieur se fait du souci à cause de ce que ce type t'a dit dans le bar, confia-t-elle à Lucas.

Lucas dut réfléchir quelques secondes pour comprendre qu'elle parlait du type interrogé au Cobra Lounge.

— Ah, oui, dit-il. La lapovorine et l'éjaculation rétrograde...

— *Pardon ?* s'écria Sloan, soudain intéressé.

— Nom de Dieu... lâcha Del.

— C'est un type qui connaissait une des victimes du fossoyeur, ajouta Lucas. La seule chose qu'elle lui ait confiée à son sujet – en rigolant, d'ailleurs –, c'est qu'il prenait de la lapovorine et qu'elle craignait que ça ne le fasse déconner sur le plan sexuel.

— Comme s'il ne déconnait pas, observa Weather.

— Exact, fit Lucas, mais là, il s'agit d'un phénomène physique bien réel. L'éjaculation a lieu, mais...

Il marqua un temps d'arrêt, et Del acheva pour lui :

— On jouit à l'intérieur. Rien ne sort.

Tout le monde prit un air amusé.

— C'est absurde, Del, dit Weather. J'ai entendu parler de la lapovorine, et aucun effet secondaire de ce genre n'a été décrit. Tu devras juste faire un bilan hépatique de temps en temps, une prise de sang...

— Vraiment ? fit-il, une lueur d'espoir dans le regard. Les prises de sang ne me font pas peur.

— Tu veux dire que ce type nous a raconté des conneries ? s'enquit Lucas. Et moi qui me préparais à chambrer Del pendant au moins dix ans !

— Ce n'est sûrement pas la lapovorine, répondit Weather. Il parlait peut-être de la situation d'un certain pourcentage d'hommes qui prennent un nouveau médicament contre la calvitie.

— Quoi ? fit Del.

— Tu sais bien. On en parle tout le temps à la télé. Ce truc contient tellement d'hormones bizarres qu'il est recommandé aux femmes de ne surtout pas y toucher. Même avec des gants.

Les trois flics lavèrent la vaisselle pendant que les femmes discutaient dans le salon. Après avoir exposé à Sloan les derniers éléments de l'affaire du fossoyeur, ils parlèrent de Terry Marshall.

— Un vrai dur, lâcha Del. J'imagine que c'est la cambrousse qui vous fait cet effet-là. Ici, tous les problèmes se résolvent avec un avocat et beaucoup de boniment, mais là-bas, le plus souvent, on doit se démerder seul.

— Je vois ce que tu veux dire, approuva Lucas. Et pourtant, Terry s'entend comme cul et chemise avec Anderson.

— *Anderson !*

Ils passèrent le reste de la soirée à échanger des ragots sur leurs amis et relations. Cheryl Capslock demanda à Weather s'ils envisageaient d'avoir des enfants et quand ils comptaient se marier – si tel était leur choix.

— On n'a pas encore fixé de date, répondit Weather. Mais on y pense. Et en attendant, on travaille sur la question de l'enfant.

— Bonne chance, lâcha Sloan. Voyons, Lucas, d'après mes calculs, ça te fera, hmm… à peu près quatre-vingt-quatorze ans quand ton gosse passera son bac.

Dans ce flot de babillage, aucune pensée ne vint troubler l'esprit de Lucas jusqu'au lendemain matin. Weather était déjà partie quand il prit sa douche.

Elle avait dû être légèrement vexée par la sortie de Sloan sur son âge, d'autant qu'elle n'était pas *tellement* plus jeune que lui. La perspective de se voir tous grisonner peu à peu, de vieillir, cette façon de se soucier de cholestérol et d'éjaculation rétrograde…

Au souvenir de cette discussion de la veille, il souriait à belles dents sous le jet de la douche quand une évidence le frappa.

— Bon Dieu !

Il s'écarta du jet, fixa longuement ses orteils. Weather n'avait-elle pas dit que c'était un médicament contre la calvitie qui faisait jouir à l'envers ?

Donc, l'assassin était chauve ou en train de le devenir. Sur ce plan-là, il n'avait rien à voir avec l'acteur de *Chacal* – lequel arborait une florissante chevelure. Si on la lui enlevait...

Or, il venait de rencontrer un jeune professeur de Saint Patrick, proche de Helen Qatar, et dont celle-ci lui avait déclaré – si sa mémoire ne le trahissait pas – qu'il travaillait dans le même département que Charlotte Neumann. Il ferma les yeux et tenta de se représenter un James Qatar chevelu.

Nom d'un chien...

C'était peut-être une coïncidence, mais ça n'y ressemblait pas.

— James Qatar, lâcha-t-il à haute voix. Merde !

Il sortit de la cabine de douche, y revint d'un bond pour rincer en hâte ses jambes savonneuses. Revit mentalement James Qatar. Revit son amie assise dans un coin de la pièce – jeune, blonde, plutôt petite, un petit côté artiste. Une sorte de clone des filles assassinées.

— Qatar... l'ordure !

Marcy était immergée dans une montagne de papiers. Del n'était pas encore arrivé, et Marshall buvait un café en lisant *Cosmopolitan*. La couverture promettait de révéler des secrets d'amour jusque-là inconnus permettant de reconquérir celui qui vous avait laissée tomber – et Marshall semblait profondément intéressé.

— Salut, lança Marcy en levant la tête. Black et Swanson sont en train d'amasser une montagne de données, mais, pour l'instant, ça ne mène à rien. Ah, le FBI vient de réviser son profilage sexuel, et aussi de nous envoyer la bio de tous les professeurs de l'université Saint Patrick sur lesquels ils ont pu se procurer un dossier. Parmi les plus anciens, beaucoup ont dû demander une mise en disponibilité, vu qu'ils travaillaient autrefois pour le gouvernement, et...

— On s'en fiche, coupa Lucas.

— Comment ça, on s'en fiche ? Et pourquoi ?

Marcy se leva. Elle connaissait ce ton.

Marshall avait cessé de lire. Lucas marcha droit vers son bureau privé, ouvrit la porte.

— Parce que sous ma douche, tout à l'heure, pendant que je savonnais mes superbes abdominaux...

— Ou plutôt tes poches à bière, corrigea Marcy en lui emboîtant le pas.

— ... j'ai compris que le fossoyeur n'était autre que...

Il marqua une pause, pour les laisser deviner. Ni l'un ni l'autre ne devina, mais ils étaient tous deux rivés à ses lèvres.

— ... James Qatar, le fils de Helen Qatar.

Marcy regarda Marshall, qui regarda Marcy, puis tous deux se tournèrent vers Lucas.

— J'aimerais bien savoir pourquoi, dit Marcy.

— Je pourrais te l'expliquer, mais plutôt que de perdre un temps précieux... (Il se tourna vers Marshall.) Vous connaîtriez quelqu'un à Stout ?

— Oui. Je connais le président. La plupart des vice-présidents. Et aussi tous les entraîneurs, et...

— Choisissez celui qui sera le mieux à même de vous renseigner. Demandez-lui s'ils n'ont pas eu un James Qatar parmi leurs élèves à l'époque de la disparition de Laura.

— Comptez sur moi, fit Marshall.

Il prit le téléphone, le reposa, sortit un porte-cartes de sa poche de blouson, déploya un chapelet de cartes de visite, en choisit une, reprit le combiné et composa un numéro à préfixe du Wisconsin.

— Janet ? dit-il dans l'appareil après quelques secondes d'attente. Ici Terry Marshall, du bureau du shérif... Ah oui, merci Janet... Sacré nom, c'était vraiment atroce... Oui, j'ai accompagné les fouilles du début à la fin... Oui. Écoutez, je suis toujours sur l'affaire, et je vous appelle de Minneapolis.

305

Vous pourriez regarder dans vos fichiers si vous avez eu, il y a dix ans – en étendant la recherche aux deux années précédentes et aux deux suivantes –, un étudiant nommé James Qatar ? Oui, Qatar, Q-A-T-A-R. Comme le pays, c'est ça.

Sous le regard de Lucas et de Marcy, il lâcha un dernier « oui », se balança une minute sur sa chaise devant le numéro de *Cosmopolitan*, leva les yeux au ciel, esquissa un haussement d'épaules, se balança encore un peu, puis :

— Oui ? Quelles années ? Ça alors... Vous pourriez imprimer ça et me le faxer au département de police de Minneapolis si je vous donne le numéro ? Ça alors...

Marcy bondit, gribouilla un numéro sur un bout de papier et le tendit à Marshall, qui le dicta au téléphone. Après deux ou trois « ça alors » et un « merci », il conclut :

— Et surtout, que cela reste strictement entre nous.

Et il raccrocha.

— Vous devriez vous doucher plus souvent, lança-t-il à Lucas. Qatar a bien étudié là-bas.

— Fais revenir tout le monde, ordonna Lucas à Marcy. Et je ne veux pas la moindre fuite en direction de la cellule interservices. Pas question de voir une nuée de fédéraux en costard bleu déferler sur le campus. On garde l'info pour nous, mais je tiens à ce que nos gars sachent qu'on a Qatar dans le collimateur.

— D'accord, dit Marcy, décrochant aussitôt son téléphone.

— On m'avait dit que vous réussissiez parfois ce genre de truc, observa Marshall. Mais... *comment* avez-vous fait ?

Lucas le lui expliqua. Quand il eut fini, Marshall se massa le menton un instant.

— Je vous crois, grommela-t-il. Même si, à la base, votre raisonnement me paraît tiré par les cheveux.

— Je me demande si cette fille qui l'accompagnait hier le connaît bien, reprit Lucas. Je me demande si elle a donné son nom chez le légiste – ils doivent bien vous faire signer un petit quelque chose quand vous vous pointez à la morgue pour accompagner quelqu'un qui vient reconnaître un corps, non ? Ça vaudrait peut-être le coup d'aller lui rendre visite.

Marcy leva la tête :

— Maintenant qu'on a un nom, je vois au moins vingt choses à faire d'urgence. Il y en a même tellement que je ne sais plus par où commencer.

— La fille dont le dessin a été placardé sur le pont, suggéra Lucas. Commençons par là.

22

Pendant que Marcy rappelait Black, Lane et Swanson, Lucas téléphona à Del, qu'il surprit au beau milieu de son petit déjeuner.

— Qu'est-ce que tu fiches debout à cette heure ? maugréa Del en arrachant l'appareil des mains de sa femme.

— J'ai besoin du nom d'une des femmes que tu as interrogées. Celle dont les dessins ont été placardés sur le pont.

— Beverly Wood. Mais je l'ai vue deux fois, et il n'y a pas grand-chose à en tirer. Elle ne voit pas du tout qui c'est.

— Tu as un numéro ?

— Oui, une minute. Il y a du nouveau ?

— Il y a simplement que j'ai résolu l'énigme, répondit Lucas d'un ton modeste. Et que j'espère avoir confirmation de ma théorie en lui posant quelques questions.

— Diable ! en voilà une nouvelle. (Il dicta à Lucas le numéro de téléphone de Beverly Wood.) Je ne sens pas de grosses vibrations de joie dans ta voix. Tu n'as pas vraiment trouvé, si ?

— On se retrouve tous ici dès que Marcy aura rameuté les autres. Dans une heure environ. Tu en sauras plus en arrivant.

— Donne-moi au moins un indice.

— J'ai joui à l'envers, répondit Lucas.

Il essaya ensuite de joindre Beverly Wood, mais elle était en cours.

— Elle anime un séminaire sur l'expressionnisme au féminin, lui expliqua son interlocutrice.

Il n'y avait pas de poste dans la salle de classe, mais l'école privée où elle enseignait ne se trouvait qu'à dix minutes de voiture. Lucas réquisitionna un véhicule de patrouille pour se faire conduire.

— Qui défendra Washington Avenue contre les chauffards si je dois faire le taxi pour un chef adjoint ? grommela l'agent installé au volant.

— Je vous arrangerai le coup en augmentant vos heures sup, proposa Lucas.

— Franchement, je n'attends rien d'un type qui roule en Porsche. Vous êtes déjà en excès de vitesse quand vous remontez la rampe du parking.

La classe de Beverly Wood se composait de huit personnes penchées sur des coupures de presse photocopiées étalées sur une table d'érable de couleur pâle. Quand Lucas apparut sur le seuil, toutes les têtes se tournèrent vers lui.

— Beverly Wood ?

— Oui ?

— Police de Minneapolis. J'ai besoin de vous parler, c'est urgent. J'en ai pour une minute.

— Oh... Bien. (Elle regarda ses élèves l'un après l'autre.) Rien de scandaleux, rassurez-vous. Lily, vous n'avez qu'à lancer le débat sur Gabriele Munter. J'ai lu votre article, et je connais votre opinion. Je reviens dans une minute, ajouta-t-elle en considérant Lucas. Enfin, je crois.

— Peut-être deux, dit Lucas.

Il attendit qu'elle l'ait rejoint dans le couloir pour ajouter :

— Vous avez parlé deux fois des dessins vous concernant à l'inspecteur Capslock, mais permettez-moi de vous poser une question – soit dit en passant, il faut absolument que tout ceci reste confidentiel : connaîtriez-vous, personnellement ou de nom, un certain James Qatar ?

Elle inclina la tête.

— Vous plaisantez ?

— Vous le connaissez ?

— Pas exactement. Mais il a publié un article grotesque sur ce qu'il appelait « l'expressionnisme riverain », dans lequel il suggérait que l'expressionnisme européen était arrivé dans le Midwest dans les années trente en remontant le cours du Mississippi. Je crains de l'avoir ridiculisé dans ma réplique.

— Vous l'avez ridiculisé personnellement ?

— Tout est personnel dans le milieu universitaire. J'ai suggéré que l'influence du fleuve n'avait probablement pas été si importante dans la mesure où, à l'époque, nous connaissions déjà la radio, la presse écrite, les livres, les musées, le train, l'automobile, et même l'aviation.

— Mais il aurait pu se sentir humilié ?

— Je l'espère, en tout cas… Ces dessins sont de lui ?

— Nous l'ignorons. Son nom est apparu au cours de l'enquête, et nous nous demandions si vous aviez été en contact avec lui.

— Uniquement par le biais de cet article. Autant que je sache, je n'ai jamais posé les yeux sur l'homme lui-même.

— Combien de temps s'est-il écoulé entre la publication de votre article et l'apparition de ces dessins sur le pont ?

— Voyons… (Elle regarda le sol, marmonna quelques mots à mi-voix, et releva la tête.) Quatre mois, peut-être ? J'aurais dû en parler à l'inspecteur Capslock, mais, pour vous dire la vérité, cet épisode me paraissait d'une telle futilité – celui de l'article, je veux dire – que je l'avais totalement oublié.

— Et si ç'avait été l'inverse ? Si un de vos articles avait été critiqué de cette façon ? Auriez-vous oublié la critique ?

— Oh, non. Jamais, je suppose. Je n'aurais peut-être pas dû, mais je me suis beaucoup amusée à l'écrire.

— Merci. S'il vous plaît, ne parlez de cela à personne. Nous ne savons pas au juste à qui nous avons affaire.

— Le fossoyeur…

— Si c'est lui, mieux vaut ne pas attirer son attention.

L'agent l'attendait toujours dans sa voiture de patrouille, moteur en marche. Lucas ouvrit la portière droite et s'installa.

— Quatre excès de vitesse, marmonna l'agent. Sous mon nez, et en toute impunité.

Quand il revint au City Hall, Del l'attendait, et il prit deux minutes pour lui résumer la situation.

— On a reçu le fax de Stout, ajouta Marshall. Qatar y a passé deux ans – avant de s'inscrire à Madison l'année d'après la disparition de Laura. C'est à Stout qu'il a décroché sa maîtrise de beaux-arts. À Madison, il semblerait qu'il ait étudié l'histoire de l'art.

— Donc, fit remarquer Lucas, il doit savoir dessiner.

— Je me demande quand même ce qu'il fricotait avec ce petit maquereau, dit Marshall.

— On n'aura qu'à poser la question à Randy, répondit Lucas. On va avoir besoin d'un agent des Renseignements pour filer Qatar et le prendre en photo sans qu'il s'en rende compte, ajouta-t-il à l'adresse de Marcy.

— Lane peut s'en occuper, dit Marcy. Il a une chambre noire chez lui. C'est un bon photographe.

— D'accord. Va pour Lane.

Quand toute son équipe fut réunie, Lucas résuma les éléments en sa possession : Qatar était élève à Stout au moment de la disparition de Laura Winton. Il avait grandi aux abords de Saint Patrick, où son père était professeur et sa mère employée administrative avant de devenir directrice du musée Wells. Il correspondait au portrait de l'homme décrit par Winton – calvitie mise à part. Il avait reçu une formation artistique. Son bureau était situé dans le même couloir que celui de Neumann. Sa mère était morte juste après avoir promis à la police de se renseigner sur la garden-party. Et sa petite amie actuelle était le portrait craché des autres filles assassinées.

— Elle s'appelle Ellen Barstad, précisa Marcy. Croyez-le ou non, il y a deux Ellen Barstad à Minneapolis, et on est en train de chercher laquelle est la bonne.

— On sait qu'il vole des objets précieux à ses victimes,

311

reprit Lucas. Pas pour les garder en souvenir : apparemment pour les revendre. Quand on perquisitionnera chez lui, il faudra tout examiner à la loupe, au cas où il aurait conservé autre chose. Si on réussit à retrouver un seul objet provenant d'une des victimes, ce sera énorme.

— Il faudra surtout saisir ses ordinateurs, suggéra Lane. Si le copain artiste de Marcy a raison, et s'il dessine d'après des images numérisées, ils ont peut-être tout ce qu'il nous faut en mémoire.

— Excellent, fit Lucas, prenant note sur son carnet. Cela dit, avec tout le temps qu'on a passé à Saint Patrick, j'aimerais savoir comment on s'est débrouillés pour ne pas le repérer plus tôt.

— Tout simplement parce qu'on a cherché au département des beaux-arts et au musée, répondit Black. Ce qui représente déjà des centaines de personnes. Or, Qatar et Neumann travaillaient au département d'histoire. (Il haussa les épaules.) On n'a jamais regardé de ce côté-là.

À mesure que la réunion avançait, les policiers avaient peu à peu resserré leurs chaises jusqu'à former une sorte de demi-cercle, les uns face aux autres, extraordinairement concentrés. Une fois qu'ils eurent épuisé toutes les probabilités, Lucas reprit la parole :

— Je vois deux clés possibles. Corrigez-moi si je me trompe. Soit on compte sur Randy pour l'identifier comme étant l'homme qui lui a fourgué les bijoux, soit – et c'est plus hypothétique – on arrive à organiser quelque chose avec sa petite amie.

— Je m'occupe de lui tirer le portrait, dit Lane. Mais ça peut me prendre un jour ou deux si je ne veux pas risquer d'être repéré.

— Fais le maximum, acquiesça Lucas. Mais j'aimerais avoir quelque chose dès aujourd'hui pour qu'on puisse l'apporter à Randy.

— Et en ce qui concerne la petite amie ? demanda Del.

— Ça, c'est notre affaire à tous les deux, répondit Lucas.

— Et la mienne, intervint Marshall.

Lucas hocha la tête, puis se tourna vers Swanson et Black :

— Vous deux, retournez à Saint Patrick. Voyez s'il y a moyen de savoir si Qatar était présent à la garden-party du musée – mais surtout, restez discrets. Il me faut sa bio complète. De quoi le connecter aux victimes identifiées.

— Est-ce qu'on le fait suivre ? demanda Marcy.

— Je vais demander un coup de main aux Renseignements. On n'a pas besoin d'une équipe complète – d'ailleurs, ce serait trop dangereux. Pour la mettre en place, il faudrait informer ses voisins et ses collègues de fac, ce qui multiplierait le risque de fuite. On se contentera peut-être d'un homme seul pour assurer une filature légère. A priori, on n'a aucune raison de croire qu'il va se carapater.

— Et moi ? s'enquit Marcy.

— Va faire un tour chez le procureur. Dis-lui ce qu'on a et tâche de voir ce qu'il peut faire pour nous.

— Comme l'a dit Terry, on a relié un certain nombre de points, mais rien de vraiment décisif.

— Sauf du côté de Randy.

— Qu'on a réussi à estropier.

— Ce petit branleur…

Avant d'aller trouver Ellen Barstad, Lucas fit un détour par le bureau de Rose Marie pour la mettre au courant.

— Quelles sont vos chances ? interrogea-t-elle après son résumé de la situation.

— Je crois que c'est Qatar, dit Lucas. Mais il va falloir le prouver, et ce ne sera pas facile. Le problème, c'est qu'à part la première victime toutes les autres semblent être allées à lui – il choisissait apparemment des filles venues d'ailleurs, ou installées depuis peu, de sorte que leurs amis ne le croisaient jamais. Si ça se trouve, il ne leur a peut-être jamais dit son vrai nom… En tout cas, on pense qu'il en a donné un faux à Laura Winton.

— On le surveille ?

— Oui. J'aurais besoin que vous m'arrangiez le coup avec les Renseignements. Il n'est pas question de l'encercler de partout, mais je tiens à savoir où il se trouve.

— Je m'en charge, dit-elle, griffonnant une phrase sur son carnet. Changement de sujet : si vous aviez une chance d'obtenir un poste au niveau de l'État, vous accepteriez ?

Lucas haussa les épaules.

— Disons que je me trouve bien ici.

— Mais si vous ne pouviez pas rester ?

— Pourquoi ? Vous avez une touche ?

Elle se pencha au-dessus du bureau.

— Le bonhomme qui dirige le département de la sécurité publique, vous voyez qui c'est ? Eh bien, le gouverneur ne l'aime pas. Alors que moi, il m'aime bien – et il a raison, vu que je me suis tapé l'essentiel de son boulot à sa place pendant qu'il siégeait au Sénat. Notre entente a quelque chose de chimique.

— Donc, vous envisagez de gravir un échelon.

— La possibilité existe.

— Ma foi…, fit Lucas en se massant la tempe. C'est un boulot différent.

— Pas pour vous. Non, ça ne changerait pas grand-chose. Vous feriez à peu près le même travail qu'ici – les dossiers chauds, la liberté d'action, le renseignement, tout ça. Peut-être un peu de politique. Vous pourriez amener Del.

— Je ne sais pas si Del suivrait. Peut-être que oui.

Rose Marie se carra dans son fauteuil.

— Réfléchissez-y, dit-elle. De toute façon, rien n'est sûr. Il faut encore que deux ou trois choses se mettent en place.

— Mais le gouverneur vous aime bien.

— Oui. Et le plus beau, c'est qu'il sera réélu s'il ne déconne pas sur la question des impôts – ce qui devrait nous laisser au moins sept ans de plus. En matière de longévité, on pourrait presque faire concurrence à *Hawaï, police d'État*.

— *Hawaï, police d'État !* Entendu. J'y réfléchirai.

— Et tenez-moi au courant pour Qatar. Ça ne nuira pas à

314

notre image si vous l'épinglez. Politiquement, ça tombera pile au bon moment.

Lucas retrouva Del. Ils montèrent dans une voiture banalisée et partirent chez Barstad. Marcy ayant démêlé la confusion entre les deux Ellen – la seconde était pensionnaire d'une maison de retraite –, ils disposaient à présent d'une adresse et d'un numéro de téléphone, mais c'était à peu près tout.

Ils finirent par arriver dans une rue impersonnelle sur les bords de laquelle s'alignaient commerces et entrepôts, située non loin de celle, quasi identique, où Morris Ware avait monté son studio pornographique.

— Je croyais que Marcy nous aurait donné son adresse personnelle, lâcha Del au moment où ils s'engageaient sur un parking étroit, qui longeait la totalité du bloc et accueillait entre trente et quarante véhicules.

— Peut-être qu'elle habite ici, répondit Lucas.

— Il y a une enseigne sur la porte.

La lourde porte, munie d'une vitre sans tain, portait effectivement en lettres dorées l'inscription « Atelier Barstad ». Elle était fermée à clé, mais on devinait une lumière tout au fond. Lucas frappa, approcha son visage de la vitre en l'encadrant de ses deux mains pour éviter les reflets. Il frappa de nouveau, et une forme féminine bougea dans la clarté du fond, puis s'approcha. Lucas sortit son insigne et le mit face à la vitre pour qu'elle puisse le voir.

— Oui ? dit-elle en faisant jouer le verrou.

Quand elle entrouvrit la porte, Lucas reconnut la blonde de l'institut médico-légal.

— Ellen Barstad ?

— Oui ? fit-elle avec une tentative de sourire inquiet.

Lucas se chargea des présentations, puis :

— Nous avons un grave problème, et il faut qu'on vous en parle. Vous auriez quelques minutes ?

— Eh bien... (Elle dévisagea Del, puis Lucas.) Vous étiez à la morgue.

— Oui.

— Bien. (Elle ouvrit entièrement la porte et recula d'un pas.) Entrez. Je vais refermer derrière vous.

La partie avant était occupée par une vaste pièce unique, contre les murs de laquelle étaient adossés plusieurs grands châssis de bois de couleurs vives, tandis qu'un autre reposait à l'horizontale sur des tréteaux. Tous encadraient des dessus-de-lit à divers stades de leur évolution.

— Je donne des cours de tissage, expliqua-t-elle.

— Voilà vraiment une superbe courtepointe ! s'exclama Del.

La courtepointe devant laquelle il venait de tomber en arrêt était d'un style rustique assez traditionnel, mais les couleurs avaient été choisies et associées avec un tel soin que c'était comme si une lumière invisible l'irradiait tout entière ; avec un peu d'imagination, on aurait pu la croire baignée de soleil.

— Vous vous intéressez aux courtepointes ? demanda Barstad.

— J'en ai deux chez moi, répondit Del. Faites par ma belle-sœur. Mais rien à voir avec celles-ci.

Ils passèrent un moment à admirer les courtepointes. Puis Barstad, flattée, demanda :

— Qu'est-ce que je peux faire pour vous, messieurs ? Quel est le problème ?

— Asseyons-nous, suggéra Del.

Plusieurs chaises étaient disséminées dans la pièce ; il en tira une.

— Passons plutôt dans le fond, dit Barstad. Je vous ferai du café – si vous n'avez rien contre le micro-ondes.

Elle vivait effectivement là. La partie arrière de cet espace commercial avait été divisée en petites pièces au moyen de cloisons en placoplâtre. Il se peut qu'elle ait fait les travaux elle-même, songea Lucas : une boîte à outils militaire verte et une équerre étaient posées dans un coin de la pièce de séjour, à côté d'un grand seau de plastique blanc.

À l'opposé, il aperçut l'extrémité d'un lit dans une chambre,

316

et la porte d'un cabinet de toilette dans un coin de la salle, entre la chambre et le séjour. Une kitchenette avait été aménagée dans un autre coin, équipée d'un petit réfrigérateur, d'une vieille plaque chauffante électrique, et de ce qui avait dû être autrefois un évier industriel. Les étagères et les placards chromés semblaient eux aussi provenir d'une cuisine industrielle. Il émanait du tout une impression de confort, de fantaisie artistique, peut-être même d'élégance.

— Vous avez accompagné James Qatar à la morgue, lança Lucas pendant qu'elle sortait des tasses.

— En effet. James et moi sortons ensemble.

— Nous effectuons une... recherche... concernant M. Qatar. C'est surtout de lui que nous voulons vous parler.

— Vous croyez qu'il a tué sa mère ?

Lucas regarda Del, qui haussa les épaules, et demanda :

— Pourquoi cette question ?

— Je n'en sais rien. Sa mère est morte de façon bizarre, et voilà que la police vient m'interroger. Elle a été assassinée ?

— C'est possible. Est-ce qu'il y a quelque chose en particulier qui vous aurait poussée à vous poser cette question ?

— Oui. James est un monstre de coquetterie. Il *adore* se faire beau. Quand j'étudiais le tissage, je me suis beaucoup intéressée à la mode, vous savez, mais je n'ai jamais rencontré quelqu'un qui éprouve autant que James le besoin de se projeter grâce à ses vêtements... Un peu comme si, dans la représentation qu'il a de lui-même, il ne voyait que ses vêtements – sauf qu'il n'a jamais eu les moyens de s'en payer de vraiment, vraiment beaux. (Elle tendit la main, effleura le blouson de Lucas.) Il adorerait ceci, par exemple.

— Euh...

— Un instant, je reviens.

Le micro-ondes avait sonné. Elle en retira les tasses et servit ses hôtes. En la regardant parler et bouger, Lucas était d'ores et déjà arrivé à la conclusion qu'il avait affaire à une femme attirante abritée derrière une façade ordinaire – une caractéristique assez représentative de la curieuse tendance qu'avaient les femmes du Minnesota à éviter de se mettre en valeur.

— Bref, reprit-elle, il m'a téléphoné après le décès de sa mère, en disant qu'il avait besoin de mon soutien moral pour aller reconnaître le corps à la morgue. Je l'ai donc accompagné, nous avons identifié sa mère ensemble, et James était tout en larmes à votre arrivée. J'avais l'impression d'être une sorte de béquille. Ce qui est sûr, c'est que les pleurs ont cessé trente secondes après notre sortie de la morgue, et que nous sommes allés directement faire une razzia au centre commercial. Pour lui. Il a dépensé deux mille dollars pour un *anneau* ! Et sans doute au moins trois mille de plus chez Saks et chez Neiman, alors qu'il n'en a sûrement pas les moyens. Je le soupçonne d'avoir pris de l'argent chez sa mère.

— Pas franchement éploré, on dirait, fit remarquer Lucas.

— Sauf devant le médecin légiste et vous autres.

— Écoutez, intervint Del, nous n'avons pas l'intention de vous forcer à trahir un ami...

— Bien sûr que si, coupa Barstad. Que voulez-vous que je fasse ?

— J'ai l'impression que vous ne tenez pas tellement à lui, remarqua Lucas en inclinant la tête.

— Nous couchons ensemble depuis trois semaines – mais, pour tout vous dire, cette aventure touche à sa fin. James n'est pas exactement le paquet cadeau que j'attendais. Je pense... Je sentais bien qu'il était un peu tordu par certains aspects, oui, depuis le début. Il avait cette lueur dans le regard... Cela dit, de mon côté, j'attendais certaines choses de lui, et je n'y voyais donc pas d'inconvénient. Sans compter qu'il est clean, c'est un détail qui a son importance. Mais après ce qui est arrivé à sa mère, j'avoue qu'il m'a fait peur.

Lucas chercha le regard de Del.

— Je crois qu'on peut tenter le coup.

23

Barstad n'avait que des impressions à leur fournir. Qatar, à son avis, était capable de violence.

— Nous avions parfois une sexualité brutale, expliqua-t-elle, en ajoutant qu'elle n'avait détecté aucun signe suggérant qu'il fût capable d'aller plus loin.

— Quand vous dites « brutale », fit Lucas, cela veut dire qu'il vous forçait ?

— Non. En général, je dois plutôt l'encourager. Il n'est pas très créatif.

— Oh..., lâcha Lucas, esquivant le regard de Del.

— Et si je lui posais carrément la question ? Pour sa mère ? Vous avez l'habitude de cacher des micros chez les gens, non ? Je pourrais l'inviter ici, le faire parler, et pendant ce temps, vous enregistreriez tout.

— Lui poser directement la question me paraît un peu abrupt, objecta Del. Surtout s'il s'énerve et que l'envie lui prend de vous assommer d'un coup de fer à repasser. On n'aurait peut-être pas le temps d'intervenir, même en étant tout près.

— Je ne suis pas idiote, fit Barstad. Si je sentais qu'il est sur le point de péter les plombs, je hurlerais à m'en arracher la glotte. James ne porte pas d'arme. Croyez-moi, j'en ai la certitude. Il n'a même pas de canif !

— Vous semblez très empressée à nous aider, déclara Lucas.

— Oui. C'est intéressant. Si vous pensez qu'il pourrait avoir tué sa maman, je suis effectivement prête à vous aider.

— Nos soupçons ne s'arrêtent pas là.

— Vous avez peut-être entendu parler de ce type que les médias appellent le fossoyeur, enchaîna Del.

Barstad se raidit.

— Vous plaisantez ?

— Il est capable de violence, opina Lucas. Si c'est lui.

— Alors, il faut le coincer, reprit-elle avec enthousiasme. Je veux bien l'attirer ici. Il faudrait que je trouve quelque chose à dire pour l'inciter à parler.

— On va y réfléchir, dit Lucas. En tout cas, nous apprécions votre aide.

— Ces femmes assassinées par le fossoyeur... J'ai lu dans la presse qu'elles sont toutes d'un certain type. Il m'est arrivé d'y penser, parce que moi-même...

Elle baissa les yeux.

— Oui, dit Del. Vous êtes son type. Exactement.

Ils discutèrent ensuite de la possibilité de placer des micros dans l'atelier-appartement.

— J'espère que ça pourra marcher, dit Lucas. Nous avons vraiment besoin de preuves. Mais nous ne voulons pas trop vous exposer.

— Ce type est un pervers. Vous devez l'arrêter. Si ça peut vous aider, je tiens à le faire. Cela me paraît... normal.

Del haussa les épaules, regarda Lucas.

— Il me semble que ça vaut le coup d'essayer.

Ils convinrent d'organiser le rendez-vous le plus tôt possible. En attendant que le piège soit prêt, Lucas suggéra que Barstad s'absente de chez elle, et évite le moindre contact avec Qatar.

— Vous devriez peut-être l'appeler tout de suite pour lui raconter que vous partez – à Chicago, par exemple – pour une exposition artisanale. Dites-lui que vous rentrez demain.

Barstad accepta et, sous le regard attentif des deux policiers, téléphona chez Qatar, où elle fut accueillie par le répondeur.

— Écoutez, dit-elle à la fin de son message, je veux

vraiment, *vraiment* qu'on se voie demain. Pourriez-vous passer après votre cours de la mi-journée ? Figurez-vous que j'ai touché un petit pactole et que j'aimerais acheter quelques bonnes bouteilles de vin. Autant faire les choses avec style...

Elle raccrocha.

— Excellent, approuva Lucas. Et maintenant, allons-nous-en. Prenez quelques affaires – vous venez avec nous, on vous trouvera un endroit où dormir.

— Et les micros ? Quand comptez-vous les installer ?

— Si on décide de le faire, probablement cet après-midi ou demain matin. Sinon, on se contentera de vous tenir à l'écart jusqu'à ce qu'on l'ait serré. On ne tient pas à prendre de risque inutile.

— Je travaille dans une librairie en soirée. Vous pourriez prévenir mon patron ?

— On s'en occupe.

Barstad trouva un sac de voyage, prit dix minutes pour le garnir, et ils montèrent à trois dans la voiture banalisée. En route, Lucas contacta Marcy, qui réserva aussitôt une chambre au Radisson Hotel. Les deux policiers déposèrent Barstad devant l'entrée, lui conseillèrent d'éviter de sortir, et s'en furent.

— Cette fille est complètement barjo ! s'exclama Del tandis que la masse de l'hôtel diminuait derrière eux. À ton avis, quelles sont les chances pour qu'elle reste sagement dans sa chambre ?

— Elle nous a dit que Qatar n'aimait pas sortir, donc... je n'en sais trop rien. Ça devrait aller.

Après une minute de silence, Lucas ajouta ·

— Enfin, j'espère.

— On devrait lui mettre une protection rapprochée, non ?

— J'en parlerai à Marcy. Peut-être ce soir... Toi aussi, tu trouves qu'elle a les boulons un peu desserrés ?

Dès leur retour au bureau, Lucas lança à Marcy :

— Alors ? Des nouvelles de Lane ?

— Il vient d'appeler pour prévenir que Qatar est en cours. Il va essayer de le prendre en photo à la sortie. S'il n'y arrive pas à la fac, il essaiera chez lui.

— Surtout, qu'il ne se fasse repérer !

— Je le lui ai dit. Il le sait. Ah, Towson a appelé. Il veut te parler. Weather aussi.

— Quoi, Towson fait des histoires ?

Randall Towson était le procureur du comté.

— Je lui ai tout expliqué. Il a l'air embêté de devoir passer par Randy pour l'identification de l'assassin. Sa parole ne vaut pas grand-chose.

— Sauf qu'elle sera confirmée par une preuve matérielle : les bagues retrouvées chez Randy.

— Rappelle-le, suggéra Marcy.

— Je vais le faire – mais d'abord, j'ai besoin que tu m'organises une surveillance...

Il parla de l'atelier-appartement d'Ellen Barstad, et de la possibilité d'utiliser celle-ci comme appât.

— Entendu, dit Marcy, je m'en occupe. Mais je vais l'appeler d'abord, pour qu'elle m'indique un endroit où on pourrait installer la planque.

Lucas jeta un regard circulaire sur le bureau.

— Où est Marshall ?

— Rentré chez lui. Il reviendra, mais il avait deux ou trois choses à régler.

— Bon. J'appelle Towson.

Tout en composant le numéro, il suivit des yeux Marcy qui allait et venait à travers le bureau. Elle marchait de mieux en mieux, la douleur semblait moins présente sur son visage, même si de temps à autre, quand elle devait tendre le bras ou monter une marche, elle grimaçait imperceptiblement, toujours torturée par sa blessure thoracique. Après tout, songea Lucas, l'apparition de l'artiste est peut-être une bonne chose pour elle. Pour la première fois depuis longtemps, Titsy était pleine d'entrain.

Par rapport aux autres, Randall Towson n'était pas un mauvais procureur ; simplement, il avait sa conception personnelle des priorités, et sa réélection était la première d'entre elles. Il n'avait aucune envie de perdre au tribunal sur une affaire aussi puissamment couverte par les médias, qui ne se gêneraient pas en cas d'échec pour insinuer qu'un tueur en série avait filé entre ses doigts incompétents. Sur la question des preuves, il en réclamait toujours davantage.

— Écoutez, déclara-t-il à Lucas, Marcy m'a tout expliqué. J'apprécie votre faisceau de présomptions, et notamment l'indice que constitue sa trajectoire universitaire. Mais, à ce stade, sans le témoignage de Whitcomb, vous ne pouvez pas le coincer. Or, Whitcomb n'est pas fiable. Et à mon avis, quand il s'apercevra qu'il risque de passer le restant de ses jours en fauteuil roulant, il n'aura plus du tout envie de nous rendre service. D'autant que Qatar ne lui a rien fait.

— Je sais. C'est bien pour cela qu'on travaille sur une autre solution. (Lucas décrivit brièvement les relations de Barstad et de Qatar.) Elle est prête à coopérer. On va placer des micros chez elle, et si elle arrive à lui tirer les vers du nez, on pourra peut-être se passer de Randy.

— Plus il y aura d'éléments à charge, mieux ça vaudra. Vous aurez toujours besoin du témoignage de Whitcomb, mais s'il est corroboré par votre enregistrement chez cette femme, Qatar est cuit.

— Et s'il ne lâche rien ?

— Dans ce cas... On attend Whitcomb. Si Whitcomb parle, on arrête Qatar. Une fois qu'il sera à l'ombre et qu'on pourra saisir son ordinateur et passer sa maison au peigne fin, il n'y aura plus qu'à prier pour qu'une preuve matérielle nous tombe entre les mains.

— C'est aussi mon avis.

— Parce qu'il y a une chose qui serait cent fois pire que de perdre au procès : ce serait de lui laisser le temps d'assassiner quelqu'un d'autre pendant qu'on cherche des preuves.

— Surtout si les médias sont au courant.

— C'est aussi ce que je pensais, dit Towson.

Weather appela Lucas pour savoir s'ils se voyaient pour le dîner.

— Les choses bougent, expliqua-t-il. Je rentrerai si je peux, mais mieux vaut ne pas trop y compter.

— On dirait que tu as retrouvé ton entrain.

— Oui, eh bien... tout s'accélère.

Lucas aimait la vitesse. Tout en bavardant avec Weather, il vit Marcy lever le doigt.

— Il faut que je te laisse. Marcy me fait signe.

— Alors, tu as intérêt à obéir.

Marcy avait déjà bien progressé en ce qui concernait l'organisation de la surveillance de Qatar :

— J'ai obtenu que Jim Gibson se libère. Il doit passer au Radisson pour prendre les clés de Barstad, et il ira chez elle dans la foulée. Barstad m'a parlé d'un entrepôt mitoyen, de la société Culver, qui selon elle offre une bonne possibilité de planque. Je viens d'avoir le propriétaire au bout du fil, un certain Dave Culver. Il veut parler au responsable – c'est-à-dire toi – avant de dire oui.

— Je mange un morceau et j'y vais, répondit Lucas. Est-ce que Gibson est déjà sur place ?

— Il ne devrait pas tarder.

Lucas rejoignit la cafétéria, prit un pudding au tapioca et une tasse de café, jeta un vague coup d'œil aux journaux du matin, et ressortit. Arrivé devant chez Barstad, il vit Gibson dans le parking à l'arrière de sa camionnette ; quand il la dépassa pour se garer, il repéra Barstad en train d'ouvrir la porte vitrée de son atelier-appartement.

— Bon Dieu ! Qu'est-ce qu'elle fiche là ?

— Elle m'a raconté qu'elle était censée venir, répondit Gibson quand Lucas lui eut posé la question. Il ne fallait pas ?

— Ça pourrait poser problème s'il prenait à Qatar l'envie de passer pour un petit cinq à sept improvisé.

Quand ils l'eurent rejointe à l'intérieur, Barstad déclara :

— Il fallait bien que je revienne. J'ai oublié de prendre deux ou trois choses essentielles – je refuse de me laver les cheveux avec du shampooing d'hôtel. On ne sait jamais trop ce qu'il y a dedans.

— Il ne faut surtout pas qu'il vous voie.

— James est en cours. Et il ne viendrait jamais sans prévenir, donc... (Elle haussa les épaules et sourit.) Venez, je vais vous présenter à Dave Culver, mon voisin. C'est un garçon charmant.

— Qu'est-ce qu'il fait ?

— Il vend du matériel de découpe aux restaurants. Des couteaux à viande, des machines à trancher le jambon, ce genre de trucs.

Culver était un homme trapu, proche de la soixantaine, au visage carré, mat, et envahi par une moustache à la Staline. Il était en train d'ouvrir des cartons dans les profondeurs de son entrepôt quand ils en franchirent le seuil. Une sonnette retentit.

— Coucou, Dave, c'est moi ! lança Barstad. Avec les flics !

Ils attendirent un instant dans une minuscule réception, tout juste meublée de trois fauteuils autour d'une table basse. Sur celle-ci reposaient trois magazines de chasse au gros gibier, une revue automobile, un exemplaire fripé du *New Yorker*, et des prospectus vantant les mérites d'un hachoir à viande.

Culver arriva.

— Salut, chérie, dit-il à Barstad. (Et, à Lucas :) Dave Culver.

Lucas lui serra la main, se présenta, et exposa les grandes lignes du programme.

— Est-ce que Miss Courtepointe ne risque pas de se retrouver dans la merde ? interrogea Culver.

— C'est justement pour l'éviter que nous avons besoin

d'être aussi près que possible, expliqua Lucas. Nous ne pensons pas qu'il tentera quelque chose, mais au cas où...

— D'accord. Ma seule autre restriction, c'est que je ne veux surtout pas avoir d'ennuis avec un gang qui reviendrait ensuite foutre le feu chez moi pour se venger. J'ai ici pour un quart de million de matériel flambant neuf.

— Il agit seul, répondit Lucas. Il n'a aucun complice. Si on l'arrête, il ne ressortira pas de Stillwater avant trente ans.

Culver hocha la tête.

— D'accord, installez-vous. Et si vous connaissez des gens dans la restauration, n'oubliez pas de leur donner ma carte.

L'établissement de Culver était divisé en trois parties : la réception côté façade, avec la table basse, profonde de deux ou trois mètres à peine ; deux petits bureaux contigus dans la partie intermédiaire ; et un vaste entrepôt au fond. Gibson inspecta les lieux, prit quelques mesures, et finit par jeter son dévolu sur un des bureaux.

— Je peux passer mes câbles dans ce mur, ici et ici, dit-il à Culver. Sans laisser de trace. Ça vous va ?

— Aucune objection... Je vais pousser les meubles.

— Comment sera le son ? s'enquit Lucas.

— Il devrait être nickel, répondit Gibson. Une fois que j'aurai placé mes micros, même un cafard ne pourra plus passer inaperçu en rampant le long des plinthes. Je ne pense pas qu'on ait besoin d'émetteurs – si j'arrive à tout câbler. Bref, vous aurez une qualité numérique. Vous voulez aussi des caméras ?

— Je ne sais pas. Ça pose problème ?

— Disons que c'est un peu plus intrusif, expliqua Gibson. Je pense qu'on pourrait au moins en installer une sans trop de risque dans le séjour. Pour la chambre et la salle de bains, il ne faut pas y compter. Mais il y a toujours un petit risque. Si une caméra peut vous voir, vous pouvez voir la caméra. Au moins l'objectif.

— Faites au mieux, dit Lucas.

— Il y a aussi la question de l'intimité, ajouta Gibson.

— C'est-à-dire ? demanda Barstad, qui n'avait pas perdu une miette de l'échange.

— Eh bien, si vous... l'attirez ici... et si vous avez déjà couché ensemble, il s'attendra peut-être à un contact physique. Le son est une chose, les images en sont une autre.

Elle secoua la tête.

— Allez-y. Je ne suis pas particulièrement prude.

Tous deux la regardèrent.

— Faites au mieux, répéta Lucas à Gibson, en secouant la tête.

Quand l'installation eut été achevée et testée, Lucas jeta un coup d'œil à sa montre.

— On lève le camp. Jim, si vous pouviez déposer Ellen à son hôtel sur le chemin du retour ? Il faudra que tout le monde soit à son poste demain à midi. Ellen, vous et moi discuterons de la meilleure façon d'aborder Qatar à ce moment-là – vous n'avez qu'à réfléchir à des approches possibles, je ferai la même chose de mon côté, et nous ferons le point ensemble demain. C'est d'accord ? Tout le monde a compris ?

Tout le monde avait compris.

Lane téléphona à Lucas un peu plus tard.

— Je l'ai loupé... Il y a trop de portes dans cette fichue fac, et je ne sais absolument pas par où il est passé. Il n'est pas encore rentré chez lui. Mais je l'ai vu, je sais maintenant qui c'est, et je vais l'attendre devant sa maison. S'il se pointe après la tombée de la nuit, je serai sur place demain à la première heure. Tu auras ta photo dans la matinée, c'est sûr.

— Il me la faut dès que possible.

— Je sais, je sais.

24

Le coup de fil de Marcy, à huit heures et demie du matin, surprit Lucas en plein sommeil.

— Qu'est-ce qu'il y a ? grommela-t-il en décrochant.

— Les toubibs ont eu une petite discussion avec Randy hier en fin d'après-midi. Ils lui ont annoncé qu'il risquait de ne pas remarcher, et tout le reste. Randy a pété les plombs. J'ai téléphoné tout à l'heure à ce Rob Lansing, l'avocat, histoire qu'on se mette d'accord vite fait pour montrer à Randy les photos que Lane est censé prendre... mais il m'a répondu que tout était annulé pour le moment. Randy ne veut parler à personne – même pas à lui. Il se met à hurler chaque fois que quelqu'un entre dans sa piaule. Il a arraché ses cathéters – et les infirmières ont dû le ligoter sur son lit.

— Merde !

— Dans le fond, tu sais, si ça nous arrivait...

— Je sais.

Si ça m'arrivait, pensa Lucas, je me tirerais peut-être une balle dans la bouche.

— Et du côté de Lane ? s'enquit-il. Ça avance ?

— Pas encore. Il est toujours à l'affût. Il a vu Qatar monter dans sa voiture, mais n'a pas réussi à l'approcher suffisamment. Toute la difficulté est là : le prendre de face. Il va l'attendre en bagnole toute la journée. Pour l'avoir à son retour.

— Bon sang, Marcy... Dis-lui de se magner.

— Même s'il risque d'être repéré ?

— Non, non, non… Pas question. Ça ferait tout capoter.

— Dans ce cas, tu devras être patient, Lucas.

— Et puis quoi encore ? Je suis le patron, merde !

Qatar, assis derrière son bureau, s'efforçait de faire une sélection parmi les séries de diapositives qu'il avait l'habitude d'utiliser pour ses conférences. Il n'aimait pas en montrer plus d'une vingtaine par cours – non seulement il sentait que ses élèves ne pouvaient guère en absorber davantage, mais cela l'obligeait à abréger ses analyses ; or, il se considérait comme un professeur de qualité, et la présentation de ses diapos devait obéir à un ordre esthétique. Il refusait, par exemple, de projeter une image chatoyante et lumineuse après une série de diapositives dans les tons sombres. Autant servir un mets épicé avec un vin léger à l'arôme subtil : on ne pouvait apprécier ni l'un ni l'autre.

À l'arrière-plan de ses pensées, comme une sorte de bourdonnement intérieur, subsistait la peur provoquée par le battage médiatique de plus en plus intense autour de l'affaire du fossoyeur. La police scientifique était toujours à pied d'œuvre sur le flanc de sa colline, et chaque jour apportait une rumeur, bientôt démentie, de découverte d'un nouveau corps. Sans compter les spéculations sur l'ogre qui avait pu faire tant de mal. Deux chaînes avaient recruté un agent du FBI à la retraite pour établir son profil psychologique ; les deux portraits étaient à peu près semblables, et l'un d'eux le décrivait comme un être « coquet », aussi soigneux de son apparence vestimentaire que de l'organisation de son cimetière.

Tandis qu'il choisissait ses diapositives, discrètement hanté par ces questions, le téléphone sonna. Ellen, pensa-t-il en décrochant.

C'était elle.

— Je suis rentrée, dit-elle, le souffle inhabituellement court. Vous avez eu mon message ?

— Oui. Cet après-midi, cela me va tout à fait. Vous disposez de quel budget pour le vin ?

— Mille dollars. Je viens de vendre ma courtepointe vedette – celle qui paraît capter la lumière. Je me suis dit qu'avec mille dollars, je devrais pouvoir m'acheter quelques bonnes bouteilles de vin français.

— Et même excellentes. J'apporterai mon guide d'œnologie, et nous étudierons la question avant d'aller chez le caviste.

— James... je ne voudrais pas éventer l'effet de surprise, mais... avez-vous déjà entendu parler de strangulation sexuelle ?

— *Quoi ?*

— J'ai vu ça dans un film hier soir. Un film d'art et d'essai. Un type se pendait – sans aller au bout, naturellement, mais assez pour suffoquer. Aux policiers qui l'interrogeaient, il expliquait que ce jeu lui apportait des orgasmes absolument sublimes.

— Ma foi... j'en ai entendu parler, mais ça me paraît, disons, dangereux. Si je ne m'abuse, ce genre de jeu se pratique avec une cravate en soie, mais je pense qu'il y a des risques. Notamment au niveau cérébral.

— Mais peut-être que si vous faisiez *vraiment* attention...

— Je ne sais pas, Ellen. On en reparlera tout à l'heure. Il ne faudrait tout de même pas aller trop loin.

— Bien. À cet après-midi, en tout cas. (Toujours ce souffle court. Elle devait s'être beaucoup dépensée.) Mais tout de même, James... pensez-y.

Qatar ne pensa plus qu'à ça. Il y pensa jusqu'à la fin de son tri, encombré par une érection tellement intense qu'elle en devint douloureuse. Sans ce cours imminent, il y aurait remédié sur-le-champ. Et pendant celui-ci...

Dans l'auditoire de son séminaire « Matrice du romantisme », il y avait une jeune vierge quasi parfaite : un visage de marbre, des yeux bleus insondables, un corps de liane, des cheveux blonds hérissés à la punk. Ou plutôt, elle *aurait été* parfaite, sans cet éternel chewing-gum et la présence irritante d'un casque sur ses oreilles. Elle avait osé écouter de la musique pendant ses cours jusqu'au jour où il lui en avait fait la remarque. Elle avait alors retiré ses oreillettes, d'un air exaspéré, en protestant qu'elle ne faisait qu'écouter un fond musical pour mieux s'imprégner de son enseignement artistique. Et qu'elle s'était toujours efforcée de choisir une musique appropriée.

— Comme quoi ? avait-il demandé. Du Beethoven ?

— *Enigma*. C'est du New Age.

— Par pitié, mademoiselle !

Aujourd'hui, elle était assise devant lui, et ses jambes de vierge, joliment gainées de nylon, débordaient un peu de la travée ; elle portait un chandail blanc moulant, comme une star des années cinquante.

Qatar repensa à la strangulation sexuelle pendant qu'il parlait du *Radeau de la Méduse*, de Géricault, tout en s'efforçant de dissimuler son érection sous les pans de sa veste. Il s'imagina cette blonde aux yeux vides nue sur un lit, l'arc souple de son échine reliant sa croupe à sa nuque, sa tête renversée dans les prémices de l'orgasme, le cordon lové au creux de sa main...

Lorsqu'il partit en voiture vers l'atelier d'Ellen Barstad, il mourait d'impatience, et l'inquiétude suscitée par l'enquête sur le fossoyeur avait été reléguée au fin fond des oubliettes de son esprit. Il avait besoin de la voir. Tout de suite.

Le cordon gonflait la poche arrière de son pantalon.

La voix de Lane :

— Allô, Lucas ? Ça y est, je l'ai chopé au moment où il sortait pour rejoindre sa bagnole. Plein cadre. Je vais déposer ma pellicule dans un labo de développement rapide – et je devrais avoir des agrandissements avant que tu aies décollé de chez toi.

— Très bien, mais... tu as eu Marcy ? La situation est plus ou moins bloquée du côté de Randy.

— Oui, je sais. Elle n'a pas encore résolu le problème, mais les photos nous seront quand même utiles.

— D'accord. Vas-y. Tu dis qu'il a quitté la fac ?

— Oui, et à mon avis il vient vers vous. Il a l'air pressé.

Lucas, Del, Marshall et Gibson se trouvaient dans un des bureaux de Dave Culver, où avaient été installés deux téléviseurs, tous deux reliés à la même caméra et équipés d'un magnétoscope intégré ; deux haut-parleurs Bose ; et deux magnétophones.

Lucas sortit son portable et appela Barstad, qui attendait chez elle, dans le bâtiment mitoyen.

— Il arrive, Ellen. Si quelque chose ne va pas, si vous vous sentez mal à l'aise, foutez-le dehors. Et s'il refuse de partir, criez. Ça va ?

— Très bien, répondit-elle. Ne vous inquiétez pas. Je raccroche.

Ce qu'elle fit.

— Complètement toquée, lâcha Gibson en secouant la tête.

Elle n'était pas visible sur les écrans ; elle se trouvait dans la chambre, où ils n'avaient trouvé aucune cachette possible pour une caméra. Et même s'il y en avait eu une, Lucas tenait au respect de l'intimité : braquer une caméra sur le lit ne lui semblait pas convenable, même si l'idée n'avait pas paru scandaliser Barstad. Ils avaient fini par décider que la chambre était trop petite et trop peu meublée. Selon Barstad, Qatar y était entré plusieurs fois ; ils ne pouvaient donc pas se permettre d'en modifier l'agencement à seule fin de camoufler une caméra. L'unique caméra était dissimulée derrière la grille d'aération de la porte séparant l'atelier du séjour – une position qui permettait d'embrasser toute la pièce.

Il suffisait à Gibson d'appuyer sur un bouton pour faire basculer le son d'un micro à l'autre. Ceux-ci étaient assez sensibles pour leur permettre d'entendre les pas de Barstad, le grincement de la porte du réfrigérateur, et un bruit de chasse d'eau.

— Un micro de plus, dit Gibson, et vous l'auriez entendue faire pipi.

— Comme si on avait besoin de montrer ça au jury, grogna Del. Notre témoin principal en train de pisser.

— Je me fais du souci pour cette petite, déclara Marshall avec une moue réprobatrice. Elle croit savoir où elle va, alors qu'elle n'en a aucune idée. Elle est à peine sortie de l'enfance.

— Selon elle, dit Lucas, Qatar n'a jamais de flingue, ni même de couteau. S'il fait mine d'en attraper un dans la cuisine, elle criera, et on l'aura ceinturé en douze secondes.

Les douze secondes n'étaient pas une figure de style : ils avaient chronométré une éventuelle intervention d'urgence.

— Douze secondes, objecta Marshall, c'est une éternité quand quelqu'un est en train de vous trancher la gorge ou de vous défoncer le crâne à coups de marteau.

— Oui, bon... je ne suis pas tellement plus rassuré que vous, admit Lucas. Mais c'est notre seule possibilité, et je dirais qu'on a quatre-vingt-dix-sept chances sur cent que ça fonctionne.

Pendant ce temps, Del était revenu vers la vitrine sans tain de l'entrepôt Culver. Qatar possédait un break Subaru vert, et de son poste d'observation, la totalité du parking était visible. L'attente se prolongea et devint de plus en plus inconfortable au fil des minutes, tandis qu'ils continuaient d'entendre Barstad aller et venir dans le bâtiment voisin.

— Le voilà ! annonça enfin Del.

Lucas appuyait déjà sur la touche de rappel de son portable. Barstad décrocha aussitôt.

— Il arrive, murmura-t-il. N'hésitez pas à nous appeler.

— Je sais. Je suis prête.

Et ce fut le silence.

— Il descend de voiture, dit Del, s'éloignant de la vitrine pour revenir vers le bureau. C'est parti.

— Merde... regardez ça, souffla Gibson, les yeux rivés sur l'écran.

Ils avaient tous entendu Barstad sortir de sa chambre après avoir raccroché. Cinq secondes plus tard, elle fit son apparition à l'image. En tenue d'Ève. Se dirigeant vers la porte, c'est-à-dire vers la caméra.

— Bon Dieu…, fit Lucas.

Del, intrigué par la mine des autres, contourna les téléviseurs pour regarder l'image à son tour.

— Elle doit avoir la trouille. Ouah… ! Pas mal, la petite. Vraiment très… naturelle !

Barstad lança un regard vers la caméra en s'approchant de la porte, et Lucas crut la voir sourire.

— Cette fille est folle…, lâcha-t-il.

Barstad ouvrit la porte.

— Entrez vite. Il fait un peu frais.

— Hmm…

Qatar posa une main sur la hanche nue de Barstad. Ils s'embrassèrent un long moment, avec application.

— Vous êtes ravissante, dit-il en s'écartant. Le froid durcit joliment vos mamelons.

Il tendit la main, en pinça un. Barstad laissa échapper un léger halètement.

— James, souffla-t-elle, j'ai très, très envie.

— Moi aussi.

Le cordon, dans sa poche arrière, fut provisoirement remisé au rang des accessoires. Barstad, qui lui avait pris la main, l'entraînait déjà vers la chambre.

— Oh, attendez, dit-elle, changeant d'avis à mi-parcours. La chambre est trop sombre. (Elle s'approcha du mur, contre lequel était replié un futon.) Aidez-moi.

Ensemble, ils ouvrirent le futon, l'installèrent à même le sol. Elle commença à lui arracher ses vêtements.

— Doucement, très chère, doucement…, souffla-t-il alors qu'elle s'attaquait à sa chemise, puis à sa ceinture.

Le pantalon au niveau des chevilles, il vacilla quand elle prit goulûment son sexe dans sa bouche. Il partit d'un grand rire, tenta de la repousser, et finit par s'effondrer sur le futon.

— Dieu me pardonne ! s'écria Gibson. Visez-moi ça !

— Ça pourrait nous poser un problème, dit Lucas. Ça *va* poser un problème. Bon sang, les avocats de la défense vont se jeter là-dessus pour obtenir l'annulation de la preuve !

— Peut-être pas, fit Del. Cette fille a l'air tellement libérée... Elle serait capable d'expliquer à tout le monde qu'elle aime ça... Oh, nom d'une pipe !

— On a le droit d'aimer ça. Mais à la télévision ? Devant tout le monde ?

Marshall sortit du bureau en s'écriant :

— Ça dépasse les bornes !

— Ce type est bien monté, commenta Gibson.

— Vous trouvez ? demanda Del. Au contraire, j'allais dire que je trouvais son machin plutôt riquiqui.

Comme toujours, quand leur partie de jambes en l'air se fut achevée, Barstad et Qatar restèrent allongés l'un contre l'autre sur le futon. En l'absence d'une définition suffisamment nette de l'image, les policiers durent se contenter de se les représenter haletants et en nage ; ce qui leur fut d'autant plus facile que tout le monde, dans le bureau, était haletant et en nage.

Après avoir récupéré, Barstad dit :

— James... Quelle ardeur aujourd'hui ! Qu'est-ce qui vous arrive ? Vous êtes vraiment dans une forme *superbe* !

Qatar sourit, malgré la petite sonnerie intérieure qui venait de se déclencher sous son crâne. Il avait perçu une fausse note dans le compliment de Barstad, une touche de complaisance qui n'avait jamais existé.

— Merci. Il se trouve que vous avez le don de... m'exciter terriblement.

— Vous aimeriez me gifler ?

Encore la fausse note.

— Si ça vous plaît. Mais je crois que je préfère la raquette de ping-pong.

Elle fit une petite moue.

— Ça me fait juste un tout petit peu mal aux fesses, protesta-t-elle. Et je ne peux rien voir.

— Mais moi, je vois tout. Et je sais bien que ça vous fait plus mal que vous ne le dites.

— Nous avons dépassé ce stade. Il faut aller de l'avant.

— On finit toujours par aller de l'avant, soupira-t-il en se redressant. Je file à la salle de bains. Et je suis à vous dans une minute.

Depuis le bureau de Culver, ils l'entendirent entrer dans le cabinet de toilette, ouvrir le robinet du lavabo. Sur les écrans, Barstad, allongée sur le côté, leur tournait le dos – mais une fois au moins elle jeta un coup d'œil par-dessus son épaule en direction de la caméra.

— Elle prend vraiment son pied, observa Del.

— Moi aussi, fit Gibson. Je donnerais cher pour savoir s'il y a un petit créneau dans son agenda.

— Bouclez-la, lâcha Marshall.

— Hé..., intervint Lucas.

— Bon sang, Lucas, cette fille est le portrait craché de Laura. Si j'avais su ce que...

— Attention, coupa Gibson. Le revoilà.

Qatar revint vers la caméra, le sexe en berne. Il avait attrapé une couverture au passage dans la chambre, et, après s'être laissé tomber sur le futon à côté de Barstad, il l'étala de façon à les recouvrir tous deux.

— Au fait, vous avez reparlé à cette amie ? De la possibilité d'une expérience de triolisme ?

— Pas encore. À quoi bon, si vous n'êtes pas tenté ?

— Effectivement.

Qatar était rassuré – sur le front lesbien, la situation semblait s'éclaircir. L'image du cordon lové dans la poche arrière de son pantalon lui traversa l'esprit.

— Je peux comprendre qu'une personne comme vous soit intéressée, reprit-il. Mais en ce qui me concerne...

Il soupira, laissa sa phrase en suspens.

— Dure journée ? s'enquit-elle.

— Oh... Avec la mort de ma mère... je veux dire, ce médecin légiste, tous ces gens penchés sur son corps... Ils disent que la cause du décès est indéterminée, ce qui m'échappe – cela laisse entendre qu'ils pourraient croire qu'elle n'est pas morte de façon naturelle.

— James... Quand nous avons quitté la morgue l'autre jour... et que nous sommes allés faire des courses, j'avoue que vous m'avez un peu effrayée. On aurait presque cru que vous l'aviez déjà oubliée.

— Quoi ? (Son front se plissa.) Voyons, Ellen, c'est **ma** façon de réagir quand je suis bouleversé, c'est tout. Vous savez que j'adore les vêtements, et j'étais tellement ému que...

Son débit s'accélérait au fil des phrases.

— D'accord, James, fit-elle en levant une main, je vous prie de m'excuser. (Elle noua les bras autour de ses genoux.) Simplement, je... je ne sais pas, mais... J'ai lu dans la presse plusieurs articles sur cet homme, le fossoyeur, il a l'air tellement cruel... Et j'ai trouvé que vous aussi, vous aviez l'air un peu cruel.

Qatar perçut de nouveau la fausse note. En tant qu'historien et critique d'art, il était capable de repérer une fausse note mieux que quiconque.

— Qu'est-ce que cela signifie ? Vous me comparez à ce criminel ?

— Non, non... Je souhaiterais seulement que personne ne soit jamais cruel. (Elle sourit, et sa main descendit vers le bas-ventre de Qatar.) Ou alors rien qu'un tout petit peu de temps en temps, ajouta-t-elle. Vous avez réfléchi à ma proposition ?

Les rouages du cerveau de Qatar cliquetaient à toute allure. Elle était en train de l'interroger. Mais le faisait-elle de son propre chef, ou y avait-il quelqu'un derrière elle pour tirer les ficelles ? Se pouvait-il que quelqu'un les entende ? Dieu du ciel, se pouvait-il que quelqu'un les *voie* ? Il n'osa pas tourner la tête.

— J'ai pensé que pour cet après-midi, à cause de ma mère... il vaudrait mieux quelque chose de doux. Et qui dure longtemps.

Barstad parut déçue, ce qui, dans l'esprit enfiévré de Qatar, équivalait à une confirmation. Il y avait anguille sous roche.

— Que diriez-vous de quelque chose d'excessivement oral ? susurra-t-il en lui glissant à son tour une main entre les cuisses. Je ne vous ai pas encore goûtée.

— Je dirais qu'il a éludé la question, dit Del.

— Parti comme c'est parti, ajouta Gibson, elle n'est pas près de reprendre l'interrogatoire.

— Nom de Dieu ! tonna Marshall. Vous mériteriez un coup de pied au cul, Gibson !

— Calmez-vous, riposta Gibson. Quand on aura terminé le boulot, si vous voulez qu'on aille s'expliquer dehors, je suis votre homme.

— Personne n'ira s'expliquer dehors, intervint Lucas. Vous, Gibson, un mot de plus sur Barstad, et vous vous retrouvez à la circulation sur un carrefour. Et vous, Terry, gardez vos états d'âme pour vous, ou je vous renvoie dans le comté de Dunn.

Quand le deuxième round eut pris fin, Barstad se redressa sur un coude :

— Que pensez-vous du fossoyeur ?

— Ma foi, j'en pense ce qu'en pense tout le monde. C'est un fou. Il a besoin de se faire soigner.

— Moi, je crois qu'ils devraient l'exécuter, le jeter dans une fosse quelque part, et ne rien dire à personne. Ça lui apprendrait.

— Certes. Vous avez raison. (Qatar se leva, prit ses vêtements.) Regardez ça. Ils sont tout froissés. Je préférerais les accrocher quelque part.

— Sur le portant de ma chambre, fit-elle d'un ton lascif. Et dépêchez-vous de revenir !

— Vous êtes trop jeune pour moi, ma chère.

Qatar était en pleine panique. Elle avait parlé deux fois de strangulation sexuelle. Elle avait mentionné trois fois le fossoyeur. Elle l'interrogeait, sans aucun doute, mais...

Se pouvait-il que ce ne soit qu'un symptôme de plus de sa petite folie d'expérimentation sexuelle ? Se pouvait-il qu'elle soit simplement excitée par le personnage du fossoyeur ? Que toutes ces questions ne soient qu'un innocent badinage érotique ?

Mais, dans ce cas, comment expliquer les fausses notes ? Il les avait bel et bien entendues, aussi sonores que le tintement d'une cloche de bronze. Et certains de ses sourires avaient quelque chose de plaqué, et ses félicitations sexuelles paraissaient excessives.

Le problème numéro un, pensa-t-il, était le cordon, qu'il avait eu la stupide idée d'apporter. Si des policiers rôdaient dans les parages, s'ils étaient effectivement surveillés, ce cordon risquait de le perdre. Il ne connaissait pas grand-chose en matière d'ADN, mais il avait une vague idée de la façon dont cela fonctionnait. Son cordon était certainement imprégné de sang – elles avaient presque toutes saigné –, de peau et de Dieu sait quoi d'autre.

De retour dans la chambre, il jeta des coups d'œil rapides tout autour de lui, sans trouver aucun endroit susceptible de dissimuler quoi que ce soit. Il accrocha ses vêtements sous la tringle du portant, sortit le cordon de sa poche de pantalon, l'enroula étroitement, et quitta la chambre pour passer dans la salle de bains. Des piles de serviettes et de draps de bain s'entassaient sur le rayonnage de cuisine en inox adossé à un des murs. Il ouvrit le robinet du lavabo et glissa le cordon sous une pile de serviettes. Après s'être lavé et séché, il revint dans la pièce principale.

Une caméra ? Cela aurait même pu être excitant si seulement il avait su...

Barstad l'attendait.

— Et maintenant ? dit-elle. On essaie le jeu du foulard ?

— Une autre fois. Rien que d'y penser, cela me rend nerveux.

Encore cette ombre de déception – mais pourquoi au juste était-elle déçue ? Parce que son complot était en train d'échouer, ou parce qu'elle avait réellement envie de se faire étrangler ?

— James, vous êtes sinistre.

Peu après quinze heures, Qatar s'en alla.

— Je croyais que nous devions acheter du vin ! gémit Barstad. J'ai touché une grosse somme, vous avez apporté votre livre d'œnologie, et...

— Ellen, vous m'avez lessivé. Je risquerais une attaque en allant courir les caves. La prochaine fois, nous nous en occuperons *avant* l'amour. Honnêtement, vous êtes... insatiable.

— Il n'a rien lâché, constata Del en regardant sortir Qatar.

— Je crois que cette petite demoiselle aurait besoin de se faire soigner, marmonna Marshall.

— Donnez-moi les cassettes, dit Lucas à Gibson. Je les emporte. Je ne veux pas que la moindre copie soit faite, je ne veux pas non plus de montage. Si vous voulez mon avis, les gars, on risque tous notre poste sur ce coup-ci. S'il s'avère que Qatar est innocent, et s'il apprend qu'on a essayé de le piéger en le filmant... ça sentira vraiment le roussi.

— Hé, protesta Gibson, je me suis contenté de faire ce que vous m'avez demandé de faire !

— Je sais. Mais vous y passerez quand même. Voilà pourquoi j'emporte les cassettes. Je vais les mettre sous scellés et, si on n'en a pas l'usage sur cette affaire, elles finiront au feu. Cette charmante créature pourrait bien nous mettre dans la panade.

Debout derrière la vitre sans tain, ils virent Qatar traverser à pied le parking et remonter dans sa Subaru verte. Il semblait quelque peu abattu, et Lucas ne fut pas loin d'éprouver une pointe de compassion à son égard : Barstad était, sans discussion possible, insatiable. Il récupéra les cassettes et fit signe à Del et à Marshall de le suivre.

— Allez, on retourne voir Randy.

25

Lucas fit appel aux Renseignements pour filer Qatar. Comme le suspect ne se doutait de rien, la surveillance serait assurée par un seul agent, chargé de le suivre dans ses trajets en voiture, de l'accompagner sur son lieu de travail, de vérifier qu'il donnait bien ses cours, et de noter ses déplacements pendant la journée.

— Si vous sentez que son comportement devient erratique, expliqua Lucas au premier agent à prendre son service, on vous fournira du renfort. Mais à la base, c'est du baby-sitting.

Le baby-sitter resta donc en planque devant la maison de Qatar toute la nuit et, le matin venu, le suivit à Saint Patrick, où un collègue prit la relève. Qatar quitta son bureau pour entrer dans un amphithéâtre. Vers midi, il se rendit au restaurant, puis dans un centre commercial, puis dans un établissement de pompes funèbres, et il retourna à son bureau.

Toute la journée, Lucas fut informé de ses déplacements par téléphone, mais le problème posé par Randy mobilisa l'essentiel de son temps et de son énergie. Il finit par décider que Marcy était son meilleur atout.

— Randy s'entend mieux avec les femmes. Et puis, toi aussi, tu as été gravement blessée. Ça pourrait le calmer.

— Tu veux que je lui montre le trou de la balle ?

Il n'y avait pas de trou. Juste une cicatrice en forme de fleur avec une sorte de tige dessous – le point de passage du bistouri.

— Si tu crois que ça peut aider. À toi de le sentir.

Lucas chercha ensuite à faire pression sur l'avocat de Randy en contactant Harry Page, du bureau des commissions d'office, et en lui exposant la transaction envisagée. Page alla trouver Lansing pour le prier d'accepter – et de convaincre Randy. Le harcèlement bureaucratique dura toute la matinée et une partie de l'après-midi. Enfin, un assistant du procureur rappela Lucas.

— On a étudié la question avec le procureur du comté de Ramsey, et voilà comment ça se présente : si Randy l'identifie formellement sur photo, et s'il nous fournit des détails de ses relations avec le suspect...

— Qatar.

— Oui, Qatar. S'il fait tout cela, l'agression avec violence sera requalifiée en agression simple, et on laissera tomber les poursuites pour usage et détention de stupéfiants. Il s'en tirera avec une peine de six mois à deux ans – qu'il passera à l'hôpital, parce que c'est le temps que les médecins estiment nécessaire à sa rééducation. Bref, Randy plonge en douceur, et on paie l'ardoise médicale à sa place.

— Il aurait fallu la payer d'une manière ou d'une autre, observa Lucas. Donc, la transaction est acceptée ?

— Tout le monde est d'accord – sauf Randy. L'idée, ce serait que vous débarquiez là-bas avec vos photos et que vous essayiez de le faire bouger.

— Marcy Sherrill s'en chargera. Lui et moi, on a un petit problème personnel.

— Comme vous voudrez. Mais on aura vraiment besoin de lui si on veut avoir une chance de coincer Qatar.

Lucas et Marcy se rendirent ensemble à l'hôpital. En cours de route, ils évoquèrent les travaux d'approche.

— N'oublie pas que c'est un mac, observa Lucas. Tu auras peut-être intérêt à jouer les affranchies, un peu comme les putes, mais en lui redonnant du mou s'il s'énerve. Il faut que tu me l'embobines.

— C'est tout à fait le genre de cinéma que je déteste. Voilà pourquoi je n'ai jamais été très douée pour les faire cracher. J'ai plutôt envie de leur sauter tout de suite à la gorge.

— Vise un peu plus bas cette fois-ci. Si tu arrives à l'attraper par les couilles, on a une chance de serrer Qatar dès cet après-midi.

Lansing les attendait devant la chambre de Randy. Après avoir regardé Marcy, il demanda à Lucas :

— C'est qui, ça ?

— Pourquoi est-ce que vous ne me posez pas la question directement ? dit Marcy. Je suis là, devant vous !

Lansing jugea préférable de battre en retraite.

— Bon, bon... Qui êtes-vous ?

— Je suis sergent de la police de Minneapolis et il se trouve je suis un peu à cran cet après-midi, alors, si vous tenez à votre pif, je vous suggérerais d'être poli. C'est moi qui vais parler à Whitcomb.

Lansing jeta un coup d'œil à Lucas, qui haussa les épaules et lâcha :

— En ce qui me concerne, je suis toujours poli avec elle.

Lansing opina sèchement, excédé par les petits jeux des flics de Minneapolis.

— D'accord. Je vais expliquer à M. Whitcomb pourquoi nous sommes ici, et ensuite, vous pourrez tenter votre chance. Cette transaction nous va très bien, si tant est qu'il soit d'accord pour parler – mais je ne vous cacherai pas qu'il est plutôt de mauvais poil.

— Je peux l'amadouer, déclara Marcy.

Lucas resta dans le couloir, juste derrière la porte entrouverte. Lansing entama les présentations.

— Dites-lui de foutre le camp, gronda Randy. Je veux que cette pute foute le camp tout de suite !

Sans doute essayait-il de hurler, mais sa voix était à mi-chemin entre le murmure et le croassement.

— Je sais ce que vous ressentez, Randy, intervint Marcy.

Moi aussi, on m'a tiré dessus l'année dernière. Je suis toujours en rééduc...

— Parle à mon cul, salope ! croassa Randy. Dommage que le mec t'ait pas flinguée en pleine gueule !

— Randy, Randy..., dit Lansing, il faudrait que vous écoutiez. Ils vous proposent un accord qui est vraiment ce que vous pouvez espérer de mieux, et...

— Va te faire foutre, toi aussi ! T'es viré, connard ! J'veux un autre baveux ! J'ai plus de jambes, putain... t'entends ça, mec ?

Reconnaissant un bruit de gifle, Lucas passa la tête dans l'embrasure. Randy, toujours sur le dos, se frappait la cuisse de sa main libre.

— Y a plus rien, plus rien... !

Lansing tenta de lui saisir le bras.

— Allons, Randy, arrêtez, il faut arrêter, vous allez vous faire mal...

Une infirmière passa en trombe devant Lucas et débarqua dans la chambre en braillant :

— Qu'est-ce que c'est que ce cirque ? Qu'est-ce qu'il y a ?

Randy, soudain calmé, fixa l'infirmière et lâcha d'une voix faible :

— Faites-les sortir d'ici... Putain, faites-les sortir.

— Je n'ai pas eu l'ombre d'une chance, soupira Marcy en ressortant de l'hôpital. Il ne m'a pas laissée en placer une.

— Il était un peu énervé, reconnut Lucas.

— Tu parles. J'ai de la peine pour lui. Il me fait penser... que j'ai eu du bol l'année dernière. Quelques centimètres plus à gauche, et je me retrouvais dans le même état.

— Non, fit Lucas, secouant la tête.

— Bien sûr que si.

— Non. Avec un fusil de ce calibre, quelques centimètres plus à gauche, tu étais bonne pour la boîte en sapin.

Elle s'arrêta net.

— Je ne monte pas dans la même voiture que toi si tu as l'intention d'ironiser sur ce sujet.

— Moi, ironiser ? dit Lucas en se retournant vers l'hôpital. Ce sale petit branleur...

Après avoir quitté Barstad, Qatar était rentré chez lui et s'était aussitôt réfugié sous ses draps, malade d'appréhension. Et pourtant, il ne s'était rien passé. Serait-il devenu paranoïaque ?

Les yeux clos, dans le silence de sa chambre, il revint sur chaque moment de sa joute sexuelle de l'après-midi avec Barstad – car leurs retrouvailles avaient tenu de l'affrontement plus que de la partie de plaisir.

Les fausses notes étaient indéniables. Barstad avait forcé le trait dans toutes ses attitudes. Les autres fois, elle s'était toujours comportée en technicienne du sexe : faites ci, faites ça, ça, et ça. Aujourd'hui, on aurait dit une vedette de cinéma. Une mauvaise actrice.

Il s'inquiétait pour le cordon. Si elle s'avisait de regarder sous sa pile de serviettes... Elle finirait forcément par tomber dessus. Il devait donc le récupérer, le dissimuler dans un endroit où personne ne le trouverait jamais. Si la police le surveillait...

Si la police le surveillait. Toute la question était là.

Qatar se redressa, s'arma de courage, but un verre d'eau, avala deux aspirines, et reprit sa voiture. Il lui restait une heure de jour. Si la police le surveillait... Il prit un instant pour réfléchir, puis se dirigea vers le musée des Beaux-Arts de Minneapolis. Le musée était une destination plausible pour un historien de l'art ; autre avantage, il était situé dans un quartier aux rues étroites, où trouver une place de stationnement n'était jamais simple.

Tout en roulant, il scrutait son rétroviseur. Supposant qu'un policier en filature s'abstiendrait de le suivre de trop près, il concentra l'essentiel de son attention sur ce qui se passait trois ou quatre véhicules derrière lui. À son arrivée devant le musée, il avait dans le collimateur une berline américaine grise. Vieille de quelques années, totalement banale. Il longea le musée et ralentit, cherchant une place ; stoppa à hauteur de la première qu'il eut trouvée, tenta un créneau. Rata sa manœuvre, exprès, et remit la marche avant.

La berline grise avait disparu. Il manœuvra de nouveau, en vain, renonça à cette place et dépassa le musée, tourna au coin de rue suivant, puis encore au suivant, longea le musée par l'arrière, en accélérant. Au moment où il atteignait le carrefour suivant, la berline grise reparut dans son rétroviseur, et son cœur fit un bond.

Il avait vu juste. On le filait.

Il tourna, trouva une autre place libre quelques dizaines de mètres plus loin, entre le musée et un jardin public. Il effectua sa marche arrière, le bras droit sur le dossier, et vit la berline grise s'arrêter au coin – juste avant de s'engager. Il eut la certitude que l'homme assis au volant l'observait. Il descendit, verrouilla sa portière, puis, sans se retourner une seule fois, contourna le coin de rue suivant et se dirigea vers l'entrée du musée.

Il visita la galerie des impressionnistes et des postimpressionnistes. En s'obligeant à prendre tout son temps. Se focalisant sur un Van Gogh, sans rien voir. Arpenta les salles à petits pas, mais des dessins de Snoopy ne l'auraient pas davantage inspiré que les tableaux accrochés aux murs. Parmi les rares visiteurs, personne ne croisa son regard ni ne parut remarquer sa présence. Au bout d'une demi-heure, n'y tenant plus, il rejoignit la sortie. Il faisait encore clair.

Il quitta sa place de stationnement et reprit la direction de chez lui ; il ne repéra à aucun moment la voiture grise, ni aucune autre susceptible d'être en train de le filer. S'était-il trompé ? Il se gara devant une épicerie, acheta des tranches de dinde, du pain, du lait et une boîte de céréales, puis acheva le trajet qui le séparait de son domicile. Rien. Où étaient-ils passés ?

En début de soirée, il se retrouva dans un état d'épuisement teinté d'exaspération. De nouveau convaincu qu'on le surveillait, il n'osa pas quitter sa maison dans l'obscurité. Il s'empiffra de céréales, trois bols pleins à ras bord, et finit par quitter la table en titubant, gorgé de sucre. Il essaya de regarder la télévision, d'écouter de la musique, de lire. Rien ne l'apaisa, mais les heures passèrent tout de même.

À minuit, il alla se coucher. Ne put trouver le sommeil, se releva, prit un cachet. Ne put toujours pas à s'endormir, se releva et prit un autre cachet. Dormit enfin, mais très mal.

Le lendemain matin, en partant à son travail, il les retrouva.

— Te revoilà, imbécile, te revoilà, murmura-t-il en voyant pointer la calandre grise au coin d'une rue, à deux pâtés de maisons en retrait.

Le flic ne s'approcha pas, préférant le filer à distance. Était-il possible qu'ils aient dissimulé une balise électronique quelque part sur sa voiture ? Tout à fait possible, supposa-t-il. Il rejoignit l'université, donna un cours, sortit déjeuner ; se rendit de nouveau chez Marten, l'entrepreneur de pompes funèbres, pour choisir le cercueil de sa mère et organiser le retrait du corps à la morgue.

Il fit tout cela au radar. Le cordon hantait son esprit.

Barstad le retrouverait. Ce n'était qu'une question de temps. Elle saurait immédiatement qui l'avait caché là. Et à moins qu'elle ne commette une énorme bêtise, comme s'amuser avec, elle préviendrait la police, qui aurait tôt fait de retrouver ses empreintes digitales sur l'excellente poignée de caoutchouc.

Il devait absolument le récupérer.

Lucas et Weather se rendirent dans un restaurant français ouvert depuis peu, Chez Grasse. Sur le menu affiché devant la porte, Lucas découvrit qu'on y servait de la bière, ce qui le rassura.

— J'avais peur qu'on n'ait le choix qu'entre du vin rouge et du vin blanc, grommela-t-il. Avec ces maudits Français...

— Un peu de tenue, s'il te plaît. Je sais bien que tu adores essayer les nouveaux restaurants.

C'était vrai. Et il appréciait même la cuisine française – quand elle ne consistait pas en deux bouts de carotte se battant en duel avec quatre escargots à l'ail. Ils ouvrirent la carte.

— Rien ne m'inspire, lâcha Weather.

Lucas lui jeta un coup d'œil par-dessus le menu.

— Tu es enceinte.

— Non... ce n'est pas ça. Je n'ai pas très faim, c'est tout.

— Ce serait une première ! Dans un restaurant français ? Cette carte me paraît pourtant correcte.

— Je prendrai peut-être une salade. Et un verre de vin.

Pendant le repas, ils évoquèrent le cas de Randy.

— Il faut absolument qu'on le fasse parler, fit Lucas. J'y retourne demain matin.

— Et Miss Exhib ? Vous comptez renouveler l'expérience ?

— Peut-être – si Randy refuse de parler, il faudra bien pousser Qatar à la faute. Mais, franchement, cette mise en scène avec Barstad... elle m'a paru plus timbrée que lui. Il n'a fait que suivre le mouvement.

— Je *veux* voir cette cassette.

— Aucune chance. Si on l'utilise au tribunal, crois-moi, j'aurai pris soin de bétonner mes arrières. J'ai déjà dit au gars des scellés que si jamais j'apprends que quelqu'un a visionné la moindre image de cette bande, il est bon pour la taule. Et j'ai fait le nécessaire pour qu'il me croie.

— À ce point ?

— Oui. On pourrait vraiment se faire démolir si elle est vue par qui que ce soit. Un peu comme ces flics de Los Angeles qui ont été filmés en train de dérouiller un type... Je vois déjà les journalistes hurler sur la façon dont nous avons poussé une pauvre jeune fille à faire *ça* à seule fin d'extorquer des aveux à l'accusé ! On ne se doutait pas qu'elle irait aussi loin, mais une fois que Barstad a été lancée, il n'y avait plus moyen de l'arrêter. Sauf que personne ne nous croirait.

— Tu en as parlé à Rose Marie.

— Bien sûr.

— Et qu'as-tu dit à la fille ?

— Je l'ai un peu engueulée, mais il faut qu'on reste en bons termes avec elle – il se peut qu'on ait encore besoin de son aide.

— Pour refaire la même chose ?

— Sûrement pas. Si elle remet ça, j'enfonce la porte et tant pis, je passe les bracelets à Qatar. Non, pas question.

Pendant cette conversation, Qatar ressortit de chez lui.

Sa décision n'avait pas été facile à prendre. À sa connaissance, une seule voiture l'avait filé tout au long de la journée. Il avait du mal à s'imaginer qu'un réseau de surveillance complet ait été organisé autour de sa personne – il s'agissait sans doute uniquement de ne pas perdre sa trace. Si tel était le cas, et en faisant preuve d'une extrême prudence, il devrait être capable de semer son accompagnateur. À pied, forcément, car il se pouvait qu'ils aient placé une balise sur sa voiture – et il n'avait aucune idée de l'aspect de ce genre de gadget, ni de l'endroit où on pouvait le cacher.

Il se vêtit avec soin pour son expédition nocturne – tout de gris et de noir, avec un bonnet. Il laissa le téléviseur en marche et modifia le réglage de son répondeur pour qu'il prenne les appels dès la deuxième sonnerie. Si quelqu'un téléphonait, cela donnerait l'impression qu'il y était. Il régla ensuite le programmateur de sa lampe de bureau. Elle s'allumerait à vingt heures et s'éteindrait à vingt heures trente. Il devrait être rentré avant minuit.

Il prit son plan de la ville, vérifia qu'il avait suffisamment de petites coupures dans sa poche.

— C'est de la pure folie, murmura-t-il.

Il passa dans le garage. Il aurait pu sortir par la porte donnant sur le jardin, à l'arrière, mais sa silhouette se découperait l'espace de quelques secondes sur le bois blanc de la façade. Alors qu'une haie touffue longeait le côté de sa maison.

Il régnait à l'intérieur du garage une obscurité absolue. Il referma la porte derrière lui, chercha à tâtons la fenêtre donnant sur la façade latérale. La trouva, débloqua le loquet, fit basculer lentement le panneau vitré, enjamba l'appui, et sortit dans l'étroite bande de jardin. Si les policiers avaient pensé à placer un agent à l'étage de la maison de son voisin du fond, ils avaient une petite chance de le repérer. Mais encore leur faudrait-il exercer une surveillance extrêmement attentive, car la nuit était noire et dense comme une tenture de velours.

Il referma la fenêtre, resta sans bouger, tendit l'oreille. On n'entendait que la rumeur des voitures. Au bout de deux minutes, il longea la haie en direction du passage parallèle à la rue qui bordait l'arrière de sa maison. N'entendant toujours rien, il se glissa dans le passage, traversa la rue perpendiculaire qui le coupait au bout du pâté de maisons, et s'engouffra dans le passage suivant.

Ils auraient du mal à le suivre. Dans cette obscurité, c'était tout juste s'il voyait ses mains. À l'intersection suivante, il bifurqua au nord, en direction d'une rue commerçante. Il avait besoin d'une cabine téléphonique et d'un taxi.

La cabine et le taxi furent promptement trouvés, et Qatar se laissa conduire vers le nord de la ville en s'extasiant sur son propre courage. Il fit signe au chauffeur de s'arrêter alors qu'ils longeaient une petite galerie commerciale de Cleveland Avenue.

— Là, dit-il. Devant le magasin de golf.

— Vous voulez que je vous attende ?

— Non. Un ami me ramènera.

Il fit rapidement le tour des rayons du magasin, le temps de laisser le taxi disparaître, et ressortit. Il n'était plus qu'à deux ou trois kilomètres de chez Barstad. Il ignorait la distance exacte, mais cela n'avait aucune importance. Il se mit en marche.

Que ferait-il une fois sur place ?

Il ne l'avait pas encore décidé. Faire l'amour ? Et récupérer le cordon ensuite ? Lui raconter qu'il pensait avoir perdu son anneau chez elle ? Il le toucha à son annulaire droit. Il n'avait qu'à le retirer, faire semblant de fouiller chez elle, et passer dans le cabinet de toilette pour récupérer le cordon. Peut-être même la prier de le ramener chez lui...

L'idée le fit sourire. Ce culot ! Se faire déposer chez lui – et par elle ! Le policier de faction en aurait une crise cardiaque.

Que faire ? se demandait-il en marchant.

Elle l'avait trahi, c'était une certitude. Il entrelaça les doigts, s'assouplit les mains. Aucun doute, il ressentait un peu de colère. Elle l'avait trahi, et ce cou... avec son joli cou, elle l'avait dénoncé à la police... Oui, un peu de colère. Elle avait fait semblant de l'aimer, elle s'était servie de lui, elle l'avait trahi...

Que faire ?

26

À son arrivée au bureau, le lendemain matin, Lucas trouva Marcy et Marshall en train de l'attendre.

— On ferait bien de filer tout de suite à l'hôpital, dit Marcy. Le bureau des commissions a téléphoné pour prévenir que Randy s'était calmé – mais c'est toi qu'il veut voir, pas moi.

— Il a expliqué pourquoi ?

— Randy ne veut traiter qu'avec le patron.

Lucas haussa les épaules.

— D'accord. On lui prépare une galerie de portraits et on y va.

— C'est déjà fait, dit Marcy en agitant une grosse enveloppe brune. J'ai aussi des photos des bijoux retrouvés chez lui, et de Suzanne, la fille morte. Et j'ai réussi à obtenir qu'un greffier du tribunal se déplace. Il y aura également un inspecteur de la Crim de Saint Paul.

— Et moi, ajouta Marshall.

Pendant le trajet vers l'hôpital, Lucas téléphona à Marc White, le baby-sitter en titre de James Qatar.

— Où est-il ?

— À son bureau. Craig Bowden l'a suivi jusqu'à la porte, et j'ai pris le relais. Je ne l'ai pas encore vu, mais il a un cours prévu dans une demi-heure.

— Ne le lâchez pas d'une semelle. On est peut-être en passe d'obtenir son identification, et si ça marche, on l'épingle.

Dès qu'il eut raccroché, Marshall demanda :

— Vous croyez qu'on aura une identification ? Ce type, Randy, il n'est pas un peu trop barge ?

— Randy est barge, mais pas idiot. Si sa cervelle fonctionne encore, et si le deal lui est favorable, il jouera le jeu. Le deal, croyez-moi, c'est son rayon.

— J'ai toujours espéré que ce jour arriverait, dit Marshall, d'une voix aussi grinçante qu'un portail rouillé. Mais jusqu'ici, je n'y croyais pas vraiment.

Rob Lansing et sa mallette rigide les attendaient dans le couloir, en compagnie d'une greffière noire rondouillarde et d'un inspecteur de la brigade criminelle de Saint Paul nommé Barnes. Sans ouvrir la bouche, Lansing désigna la chambre de Randy d'un coup de menton et poussa la porte, talonné par la greffière. Lucas suivit le mouvement, avec Marshall et Barnes.

Randy avait redressé le torse, et repris quelques couleurs, même si chaque minute de ses vingt et quelques années de galère était gravée au burin sur son front et sur ses joues.

— Ce coup-ci, lâcha-t-il, vous m'avez niqué grave.

Toute trace de l'hystérie de la veille avait disparu.

— J'en suis navré, dit Lucas. Tu sais que je ne t'aime pas – et je sais que tu ne m'aimes pas –, mais jamais je ne t'aurais souhaité ça.

— Ouais, ouais…, soupira Randy en regardant la greffière. C'est qui, c'te meuf ?

— Je vous présente Lucille, intervint Lansing. Elle va prendre note de tout ce qu'on dit, pour qu'il n'y ait aucune ambiguïté sur la transaction.

La greffière prépara sa sténotype et attendit.

Le regard de Randy s'arrêta d'abord sur Lucas, puis sur Marshall.

— On est d'accord, hein ? Vous payez les frais médicaux et vous laissez tomber les chefs d'inculpation les plus graves ?

— On est d'accord, confirma Lucas avec un hochement de tête.

— Envoyez les photos.

— J'en ai six. On aimerait que tu nous montres celle de l'homme qui t'a vendu les bijoux.

Lucas sortit deux liasses de photographies de l'enveloppe brune, ôta le trombone de l'une d'elles.

— Vous connaissez son nom ? interrogea Marshall.

— Ben, j'l'appelais surtout « mec ». Mais j'crois que son blase, c'est James.

— James, répéta Lucas, avec un coup d'œil vers la greffière penchée sur sa machine.

— Une brique de plus sur le mur, dit Marshall.

Randy fit défiler la première série de portraits, et s'arrêta en inclinant la tête devant l'un d'eux.

— C'est ce mec. James.

Lucas reprit la photo, la passa à Marshall, puis à Lansing. Et, à la greffière :

— Veuillez noter que M. Whitcomb a désigné la photographie de James Qatar en présence des témoins suivants : les officiers de police Davenport, Marshall et Barnes, ainsi que maître Lansing, avocat.

Elle hocha la tête et prit note.

— Je vais maintenant montrer à M. Whitcomb un second jeu de photographies, qui représentent toutes James Qatar. Afin qu'il confirme sa première impression.

Randy prit les clichés, les passa en revue, et :

— Ouais. C'est ce mec-là.

— Il a tué Suzanne Brister ?

— Qui ça ?

— Suzanne Brister a été tuée chez toi. On en a la preuve, Randy. Son sang était un peu partout.

— Mec..., fit Randy en se grattant les joues. Putain, je m'en souviens pas. C'te nuit-là, j'ai fait une teuf d'enfer, je rentre chez moi, et la v'là morte. J'ai flippé comme un malade.

— C'est toi qui l'as fait, Randy ?

— Non, mec, et c'est même ça qui m'a fait flipper. J'ai rien fait, moi, putain. Ça, merde, j'm'en serais rappelé. Je grimpe l'escalier dans le noir et j'y tombe dessus, putain, j' vous jure que je me suis cassé la gueule, et là, j'ai senti ce nichon froid, et j' vous jure que j'ai failli sauter par la fenêtre. Après, j'ai allumé, et j'ai vu tout ce sang. Putain... (Il frissonna.) J'ai buté dessus dans le noir. J'savais pas qu'elle était marav.

— Quand as-tu vu James pour la dernière fois ?

Randy se gratta de nouveau la figure.

— Ça, j'm'en souviens plus.

Lucas rouvrit son enveloppe brune, en tira les clichés des deux anneaux retrouvés chez Randy, et les lui tendit.

— On a retrouvé ça chez toi – dans un bouquin. Ils ont appartenu à une enseignante de l'université Saint Patrick qui est morte il y a très peu de temps. Tu te rappelles où tu les as eus ?

Randy étudia les images, se gratta le cuir chevelu.

— Z'avez trouvé ça chez moi ? Dans ma planque ?

— Ouaip.

— Je devais être déchiré grave, parce que, franchement, je me rappelle pas.

— Tu te rappelles quoi ?

— Bon, ce soir-là, j'ai fait la teuf. Toute la nuit. J'me suis vite retrouvé à court de cash, alors je suis allé en tirer, je me suis remis à faire la teuf, et là-dessus j'me retrouve à sec... j'arrêtais pas de me retrouver à sec et de rentrer chez moi prendre du cash... c'est tout ce que je me rappelle, les allers-retours, et, à la fin, le nichon froid.

— Tu faisais la fête avec qui ?

Randy jeta un coup d'œil à Lansing, qui acquiesça.

— Un mec qui s'appelle Lo Andrews. Et ses potes.

— Je le connais, intervint l'inspecteur de Saint Paul. Il habite sur Como. Presque en permanence, on voit un nuage de fumée sortir des fenêtres.

— Ouais, c'est lui, confirma Randy.

— Tu ne sais ni quand Suzanne a été tuée, ni quand tu as vu James pour la dernière fois, récapitula Lucas.

— Si c'est James qui m'a fourgué ces bagouzes, je devais être déchiré grave quand il est passé.

356

La fin de l'entrevue n'apporta rien de plus significatif. Dans le couloir, Lucas demanda l'adresse de Lo Andrews à l'inspecteur de Saint Paul. Celui-ci passa un appel aux Stups de Saint Paul pour se procurer le numéro exact de son immeuble sur Como.

De retour à la voiture, Lucas téléphona à Marcy :

— Randy a identifié Qatar. On va le serrer. Demande un mandat sur son domicile.

— Superbe ! La demande part à l'instant. Ah, Del veut te parler.

Elle passa le combiné à Del, qui demanda de but en blanc :

— Je peux venir avec vous ?

— Sûr. Qatar est à Saint Patrick. On se retrouve là-bas. Lane est à côté de toi ?

Lane prit l'appareil. Lucas lui communiqua l'adresse de Lo Andrews.

— Retrouve-le. Les Stups de Saint Paul t'accompagneront. Et interroge-le sur le déroulement de la nuit en question. Essaie de voir si Randy était accompagné, si quelqu'un aurait vu ou entendu quelque chose...

— D'accord. On se voit cet après-midi.

— Je ne pensais pas voir ça un jour, souffla Marshall. Sacré nom...

Lucas se tourna vers lui. Marshall était en sueur. Il avait acheté un soda à un distributeur de l'hôpital et, quand il souleva la boîte pour la porter à ses lèvres, sa main tremblait.

— Ça va ? s'enquit Lucas.

— Ma foi, je ne crois pas être au bord de la crise cardiaque, mais ma tension doit être au moins à vingt-cinq. Je meurs d'envie de traîner ce salopard hors de sa salle de classe... il est enseignant, Lucas. Enseignant, vous vous rendez compte !

— Les enseignants, il y en a d'aussi déjantés que les autres. On en a vu passer plus d'un dans nos bureaux.

Marshall fixait la vitre, les lèvres en mouvement, comme s'il psalmodiait une prière silencieuse, mais il avait entendu Lucas et sourit.

— Vous avez raison. Je ne vous ai jamais raconté l'histoire de ce vieux prof chenu de River Falls ? Je la tiens d'un copain qui est adjoint dans le comté voisin, et il me jure qu'elle est vraie... Je vous l'ai déjà racontée ? Celle du prof, du lama et du club de golf ? Non ? Alors...

Lucas ponctua d'un éclat de rire la fin de l'histoire de Marshall. Mais un bref coup d'œil de biais lui suffit pour percevoir, par-delà le sourire du conteur, ce qui ressemblait fort à une lueur de désespoir au fond de ses prunelles.

L'arrestation se produisit presque exactement comme Qatar l'avait imaginée dans ses cauchemars – les chapeaux mous en moins. Il se trouvait dans son bureau quand il entendit les voix, puis un bruit de pas dans le couloir – le bruit de plusieurs hommes en marche. Il tourna la tête et se raidit dans son fauteuil, l'oreille tendue. La seconde suivante, la porte s'ouvrit, et un homme aux cheveux noirs et au teint sombre, vêtu d'un superbe costume anthracite, se présenta sur le seuil en disant :

— James Qatar ?

Derrière lui se découpaient deux autres hommes, et encore derrière il reconnut Burns Goodwin, le président de l'université.

Qatar se leva lentement et fit de son mieux pour paraître déconcerté.

— Oui ?

— Il a plus ou moins pété les plombs, raconta Lucas à Marcy. Il a tout nié en bloc et s'est mis à chialer – vraiment, je veux dire. À gros sanglots. Marshall était sur le cul. Il s'attendait à de la résistance, et il n'a eu droit qu'à cette coulée de boue.

— Où est-il ? Marshall ?

— Toujours à la prison, en train d'étudier la question des poursuites dans le Wisconsin avec les représentants du procureur. Si on retrouve des preuves chez Qatar, le Wisconsin pourrait faire valoir son droit à le juger.

— Quelle différence ? De toute façon, il prendra trente ans.

— S'il est condamné. Sinon, il pourrait peut-être y avoir un second procès dans le Wisconsin.

Après avoir quitté Marcy, Lucas descendit chez Rose Marie pour lui rendre compte de l'arrestation.

— Et une encoche de plus sur votre crosse, dit-elle. Une !

— S'il est condamné. Towson craint que l'identification par Randy ne soit une preuve un peu trop fragile.

— Il est cuit, déclara Rose Marie. Avec Randy et les bijoux, sa proximité géographique par rapport à toutes les victimes, son passage dans deux facs du Wisconsin... c'est fini pour lui.

Lucas retourna voir Marcy.

— Je vais voir où en est la perquisition chez Qatar. Ensuite, je rentrerai chez moi faire un somme. Peut-être nettoyer un peu les chromes de ma Porsche. Préviens-moi s'il y a du nouveau.

Le téléphone sonna à cet instant. Marcy décrocha.

— Un instant. Je vais voir s'il est là. C'est ce type, Culver, glissa-t-elle à Lucas. Il veut te parler. Il dit que c'est urgent.

— Passe-le-moi. (Lucas saisit le combiné.) Davenport, j'écoute ?

— Monsieur Davenport ? Dites donc, vous avez emmené Ellen quelque part ? Je veux dire, vous savez où elle est ?

— Non. La dernière fois que je lui ai parlé, c'était chez elle. Qu'est-ce qui se passe ?

— Je ne l'ai pas revue. D'habitude, elle vient prendre un café, ou alors je passe chez elle, mais là, tout est fermé. En ce moment même, il y a plusieurs bonnes femmes qui font les cent pas devant son atelier. Elles étaient censées avoir un cours de tissage, et jusqu'ici, chaque fois qu'Ellen a été obligée d'annuler, elle les a averties à l'avance. Elle ne répond pas au téléphone. On ne voit pas très bien à l'intérieur à cause de la glace sans tain, mais j'ai quand même l'impression qu'il y a eu des trucs renversés.

— Ne bougez pas, fit Lucas. J'arrive !

Il posa le téléphone, décocha à Del un coup d'œil hagard.

— Merde...

Et il partit vers la porte.

— Qu'est-ce qu'il y a ? Que se passe-t-il ? lança Marcy. Tu vas où ?

— Appelle le central et dis-leur que je veux une voiture de patrouille, à la seconde, devant la porte. À la seconde !

Au moment où il s'élançait dans le corridor, il aperçut Marshall, un gobelet de café et une bouteille de yaourt liquide dans les mains.

— Terry, venez, vite !

Marshall le rattrapa en s'efforçant de ne pas renverser son café.

— Qu'est-ce qui se passe, Lucas ? Qu'est-ce qui se passe ?

Une voiture pie coupa le flot de la circulation en sens inverse pour se rabattre devant l'entrée principale du City Hall. Le policier au volant fit signe à Lucas, qui monta à l'avant. Marshall s'installa à l'arrière.

— Le pont Hennepin ! ordonna Lucas. Mettez le gyrophare et la sirène !

Le chauffeur opina, et la voiture démarra en trombe, fendant le trafic comme un requin. Lucas se retourna vers Marshall.

— Ellen Barstad est introuvable. Son voisin, Dave Culver, vient de me dire que son appartement semble avoir été plus ou moins chamboulé.

— Non..., murmura Marshall, abasourdi. Pas elle ! Qatar était sous surveillance, ce n'est pas possible...

— Ce n'est peut-être qu'une fausse alerte.

Après le pont, Lucas donna des indications de trajet au chauffeur.

— Je ne le sens pas, Lucas, fit Marshall. Je ne le sens pas du tout...

— Elle vient d'un autre État. Peut-être qu'elle a paniqué. Qu'elle a fait ses valises.

— Je n'y crois pas. J'ai un très mauvais pressentiment.

Lucas hocha la tête.

— Pour être franc, moi aussi.

Ils étaient à peu près à mi-trajet quand Del téléphona.

— Qu'est-ce qui se passe, nom de Dieu ?

Lucas lui résuma la situation en trois phrases.

— Je vous retrouve sur place, dit Del.

Ils stoppèrent devant chez Culver dix minutes après son coup de fil. Lucas mit pied à terre, repéra Culver en train de palabrer sur le parking avec deux femmes d'âge mûr, et s'approcha, talonné par Marshall.

— Qui est le propriétaire ? Quelqu'un a les clés ?

— Il y a bien un syndic, mais il circule beaucoup. J'ai juste son numéro de portable.

— Appelez-le, et tâchez de voir où il est.

Culver se replia en hâte dans son entrepôt. Marshall avait déjà le visage collé contre la vitre sans tain de l'atelier.

— Il a raison, dit-il. On dirait qu'il s'est passé quelque chose.

Lucas l'imita – et vit qu'un des châssis était tombé au sol.

— Bon sang !

Il allait s'élancer vers l'entrepôt voisin quand Culver en ressortait, un portable à l'oreille.

— Où êtes-vous ? interrogeait-il au téléphone. Il faut qu'on entre tout de suite.

— Où est-il ? dit Lucas.

— À Hopkins, répondit Culver. Il dit qu'il peut être ici dans vingt minutes.

— C'est beaucoup trop long. Vous avez de quoi casser cette vitre ?

— J'ai, intervint Marshall.

Il souleva un pan de son blouson et en tira son 357 Magnum à canon long. Prenant l'arme par le canon, il s'approcha de la vitre et lui assena un rapide coup de crosse. Le choc créa dans le verre un orifice gros comme une pièce d'un dollar. Au second coup de crosse, un gros pan de verre se détacha. Marshall passa doucement le bras dans la brèche et fit coulisser le verrou.

Lucas entra le premier. Le châssis gisait au sol, et...

— Faites attention où vous mettez les pieds, dit-il en indiquant des traces de sang par terre.

— Non, mon Dieu, non...

Marshall se retourna vers le seuil, où Culver était paralysé.

— Restez où vous êtes, ordonna-t-il. Ne laissez entrer personne.

Les deux policiers avancèrent prudemment, en évitant les taches de sang, jusqu'à la porte qui séparait l'atelier de la partie appartement. Lucas montra du doigt la poignée, murmura à Marshall de ne surtout pas y toucher, et poussa la porte du pied.

Ellen Barstad reposait à côté de l'évier. Vêtue de pied en cap. Morte. Pas de strangulation, cette fois-ci : sa tête baignait dans une mare de sang figé, entourée d'éclaboussures séchées. L'arrière du crâne semblait enfoncé.

— On va prévenir les collègues, dit Lucas.

Il se retourna vers Marshall, qui avait les yeux fermés et une main plaquée sur le visage – la paume à hauteur du menton, les doigts sur le front.

— Terry ?

— Oui, oui... sacré nom, Lucas... Je crois que c'est notre faute.

Lucas déglutit péniblement pour se délivrer du goût amer qui lui encombrait la gorge. Il promena son regard sur la cuisine et vit un marteau.

— L'arme du crime.

Marshall retira sa main de son visage.

— Vu les dégâts, c'est forcément quelque chose de ce genre, opina-t-il en s'approchant. On dirait qu'il a été essuyé. Je crois voir des traces. Peut-être avec... du papier hygiénique.

— Sortons d'ici avant de tout saloper. On va prévenir le labo.

Del arriva à son tour cinq minutes plus tard et les retrouva dehors, en train de fixer un morceau de carton contre la vitre brisée de l'entrée. Leur bricolage était presque terminé quand il les rejoignit. Il regarda Marshall, puis Lucas.

— Ne me dites pas que..., fit Del en poussant la porte de l'atelier.

— Si. Elle est morte, confirma Lucas. Fais attention au sang par terre. Et ne touche surtout pas la porte de l'appartement.

Del disparut, revint deux minutes plus tard. Son visage était aussi blême que celui de Marshall.

— Quand est-ce qu'il a fait ça ?

— Ça doit remonter à cette nuit, dit Lucas. Les flaques de sang commencent à sécher. On devrait le savoir avec la température du corps. On a fixé ce carton sur la porte pour préserver les conditions ambiantes.

— On dirait qu'il a paniqué, murmura Del. À mon avis, il l'a poursuivie depuis l'entrée. Il a dû attraper le marteau sur un des châssis en préparation...

— Tu es sûr que ce marteau est à elle ? interrompit Lucas.

— À peu près sûr – je l'ai vu posé sur un châssis l'autre jour, et il n'est plus dans l'atelier. Il a pris le marteau et l'a frappée avec, mais elle a quand même réussi à s'enfuir vers le fond.

— J'espère que ce fumier s'est servi de sa main pour ouvrir la porte, dit Lucas. C'est ce que j'aurais fait – j'aurais foncé, et j'aurais poussé la porte avec ma main.

— Le problème, objecta Marshall, c'est qu'il est déjà venu. On a même enregistré sa dernière visite sur cassette. Si on retrouve ses empreintes, il aura beau jeu de prétendre qu'elles datent d'un autre passage.

— Oui, bougonna Lucas, mais si on retrouve une bonne grosse empreinte bien fraîche sur cette porte, ça nous fera quand même une brique de plus. Bon Dieu, pourquoi est-ce qu'on ne l'a pas installée en lieu sûr ? Pourquoi est-ce qu'on ne l'a pas fait ?

— Et lui ? Pourquoi est-ce qu'il l'a tuée ? Le mode opératoire ne ressemble pas du tout à ce qu'il a fait aux autres.

— Ça me rappellerait plutôt Neumann, lâcha Lucas.

— Si c'est bien lui qui a tué Neumann, fit Del. Ce qui, en soi, n'est pas évident à prouver.

— Hé, dis donc, tu es dans quel camp ? s'écria Lucas, sentant la moutarde lui monter au nez.

— Dans le tien, mais je pense au procès. Je vais te dire ce qui m'inquiète : Randy est un vrai aspirateur à coke, et on se retrouve avec deux meurtres à Saint Patrick, avec des victimes proches de Qatar, mais sans lien apparent entre elles, commis selon un mode opératoire qui ne correspond absolument pas à celui du fossoyeur. Et le pire...

— Qu'est-ce qu'il pourrait y avoir de pire ? coupa Lucas.

— Le pire, c'est qu'un homme à nous était censé le surveiller quand il est venu liquider Barstad. Comment est-ce qu'il s'y est pris, tu peux me l'expliquer ? Et qu'est-ce qu'on répondra quand la défense présentera aux jurés la thèse d'un deuxième assassin ? Si tu retires Randy de l'équation, il ne nous reste strictement rien. Or, Randy aurait eu une excellente raison de nous raconter ce que nous voulions entendre. Vous croyez que l'avocat de Qatar se gênera pour faire monter sa mayonnaise ?

— Nom de Dieu ! lâcha Lucas.

— Il a raison, les avocats se jetteront là-dessus, acquiesça Marshall. Mais on ne va quand même pas laisser filer ce salaud ! Ce n'est pas possible !

— Pas question de le laisser filer, gronda Lucas. On aura sa peau.

Ils restèrent sur place, tous d'humeur massacrante, afin de suivre les travaux de l'équipe de la police scientifique jusqu'au retrait du corps. Lucas parla deux fois à Rose Marie au téléphone, et aussi à Marcy. Quand il parut évident qu'ils ne découvriraient plus rien d'intéressant chez Barstad, Lucas se tourna vers Del.

— Tu as ta voiture ?

— Oui.

— Allons faire un tour chez Qatar. Les techniciens devraient encore y être. Voyons ce qu'ils ont découvert.

— Je vais vous dire une chose, intervint Marshall. Il s'est peut-être débarbouillé ici, mais il avait forcément encore du sang sur lui quand il est reparti. Sur son manteau, son pantalon, ses chaussures – c'est obligatoire.

Tandis qu'ils roulaient, Marshall parut se ratatiner sur la banquette arrière au fil des kilomètres.

— Ça va ? finit par demander Lucas en se retournant.

Sans préavis, Marshall se lança dans une longue tirade :

— Ma femme est morte la deuxième année de notre mariage. Elle était enceinte. Elle a heurté le parapet d'un pont en voiture, il y avait un peu de neige sur la route, juste un tout petit peu. Elle faisait la course avec ma sœur pour savoir laquelle aurait son bébé la première ; elles sont tombées enceintes en même temps, et c'était du coude à coude... sauf que ma femme à moi n'a jamais franchi la ligne d'arrivée.

— Vous ne vous êtes jamais remarié ? demanda Del.

— Je n'ai jamais eu le cœur de remettre ça. Je passe voir ma sœur chaque soir avant d'aller me coucher. J'ai vu Laura grandir, je l'ai toujours considérée comme ma fille. Oui, je passais là-bas à peu près tous les soirs. Et un beau jour, elle a disparu, sans que je puisse rien y faire. Un flic réputé, censé tout savoir sur tout le monde, et même pas foutu de retrouver sa propre nièce...

Il continua de ruminer sur le même mode un bon moment, et Lucas et Del échangeaient un regard de temps à autre, impressionnés.

La maison de Qatar était pimpante et joliment décorée. Un technicien de la police scientifique nommé Greg Webster supervisait l'équipe chargée de passer les lieux au peigne fin. En voyant Lucas, Marshall et Del remonter l'allée menant au perron, il vint à leur rencontre.

— Je suis au courant, dit-il.

— Alors ? Vous avez trouvé quelque chose d'intéressant ?

— Pas vraiment. Juste une paire de boucles d'oreilles dans sa commode. On dirait du vrai, il y a donc là une possibilité à explorer. Il faudra vérifier par rapport aux bijoux des victimes identifiées... Vous avez eu Sandy MacMillan ? Je crois qu'elle a dégoté quelque chose à son bureau.

— Quoi ?

— Je n'en sais rien. Mais un de nos gars m'a dit qu'elle avait l'air assez excitée – c'est probablement une piste informatique.

— Il faudra examiner ses factures téléphoniques en remontant aussi loin dans le temps que possible, dit Lucas. Et voir s'il a un abonnement de portable. Et regarder ses albums de photos, et aussi toutes les photos isolées qui traînent chez lui, et aussi les négatifs, et tout ce qui pourrait représenter une forme de souvenir.

— Je sais, répondit Webster d'un ton patient. Ne vous inquiétez pas, on va tout ratisser.

— Vous avez regardé dans le lave-linge ?

— Oui. Il est vide. Rien non plus dans le sèche-linge.

— Sandy est toujours au bureau de Qatar ?

— Aucune idée. Elle y était il y a une heure.

Sandy MacMillan était repartie au City Hall. À dire vrai, Lucas la localisa par hasard en téléphonant à son propre bureau, où elle était en train de discuter avec Marcy, qui la lui passa.

— D'après Greg Webster, dit-il, vous auriez trouvé quelque chose dans son ordinateur.

— Non. On n'a rien trouvé – et c'est justement intéressant. Qatar a changé le disque dur de son unité centrale le jour où la découverte du corps d'Aronson a été divulguée. Il a retiré ses fichiers de l'ancien disque dur pour les réinstaller sur le

366

nouveau – les dates sont là pour l'attester. Pourquoi a-t-il fait ça ? Puisqu'il a réussi à extraire les fichiers, cela signifie que l'ancien disque dur fonctionnait encore. Vous me direz qu'il était peut-être plein.

— Tu parles ! Il a fait ça pour dissimuler des preuves. Je vous fiche mon ticket que ses dessins y étaient jusqu'à cette date, soit sous Photoshop, soit sous un autre logiciel de traitement d'images.

— En tout cas, ils ne sont pas sur le nouveau disque dur.

— Voyez quels logiciels il a installés dessus.

— Pas grand-chose, à part Word et quelques petites bricoles. Cela dit, comme il surfe sur le Net, on va chercher de ce côté-là. On ira trouver son fournisseur d'accès et on verra ce qu'on peut trouver comme infos sur ses connexions.

— On dirait qu'il a encore une longueur d'avance sur nous, marmonna Lucas. Continuez à creuser. De toute façon, cette date nous sera utile.

Après avoir raccroché, il résuma la situation à Del et à Marshall.

— Ça fait toujours une brique de plus sur le mur, dit Marshall.

— On n'a pas de mur, corrigea Lucas. Juste un tas de briques.

Ils étaient sur le trottoir, devant la maison de Qatar, prêts à repartir, quand Craig Bowden arriva en voiture. Après s'être garé un peu plus loin dans la rue, il les rejoignit au petit trot. Lucas remarqua deux femmes assises sur leur perron, suivant attentivement du regard le déplacement de ce petit homme en ciré jaune. Toute la rue devait déjà être au courant.

Bowden ne semblait pas franchement dans son assiette : c'était lui qui avait été chargé d'assurer la surveillance de Qatar pendant la nuit.

— J'ai pris des notes, se défendit-il. L'heure d'allumage et d'extinction des lumières. Même chose pour la télé.

— Il aurait pu sortir par-derrière ?

— Bien sûr – pas en voiture, évidemment, mais s'éclipser à pied était tout à fait possible. J'étais seul. Cela dit, il n'était pas censé savoir qu'on le surveillait.

— Et ce matin, quand il est sorti ? Il avait les mains vides ?

— Je ne l'ai pas vu monter dans sa voiture, parce que ça s'est passé dans le garage. Mais ce que je peux vous dire, c'est qu'à son entrée à Saint Patrick il portait une serviette et un sac.

— Un sac ?

— En papier brun. Genre sac d'épicerie.

— Des vêtements, suggéra Marshall. Maculés de sang.

— Et vous ne l'avez rien vu faire avec ce sac ?

— Non... Il est entré dans le bâtiment d'histoire de l'art, et je ne l'ai plus revu. Marc White a pris la relève.

Ils contactèrent White. Le sac brun ne lui évoquait rien.

— Il faut dire que je n'ai pas réellement vu Qatar – j'étais tranquillement assis à l'attendre quand vous vous êtes pointés pour lui passer les bracelets.

Lucas rappela Sandy MacMillan, la technicienne chargée d'inspecter le bureau de Qatar.

— On a fait le travail à trois, déclara-t-elle. Il se peut que les deux autres aient trouvé un petit quelque chose sans me prévenir, mais je n'ai vu aucun sac. Et je suis sûre et certaine que personne n'a découvert de vêtements. J'en aurais entendu parler.

— Donc, ce sac doit être resté quelque part dans le bâtiment, dit Lucas. Qui a envie d'aller chercher un sac ?

Ils repartirent tous trois à Saint Patrick, sans grand espoir. Ils avaient déjà tellement couru en tous sens sans obtenir le moindre résultat ! C'était une de ces journées où rien ne semble vouloir fonctionner.

Ils mirent la main sur un gardien, un vieil homme au nez fleuri par l'alcool, qui leur apprit que toutes les poubelles du bâtiment avaient déjà été vidées. Il n'avait aucun souvenir d'avoir vu un sac brun - et encore moins un sac brun contenant des vêtements.

— Mais bon, ajouta-t-il, ça m'a peut-être échappé. J'ai balancé tous les sacs-poubelles dans la benne à ordures extérieure, et si ça vous intéresse, moi, je veux bien aller les rouvrir. Il n'y en a pas tant que ça.

Les policiers le suivirent jusqu'à la benne à ordures. Le gardien prit un escabeau, monta dessus, descendit à l'intérieur de la benne, et fit passer les sacs-poubelles un par un par-dessus bord. Il y en avait quinze, de taille standard, tous issus des poubelles encastrées du bâtiment. Le gardien avait apporté un rouleau de sacs neufs et, à mesure que les policiers éventraient les sacs, il en transférait le contenu dans un sac neuf qu'il rejetait ensuite dans la benne.

— Et merde, grogna Del quand la corvée fut terminée. On n'a récolté que des mauvaises odeurs.

— Mais qu'est-ce qu'il a pu faire de ce maudit sac ? grogna Lucas.

— Je vais vous dire ce que j'aurais fait à sa place, rétorqua le gardien. Je l'aurais descendu à la chaufferie. C'est une chaudière à mazout, mais la grille du foyer est tellement grosse qu'on pourrait faire rôtir un cochon entier dessus. Un pantalon disparaîtrait aussi vite qu'un papillon de nuit qui se brûle à la flamme d'une chandelle.

— Montrez-nous ça, ordonna Lucas.

Le gardien les emmena à la chaufferie.

— Dieu tout-puissant…, souffla Marshall, planté devant les flammes grondantes.

— À votre avis, James Qatar connaît-il cet endroit ? demanda Lucas au gardien.

— Ce petit salopiaud a grandi ici. Il se promène dans tous les coins de cette université depuis qu'il sait marcher. Il n'y a aucun endroit qu'il ne connaisse comme sa poche. Toutes les petites cachettes – à mon avis, il les connaît sans doute mieux que moi.

— D'accord. On va éteindre cette chaudière. Et on enverra quelqu'un regarder à l'intérieur, au cas où il y aurait des restes de braguette, des boutons, ce genre de chose.

— Quelle crapule, fit le concierge.

— Vous ne l'aimiez pas ?

— Je ne l'ai jamais aimé. Un petit salopiaud vicieux. Toujours en train de fureter. Il m'a fait peur plus d'une fois – j'étais en train de travailler quelque part, et, d'un seul coup, je réalisais que Jim était là, à cinq centimètres. On ne le voyait jamais venir.

— Vous savez qu'il vient d'être arrêté ?

— Oui. Et ça m'étonne pas.

— Il faudra vérifier toutes les poubelles autour de chez Barstad, dit Lucas en quittant la faculté. Au cas où on retrouverait des traces de sang. Et aussi les compagnies de taxis. S'il a deviné qu'on le surveillait, et s'il est sorti de chez lui à pied, il a bien fallu qu'il se transporte jusque chez elle. Voyons ce qu'on pourra trouver sur les listes de courses des compagnies. Quoi d'autre ?

— Je relancerais bien le FBI pour creuser la piste Internet, proposa Del. Si on arrive à prouver qu'il a visité des sites pornos, et qu'il a vidé son ordi le jour où Aronson a fait la une des journaux, ce sera mauvais pour son grade.

— Encore une petite brique, remarqua Marshall. Mais... si ce n'était pas lui ?

Lucas envisagea un instant l'hypothèse.

— Vous estimez les chances à combien ?

— Deux pour cent, répondit Del.

— Et moi, un pour cent, ajouta Marshall.

— Une petite empreinte, ou un bout de vêtement avec le sang de Barstad dessus, soupira Lucas. C'est tout ce qu'on demande, bordel.

— On ne va tout de même pas le laisser filer maintenant ! s'exclama Marshall, tête baissée. Ce n'est pas possible.

— Hé..., fit Lucas.

Marshall le regarda un long moment, puis se redressa avec effort

— Je crois que je vais rentrer chez moi. Dire bonjour à ma sœur, faire un saut au bureau, réparer la porte du garage…

— On l'aura, affirma Del. Ne vous en faites pas.

— Bien sûr, lâcha Marshall, fixant Lucas un instant, puis détournant les yeux. À demain, peut-être.

— Allez vous reposer, conseilla Lucas. On va mettre le paquet.

27

Weather trouva Lucas devant la télévision, en train de regarder une chaîne sportive câblée, une bouteille de bière à la main.

— À ce point-là ? demanda-t-elle.

— Et même pire.

Elle se défit de son manteau, puis :

— Reprends depuis le début.

Il reprit depuis le début, et termina en disant :

— Donc, il se peut qu'Ellen Barstad se soit fait tuer par notre faute, et il se peut que ce fumier s'en sorte. J'estime qu'on a assez d'éléments contre lui, et qu'on n'avait plus le droit de le laisser en liberté après la mort de Neumann et celle de sa mère. Il a craqué. Il tue tout ce qui bouge. Une sorte de fuite en avant psychotique.

— Vous finirez par l'avoir, dit Weather, choquée d'apprendre la mort de Barstad.

— Oui... mais tu sais ce que le procureur du comté finira par faire ? S'il n'y a pas moyen de mettre au point une transaction quelconque avec son avocat, ils essaieront de le faire condamner pour autre chose, ce qui est toujours risqué.

Ce genre de mise en accusation reprenait toutes les présomptions disponibles, si fragiles fussent-elles, y ajoutait tous les scénarios de meurtre possibles, plus une pincée d'expertise psychiatrique, et agitait le tout pour défendre sans la formuler la thèse selon laquelle, même si tel crime particulier ne pouvait être prouvé, l'accusé avait sûrement commis autre chose qui méritait un séjour en prison – et devait donc être condamné par simple mesure de salubrité publique. Le juré idéal était à la fois craintif et timide, mais un seul sceptique sur les douze désignés pouvait anéantir l'échafaudage. Et les condamnations obtenues par ce procédé laissaient toujours un arrière-goût amer. Ce n'était pas du travail bien fait.

— Bref, il ne te manque qu'une preuve criante. Du genre revolver encore fumant.

— Oui. Et pourtant, on est tout près. Si seulement on retrouvait un de ces dessins, un seul... Ou un vêtement avec un peu de sang dessus... N'importe quoi...

Quand Lucas arriva au bureau le lendemain matin, Marshall était déjà là.

— Je croyais que vous deviez prendre un jour ou deux ?

— Je n'ai pas pu. Mais je suis lessivé.

— Lane veut te parler, annonça Marcy à Lucas. Il a laissé un message sur la boîte vocale, en demandant que tu le rappelles chez lui, quelle que soit l'heure.

Lucas composa le numéro de Lane, qui répondit d'une voix pâteuse de sommeil.

— Je viens de me coucher. J'ai passé ma nuit à quadriller la ville pour retrouver ce Lo Andrews. Quand j'ai fini par lui mettre la main dessus, le soleil était en train de se lever.

— Tu as quelque chose ?

— Oui. Comme il avait un peu de blanche sur lui, on l'a embarqué à la prison du comté. Il reste en garde à vue jusqu'à ce qu'on ait pris sa déposition. Mais ça n'ira probablement pas plus loin.

— D'accord. Qu'est-ce qu'il t'a dit ?

— Qu'il était effectivement avec Randy la nuit où Suzanne a été tuée, que Randy s'est retrouvé à court de fric, qu'ils l'ont emmené à un distributeur où il a retiré le max autorisé sur sa carte. Ensuite, il a claqué son fric, et ils sont retournés chez Randy pour prendre une minichaîne CD qu'ils ont aussitôt revenue dans la rue, et après avoir claqué le fric de la chaîne, Andrews et ses potes l'ont ramené chez lui – sauf qu'une heure après Randy était de retour avec quatre cents dollars, en racontant que c'était un Blanc qui les lui avait filés.

— Oui ? Et tu crois que c'est Qatar ?

— J'ai utilisé notre mandat pour me rendre à sa banque et jeter un coup d'œil à ses retraits. Qatar a retiré quatre cents dollars d'un distributeur de Grand Avenue, à environ huit blocs de chez Randy, à minuit trente-huit cette nuit-là.

— Nom de Dieu, Lane...

— Eh oui, que veux-tu que je te dise ? Je suis bon !

— Je confirme. Tu t'occupes de me mettre tout ça noir sur blanc ?

— Je comptais dormir un peu. On doit se retrouver avec l'avocat d'Andrews à quinze heures. On laissera sans doute tomber les poursuites pour la coke en échange de sa déposition.

Lucas raccrocha.

— Encore une brique ? s'enquit Marshall, installé derrière le bureau de Lane.

— Et une bonne. On est en mesure de prouver que Qatar était à huit blocs de chez Randy à minuit le soir du meurtre de Suzanne Brister. Et ce n'est pas tout.

Il expliqua le reste.

— Pas mal du tout, dit Marshall, mais vous savez ce que je ferais si j'étais l'avocat de Qatar ? Je raconterais que Qatar fumait de l'herbe, peut-être beaucoup d'herbe, et qu'il sniffait même un peu de cocaïne. Il est plus ou moins artiste, non ? Donc, l'avocat expliquera que c'est de cette façon qu'il a connu Randy. Que ce qui a attiré Randy chez Qatar, ce sont ses relations – et que c'est grâce à lui que Randy a rencontré Neumann, la mère de Qatar, et ainsi de suite. Il dira que Randy est l'assassin. Le fossoyeur. Une femme est morte chez lui, la présence de son sang le prouve, étranglée de la même façon que toutes les autres, et n'oublions pas qu'il a tiré sur les flics au moment de la descente...

— Il est trop jeune pour avoir commis les premiers meurtres, coupa Lucas.

— Qui peut l'affirmer ? Pour arriver au point où il en est aujourd'hui, c'était sûrement déjà un petit monstre dans son enfance. Il aurait eu combien, douze ou treize ans au moment de la disparition de Laura ? Vous pensez qu'il n'y a aucun assassin de douze ou treize ans dans les Villes jumelles ?

Lucas haussa les épaules.

— Vous y croyez ?

— Bien sûr que non. Premièrement, l'assassin sortait avec Laura.

— Si c'est bien cet homme qui l'a tuée.

— Allons, Lucas... Vous et moi, on sait bien qui a tué toutes ces filles. Mais je me fais du souci pour le procès.

— Un procès n'est jamais gagné d'avance. Mais on est tout de même en train d'accumuler des éléments.

— Il nous manque une preuve tangible, dit Marshall. Si on en avait une seule en plus du reste, je signerais tout de suite.

L'audience préliminaire de Qatar était prévue pour le lundi suivant. Le week-end n'apporta aucun élément nouveau. Les techniciens du labo explorèrent les entrailles de la chaudière du département d'histoire de Saint Patrick, où ils retrouvèrent divers fragments de métal, sans qu'aucun puisse être spécifiquement identifié comme provenant d'un vêtement. Lane retrouva trace de trois courses de taxi entre le secteur de la ville où habitait Qatar et celui où habitait Barstad, mais aucun des trois chauffeurs ne reconnut le suspect.

Lo Andrews fit sa déposition à la prison du comté, mais, ainsi que le souligna un assistant du procureur, il s'agissait encore d'un témoignage de toxicomane lourd. Trente policiers en uniforme furent recrutés pour fouiller les poubelles et regarder derrière les clôtures dans un rayon de huit cents mètres autour de l'atelier-appartement de Barstad. Ils y trouvèrent toutes sortes de chaussures et de vêtements, dont aucun n'avait été porté par Qatar. Tous ceux qui n'étaient pas en lambeaux furent reconnus par les propriétaires des poubelles concernées.

— Et si ce n'était pas Qatar ? suggéra Swanson.

— C'est lui, répondit Lucas.

— Je crois qu'on est dans la mouise, grogna Marshall, reparti dans ses ruminations. Je ne suis pas sûr qu'on ait eu raison de l'embarquer. On aurait peut-être mieux fait de lui tendre un piège. Il aurait déconné tôt ou tard.

— Il nous aurait surtout repérés, objecta Lucas. Et plus on lui aurait mis la pression, plus il aurait eu l'air innocent.

Marshall resta pour le week-end. Sous couvert du mandat de perquisition, il retourna chez Qatar et passa le plus clair de son samedi et de son dimanche à tout démonter. Il dévissa chaque prise électrique, regarda sous les bandes de laine de verre isolantes de la charpente, inspecta le conduit de cheminée sur toute sa hauteur, ouvrit les moindres bouches d'aération.

Il téléphona à Lucas le dimanche en fin d'après-midi.

— Vous voulez connaître le fruit de mes recherches ?

— Quelque chose de bon, j'espère ?

— Je suis couvert de fibre de verre et noir de suie. On dirait que je viens de tomber de la cheminée. Il n'y a rien à trouver chez Qatar.

— Ma fiancée est en train de préparer des friands à la viande. Si vous passiez ? Vous n'aurez qu'à jeter vos vêtements dans la machine à laver, et pendant ce temps, on vous servira quelque chose à manger.

— J'arrive.

Marshall apprécia le repas – et Weather apprécia Marshall.

— Vous savez, dit-il, ce que nous recherchons, pour Laura, ce n'est pas la vengeance. Tout ce que nous demandons, c'est que justice soit faite. Et je doute qu'on l'obtienne. Je crois plutôt qu'on va se taper un train de mesures bureaucratiques, avec un programme de soins à la clé, que Qatar portera plainte contre tout ce qui bouge et qu'ils s'enfuiront tous comme des poules. Je crois que personne n'a envie d'entendre parler de Laura. Elle ne manque qu'à ses parents, à ma famille, et à moi. Elle n'a eu le temps de rien faire ; crénom, peut-être qu'elle aurait fini cuistot, ou quelque chose comme ça, même si je pense personnellement qu'elle était capable de faire mieux. Mais la vérité, c'est qu'elle ne manque à personne. Si seulement on pouvait obtenir un minimum de justice…

— Il me rappelle tout à fait ces types droits dans leurs bottes qu'on voyait dans ma région quand j'étais petite, déclara Weather après le départ de Marshall. (Elle-même avait grandi dans une petite ville du nord du Wisconsin.) Ils se démènent pour faire en sorte que la vie reste simple. Ça me plaît, même si c'est un combat perdu d'avance. Leur attitude relève plus ou moins du conte de fées.

— C'est bien le problème. La vie n'est pas un conte de fées.

Le lundi matin de bonne heure, Lucas reçut chez lui un coup de téléphone de la secrétaire du procureur :

— M. Towson veut vous voir le plus tôt possible, avec Marcy Sherrill. Quelle heure vous conviendrait ?

— Je peux venir tout de suite. Il est déjà là ?

— Il arrive. Neuf heures, ça vous va ?

— Parfait. Vous prévenez Marcy ?

Randall Towson, son premier adjoint, Donald Dunn, et Richard Kirk, patron de la division criminelle, étaient déjà dans le bureau du procureur quand Lucas et Marcy arrivèrent. Towson les invita à s'asseoir.

— Au sujet de l'affaire Qatar… Vous savez que c'est J.B. Glass qui assure sa défense ?

— Il paraît, fit Lucas.

Marcy se contenta d'un hochement de tête.

— Il est plutôt bon, poursuivit Towson. On était en train de se demander comment ils réagiraient si on leur proposait une transaction – Qatar plaide coupable de meurtre sans préméditation, et il purge sa peine à l'hôpital psychiatrique au lieu d'être envoyé à Stillwater. Avec obligation de faire son temps, même si les médecins l'estiment apte à sortir.

— Franchement, dit Lucas, je crois que beaucoup de gens n'apprécieraient pas.

— Ce type est forcément fou, intervint Kirk, et notre priorité doit être de le mettre hors circuit. Si on obtient du juge un internement pour vingt ans, à sa sortie, il aura probablement passé l'âge de jouer les étrangleurs.

— C'est de la connerie ! lâcha Lucas d'un ton irrité. La plupart de ces salauds se calment en vieillissant, mais pas tous. Il pourrait se remettre à tuer un mois après sa sortie. S'il prend vingt ans, et qu'il ressort au bout de quatorze, il sera de nouveau libre autour de cinquante et un, cinquante-deux ans. Alors que si on le condamne pour meurtre avec préméditation, il aura un minimum de trente ans incompressibles à purger. Il ne sortira pas avant ses soixante-dix ans.

— On le ferait… si on sentait que le dossier est suffisamment solide, fit remarquer Dunn.

— Il faut savoir prendre des risques, dit Lucas.

La plupart des policiers haïssaient cette politique d'accusation timorée. Si le bureau du procureur affichait un taux de condamnation proche de cent pout cent – ce qui était du plus bel effet sur les tracts de campagne électorale –, c'était surtout parce qu'il n'attaquait que les auteurs de crimes avérés. Tout le reste faisait l'objet de transactions ou d'un abandon pur et simple des poursuites.

— On ne risque pas seulement de perdre un procès, dit Kirk. S'il est relaxé, il tuera quelqu'un d'autre.

— Méfiez-vous, intervint Marcy. Si vous allez trouver J.B. avec ce genre d'offre, il se sentira en position de force, et il la rejettera. Vous ne serez pas au bout de vos peines. Il faut taper plus fort.

Towson secoua la tête.

— Comment voulez-vous qu'on tape plus fort ? Si on monte d'un cran et qu'on choisit la préméditation, vu la façon dont les sentences sont prononcées ces temps-ci, Qatar risquera le maximum – c'est-à-dire autant que s'il nie en bloc. En l'absence de peine de mort, on n'aura rien à négocier, sauf en jouant sur le niveau de responsabilité.

— Pourquoi ne pas en discuter avec vos homologues du Wisconsin ? suggéra Lucas. Ils pensent avoir plusieurs chefs d'inculpation contre cet homme. Mettez sur pied une transaction comme quoi s'il prend une condamnation pour assassinat ici et s'il purge sa peine en totalité, le Wisconsin renoncera à **le** poursuivre. En cas de refus, il passe en jugement dans les deux États. Ce qui double le risque de condamnation à perpète.

Towson tapota son calendrier avec la pointe d'un crayon à papier jaune.

— C'est une option, dit-il à Dunn. Assez improbable, cela dit.

— Le problème, rétorqua Dunn, c'est que j'ai étudié le dossier du Wisconsin, et qu'il est encore moins solide que le nôtre. Le seul vrai lien entre Qatar et le Wisconsin, c'est le fait qu'il a étudié à Stout.

— Plus les perles d'Aronson, plus la méthode utilisée pour les divers meurtres, plus le fait qu'elles ont toutes été enterrées au même endroit... compléta Lucas. Cela fait beaucoup.

— Voilà ce qu'on va faire, déclara Towson. On ne proposera aucune transaction tant qu'on n'aura pas tout exploré de fond en comble. Davenport, si vous trouvez quoi que ce soit d'autre, foncez. Et qui sait, peut-être que J.B. sera le premier à faire une offre.

— Qui s'occupe de l'audience préliminaire ? s'enquit Lucas.

— Moi, répondit Kirk. On se contentera de reprendre les grandes lignes du dossier, de faire venir Whitcomb et d'entendre ce qu'il a à nous dire sur les bijoux, et ça devrait être à peu près tout. Vous y serez ?

— Oui, fit Lucas. Vous verrez, c'est un drôle de zèbre.

Marshall se présenta au tribunal pour l'audience préliminaire avec un costume de velours côtelé brun et des bottes de cow-boy chamarrées. Ses cheveux étaient gominés et coiffés en arrière.

— Vous me faites penser au petit ami de Madonna, lui glissa Marcy.

— Lâchez-moi la grappe, rétorqua-t-il sans hésiter.

L'audience suivit sa routine sans heurt – Qatar, le visage blanc et tiré, les yeux ourlés de rouge comme s'il avait beaucoup pleuré, portait un costume et une cravate sombres – jusqu'à l'entrée en scène de Randy Whitcomb.

Randy, sur un fauteuil roulant, le front baissé, balaya l'assistance du regard, en parcourant les rangées de journalistes et de curieux, jusqu'à localiser Lucas. Marcy, assise à côté de lui, chuchota :

— C'est toi qu'il regarde comme ça ?

— Oui. Et il a l'air en pétard.

Kirk posa à Whitcomb les questions préliminaires.

Oui, Randy avait acheté des boucles d'oreilles à perles à un homme qui disait travailler à Saint Patrick. Oui, il avait acheté le solitaire et l'émeraude à ce même homme. Il avait tout revendu dans la rue. Il n'était pas en mesure de fournir les noms de leurs propriétaires actuels.

— Voyez-vous l'homme qui vous a vendu les bijoux ici, dans ce prétoire ? demanda Kirk.

Randy prit tout son temps pour regarder autour de lui, et répondit :

— Non, m'sieur. Je le vois pas.

Kirk recula d'un pas.

— Regardez cet homme assis à la table de la défense.

Glass, l'avocat de Qatar, aussi surpris que tout le monde, était en train de se lever, mais avant qu'il ait pu objecter quoi que ce soit à la remarque de Kirk, Randy se pencha sur son micro et lança :

— J'ai jamais vu ce mec de ma putain de vie.

Un murmure parcourut l'assistance.

— Qu'est-ce qui s'est passé ? souffla Marshall.

— Petit branleur, murmura Marcy.

Lucas ne dit rien – parce que le regard de Randy était fixé sur lui et qu'il savait que ce n'était pas fini.

— Alors, qu'est-ce que t'en dis, connard ? cria Randy dans son micro, en montrant Lucas du doigt. Ça te plaît, espèce d'enculé de ta race ?

Le juge abattit son maillet, mais Randy beuglait toujours, et, pour finir, Kirk demanda aux gardes de l'évacuer. Randy fut poussé vers la sortie sans cesser de vociférer.

— Il faut qu'on découvre ce qui s'est passé, dit Lucas en se levant. Où est Lansing ? Quelqu'un a vu Lansing ?

Rob Lansing se trouvait dans le hall avec son client. Dès que Lucas et Marcy émergèrent de la salle d'audience, Randy, à peine calmé, se remit à hurler :

— Empêchez ce fils de pute d'approcher ! Empêchez-le, ce fumier !

— Vous l'avez entendu, dit Lansing en venant vers Lucas.

Lucas pinça le revers du veston de l'avocat entre le pouce et l'index.

— Je n'ai pas à vous donner des conseils, dit-il, mais vu votre jeunesse et votre stupidité, je vais le faire quand même. Vous feriez mieux de découvrir ce qui s'est passé si vous voulez sauver votre carrière judiciaire. Vous avez violé l'accord – alors que le dossier repose entièrement dessus. On se retrouve tous dans la merde jusqu'au cou – et croyez-moi, vous ne serez pas le dernier à vous noyer dedans.

Lansing recula d'un pas en déglutissant bruyamment.

— Je sais. Je... vais essayer de savoir ce qui s'est passé.

— Et vite.

Marshall sortit de la salle d'audience et vint vers Lucas.

— Crénom... le loup est bel et bien dans la bergerie.

— Ils en sont où ? interrogea Lucas, faisant un pas vers la porte.

— Ils sont en train de parler caution, répondit Marshall. Ils vont le libérer.

28

— Quelqu'un a téléphoné à Randy hier soir, annonça Lansing.

Il appelait Lucas depuis son bureau de Saint Paul. Lucas et Marcy venaient de rentrer d'un nouveau rendez-vous avec le procureur du comté, au cours duquel Kirk et Towson leur avaient soumis les grandes lignes du projet de transaction qu'ils comptaient présenter à l'avocat de Qatar.

— Randy n'est pas le type le plus cohérent du monde, reprit Lansing, mais, en résumé, son interlocuteur d'hier soir lui aurait dit que tout le monde en ville raconte que vous l'avez retourné. Que vous êtes son maître, et lui votre indic, et que vous vous en vantez un peu partout. À l'en croire, on ne parle plus que de ça dans les rues de Saint Paul.

— C'est de la connerie en barre, fit Lucas.

— À qui avez-vous parlé de lui ?

— Hors de mon bureau, à personne. Ma vie mondaine se limite à la fréquentation de ma fiancée. Ces temps-ci, elle et moi, on ne sort quasiment pas. Désolé, Lansing, mais je ne suis allé nulle part et je n'ai parlé de lui à personne.

— Et vos collègues ?

— Je leur poserai la question, mais ça pue vraiment l'intox.

— Randy n'est pas de cet avis.

— Obtenez-lui la permission d'appeler deux ou trois de ses amis – ou bien, s'il n'en a pas, deux ou trois connaissances. Il n'a qu'à se renseigner.

— Ma foi… On verra ce que ça donne.

— Je peux déjà vous dire ce que ça va donner. Notre accord reposait sur un témoignage sincère de la part de Randy. Soit il nous a menti pendant sa déposition – et je sais que ce n'est pas possible, parce qu'il n'aurait pas pu choisir la bonne photo s'il n'avait jamais vu Qatar –, soit il s'est parjuré ce matin. Vous n'avez qu'à dire deux choses de ma part à ce petit branleur : primo, que je n'ai rien raconté à qui que ce soit ; et deuzio, qu'il peut se carrer sa liberté où je pense. Il a déjà sa place réservée dans le train de Stillwater, et à sa sortie il aura dix ans de plus que moi aujourd'hui !

— Attendez, Davenport, attendez une minute…

— Pas question d'attendre une minute de plus. Je vais prendre deux jours de repos, et si Randy décide de changer d'avis, il devra voir ça avec quelqu'un d'autre. En ce qui me concerne, j'en ai fini avec ce connard. Qu'il aille pourrir à Stillwater.

— Quoi ? lâcha Marcy quand il eut raccroché. C'est vrai, ce que tu viens de dire ?

— C'est vrai. S'il se passe quelque chose, préviens-moi sur mon portable. Je le laisserai allumé, mais n'appelle que si tu n'as vraiment pas le choix.

— Marshall est reparti ?

— Oui. Avec la tête comme une citrouille, je suppose.

— Je n'en suis pas si sûre. Il s'est contenté de secouer la tête, et c'est tout. Il m'a paru dix fois plus calme que toi. Plutôt étonné que furieux. Tu veux qu'on organise une surveillance sur Qatar ? Au cas où ?

Lucas secoua la tête.

— Ils lui ont mis un bracelet électronique GPS à la cheville, il n'a plus le droit de retirer de l'argent, et J.B. lui a déjà expliqué qu'on n'a rien contre lui. Pourquoi est-ce qu'il s'enfuirait ? Et comment ?

— D'accord. On te revoit quand ? Mercredi ?

— Ou peut-être jeudi. J'ai besoin de passer un peu de temps avec Weather… Putain d'affaire, nom de Dieu.

Lucas passa la soirée à réfléchir au coup de téléphone de Lansing – et à celui qu'avait reçu Randy à l'hôpital. Weather et lui dînèrent en tête à tête chez lui. Weather l'observait et déclara, après s'être levée de table :

— Je crois que je vais te laisser ruminer.

Et elle brancha son ordinateur portable pour mettre à jour ses dossiers médicaux. Lucas traîna d'abord dans la maison, passa dans le garage, où il tourna un moment autour de sa Porsche avec une peau de chamois à la main sans rien frotter, puis se retrouva dans le jardin, puis de nouveau dans la maison, toujours aussi pensif. Weather lança un DVD, mais il fut incapable de se concentrer sur les images.

— Alors ? Tu n'as pas encore démêlé tout ce que tu essaies de démêler ? lui demanda-t-elle.

— J'espère que non.

Ils montèrent se coucher à minuit. Juste avant de s'endormir, Weather lui demanda :

— Tu comptes vraiment rester chez toi toute la journée ?

— Non. Sans doute pas. J'irai peut-être faire un petit tour en Porsche. Histoire de lui chauffer les pistons.

— J'essaierai de rentrer tôt. Ensuite, on pourrait aller au port et s'occuper un peu de mon bateau ?

— Si tu veux.

Elle sombra prestement et en douceur dans le sommeil, comme toujours. Lucas resta éveillé, dans l'attente d'un coup de téléphone. Il estima qu'il sonnerait sans doute aux environs de trois heures du matin, mais il ne sonna pas. Il n'entendit pas partir Weather, et quand il rouvrit les yeux, il était onze heures.

Il prit son petit déjeuner, sortit, monta dans sa Porsche. La mena sur l'autoroute qui enjambait le fleuve pour rejoindre le Wisconsin, rallia sa route favorite en direction de River Falls, et fit rugir le moteur. Une heure durant, il sillonna pied au plancher les routes désertes, surpris de constater que les terrains de golf avaient rouvert et qu'on ne voyait plus du tout de neige dans les sous-bois – elle avait fondu en une semaine. Parfois, après un long hiver, la neige s'accrochait au pied des arbres jusqu'à mai. Pas cette année.

Il repensa à Qatar, à ses vêtements éclaboussés par le sang de Barstad. À trois heures de l'après-midi, il fit entrer sa Porsche légèrement pantelante sur le parking de Saint Patrick, traversa à pied la pelouse menant au bâtiment, où se trouvait le bureau de Qatar, et retrouva le gardien au nez fleuri.

— Si vous deviez cacher quelque chose dans ce bâtiment – mais pas dans votre bureau – de manière à pouvoir le récupérer en quelques secondes, chaque fois que vous en avez besoin, sans que quelqu'un puisse tomber dessus et sans que personne vous voie faire, mais pas dans votre bureau...

— Si j'étais Jim Qatar et si j'avais voulu planquer des pièces à conviction, vous voulez dire ?

— Oui. Vous cacheriez ça où ?

Le gardien réfléchit quelques instants.

— Personnellement, je pourrais cacher ça n'importe où, vu que je circule partout dans ce bâtiment sans qu'on fasse attention à moi. Mais si j'étais Jim Qatar... Je vais vous montrer. Vous connaissez les vitrines à squelettes du dernier étage ?

— Non.

— Juste au-dessus du bureau de Qatar. Il n'a qu'à monter un étage. Prenons l'ascenseur.

Une fois dans la cabine, le gardien reprit la parole :

— Alors, vous croyez qu'il n'aurait pas brûlé les vêtements ?

— Je l'ignore. Descendre à la chaufferie pouvait être un peu risqué... Et si quelqu'un l'avait surpris ?

— Oui, mais si on connaît bien le coin, comme lui, ça peut se faire. C'est un peu risqué, mais bon sang, on parle de qui, là ? D'un type qui est soupçonné d'avoir assassiné une douzaine de bonnes femmes, c'est bien ça ?

Ils descendirent au dernier étage. Le couloir sur lequel donnait l'ascenseur était bordé de chaque côté de grands casiers à façade de verre, dont chacun contenait soit un squelette reconstitué, soit un animal empaillé – trente ou quarante vitrines au total, estima Lucas. Le plafond bas formait une sorte de damier de lambris aux cases plus ou moins claires.

— À l'origine, c'était l'endroit où on rangeait les bouquins et les fournitures scolaires, mais, quand tout ça a été déménagé ailleurs, la direction a fait installer ces vitrines pour les étudiants d'art. Ces trucs leur servent de modèles. Regardez, les squelettes humains sont de ce côté. Il y a aussi des écorchés, grandeur nature, avec les muscles et tout le bazar.

— Donc, Qatar...

— Je vais vous montrer.

À intervalles réguliers, des chaises de bois étaient alignées contre le mur, entre les vitrines.

— Ils se mettent face à la vitrine qu'ils ont choisie et ils s'asseyent là-dessus...

Le gardien déplaça une chaise, se mit debout dessus, et poussa vers le haut un panneau de bois du plafond. Le panneau se souleva sans résister.

— Autrefois, il n'y avait pas de plafond, mais, rapport à la poussière qui dégringolait tout le temps de la charpente, ils ont fait mettre ce faux plafond. Ça fait un bail. Dans les années soixante-dix, peut-être. Tous les gosses savent ça. Il y a un rebord entre chaque panneau, voyez, et quelquefois, quand ils viennent travailler ici, ils en soulèvent un, et ils planquent leurs petites affaires là-dedans.

— D'accord, fit Lucas en laissant son regard filer vers le bout du couloir.

Il devait y avoir une bonne centaine de panneaux identiques. Il risquait de passer le reste de l'après-midi à les soulever un par un, probablement en pure perte. Mais tout de même...

— Vous voulez regarder ? Je veux bien vous donner un coup de main, dit le gardien.

— Non, allez-y. Je vais juste en essayer quelques-uns.

— Vous êtes sûr ? Ça ne me dérange pas, vous savez.

— Non. Je m'en charge.

Lucas regarda le vieil homme s'embarquer dans l'ascenseur, et lorsqu'il fut parti, et que les câbles de l'ascenseur eurent cessé de grincer, il tira une chaise et entreprit de soulever les panneaux l'un après l'autre dans le silence mortel de la longue galerie. Il s'aperçut vite qu'en mettant sa chaise d'une certaine façon entre les panneaux, il pouvait en soulever trois sans être obligé de la déplacer. Il commença par le côté gauche de l'ascenseur et passa vingt bonnes minutes à monter et descendre sans rien trouver d'autre qu'un vieux sandwich – vraiment vieux : dix ans peut-être.

Au lieu de repartir en sens inverse pour finir son inspection de l'aile gauche, il revint avec sa chaise à hauteur de l'ascenseur et s'attaqua à l'aile droite. Dès le second panneau, il découvrit un sac-poubelle en plastique posé sur le rebord. Mais Qatar avait été aperçu avec un sac de papier brun...

Il avait ses gants de pilote dans les poches de son blouson. Après les avoir enfilés, il tira doucement sur le sac en plastique. Il contenait un objet lourd et dur. Il le descendit avec précaution et ouvrit le sac-poubelle.

Un ordinateur portable : pas du tout ce qu'il s'attendait à trouver. Il quitta sa chaise, s'assit dessus, ouvrit le capot de l'ordinateur, le mit en marche. Un voyant vert s'alluma, signe que la batterie était encore bonne. Un étudiant, peut-être ? La fenêtre de Windows apparut, et une rangée d'icônes se matérialisa sur la gauche de l'écran. À mi-hauteur, celle de Photoshop – l'œil dans un carré – attira son regard.

— Mon salaud..., marmonna-t-il.

Il double-cliqua sur Photoshop, trouva un fichier intitulé « B1 », l'ouvrit. Un corps de femme, mais réduit à une épure, à un enchevêtrement de traits fins. Il se déplaça maladroitement sur l'image, peu habitué à Photoshop, et réussit enfin à cadrer le visage.

Barstad.

— Nous y voilà...

En manœuvrant la souris, il fit apparaître une autre image. Une femme qu'il ne reconnut pas, mais la pose était explicite : assurément une photo téléchargée sur un site porno. Il consulta le menu de fichiers. Vit un A1, A2, et A3.

Ouvrit le fichier A1, trouva le visage.

Ferma les paupières une fraction de seconde, les rouvrit, et murmura :

— Je te tiens.

Aronson le fixait dans le blanc des yeux.

Il devait y avoir des empreintes digitales, soit sur le sac, soit sur l'ordinateur même. Personne ne pouvait être à ce point paranoïaque... et ces surfaces de plastique étaient idéales pour un relevé d'empreintes. Et maintenant ? Que faire ? Il resta cinq bonnes minutes à réfléchir, puis remonta sur la chaise et replaça l'ordinateur emballé sur son rebord.

Après une dernière hésitation, il remit le panneau en place.

Il descendit au sous-sol et retrouva le gardien au nez fleuri.

— Ça prendra plus de temps que je ne m'y attendais, expliqua-t-il, et je n'y vois pas assez clair. Une équipe de la police scientifique viendra demain. En attendant, ne laissez personne traîner là-haut. D'accord ? Inutile de monter la garde, mais je tiens vraiment à ce que *personne* n'aille là-haut.

— Je ne laisserai monter personne. Si vous voulez, je peux condamner l'étage.

— Je n'ai pas l'impression qu'il y ait grand monde dans les parages... Tâchez juste d'ouvrir l'œil. Il pourrait y avoir des empreintes digitales, et il ne faudrait pas qu'elles soient effacées.

— Des empreintes, répéta le gardien. Tiens, je n'y avais jamais pensé. Comme vous voudrez. Je quitte mon service à dix-neuf heures, mais je vérifierai qu'il n'y a plus personne dans le bâtiment.

Lucas passa la soirée à penser au coup de téléphone reçu par Randy ainsi qu'à l'ordinateur portable de Qatar. Cet ordinateur apportait-il enfin la dernière brique à leur mur ? Ou ne représentait-il qu'une brique de plus ? Même s'ils réussissaient à démontrer que James Qatar était bien l'auteur des dessins – et par conséquent qu'il avait connu Aronson avant sa mort –, que se passerait-il si Qatar affirmait avoir rencontré la jeune femme par l'entremise du deuxième homme – Randy – ou au contraire qu'Aronson avait fait la connaissance de Randy grâce à lui ? Après tout, parmi les victimes d'assassinat, une seule avait reçu un dessin. Alors qu'une bonne douzaine de femmes étaient encore en vie après en avoir reçu.

— Te voilà reparti au pays de nulle part, lança Weather. Qu'est-ce qui se passe ?

— Je travaille sur un petit puzzle.

— Tu veux qu'on en parle ?

— Non. Pas tout de suite. Peut-être demain.

Légèrement froissée, elle se montra ensuite un peu distante, mais ce n'était pas la première fois. Lucas la connaissait assez pour savoir que cela ne durerait pas. De nouveau, il resta éveillé bien après qu'elle se fut endormie.

Le coup de fil, s'il venait, pensa-t-il, ce serait probablement vers trois heures du matin. Au plus profond de la nuit.

Trois heures du matin arrivèrent, et il s'abandonna à une vague somnolence. Il se réveilla à quatre heures, puis sombra encore, plus profondément. Peut-être le problème s'était-il résolu tout seul, pensa-t-il avant de s'endormir.

Il n'était absolument pas préparé quand la sonnerie retentit à cinq heures du matin.

Pourtant, il se redressa sur-le-champ et sauta à bas du lit pendant que Weather marmonnait, dans un demi-sommeil :

— Qu'est-ce qu'il y a ? Qu'est-ce que c'est ?

— Oui ? fit Lucas en décrochant.

— Chef ? Ici Mary Mikolec, du 911. Vous avez demandé qu'on vous prévienne. On vient d'envoyer une voiture chez James Qatar. Il a pris la fuite.

— D'accord. Quand ?

— Il y a quinze minutes.

— Merci... merci d'avoir appelé.

— Qu'est-ce qui se passe ? demanda Weather.

— Qatar s'est enfui.

— Tu y vas ?

— Non... il n'y a rien que je puisse faire.

— Lucas, tu vas me dire ce qui se passe ?

Il s'assit sur le lit.

— Bon Dieu… Je ne sais plus… j'ai peut-être fait une connerie, mais je n'ai aucun moyen de le savoir. C'est surtout ça qui me tracasse.

Il réfléchit quelques secondes avant d'ajouter :

— C'est ce coup de fil reçu par Randy, tu sais ? Il a bien fallu que je me demande qui connaissait le numéro de la ligne directe de sa chambre… Quand il a quitté les soins intensifs, ils l'ont transféré dans cette petite chambre individuelle pour l'isoler des autres patients, une chambre visible depuis le poste des infirmières. Le standard avait reçu l'ordre de ne lui passer aucun appel sauf indication contraire de Lansing. J'ai posé la question aux infirmières : Randy n'a reçu strictement aucune visite. Du coup, je me suis posé la question du pourquoi. Pourquoi une personne connaissant le numéro de ligne directe de Randy lui passerait-elle ce genre de coup de fil ?

— Oui, pourquoi ? fit Weather, déconcertée.

— Parce que cette personne voulait faire libérer Qatar, au moins sous caution. Parce que si Qatar restait en prison, s'il acceptait de plaider coupable en échange d'une requalification de ses crimes – de l'assassinat au meurtre, par exemple –, il ne pouvait plus être atteint.

Weather réfléchit une demi-seconde – et porta soudain une main à sa bouche.

— Oh, non… Mon Dieu !

— Si. Je pense que Terry Marshall lui a réglé son compte. Il y a soixante pour cent de chances pour que Qatar soit déjà mort.

— Mais, Lucas… pourquoi as-tu…

— Parce que je n'étais pas *sûr*. Et quand bien même j'en aurais été sûr, je n'étais pas sûr que ce ne soit pas la meilleure solution. Suppose que Qatar ressorte dans dix ou douze ans et se remette à tuer ? Cela risquait d'arriver.

— Oui, mais, Lucas… ce n'est pas… juste. C'est atroce !

— Tu oublies que Qatar est…

— Lucas, il ne s'agit pas de ce salaud. Je te parle de Terry !
S'il le tue, les conséquences seront terribles pour lui ! Au
diable Qatar, je te parle de *Terry* !

Lucas la dévisagea intensément, et :

— Il n'y a que soixante pour cent de chances pour que
Qatar soit déjà mort. S'il n'est pas mort, je crois pouvoir savoir
où ils sont en train d'aller.

— *Le cimetière !* souffla Weather.

— Ce serait tout à fait dans l'esprit de Terry.

— Lucas, il faut que tu envoies quelqu'un là-bas ! Tu ne
peux pas le laisser faire !

Lucas se prit la tête à deux mains, assis au bord du lit,
pétrifié. Puis, soudain, se redressant :

— D'accord. J'y vais. Je dois pouvoir les coiffer au poteau.
L'alarme a été donnée il y a tout juste un quart d'heure. J'ai
peut-être une chance de tenter quelque chose, oui, peut-être, si
j'ai le temps...

Déjà, il enfilait son pantalon, ses bottes...

— Passe-moi mon tee-shirt, s'il te plaît, mon sweat-shirt...

Ils dévalèrent l'escalier, traversèrent la maison en courant et
en se cognant partout, déboulèrent dans le garage, Lucas
toujours en train de s'habiller. Il grimpa dans la Porsche
pendant que s'élevait la porte électrique.

— Vas-y ! Fonce ! s'écria Weather, la voix soudain couverte
par le hennissement d'une centaine de chevaux.

29

Lucas sortit son gyrophare portatif de la boîte à gants, le fixa en hâte sur le toit de la Porsche et, baigné d'un halo rouge sang qui enflammait la nuit à chaque seconde, il longea le Mississippi, traversa le fleuve à hauteur de l'aéroport, puis la Minnesota rivière en empruntant le pont Mendota, et s'élança au sud sur la 55, l'esprit envahi de calculs. Marshall ne dépasserait pas la vitesse limite de plus de quelques kilomètres-heure afin d'éviter tout problème avec la police de la route – même s'il était encore un peu tôt pour les contrôles, les premières files de l'heure de pointe se formaient déjà, et Terry ne prendrait aucun risque.

Ce qui lui laissait une petite chance. À supposer que Marshall ait une avance initiale de vingt ou vingt-cinq minutes – sauf qu'il était parti d'un quartier de la ville plus central et qu'il aurait forcément une circulation plus dense à affronter –, Lucas pouvait espérer arriver au cimetière à peu près à la même heure que lui. Quant à ce qui se passerait là-bas, il l'ignorait ; d'un autre côté, si Marshall avait décidé d'enterrer Qatar ailleurs, quelque part au fond d'un bois, dans une fosse creusée à l'avance, il n'y pouvait strictement rien.

Téléphoner, pensa-t-il. Il avait peut-être intérêt à contacter le bureau du shérif de Goodhue, à réclamer l'envoi d'une voiture. Mais là encore, si Marshall ne venait pas, on comprendrait que Lucas savait qui avait enlevé Qatar... Hésitant toujours, il palpa la poche intérieure de sa veste. Elle était vide. Son portable était resté en charge sur sa table de chevet.

Une décision de moins à prendre.

Inquiet, il porta une main à sa ceinture : son 45 était bien là. Il l'avait pris sans même y penser. Mais pour quoi faire ?

Trois personnes étaient au courant : Marshall, Weather et lui. Del avait de bonnes chances de deviner la vérité s'il se donnait la peine d'y réfléchir. Mais il n'y aurait jamais la moindre preuve. Marshall était trop précautionneux. Et s'il arrivait trop tard ? Et si Qatar était déjà mort ? Que devait-il faire ?

Foncer.

Il traversa des banlieues entières en brûlant les feux rouges et en doublant des voitures qui s'égaillaient devant lui, surveillant du coin de l'œil les deux côtés de la route, à l'affût du moindre piéton distrait. S'il percutait un véhicule à cette vitesse, la Porsche se retrouverait aplatie comme un enjoliveur de roue. S'il renversait un être humain, celui-ci serait immédiatement réduit à l'état de hamburger.

Lucas passa tout le trajet à s'interroger : il n'avait parlé ni à Weather ni à personne d'autre de l'ordinateur portable de Qatar. S'il l'avait déposé au City Hall à des fins d'expertise, Qatar aurait de nouveau été coffré pour le meurtre d'Aronson, cette fois sans possibilité de remise en liberté sous caution. Et le plan de Marshall aurait été court-circuité.

Mais quid de la justice ? Après dix ou quinze ans de prison, Qatar ressortirait, libre comme l'air, encore plus prudent, pour se remettre à tuer ? Certains ne s'arrêtaient jamais. Lucas n'était pas sûr de savoir de quel côté penchait la balance. Sans Weather, il aurait peut-être laissé la roue tourner...

Quand Lucas retrouva la route de goudron qui s'élançait vers le nord au carrefour de Pine Creek, il y avait suffisamment de lumière pour qu'on puisse y voir clair. Il négocia un premier virage et écrasa le champignon, déboucha quelques secondes plus tard sur la route de graviers. Il touchait au but ; le jour se levait. La Porsche arriva en trombe sur le parking en plein air aménagé par le ministère de l'Environnement, et...

— Merde !

La Jeep Cherokee rouge de Marshall était déjà là.

Lucas s'engouffra sur le parking en faisant crisser ses pneus, stoppa net à côté de la Jeep, descendit précipitamment de voiture.

Regarda tout autour de lui.

Marshall et Qatar étaient sur la colline. Ils avaient cessé de marcher et le fixaient de haut. Qatar était en pyjama, pieds nus. Il avait été bâillonné : les lambeaux d'adhésif qui lui pendaient autour du cou venaient manifestement d'être arrachés. Il tremblait, soit de peur, soit de froid.

Marshall portait un jean et une veste en cuir de couleur sable. Une de ses mains était crispée sur le bras de Qatar, l'autre tenait son 357 à canon long.

— Aidez-moi, s'il vous plaît ! cria Qatar d'une voix étranglée. Cet homme est fou, il va me tuer !

Il tendit ses mains menottées vers Lucas – un geste de prière.

— Terry, bon sang ! lança Lucas. Ne faites pas ça !

— Je m'attendais plus ou moins à vous voir débarquer, riposta Marshall. Mais, franchement, je ne pensais pas que vous seriez aussi rapide. J'aurais préféré que vous arriviez dix minutes plus tard !

— Terry, ça y est, on le tient ! insista Lucas en s'approchant. J'ai retrouvé son ordinateur portable ! Il était caché dans le faux plafond du musée ! Grâce au gardien ! Il contient des dessins des femmes, et on trouvera sûrement ses empreintes dessus. Il est cuit, Terry !

— C'est un peu tard. J'ai une meilleure solution. Elle permettra de résoudre deux problèmes : le sien, et le mien.

— Tuez-le ! glapit Qatar. Abattez-le !

Marshall empoigna un bout d'adhésif et tira Qatar vers l'avant.

— Terry, nom d'un chien, arrêtez ! Arrêtez ! hurla Lucas en gravissant la pente.

— Vous allez me descendre pour sauver ce salaud ?

— Non. Mais je veux que vous m'écoutiez. On peut encore tou. arranger : vous me le rendez, on racontera que vous avez eu un coup de sang, vous acceptez d'en parler à un psy pendant quelques semaines...

Il n'était plus qu'à quinze mètres. Marshall et Qatar avaient atteint la zone des fouilles. Les fosses venaient d'être rebouchées.

— Crénom, Lucas, vous savez bien que ce n'est pas vrai, lança Marshall avec une expression qui pouvait passer pour un sourire. Le Minnesota est comme le Wisconsin : ils me pendraient par les couilles. Pour l'exemple. Un flic n'a pas le droit de faire ce genre de connerie.

Douze mètres. Les yeux de Qatar étaient exorbités, et il remuait frénétiquement les épaules pour tenter de se soustraire à la poigne de Marshall.

— Ne le laissez pas... vous n'avez pas le droit de me tuer ! hurla-t-il à Marshall. Je ne peux pas mourir, pas aujourd'hui ! J'ai... j'ai *cours* ! J'ai des *responsabilités* ! On m'attend à l'université !

— Je ne crois pas, mon gars.

Dix mètres... Lucas remarqua que les pieds de Qatar saignaient, sans doute écorchés par les pierres et les racines de la colline. Marshall leva son revolver et appuya le canon contre la nuque de Qatar.

— Stop, ordonna-t-il à Lucas.

— Terry, s'il vous plaît, vous êtes un type bien... Écoutez-moi. Juste une dernière chose. (Il fallait absolument gagner du temps.) Les chances sont infimes, mais... supposez qu'il soit innocent ? Supposez qu'on soit complètement à côté de la plaque ?

— Il a raison ! couina Qatar. Ceci est illégal ! Mon avocat...

— La ferme !

Marshall enfonça l'arme dans la nuque de Qatar, qui s'arrêta à mi-phrase, la bouche béante.

— Vous trouverez un magnétophone à cassette à l'avant de ma voiture. Après l'avoir fait monter à bord, j'ai arraché son bâillon et je lui ai fait part de mes intentions, en ajoutant que je n'irais peut-être pas au bout s'il m'avouait toute la vérité sur les filles assassinées. Écoutez cette cassette, et vous aurez tous les noms, avec chaque fois la date et le lieu du meurtre. Il m'a même dit qu'il y en avait deux autres dans le Missouri, dans je ne sais plus quel bled paumé.

— Vous m'aviez promis ! cria Qatar, tentant de nouveau d'échapper à Marshall, qui le maîtrisa sans effort apparent. Vous m'aviez promis de...

— J'ai menti.

— C'est entendu, je passerai en jugement, j'avouerai tout. Vous m'avez démasqué. D'accord ? Mais arrêtez ça, s'il vous plaît, arrêtez tout de suite. Vous avez gagné. D'accord ?

— Rien ne m'empêcherait de *vous* descendre aussi, dit Marshall à Lucas, toujours avec cet étrange sourire aux lèvres. Comment pourraient-ils prouver que c'est moi ?

Lucas haussa les épaules.

— Ils y parviendraient sans aucun problème. Les traces de pneus, le type de cartouche, les résidus de poudre... sans parler du bracelet GPS. Le convoi est probablement déjà en route.

— C'est vrai, admit Marshall.

Le sourire, s'il avait existé, s'estompa. Marshall inspira profondément, balaya la colline du regard, et renversa la tête en arrière pour scruter le ciel à travers les frondaisons des chênes. Puis il colla de nouveau le canon du 357 contre la nuque de Qatar.

— Bon, lâcha-t-il, je crois que cet enterrement-ci se fera sans trop de cérémonie.

Qatar implora Lucas du regard.

— Aidez-moi, souffla-t-il d'une voix blanche, flageolante de désespoir.

— Terry...

— Si vous avez quelque chose à dire, fit Marshall à Qatar, c'est votre dernière chance. Dans dix secondes, vous serez en enfer.

Qatar détourna la tête, tremblant comme une feuille. Et tout à coup, il cessa de trembler. Peut-être le caractère inéluctable de la situation venait-il de lui apparaître, peut-être avait-il trop supplié, ou peut-être était-ce simplement sa vraie nature qui reparaissait – Lucas n'aurait su le dire. Il se redressa, fit mine de chasser une trace de terre de sa jambe de pyjama, malgré ses mains entravées, et regarda Marshall au fond des yeux.

— Votre nièce... Sa petite chatte était vraiment divine, vous savez. Elle a mis un temps fou à mourir.

— Ordure ! rugit Marshall.

— Terry, non !

La détonation éclata, assourdissante, et Lucas vacilla sur ses appuis. En ressortant, la balle à pointe creuse avait laissé un gouffre béant dans le visage de Qatar. Ses jambes se dérobèrent, et il s'écroula sur la terre meuble d'une tombe fraîchement refermée. Avec un soubresaut, il mourut. Chauve ou non, il ne ressemblait plus du tout à Edward Fox.

— Terry... Bon sang, Terry...

Lucas était à six mètres. Marshall reprit la parole – mais il s'adressait à Qatar.

— Je ne pensais pas que tu aurais ce culot, grommela-t-il. Tu l'as cherché. C'est ta faute.

Il secoua la tête et, cette fois, s'adressa à Lucas, le regard toujours rivé sur le corps recroquevillé de Qatar :

— J'ai eu un peu de temps pour réfléchir en cours de trajet. Oui, un peu de temps pour réfléchir. J'ai passé dix ans de ma vie à traquer cette ordure. J'ai sabordé ma vie, ou ce qu'il en restait, après la mort de ma femme. Il m'a pris Laura... j'aurais juste voulu qu'elle ait sa chance, vous comprenez ? Où est Jésus quand on a besoin de lui ? (Il cala le canon du 357 sous son menton et leva la tête pour affronter enfin le regard de Lucas.) Mais vous savez quoi, Lucas ? (Il balaya la colline du regard, exhala un soupir.) C'est un beau jour pour mourir. Vous préférerez peut-être détourner les yeux une seconde...

— *Terry !* hurla Lucas.

Vingt minutes plus tard, Del s'engouffra sur le parking au volant de la Dodge de sa femme. Il mit rageusement le levier de vitesses au point mort et bondit hors de l'auto. Lucas était assis en tailleur sur le capot de sa Porsche.

— Weather m'a prévenu ! s'écria Del. Je suis venu aussi vite que j'ai pu ! J'aurais peut-être dû appeler du renfort, mais je ne l'ai pas fait... pas encore.

Lucas n'ayant pas réagi, le regard de Del s'éleva vers la colline. Les deux cadavres invisibles gisaient intouchés, là où ils étaient tombés, à l'exception de la poignée de feuilles sèches que Lucas avait jetée sur les yeux ouverts de Marshall.

— Trop tard ? demanda-t-il.

Lucas soupira, ferma les yeux, se massa les paupières.

— Disons que tu arrives juste à temps pour un dernier adieu, lâcha-t-il.

30

Weather avait réussi à attirer Lucas sur son voilier, un S2 vieillissant. Le ciel était parfaitement bleu au-dessus du port de plaisance, et le soleil cherchait à lui brûler le dos sans en avoir encore vraiment la force.

— Ce bateau est en fibre de verre, grommela Lucas. On ne devrait avoir besoin ni de le poncer, ni de le vernir. Sinon à quoi servirait la fibre de verre ? Pourquoi est-ce qu'ils t'ont mis ce foutu panneau d'écoutille en bois alors qu'ils font des bateaux en fibre de verre ?

— Tais-toi et peins, répondit Weather.

— On n'est pas censé avoir des petites consolations, comme des croissants et du vin, quand on retape un voilier ? Et aussi un couple d'amis qui passent vous voir – le mec au menton carré, la fille super-mignonne, le genre à grosses boucles d'oreilles ? Tous les deux en col roulé ? Enveloppés de cette discrète vibration qui indique une possibilité de partouze ?

— Plus tu parles, et plus ton coup de pinceau faiblit. Contente-toi de passer le vernis et laisse-moi récurer en paix.

En bas, dans la cabine, Weather essayait de récurer ce qui ressemblait à une crotte d'écureuil chimiquement durcie sous l'évier. Lucas, lui, était dans le cockpit et s'occupait du panneau d'écoutille. Il croyait secrètement que Weather lui avait assigné cette corvée pour le maintenir à distance pendant qu'elle se chargeait du vrai nettoyage.

Autour d'eux, dans le port, une vingtaine de personnes s'occupaient elles aussi de leur bateau ; de sa position surélevée, Lucas distinguait, à plus d'un kilomètre de distance sur les flots du lac Minnetonka, les voiles d'une des toutes premières régates de la saison.

— Heureusement qu'on ne fait pas la course avec eux, grogna-t-il. Ces gens doivent se geler le cul.

— Au contraire, c'est la meilleure période de l'année, dit Weather, empruntant l'échelle et montant sur le pont pour observer les voiliers. Il fait beau et sec – ils ne doivent pas avoir des masses de vent.

— Ces marins, je te jure... Même sans vent, ils essaient de faire la course.

— Tiens, c'est Lew Smith, là-bas, tout au fond... Regarde-le, on dirait qu'il mijote quelque chose.

Lucas se laissa aller en arrière et ferma les yeux. Tout sentait bon : l'air, le lac, le port, et même le vernis. Si seulement la vie pouvait toujours être ainsi...

Non. Il deviendrait fou. Mais il trouvait agréable de se retrouver ici de temps en temps. Rouvrant les yeux, il observa Weather. Elle continuait à parler, mais il n'était question que de régates, de manœuvres au près ou par vent debout, et de bouées à doubler, sujets qui ne l'intéressaient absolument pas. Une seule chose l'intéressait, c'était Weather ; et il sourit, charmé par son enthousiasme.

Vive la voile.

Deux jours de pure frénésie avaient suivi la mort de Qatar et de Marshall sur la colline, pendant lesquels Lucas avait fait la navette d'un grand jury à l'autre, entre le comté de Goodhue et celui de Hennepin. Les journaux et la télévision étaient avides d'informations, et leur appétit risquait de durer encore un certain temps. Tout le monde voulait savoir pourquoi il était retourné sur la colline du fossoyeur. Lucas dut se contenter d'expliquer qu'une soudaine intuition lui était tombée dessus au moment où il avait reçu l'appel du 911.

Pourquoi n'avait-il pas prévenu le shérif de Goodhue ? Parce qu'il n'avait aucune certitude de l'implication de Marshall et qu'il ne voulait pas porter préjudice à un ami en cas d'erreur, parce qu'il était tellement troublé qu'il s'était élancé sur les routes sans penser à prendre son portable, et que, une fois en route, il avait jugé préférable de continuer... Bla, bla, bla.

Les policiers et les avocats se succédèrent pour l'interroger, mais Lucas ne démordit jamais de sa version, si simple qu'elle n'offrait aucun point de vulnérabilité. Le lendemain du meurtre-suicide, il envoya une équipe de techniciens au gardien de Saint Patrick, avec la mission d'inspecter le faux plafond du dernier étage et toutes autres cachettes suggérées par ledit concierge. Au bout d'une heure de fouille, l'équipe découvrit l'ordinateur, qui s'avéra maculé d'empreintes de James Qatar. Les informaticiens se mirent également au travail, et plusieurs dessins – d'Aronson et d'une autre femme exhumée au cimetière – eurent tôt fait d'être retrouvés dans ses fichiers.

Dans le même temps, une copie illégale de la cassette d'aveux enregistrée par Marshall tomba aux mains de Channel 3, puis de toutes les chaînes de télévision et de radio qui souhaitaient la diffuser. Lucas ne sut jamais qui était à l'origine de la fuite – il soupçonna Del, mais Del se déclara abasourdi, tout comme Marcy, Sloan et Rose Marie. Les aveux bredouillés de Qatar, et surtout sa liste de noms, permirent d'identifier les derniers corps du cimetière, et de lancer de nouvelles fouilles en rase campagne à quelques kilomètres à l'est de Columbia, dans le Missouri.

Comme d'habitude, certaines personnes se déclarèrent ulcérées par l'attitude de la police, qu'elles tenaient pour responsable de la mort de Qatar, mais Rose Marie en toucha discrètement un mot à ses vieilles amies de la hiérarchie politico-féministe du parti démocrate ; cela, ajouté à la diffusion en boucle de la cassette d'aveux sur quatre-vingt-dix pour cent des chaînes de télévision et de radio, fit retomber la controverse. Il y eut certes quelques protestations attendues de la part de l'Union pour les libertés civiques du Minnesota, qui parla de lynchage organisé, et tout le monde convint que ces gens-là avaient parfaitement le droit de protester. Au nom de la liberté d'expression, etc.

Ainsi fut refermé le dossier.

Del demanda à Lucas, en privé, à quel moment étaient nés ses premiers soupçons sur Marshall. Lucas éluda la question en secouant la tête. Pour faire l'économie d'un mensonge. Mais Del le connaissait suffisamment pour interpréter son attitude.

Rose Marie avait elle aussi sur le bout de la langue deux ou trois questions qu'elle s'abstint de poser. En revanche, un matin, elle convoqua Lucas dans son bureau.

— Le gouverneur est impressionné. Je lui ai servi dix minutes de baratin sur le niveau extraordinaire de notre équipe d'enquêtes, et vous savez ce qu'il m'a répondu ?

— Quoi donc ?

Lucas n'avait pas vu Rose Marie aussi enjouée depuis des semaines.

— « Je me fiche totalement de la façon dont vos gars ont enquêté. Ce qui m'a plu, c'est la façon dont ils ont *réglé* le problème. »

— Donc, tout va bien.

— Tout va même très bien.

Le dénouement de l'affaire ne supprima pas le désordre qui s'était installé sous le crâne de Lucas. Une vague mélancolie s'empara de lui, ce qui n'échappa pas à Weather. Sentant qu'il avait besoin de se changer les idées, elle décida de contacter Marcy dans son dos ; et peu de temps après, Marcy proposa à Lucas et à Weather de sortir dîner avec Kidd et elle.

— On verra ça un de ces quatre, grommela Lucas.

Et il ressortit pour un vagabondage à travers la ville.

Il aurait pu empêcher le drame. Il n'avait pas fait son choix. Il n'avait jamais adopté de position claire sur ce qu'il convenait de faire ou de ne pas faire. Il aurait pu, mais s'était abstenu – un échec personnel, selon lui. Et grave.

Ce soir-là, à leur retour du port, après une salade aux blancs de poulet rôti et aux noix accompagnée d'un bol de soupe au riz sauvage, il se replia dans son bureau, toujours obsédé par l'affaire Qatar. Au bout d'un certain temps, il soupira et se rendit à la salle de bains. La porte était fermée de l'intérieur.

— Weather ?

— Oui, une minute.

— Ça va, je peux descendre au r…

— Non, non, attends, j'en ai pour une minute.

Il l'entendit bouger, essaya de nouveau le bouton. Le loquet était mis.

— Qu'est-ce que tu fabriques ?

— Euh…

— Pas de problème, je vais descendre au…

— Non, non… je, euh, je finis juste de faire pipi. Sur un bâtonnet.

— Quoi ?

— Pipi sur un bâtonnet, répéta-t-elle.

— Weather ? Qu'est-ce que…

— Je fais pipi sur un bâtonnet. C'est clair ?

Robert Daley
Trafic d'influence, 1994
En plein cœur, 1995
La Fuite en avant, 1997

Daniel Easterman
Le Septième Sanctuaire, 1993
Le Nom de la bête, 1994
Le Testament de Judas, 1995
La Nuit de l'Apocalypse, 1996

Allan Folsom
L'Empire du mal, 1994

Dick Francis
L'Amour du mal, 1998

James Grippando
L'Informateur, 1997

Colin Harrison
Corruptions, 1995
Manhattan nocturne, 1997

A. J. Holt
Meurtres en réseau, 1997

John Lescroart
Justice sauvage, 1996

Judy Mercer
Amnesia, 1995

Iain Pears
L'Affaire Raphaël, 2000
Le Comité Tiziano, 2000
L'Affaire Bernini, 2001
Le Jugement dernier, 2003
Le Mystère Giotto, 2004

Junius Podrug
Un hiver meurtrier, 1997

John Sandford
Une proie en hiver, 1994
La Proie de l'ombre, 1995
La Proie de la nuit, 1996

Rosamond Smith
Une troublante identité, 1999
Double délice, 2000

Tom Topor
Le Codicille, 1996

Michael Weaver
Obsession mortelle, 1994
La Part du mensonge, 1995

Impression réalisée sur CAMERON par

BUSSIÈRE CAMEDAN IMPRIMERIES

GROUPE CPI

à Saint-Amand-Montrond (Cher)
en mai 2004
pour les Éditions Belfond
12, avenue d'Italie
75013 Paris

Composition : Facompo, Lisieux

N° d'édition : 3833. — N° d'impression : 042138/1.
Dépôt légal : juin 2004.

Imprimé en France